百年红学经典论著辑要 [第一辑]

何其芳卷

主编 叶朗 刘勇强 顾春芳

董志新 整理校订

时代出版传媒股份有限公司
安徽教育出版社

图书在版编目（CIP）数据

百年红学经典论著辑要. 第一辑. 何其芳卷 / 叶朗主编. —合肥:安徽教育出版社,2020.12
ISBN 978-7-5336-9274-2

Ⅰ.①百… Ⅱ.①叶… Ⅲ.①《红楼梦》研究—文集 Ⅳ.①I207.411-53

中国版本图书馆CIP数据核字（2020）第258396号

百年红学经典论著辑要(第一辑)·何其芳卷
BAINIAN HONGXUE JINGDIAN LUNZHU JIYAO DI-YI JI HE QIFANG JUAN

出 版 人:费世平
策划编辑:钱　江
责任编辑:钱叶琴　裴霖霖　黄大灿
装帧设计:袁　泉
技术编辑:陈善军

出版发行:时代出版传媒股份有限公司　安徽教育出版社
地　　址:合肥市经开区繁华大道西路398号　邮编:230601
网　　址:http://www.ahep.com.cn
营销电话:(0551)63683012,63683013
排　　版:安徽时代华印出版服务有限责任公司
印　　刷:安徽新华印刷股份有限公司

开　　本:700×1000　1/16
印　　张:24.5
字　　数:323千字
版　　次:2020年12月第1版　2020年12月第1次印刷
定　　价:86.00元

(如发现印装质量问题,影响阅读,请与本社营销部联系调换)

		目
1	总序 / 叶朗	
3	本卷导读 / 李鹏飞	
1	序 / 刘世德	

辑一　评论

7　论《红楼梦》

　　附　关于《论〈红楼梦〉》的版本和修改情况的说明（董志新）/ 103

114　曹雪芹的贡献

138　没有批评就不能前进

157　论红集纳

辑二　演讲

191　在"讲红课座谈会"上的发言

195　在古典文学部召开的《红楼梦》座谈会上的发言

　　附　中国科学院文学研究所讨论研究鲁迅与研究

　　　　《红楼梦》的论文 / 198

205　答关于《红楼梦》的一些问题

　　　——在中国作家协会文学讲习所的演讲

222　《红楼梦》和正确对待文学遗产问题

　　　——在北京大学校团委会和学生会的报告

230　论文中主要观点应当是自己发现的

　　　——指导"文研班"学员毕业论文《〈红楼梦〉对我国古典

　　　　小说艺术表现方法的继承与发展》的意见

1

辑三　争鸣

237　《论红楼梦》序

243　关于《〈论红楼梦〉序》的一点说明

　　　附　对何其芳同志的《〈论红楼梦〉序》的意见（方明）/ 246

　　　附　推荐《论红楼梦》（解叔平）/ 249

252　关于曹雪芹的民主主义思想问题

259　关于《红楼梦》再版前言的一封信

辑四　批语

271　《国初抄本原本红楼梦》批语释文

309　《脂砚斋重评石头记》批语释文

341　《增评补图石头记》批语释文

363　在红学论著上的批语释文

374　后记 / 董志新

总　序

任何一门学术的研究,都要继承前辈学者的研究成果,这种成果表现为历史上积累下来的思想资料。这就是冯友兰先生说的"接着讲"。红学研究也不例外。红学之所以形成,就是因为一代又一代的研究《红楼梦》的学者,留下了无数珍贵的思想资料,后来的学者必须研究这些资料,才能将红学研究推向新的历史阶段。

我们在《红楼梦》研究的过程中发现,各类著述的版本杂多,使用起来不很方便,便萌生了编辑一套工具书的想法。但是因为百年来红学研究的论著卷帙浩繁,以我们有限的时间和精力,无法做到面面俱到。我与北京大学中文系刘勇强教授、北京大学艺术学院顾春芳教授商议后决定,整理编辑出版一套《百年红学经典论著辑要》,这样既能够方便红学学者的学术研究,也能突出百年红学研究的代表性论著,对红学研究有所推动。

2018年,我们正式启动了《百年红学经典论著辑要》的编辑工作。未料,这一工作困难很多,最费周折的就是原典的版权问题,幸有安徽教育出版社的大力支持、项目编辑的多方联络、原典著作权人的鼎力相助,这套书才能顺利出版。我们计划这套红学论著辑要分辑陆续编刊,使红学经典的阶段性、代表性得到尽可能全面的呈现。

我们聘请了多位红学专家为每本书撰写了导言,以方便读者尽快明了该书的好处和特色。这套书的编撰得到了来自红学界许多学者的关心和支持,在此我谨代表编写组,对所有关心这套书的编辑和出版的学者以及安徽教育出版社致以衷心的感谢。

叶 朗
2020 年 10 月于燕南园

本卷导读

李鹏飞

何其芳是现代著名诗人、散文家和文学评论家,他进入"红学"研究领域,跟一九五四至一九五六年间的《红楼梦》研究论争有关。当时,李希凡和蓝翎发表了一篇论文,批评俞平伯的《〈红楼梦〉研究》,引发了国内学界对俞平伯"红学"研究观点和方法的批评。何其芳作为当时北京大学属下的文学研究所副所长,被卷入了这场运动之中,并撰写了《没有批评就不能前进》《论〈红楼梦〉》等重要的"红学"论文,批驳了"索隐派""自传说""色空说""市民说""农民说"等学术观点与研究方法,提出了他自己对《红楼梦》的思想主题与艺术成就的看法,也谈了研究《红楼梦》的正确的态度和方法。这里只就他各篇论文的主要观点作一概括性的介绍。

在他最重要的《论红楼梦》一书中,他首先批评了"索隐派",批判了胡适等人的"自传说",也批评了王国维的《〈红楼梦〉评论》,认为前二者忽视了《红楼梦》是一部小说,是作者在他的生活经验的基础上虚构出来的一部作品。后者则抹杀了小说对于人生的执着和热爱,对于不合理的事物的反对和憎恶,把小说的思想价值局限在鼓吹"解脱"和"出世"上面。他指出,《红楼梦》批判了整个封建社会的上层建筑和整个封建统治阶级,并且提出了一些关于人的合理的幸福生活的梦想。

在《论〈红楼梦〉》一文中,何其芳重点反驳了二十世纪五十年代流行的"市民说"和"农民说"。

"市民说"认为《红楼梦》反映了新兴的市民阶层的思想,曹雪芹是站在新兴的市民的立场上来反封建的。何其芳首先论述了当时的著名思想家黄宗羲、顾炎武、王夫之、戴震这些人的思想都不能代表新兴市民阶层的思想这一观点。然后他指出,曹雪芹的平等思想、个性解放思想、以思想一致为爱情基础的婚姻观等,也未必只有市民阶层才能提出来,也不一定非要以资本主义萌芽的存在和发展为前提。这些思想在中国过去的传统中已经产生了。曹雪芹继承了这些思想,跟它们并无本质差异。曹雪芹从他本人所属的封建地主阶级看不到希望,从别的阶级也看不到出路。他的小说中没有写到新兴的市民,对当时的商人阶层他也并无好感。

　　"农民说"则认为《红楼梦》的个性解放、婚姻自由之类思想是农民和以农民为首的劳动人民的思想。曹雪芹批判社会的主要动力来自酝酿着起义的农民群众的革命情绪。何其芳认为这一说法也是很牵强的。《红楼梦》虽然对农民不无同情,但也流露出作者的阶级偏见,他嘲笑刘姥姥,视起义农民为贼寇。小说描写的主要是作者所熟悉的阶层的人物,对农民和他们的生活描写得很少。

　　他指出,中国封建社会发展到末期,它的黑暗和腐败日益显露,必然要激起广大人民和一部分从封建统治阶级内部分化出来的知识分子的不满和反对,而长期存在的民主性的思想传统和现实主义的文学传统,包括从市民社会生长起来的白话小说的传统,也必然要得到发展。

　　从封建统治阶级内部产生的叛逆性人物,熟悉自己阶级的人物和生活,加上他们高度的文学修养,因此从他们中间就可以产生出一些深刻地批判封建社会的现实主义的作家。曹雪芹的基本立场是封建地主阶级的叛逆者的立场,他的思想同时也反映了一些人民的观点,前者是和人民相通的,后者是间接或直接地受到了人民的影响(即继承了以前的富有民主性的思想传统和人民性的文学传统)。

　　但作者难免也有封建思想和消极思想。俞平伯提出《红楼梦》表现了"色空"思想,这一点虽不应过分强调,但也不能完全无视其存在。作者沾染老庄和佛教思想,也并不奇怪。但神秘僧道、太虚幻境、秦钟见鬼等情节的安排或许是一种艺术手法,或结构上的需要,并不能说明作者迷信神鬼。即使他存在一些封建思想,但积极的、进步的内容却是压倒一切的。在当时的历史条件之下,作者不可能彻底否定整个封建社会,否定整个封建统治阶级。

《曹雪芹的贡献》一文则进一步指出,对曹雪芹的叛逆程度要有适当的估计,他批判了很多具体的制度,但没有否定土地制度和君主制度。他也表现了对他的阶级、大家庭和社会的留恋,客观上则反映了其灭亡的必然性。这种深刻的矛盾造成小说中一些消极悲观的思想,惋惜和感伤的情绪,这让它更像一首悲悼旧社会灭亡的挽歌,而不是一个暗示新社会诞生的预言。他虽然对他那个注定要灭亡的阶级还有所留恋,还没有跟人民结合,却看出了他那个阶级的许多人物的腐败并描写了他们不配有更好的命运,看出了正直、健康和更值得同情的是人民,尽管他从人民身上也没有看到希望和未来。

在《论〈红楼梦〉》一文中,何其芳也谈了他对宝黛爱情悲剧的理解。他指出,宝黛之爱吸取了《西厢记》和《牡丹亭》的精华,又展开了一个新的世界。宝黛之爱是建立在互相了解和思想一致的基础上的,这种爱情理想不仅属于他那个时代,还属于未来。但宝黛之爱仍然具备封建时代恋爱的特色,这体现在他们爱情的特有的曲折和痛苦的表达方式上。他们的行动没有更大胆地突破封建的藩篱,这不同于现代的恋爱,也不同于封建社会比较下层的人民的恋爱。不幸的结局之所以不能避免,是因为他们在爱情上的叛逆,更因为他们的恋爱是一对叛逆者的恋爱。封建的婚姻制度不允许这种纯洁的痴情爱恋存在。因此,宝钗等人不是宝黛爱情悲剧的破坏者,真正的罪魁祸首是封建制度。

《曹雪芹的贡献》一文则指出,作者之所以把爱情当作中心情节和主要线索来写,不只是由于艺术上的需要,更重要的是由于他对爱情有着深刻的感受,跟以往的同类题材作品相比,他有了更新的看法。而且这个故事是同全书的丰富的生活内容和思想意义紧密结合在一起的。但不能认为《红楼梦》的主题就是爱情,其他的人物和生活都是这一爱情故事的背景。

《论〈红楼梦〉》一文还重点论述了小说在人物塑造方面的方法与成就。曹雪芹写人物,写出了人物性格的复杂性,又集中着重描写其性格上的突出特点。这种突出特点反复多次地显现在许多不同的事件和行动中,甚至贯穿全书,而我们并不感觉重复。

在此基础上,何其芳提出了著名的"典型共名说",反对已有的典型理论。典型共名说的内容是:成功的文学人物既有高度概括性,也有突出的个性特点。前者指它能概括本阶级或超阶级的人们的共同特点,后者指它不同于此前或同时代同类型人物的个性特点。

比如贾宝玉是一个叛逆型的人物,但他跟古代其他叛逆型人物不同。他的叛逆不仅表现在他反对科举八股和做官,还更突出地表现在他对少女们的爱悦、同情、尊重和一往情深,这实际上是对封建社会男尊女卑观念的大胆违背。

林黛玉性格上最典型的特点是悲伤和哀愁,她无法表达自己的爱情,也无法主宰自己的命运。她身上集中了很多不幸,父母早亡,寄人篱下,爱情无望。她感受到封建制度对自己心灵的压迫但又不能更大胆地打破它,还有日益加重的疾病。她的反抗性和叛逆性表现在:不屈服,努力改变命运,精神上桀骜不驯。

作者还分析了王熙凤、刘姥姥、薛宝钗等重要人物的性格,尤其反对当时有学者所认为的宝钗奸险的看法。他指出她性格中无情和寡淡的特点,认为她跟袭人、王夫人都是真诚地信奉并维护封建主义的那一套婚姻制度的。

此外,小说也表现了晴雯、鸳鸯、香菱、"二尤"、"四春"的不幸命运,赞美她们的聪明才智,反对男尊女卑的传统看法,揭露了封建社会的纳妾制度和奴婢制度是造成她们不幸的具体原因。这是小说的重要内容之一,也是深厚的人道主义精神的表现。

作者最后概括指出了《红楼梦》艺术上总的特色,像生活和自然本身那样丰富、复杂,而且浑然天成。情节、人物、线索复杂交织,却让人感觉不到作者的有意安排,而只是让人看到生活的河流波澜壮阔,汹涌前进。

除了结构之外,规模巨大的作品中,作者还要既能把日常的、平凡的生活写得吸引人,也要能写好一些大事件和大场面。《红楼梦》在这两方面的成就都是很惊人的。游赏大观园、元妃省亲、多次大宴会,都是作者正面写的一些大场面,都毫不费力,明晰而又生动。不管是写日常生活细节,还是大场面,共同的特点是,在这些描写里,都是故事在进行,人物性格在显现,既洋溢着生活的兴味,也揭露了生活的秘密。《红楼梦》里的波澜也是很多的,作者从不做过长的平静的描写,最大的波澜是宝玉挨打和搜检大观园。通过波澜,作者集中写人物性格和矛盾冲突,写法上继承了绘画上的皴染法,反复运用,形成了《红楼梦》的民族特色。

何其芳还在把《红楼梦》跟《金瓶梅》《欧根·奥涅金》《俊友》作比较之后说明:杰出的作品中应该有诗的光辉。《红楼梦》中,残酷、污秽和虚伪并没有完全压倒诗意和理想,我们感到的不是悲观和空虚,而是对于美好事物的热爱和追求,是希望、勇敢和青春的力量。《红楼梦》放射着强烈的诗和理想的光辉,这是其突出的成就。

《曹雪芹的贡献》一文则更具体地指明了曹雪芹的理想和追求,那就是个性自由,男女平等,婚姻自主,比较合理的家庭关系和人际关系。但这些理想还带有中国近代历史开始以前的色彩,有些还很朦胧,但都属于民主主义思想的性质。与此同时,作品还揭露了封建统治阶级的本质,反映了封建社会灭亡的必然性。这部作品标志着古代现实主义惊人的发展和成熟,在我国和世界文学史上都居于最高成就之列。它的伟大在于丰富深刻的思想内容和特别杰出的艺术成就的统一。这是该文对《红楼梦》的思想和艺术成就作出的更明确的判断。

何其芳也对高鹗续书进行了批判。他认为,高鹗的贡献在于让《红楼梦》有头有尾,帮助了原著的流传。后四十回有些可取之处,比如宝黛爱情的悲剧结局、宝玉娶宝钗、袭人改嫁。但在贾府的衰败这一重大情节上,高鹗并未打破大团圆的结局,直接违背了曹雪芹的原意,大大削弱了整个故事的悲剧气氛。宝玉的结局里边也有大团圆结局的意味。很多人物的性格也变得前后不一致,如宝玉、黛玉、妙玉。后四十回艺术上的根本弱点在于它常常模仿和重复前八十回的情节而缺少生活内容。

《曹雪芹的贡献》一文还回答了这样一个问题:那就是《红楼梦》这样的艺术奇迹为什么会出现在十八世纪中叶。作者认为,长期的思想传统与文学传统,个人的艺术天才、辛勤劳动,共同造就了《红楼梦》。作者生长在封建统治阶级上层的内部,经历了家族由盛而衰的重大变化,更清楚地看清了他那个阶级、那个社会的种种矛盾、罪恶、腐朽和不合理。

作者又生活在中国封建社会的末期,最后一个经济和文化都比较繁荣的阶段,他所凭借的前人的思想和艺术积累都十分丰富,他的才能才可能得到高度的成长和发挥,民主主义思想才能有那样多方面的表现,现实主义艺术才可能那样成熟,他的作品才能成为中国古代文学最后一个高峰。

作者继承了前代白话小说和戏曲的传统,尤其是通过爱情来反对封建礼教的传统,并且有很大的发展,突破了爱情故事的局限。

何其芳在他的论著中也多次谈到过研究《红楼梦》的正确的立场和方法,指出在全面占有和辨别材料、考证作者的身世和作品版本的基础上,要进一步研究社会的、政治的、文化思想的情况,研究作品的思想和艺术。他批判了从资产阶级观点研究小说,脱离时代、社会、阶级,只抓住片面的、琐细的,乃至现象的东西,看不到作品的本质和总的倾向,也不认真地去研究作品的思想和艺术的做法。这种研究会导致烦琐考证、牵强附会的新奇说法,甚至走向不可知论。

总的来说,何其芳研究《红楼梦》的主要观点集中在《没有批评就不能前进》《论〈红楼梦〉》《曹雪芹的贡献》三篇论文之中,其他的文章基本都是在重申或补充这三篇论文所提出的观点。需要强调的是,他的论文虽然不免带有其写作时代的意识形态特点,但并不影响其观点的正确性,他的绝大部分看法直到今天也仍然很有学术价值,值得我们好好地继承和发展。

序

刘世德

先师何其芳先生不仅是著名的诗人,著名的散文家,著名的文艺理论家,还是著名的红学家。

他的红学代表作有三:"红楼梦选修课"讲稿,《论〈红楼梦〉》论文,《曹雪芹的贡献》论文。这奠定了他在红学史上的重要地位。

一九五一年,我考入清华大学中文系,当时的系主任是吴组缃先生。一九五二年,清华大学中文系并入北京大学中文系,我和吴先生都转到了北京大学。我听了吴先生开设的现代文学作品选讲的课程。一九五五年,大学毕业后,我被分配到中国科学院文学研究所(它还有另外一个名称叫"北京大学文学研究所")工作。何其芳先生亲自决定由他来担任我的导师。一九五六年,北京大学中文系开设了《红楼梦》选修课。由吴、何两位老师分别讲授。两位的观点不尽一致,讲课采取的是"打擂台"方式。当时的文学研究所就设在北京大学校园内的哲学楼。因此,我得以有了听讲的机会。我听完了全部的课程,并且记下了比较详细的笔记。遗憾的是，两位先生的讲稿没有公开发表，似乎也没有保存下来；我的那个笔记本在经历了"十年动乱"之后，也已不知放到什么地方去了。

《论〈红楼梦〉》发表于一九五八年。这是我们"《红楼梦》研究小组"（由何其芳、胡念贻、曹道衡、邓绍基和我五人组成）的四篇系列论文之一，也是小组的主要的带有总结性质的长篇论文。这篇论文的主要部分曾经作为"代序"一度刊载于人民文学出版社的《红楼梦》排印本的卷首。在这之前，何先生曾在北京大学、中国作家协会文学讲习所作过关于《红楼梦》的演讲，都为这篇论文的产生做了初步的准备。伴随着这篇论文的产生，我们小组的其他成员事先也曾为何先生查阅、搜集了一些相关的资料。后来，我用笔名（解叔平，谐音"写书评"）写了一篇关于《论〈红楼梦〉》的简介。

一九六二年，我受何先生的派遣去参加文化部、中华全国文学艺术界联合会、中国作家协会、故宫博物院主办的"曹雪芹逝世二百周年纪念展览会"筹备组的工作。筹备期间，不少中央领导同志来到文华殿参观展品，提出指导性的意见。胡乔木同志热心地来过三四次。一九六三年八月五日，胡乔木同志约请周扬同志、邵荃麟同志谈话。邵荃麟同志时任中国作家协会副主席、党组书记，负责领导展览筹备组的工作。我随他来到了胡乔木同志中南海的家中。谈话的内容很多，主要是关于展览会以及对曹雪芹和《红楼梦》的评价问题。我一一作了比较详细的记录。谈话中，他们决定在北京召开"曹雪芹逝世二百周年纪念大会"，并由何先生作大会报告。事后，邵荃麟同志命我去向何先生汇报，并由我根据胡乔木同志、周扬同志谈话的精神代何先生撰写报告的初稿。但，何先生没有用我起草的报告提纲，而是自己动手撰写报告，题为《曹雪芹的贡献》。因为迫于当时的政治形势，纪念大会最终没有开成。那篇大会报告也就仅仅以普通论文的形式发表在《文学评论》上了。

一九六六年五月底，我正在江西丰城参加"四清"，突然接到文学所学术办公室主任朱寨先生的电话，调我回京，去完成一项紧急任务。抵京后,方知何先生应邀访日,所领导调我回京为何先生做一些资料方面的准备。我立刻赶到何先生寓所。何先生让我先稍事休息,然后为他的演讲内容搜集有关的资料,主要是关于中国古代小说,尤其是关于《红楼梦》方面的资料。我的"休息"尚未结束,"文化大革命"的风暴即已来临。六月初,在一次全所大会上,有两位《新建设》编辑部的人(一位姓刘,另一位姓余)来"串连",当场用一种带有福建口音的腔调喝令:"何其臭,站出来!"从此,何先生被打成"黑帮分子",挨批挨斗,关进了"牛棚"。他的日本之行也就没有了下文。而他的《红楼梦》论文也因之成为"大毒草"。

以上所说,是在"我·何其芳·《红楼梦》"这个框架内的一些情况。

至于何先生对《红楼梦》研究的成就,以及他在红学史上的地位,等等,则未著一笔,暂付阙如,因为这已远非我这篇小小的序文所能负担。好在时贤的论著对此都已有所介绍、评议和分析,毋庸我在这里再饶舌了。

白山出版社的董志新先生热心于"何其芳论红楼梦"课题的研究,花费了大量的精力搜集有关的资料,并作出了精彩的评论。我怀着愉悦的心情读完了他编辑和撰写的这部专著。作为何先生的学生,我在这里向董志新先生表示崇高的敬意和衷心的感谢。

二〇〇九年四月九日灯下

辑一 评论

论《红楼梦》

一

  伟大的不朽的作品《红楼梦》是我国古典小说艺术成就的最高峰。关于它的深入人心,清代的笔记里有过一些故事。有一位作者说,他从前在杭州读书的时候,听说有某商人的女儿,貌美,会作诗,因为太爱读《红楼梦》了,后来得了肺病。她快死的时候,她父母把这部书烧了。她在床上大哭说:"奈何烧杀我宝玉!"又一位作者说,苏州有个姓金的人,也很喜欢读这部小说,他给林黛玉设了牌位,日夜祭祀。他读到林黛玉绝食焚稿那几回,就呜咽哭泣。这个人后来竟有些疯疯颠颠了。[①] 这些故事是比较奇特的,未必都是真事。前一位作者更是企图用那个故事来反对《红楼梦》。然而这些故事却也反映出来了这样的事实:《红楼梦》的艺术异常迷人,它所创造的人物异常成功,它对许多读者的精神生活发生了强烈的影响。

[①] 以上见陈其元《庸闲斋笔记》卷八和邹弢《三借庐赘谭》卷四。这里只是转述其大意。

我们少年时候，我们还没有读这部巨著的时候，就很可能听到某些年纪较大的人谈论它。他们常常谈论得那样热烈。我们不能不吃惊了，他们对它里面的人物和情节是那样熟悉，而且有时爆发了激烈的争辩，就如同在谈论他们的邻居或亲戚，如同为了什么和他们自己有密切关系的事情而争辩一样。后来我们自己读到了它。也许我们才十四岁或十五岁。尽管我们还不能理解它所蕴含的丰富的深刻的意义，这个悲剧仍然十分吸引我们，里面那些不幸的人物仍然激起了我们的深深的同情。而且我们的幼小的心灵好像从它受过了一次洗礼。我们开始知道在异性之间可以有一种纯洁的痴心的感情，而这种感情比起在我们周围所常见的那些男女之间的粗鄙的关系显得格外可贵，格外动人。时间过去了二十年或者三十年。我们经历了复杂的多变化的人生。我们不但经历了爱情的痛苦和欢乐，而且受到了革命的烈火的锻炼。我们重又来读这部巨著。它仍然是这样吸引我们——或许应该说更加吸引我们。我们好像回复到少年时候。我们好像从里面呼吸到青春的气息。那些我们过去还不能理解的人物和生活，已不再是一片茫然无途径可寻的树林了。这部巨著在我们面前展开了许多大幅的封建社会的生活的图画，那样色彩炫目，又那样明晰。那样众多的人物的面貌和灵魂，那样多方面的封建社会的制度和风习，都栩栩如生地再现在我们眼前。我们读了一遍又一遍。我们每次都感到它像生活本身一样新鲜和丰富，每次都可以发现一些以前没有察觉到的有意义的内容。

伟大的作品，整个世界文学史上也为数不多的伟大的作品，正是这样的：它能获得不同年龄和经历了不同生活的广大的读者群的衷心爱好；它能够丰富和提高我们的精神生活；它能够吸引我们反复去阅读，不仅因为它的艺术的魅力像永不凋谢的花一样，而且因为它蕴藏的意义是那样丰富，那样深刻，需要我们去作多次的探讨然后可以比较明了。

《红楼梦》出现于十八世纪中叶，出现于中国最后一个封建王朝的最后一段兴盛的时期。经过了一百余年的统治，以满族入主中原的清朝不但已经打败了汉族的抵抗和反叛,而且征服了北部、西北、西部和西南的少数民族。它这时的统治应该被承认是巩固的,强有力的,否则无法解释那样多次的战争的胜利。然而,这并不是说种种严重的社会矛盾,首先是国内的民族矛盾和阶级矛盾,就不存在了。有些和《红楼梦》所描写的那个贵族大家庭相像,这个王朝看起来很显赫,实际却很快就要转入衰败了。在十八世纪末叶和十九世纪初年,农民起义像火一样连绵不断地燃烧在许多地区。到了一八四〇年,离《红楼梦》的出现还不到一百年,鸦片战争就爆发了。在中国的土地上存在了二千余年的封建社会从此就走向瓦解。《红楼梦》这部巨著为这个古老的社会作了一次最深刻的描写,就像在历史的新时代将要到来之前,给旧时代作了一个总的判决一样。它好像对读者说:这些古老的制度和风习是如此根深蒂固而又如此不合理,让它们快些灭亡吧!虽然在这沉沉地睡着的黑夜里,我无法知道将要到来的是怎样一个黎明,我也无法知道人的幸福的自由的生活怎样才可以获得,但我已经诅咒了那些黑暗的事物,歌颂了我的梦想。

二

《红楼梦》的作者曹雪芹[①]把自己的名字写在这部不朽的小说的第一回里,并且说他曾"披阅十载,增删五次",这样来记下他的长期的辛勤的劳动。然而关于他的传记材料,至今为止,我们知道的还是很少。

曹雪芹的先世原是汉人,但很早就入了满洲旗籍。他的祖父曹寅曾任苏州织造、江宁织造、两淮巡盐御史等官职。曹寅能作诗词戏曲,喜欢藏书和刻书。有名的《全唐诗》就是清朝皇帝要他负责刊刻成的。曹寅死后,他的儿子曹颙和嗣子曹𫖯相继承袭江宁织造。一七二七年,因亏空罢

[①] 曹雪芹名霑,字梦阮,号雪芹,又号芹圃、芹溪。见敦敏《懋斋诗钞》、敦诚《四松堂集》、张宜泉《春柳堂诗稿》等书。

任,并被抄家。① 曹家不久就回北京居住了。曹雪芹到底是曹颙的儿子还是曹𫖯的儿子,没有材料可考。② 他的生年也不能确知,估计生于一七一六年左右。③ 他在幼年和少年时代,是曾经历了一段繁华的生活的。他的朋友爱新觉罗敦敏在赠他的诗里说:"燕市哭歌悲遇合,秦淮风月忆繁华。"应当不是虚语。他回到北京以后,经历不详。④ 只知道他后来住在北京西郊。一七五七年,爱新觉罗敦诚在《寄怀曹雪芹》诗中说他"于今环堵蓬蒿屯"。一七六一年赠诗,更说他"举家食粥酒常赊"。大概中年以后,曹雪芹更为困顿了。后来因为孩子夭亡,他悲伤成疾,⑤遂于一七六三年二月十二日逝世。

敦敏、敦诚是清朝的宗室。他们也是两个不得志的旗人。敦诚做过一次小官,不久就退休了。他们生活也比较贫困,并且受汉族文人的影响很深,诗文里常常流露出一些牢骚不平之意。敦诚更喜欢流连山水,纵酒谈佛。他们和曹雪芹是很熟的朋友。正是由于他们自己有些牢骚不平,他们很欣赏曹雪芹的狂放和高傲。从他们的诗文里,我们还知道曹雪芹健谈好酒,工诗善画。他们说他的诗的风格近于李贺,并且用阮籍、刘伶

---

① 据北京大学藏抄本《永宪录续编》。李玄伯、周汝昌均疑和清朝皇帝胤禛打击他的兄弟胤禩和胤禵的党羽有关,但无确证。

② 李玄伯《曹雪芹家世新考》因康熙五十四年三月初七日曹𫖯奏折中说到他的嫂嫂怀孕已及七月,推测曹雪芹为曹颙的遗腹子。胡适《红楼梦考证》荒唐地把小说和真人真事相混,说贾政就是曹𫖯,贾宝玉就是曹雪芹,断定曹雪芹为曹𫖯的儿子。两说都无根据,不如存疑。

③ 甲戌本《红楼梦》第一回眉批:"壬午除夕,书未成,芹为泪尽而逝。"如此批可信,则曹雪芹死于公历一七六三年二月十二日,周汝昌因《懋斋诗钞》中《小诗代柬寄曹雪芹》前第三首《古刹小憩》题下注"癸未",主张曹雪芹死于癸未除夕,即公历一七六四年二月一日。但《懋斋诗钞》原为残本,由收藏者"粘补成卷"(见原书影印本第七页燕野顽民题识),其中作品是否严格编年以及《古刹小憩》题下"癸未"二字究为何人所注,均尚有争论。所以曹雪芹的卒年仍不妨暂定为一七六三年。又《春柳堂诗稿》中《伤芹溪居士》题下注:曹雪芹"年未五旬而卒",死时当距五十岁不远。如估计他享年约四十七岁,则生年为一七一六年左右。

④ 梁恭辰《劝戒四录》卷四说曹雪芹"以老贡生槁死牖下"。他这段文字是诋毁《红楼梦》的,所说曹雪芹生平未必可靠。奉宽《兰墅文存与石头记》注十三引英浩《长白艺文志初稿》说曹雪芹曾官堂堂主事,亦不知何根据。周汝昌《红楼梦新证》因小说第二回有贾政"升了员外郎"之语,竟断定曹𫖯罢任回京后曾起官内务府员外郎,那就更不可信,所以这里一概没有采取。

⑤ 据敦诚《挽曹雪芹》诗注。

来比拟他的为人。敦诚有一首《佩刀质酒歌》，题下的小注记载了曹雪芹的一件轶事：

> 秋晓，遇雪芹于槐园①，风雨淋涔，朝寒袭袂。时主人未出。雪芹酒渴如狂。余因解佩刀沽酒而饮之。雪芹欢甚，作长歌以谢余。余亦作此答之。

从这件轶事很可以想见曹雪芹的性格。可惜的是他那首长歌我们却读不到了。

虽然曹雪芹说过《红楼梦》写了十年，但到底是在哪年开始写的，已无法确定。根据脂评我们知道贾府衰败以后的故事也写成了若干部分。但现在却只存前八十回，后面部分的稿本早已散失了。他这部小说起初只在朋友间传看，知道的人是很少的。② 大约他逝世以后，才以抄本的形式流传起来，而且庙市中已有抄本出卖，每部要卖几十两银子。③ 一七九一年和一七九二年，程伟元把它和高鹗所续的四十回放在一起，两次以活字印行，不仅有一个时候北京许多人家的案头都有一部，而且流行到了南方。④ 等到翻刻日多，这部伟大的小说就流传更广了。

《红楼梦》广泛流传以后，获得了众多的读者的衷心爱好，视为奇珍；但也引起一些顽固的封建主义者的反对，甚至加以烧毁和严禁。⑤ 还有

---

① 槐园为敦敏住宅，在太平湖侧。见《四松堂集》。
② 富察明义《题红楼梦》题下注："曹子雪芹出所撰《红楼梦》一部，备记风月繁华之盛……惜其书未传，世鲜知者。余见其抄本焉。"
③ 高鹗一七九二年所作程乙本引言："是书前八十回，藏书家抄录传阅，凡三十年矣。"又程伟元《红楼梦》序："好事者每传抄一部，置庙市中，昂其价，得数十金，可谓不胫而走者矣。"
④ 郝懿行《晒书堂笔录》卷三"谈谐"条："余以乾隆、嘉庆间入都，见人家案头必有一本《红楼梦》。今二十余年来，此本亦无矣。"毛庆臻《一亭考古杂记》："乾隆八旬盛典以后，京版《红楼梦》流行江浙，每部数十金。至翻印日多，低者不及二两。"
⑤ 毛庆臻《一亭考古杂记》说《红楼梦》有"伤风教""更得潘顺之、补之昆仲，汪杏春、岭梅叔侄等指资收毁，请示永禁，功德不小。然散播何能止息？莫若聚此淫书，移送海外，以答其鸦片流毒之意，庶合古人屏诸远方，似亦阴符长策也。"梁恭辰《劝戒四录》记满洲玉麟云："我做安徽学政时，曾示严禁，而力量不能远及，徒唤奈何。"

一些人则喜欢穿凿附会地对这部书进行所谓"索隐"。《红楼梦》开卷第一回说:"作者自云:因曾历过一番梦幻之后,故将真事隐去,而借通灵之说撰此石头记一书也,故曰甄士隐云云。"①后来又说:"虽我未学,下笔无文,又何妨用假语村言敷演出一段故事来……故曰贾雨村云云。"作者的意思不过是说,这部书虽然以他的生活经验为基础,但这个故事却是虚构的,却是小说。那些头脑冬烘的"索隐"派却以为这部小说的人和事都有所影射,企图去把那些真人真事都找出来。于是有些人说它写的是康熙时的大臣明珠家里的事,贾宝玉就是明珠的儿子纳兰性德;有些人说它写的是清朝皇帝福临和董小宛的故事,贾宝玉和林黛玉就是福临和董小宛;有些人说它暗中有反满的意思,书中女子多指汉人,男人多指满人,并且说林黛玉薛宝钗等就是朱彝尊高士奇等人。所有这一类荒唐无稽之谈都说明了这些人根本不了解文学。王国维的《〈红楼梦〉评论》是关于这部巨著的第一篇正式的评论文章。这篇文章推崇《红楼梦》为"宇宙之大著述",并以哥德的《浮士德》相比。然而它对于这个大著述的内容的解释却是从头错到底的。王国维完全抹杀了这部小说里的对于人生的执着和热爱,对于不合理的事物的反对和憎恶,主观武断地把它和西欧资产阶级悲观主义哲学牵合起来,说它的思想价值在于鼓吹"解脱"和"出世"。五四运动以后,胡适批评了那些"索隐"派,那是对的。然而,中国资产阶级学术界的代表人物,无论是王国维还是胡适,由于他们的思想贫乏和思想错误,都无法了解这部小说的价值和意义。胡适和他的信从者说《红楼梦》就是曹雪芹的"自叙传",说贾政就是曹頫,贾宝玉就是曹雪芹,里面写的都是真事,那就连作者开卷第一回明明说过的"真事"已经"隐去",这不过是"用假语村言敷演出"的故事,亦即虚构的故事,都直接违反了。

对资产阶级唯心主义的批判扫除了胡适的影响,在对于《红楼梦》的评价上有了很大的进步。我们认为它不但决不是如胡适所说的那样"平

---

① 本文所引《红楼梦》原文均根据庚辰本。庚辰本有脱误,以有正本或通行本校改。以后不再注明。

淡无奇"，只是描写了一个贵族家庭的"坐吃山空""树倒猢狲散"的"自然趋势"，而且它的内容也不限于只是反对和暴露了某些个别的封建制度，而是巨大到几乎批判了整个封建社会的上层建筑和整个封建统治阶级，并且提出一些关于人的合理的幸福生活的梦想。但是有些具体问题仍然有争论，仍然没有得到解决，还有待于我们继续探讨。

伟大的作品正是这样的：尽管它早已广泛流传了，早已深入人心了，然而在关于它的解释和说明上都常常有不同的看法，还需要进行长期的研究，因而后来的研究者常常要对以前的评论作出一些修正。这是并不奇怪的。因为这种作品本身就是一个复杂的庞大的存在，对它的认识要经过一些曲折和反复，而解释和研究的人又往往要受到许多限制，不仅是个人的思想和艺术见解的限制，而且还有他们的时代的学术水平的限制。

三

贾宝玉和林黛玉的爱情悲剧是《红楼梦》里面的中心故事，是贯穿全书的主要线索。虽然曹雪芹并没有把这个悲剧写完，但在这部小说的第五回，在贾宝玉梦游太虚幻境所听见的《红楼梦》十二支曲里面，他就告诉了我们这个爱情故事的结局将是不幸的：

〔终身误〕都道是金玉良姻，俺只念木石前盟。空对着山中高士晶莹雪，终不忘世外仙姝寂寞林。叹人间美中不足今方信：纵然是齐眉举案，到底意难平。

这就是说，贾宝玉后来虽然和薛宝钗结婚了，却仍然忘记不了林黛玉，仍然认为是终身恨事。如果说这一支曲子还写得比较含蓄，还只说是"美中不足"，只说是"意难平"，紧接着的另一支曲子就把贾宝玉和林黛玉互相爱恋而不能结合的痛苦写得很沉重，简直是一首声泪俱下的悲歌了：

〔枉凝眉〕一个是阆苑仙葩,一个是美玉无瑕。若说没奇缘,今生偏又遇着他。若说有奇缘,如何心事终虚话?一个枉自嗟呀,一个空劳牵挂。一个是水中月,一个是镜中花。想眼中能有多少泪珠儿,怎禁得秋流到冬尽,春流到夏!

高尔基曾经说过:"在伟大的艺术家们的身上,现实主义和浪漫主义时常好像是结合在一起的。"①曹雪芹正是这样。《红楼梦》这部小说正是写得人物和生活都那样真实,而又带有大胆的幻想的色彩。关于这部小说的来历,作者首先给它虚构了一个奇异的故事。他说,女娲氏炼石补天的时候,三万六千五百块石头都用上了,单单剩下一块未用。这块石头"自经锻炼之后,灵性已通,见众石俱得补天,独自己无材,不堪入选,遂自怨自叹,日夜悲号惭愧"。这个正式的故事开始以前的故事并不是没有意义的。这显然含有牢骚不平的意思。一块顽石和这部小说又有什么关系呢?故事继续说,有一天,这块石头听到一僧一道坐在它的旁边,谈到红尘中的荣华富贵,它动了凡心,想到人间去。那个僧人就大展幻术,把它变成一块扇坠大小的鲜明莹洁的美玉②,然后把它"携入红尘,历尽离合悲欢,炎凉世态"。于是这块石头就记载了它所亲自经历的一段故事。这就是这部小说的来历。这也是《红楼梦》又名《石头记》的缘故。

关于贾宝玉和林黛玉的爱情的来历,作者也给它编了一个故事。这个故事说,西方灵河岸上三生石畔,有一株绛珠草。它因得到赤瑕宫神瑛侍者日以甘露灌溉,始得久延岁月。"后来既受天地精华,复得雨露滋养,遂得脱却草胎木质,得换人形,仅修成个女性"。等到神瑛侍者要下凡,她也就决心下世为人,好把一生所有的眼泪还他,以偿还甘露之惠。神瑛侍者投生到人间就是贾宝玉,林黛玉就是绛珠仙子。这个故事和上面那个故事又怎样结合起来呢?按照脂本系统的本子,那块由石头变成的美玉

---

① 《我怎样学习写作》,据戈宝权译本。
② 这段故事见甲戌本。庚辰本和以后的本子都删去了。

应当就是贾宝玉出生时嘴里所衔的玉。但在小说里面,作者又常常用这块石头来代表贾宝玉。所以在《红楼梦》十二支曲中说,"都道是金玉良姻,俺只念木石前盟""一个是阆苑仙葩,一个是美玉无瑕"。"石"和"美玉"都是指贾宝玉,"木"和"仙葩"都是指林黛玉。后来程伟元印的本子干脆改为神瑛侍者也就是那块石头了。作者开头就声明过,他这是"荒唐言"。把神话式的故事写得这样迷离也没有什么可奇怪的。贾宝玉所姓的贾也就是假语村言的假。或许作者本来有这样的寓意,贾宝玉就是假宝玉,就是说它原是一块石头。这也就是说,在当时的世俗的人看来,在封建统治阶级及其拥护者看来,他并非真可宝贵,并非肖子;然而作者却喜爱他是一块"行为偏僻性乖张,那管世人诽谤"的顽石。按照作者的计划要写成和贾宝玉结婚的薛宝钗,她带有一个金锁。这就是所谓"金玉良姻"的来源。作者在出于自己的情投意合的恋爱和父母包办的婚姻之间虚构了这样一些情节,也可能是有寓意的。在当时的世俗的人看来,也就是在封建统治阶级及其拥护者看来,薛宝钗是一个贵公子的理想的伴侣,正好像他们所珍贵的金和玉两相匹配一样。而一个不肖的子弟和一个不幸的弱女子却不过和石头和草一样卑微。卑微,然而互有深厚的牢不可破的爱情,就像在生前已经有了情谊和盟誓。

  从生物学的观点看来,人类的异性之间的互相吸引,互相爱悦,以至要求结合,也不过是受了自然的法则的支配,也不过是为了延续种族。然而人到底和其他生物不同。人类用自己的手创造的文明把人的物质生活和精神生活都大为提高,大为丰富了。男女的互相爱悦和要求结合,在一个文明人看来,并不仅仅是为了生育子女,却首先是和个人的生活个人的幸福密切有关的事情。而异性之间的爱情,这种本来是基于性的差别和吸引而发生的情感,到了后来竟至升华为一种纯洁的动人的心灵的契合,好像性的吸引反而不是最重要的原因了。人类的生活里面出现了这种感情,就不能不在观念上和实际上都对两性生活发生很大的影响:婚姻只有建立在爱情的基础上才是合理的,幸福的,道德的,否则就是相反的东西。

然而,正如恩格斯所说,在所有历史上的统治阶级中间,婚姻都是由父母来安排的,中国的封建婚姻制度也是男女结合必须经过"父母之命,媒妁之言"。《红楼梦》第五十七回,薛姨妈对林黛玉和薛宝钗讲了一个月下老人的故事。她说这个月下老人是专管男女婚姻的。如果他用一根红丝把两个人的脚拴住,凭你两家隔着海、隔着国,或者有世仇,也终久会成夫妇。如果他不用红线拴,尽管你本人愿意,或者经常在一起,都不能结婚。① 这个故事在过去是很流行的。它反映了封建社会的婚姻制度的特点,它是那样盲目,那样不能由自己选择。《红楼梦》不仅通过许多激动人心的故事诉说了这种婚姻不能自主的痛苦,而且它对不合理的封建婚姻制度作了更深刻的暴露。它写出了这种婚姻制度的牺牲者主要是妇女。它写出了这种婚姻制度容许公开的多妻制,容许各种各样的公开的和秘密的淫乱,然而它却不能容许花一样开放在这不洁的家庭中间的纯洁的痴心的恋爱。

曹雪芹是自己知道他这部作品在描写爱情上的特别杰出的。在开始他的故事之前,他批评了才子佳人小说"千部共出一套","自相矛盾,大不近情理";他认为历来的爱情故事"不过传其大概",而且大半不过写了些"偷香窃玉,暗约私奔","并不曾将儿女之真情发泄一二"。他完全实现了他的艺术上的抱负。放射着天才的光芒的《红楼梦》不仅使那些概念化公式化的文笔拙劣的才子佳人小说黯然失色,而且在内容的丰富和深刻上远远地超过了在它以前的许多著名的描写爱情的作品。

《红楼梦》里面曾经提到两部很有名的描写爱情的戏曲,《西厢记》和《牡丹亭》。贾宝玉对林黛玉称赞《西厢记》说:"真真这是好书,你要看了,连饭也不想吃呢。"林黛玉看完以后,觉得"词藻警人,余香满口"。以后他们常常引用它里面的精彩的句子。后来林黛玉又独自听到《牡丹亭》的《惊梦》一折中的唱词,她觉得"十分感慨缠绵",以至"心动神摇""如醉

---

① 原话还说到就是父母愿意或甚至以为是定了亲事,月下老人不拴脚,也不能结婚。那是把这个故事说得更神秘一些。

痴",最后落下泪来。作者把这些情节集中在一回来写,固然是为了描写他们的青春的觉醒,描写他们曲折地表达了爱情而又仍然受到封建礼教束缚的苦恼;但也可以看出,作者是十分欣赏这两部名著的。这两部名著在描写爱情上可以看作是《红楼梦》的先驱。《西厢记》的词句的优美,情节的单纯,和谐,几乎整个作品就像一首抒情诗一样,这在过去的戏曲中是无与伦比的。《牡丹亭》的《惊梦》中的那些脍炙人口的曲词也可以说是描写女子伤春的千古绝唱。曹雪芹正是着重从这些方面推崇它们。然而在内容上《红楼梦》决不只是吸取了它们的精华,更主要的却是在描写爱情生活上展开了一个新的世界。

《西厢记》所描写的爱情是一见倾心式的爱情。使张君瑞一下就着魔的不过是崔莺莺的美貌和风度,引动崔莺莺的也不过是张君瑞的相貌和才情,这就叫作"才子佳人信有之"。然后就是相思病和幽期密约。这样的情节后来成了许多小说和戏曲的公式。我们并不是一般地反对这种情节。异性之间的爱悦最先总是由于外貌的吸引;而且在一般青年男女根本没有接触机会的封建时代,一见倾心式的恋爱也还是比父母包办的婚姻优越。但是,《西厢记》所描写的这样的爱情到底还是比较简单的。所以《西厢记》里面最有吸引力的人物并不是张君瑞和崔莺莺,而是红娘。《牡丹亭》所描写的爱情更离奇一些。它还不是发生于真正的一见,而是发生于梦中。文学的世界里面,奇特的想象是完全可以容许的。这也是反映了封建社会的青年男女太没有接触和恋爱的机会。作者汤显祖在题词中说:情之至者,"生者可以死,死可以生"。他就是以这个大胆的幻想的故事来写爱情的力量。但杜丽娘的爱情的根据是什么呢?她对柳梦梅说,"爱的你一品人才","是看上你年少多情"。这也仍然是比较简单的。《红楼梦》所描写的贾宝玉和林黛玉的恋爱有一个最重要的特点,就是它是建立在互相了解和思想一致的基础上面。他们是从幼年时候就在一起长大的。他们是在较长时期的生活之中培养了彼此的感情。两小无猜,这也还是过去的文学作品描写过的。但必须有思想一致的基础,这却是

《红楼梦》才第一次这样明确地写了出来。贾宝玉对于薛宝钗的美貌和肉体的健康是曾经动过羡慕之心的，然而他所选择的却是林黛玉。这并不是仅仅因为从较长时期的生活中自然形成了感情，而且是因为薛宝钗所信奉的是封建正统派的思想，并且用那种思想来劝说他，林黛玉却从来不说那些"混账话"，从来不曾劝他去走封建统治阶级所规定的"立身扬名"的道路。这也正是贾宝玉和林黛玉互相认为"知己"的缘故。必须建立在互相了解和思想一致的基础上这样一个爱情的原则，是在今天和将来都仍然适用的。曹雪芹生活在我国的近代的历史开始之前，然而他在《红楼梦》里面却提出了这样一个关于恋爱和结婚的理想，这样一个在当时一般男女无法实现因而实际是为了未来提出的理想。伟大的作品正是这样的：它所提出的理想不但属于它那个时代，而且属于未来。

我们说贾宝玉和林黛玉的恋爱已经包含了一个现代的恋爱的原则，这并不是说他们的恋爱就已经和现代的恋爱一样。伟大的作家可以提出未来也适用的理想，然而他却不可能描写出当时并不存在的生活。在曹雪芹的时代，是还不曾出现近代和现代那样的恋爱的。因此，贾宝玉和林黛玉的恋爱又有一个非常触目的特点，就是它仍然带有强烈的封建社会的恋爱的色彩。这种特点首先表现在那种特有的曲折和痛苦的表达爱情的方式上。有相当长的一个时期，贾宝玉和林黛玉常常闹别扭，吵嘴，有时吵得很厉害。今天的读者也许会奇怪，他们既然互相爱着，为什么又那样常常闹别扭，为什么在还没有成为悲剧的时候就那样不幸福呢？在封建时代，特别是在他们那样的阶级和家庭，爱情是不能正面地直接地表达的。关于这，作者在第二十九回作了说明。他说，宝玉对黛玉"早存了一段心事，只是不好说出来，故每或喜或怒，变尽法子，暗中试探"；黛玉也是"每用假情试探"，也是"将真心真意瞒了起来，只用假意"，这样就"难保不有口角之争"了。第三十二回，又在这样一种小儿女的口角之后，宝玉和黛玉说"你放心"。黛玉仍然假装不明白这句话。她走了以后，宝玉在发呆的状态里，竟把来找他的丫头花袭人误当作黛玉，大胆地诉说起他的心事来了。花袭人听了,吓得"魄消魂散";她觉得这种违反封建礼教的爱情是那样可怕,以至"也不觉怔怔的滴下泪来"。这是写得异常深刻的。封建礼教不仅成为贾政和王夫人这样一些人坚决信奉的大道理,而且竟至深入到花袭人这个奴隶身份的人的头脑里面。在她看来,她和宝玉发生了性的关系,那是可以的,因为她不过是一个丫头,而且是宝玉房中的丫头。至于宝玉和黛玉如果也发生了什么事情,那就完全不同了,那就是"丑祸"了。宝玉和黛玉的爱情所处的就是这样的环境。这正像一棵植根在石头底下的富有生命力的小树一样,不管怎样受到压抑,还是顽强地生长起来了。生长起来了,然而不能不是弯曲的,畸形的。因此,他们的爱情不能不是痛苦多于甜蜜,或者说痛苦和甜蜜是那样紧紧地交织在一起,以至分不清到底什么更多。《红楼梦》就是写出了这种"儿女之真情",而且写得那样细腻,那样激动人的心灵。贾宝玉和林黛玉的恋爱带有强烈的封建社会的恋爱的色彩,还不仅仅表现在他们表达爱情的方式上,而且表现在他们的行动没有更大胆地突破封建礼教的限制。这就说明他们的恋爱不但同近代的和现代的恋爱不同,而且同封建社会的比较下层的人民中间的恋爱也有差异了。

  曹雪芹在批评才子佳人小说的时候,还指出了它们的一个公式,就是在男女主人公之外,"又必傍出一小人其间拨乱,亦如剧中之小丑然"。其实许多戏曲也是这样。世界上自然是有坏人的;但把一切美好的愿望之受到阻难和破坏都只归咎于这种个别的人物,而且把他们写得很简单和不真实,那就太偶然太表面了。《红楼梦》所描写的贾宝玉和林黛玉的爱情悲剧完全不是这样。在这一对互相爱恋的少男少女之外,书中也出现了薛宝钗这个第三者。她曾经常常是他们吵嘴的原因。她对于贾宝玉也并非没有爱慕之意,而且她后来事实上成为贾宝玉的妻子。习惯于读那些公式化的小说戏曲的人,很可能就会把她看作是一个破坏宝玉和黛玉的爱情的小人。曹雪芹虽然没有来得及把全书写完,他在第四十二回以后就用事实来打破了这种猜想。他写林黛玉和薛宝钗互相亲密起来,不再心怀猜忌,以至后来贾宝玉也觉得奇怪。这固然和黛玉经过了一些痛苦的试探,已经知道了宝玉的爱情的稳固,不再猜疑忌妒有关;但更重要的却是作者所写的薛宝钗本来并不是一个成天在那里想些阴谋诡计,并用它们来破坏别人的幸福的人。只是因为她是一个封建正统思想的忠实的信奉者,贾府才选择她作媳妇,而且我们今天才很不喜欢这个人物。宝玉和黛玉的爱情成为悲剧,不是决定于薛宝钗,也不是决定于凤姐、王夫人、贾母,或其他任何个别的人物,而且这些人物没有一个写得像戏中的小丑一样,这正是写得很深刻的。这就写出来了它是一个封建制度的问题。

　　贾宝玉和林黛玉的悲剧的必然性,还不只是由于个别的封建制度。不幸的结局之不可避免,不但因为他们在恋爱上是叛逆者,而且因为那是一对叛逆者的恋爱。封建统治阶级固然很强调所谓"风化",所谓"男女之防";但如果并不触犯更多的或者更根本的封建秩序,仅仅在男女关系上有些逾闲越检,对于本阶级的男子,还是完全可以赦免的。在《西厢记》所从取材的《会真记》里,我们就可以见到这种事例。那也是一个悲剧的结局,然而那只是女方的悲剧。至于那个男主人公,当时的人不但不责备他始乱终弃,反而多称许他为善于补过。贾宝玉却不但在林黛玉死后仍然爱着她,不像张生那样悔改,而且他对于一系列的封建制度都不满和反对。他反对科举、八股文和做官。他违背封建社会的男尊女卑和严格的等级制度。他讨厌封建礼法和家庭的束缚。他把四书以外的许多书都加以焚毁,那当然包括许多封建统治阶级极力提倡的著作。① 这样一个大胆的多方面的并且不知悔改的叛逆者,是不能得到赦免的。这样一个叛逆者,林黛玉却同情他,支持他,爱他,而且她本人也并不是一个驯服的女儿,等待着她的自然也就只有不幸的命运了。贾宝玉和林黛玉的悲剧是

---

① 第三回,宝玉对探春说:"除四书外,杜撰的太多,偏只我是杜撰不成?"第十九回,花袭人说宝玉曾说过:"除明明德外无书,都是前人自己不能解圣人之书,便另出己意,混编纂出来的。"第三十六回,说贾宝玉"祸延古人,除四书之外,竟将别的书焚了"。这焚的书当然不会是《西厢记》之类,而一定包括那些"出己意混编纂"的解经著作。

双重的悲剧,封建礼教和封建婚姻制度所不能容许的爱情悲剧和封建统治阶级所不能容许的叛逆者的悲剧。曹雪芹把双重悲剧写在一起,它的意义就更为深广了。封建制度封建道德的不合理和封建统治阶级的腐败、罪恶,不仅必然要激起人民的反抗,而且也必然要从它的内部产生一些叛逆者。中国过去的历史和文学都不断地记录了这样的事实。贾宝玉就是许多叛逆思想和叛逆行为的一个集中的表现者。

四

贾宝玉和林黛玉都是封建统治阶级的叛逆者,这对于说明他们的悲剧的必然性是很重要的。但如果要再进而分析这两个典型人物的性格的特点,也只是停留在这样的一般的理解上,那就不够了,那就太粗略了。典型被归结为一定社会历史现象的本质,说典型问题任何时候都是政治性的问题,这样一些片面的简单化的公式在不久以前的《红楼梦》问题讨论中十分流行。许多论文都重复地引用这些公式,并根据它们来说明贾宝玉和林黛玉这样一些人物。现在苏联已经批评了这些错误的公式,这对于我们要比较完全地了解贾宝玉、林黛玉以及其他许多文学中的典型,是很有帮助的。中国封建社会的历史和文学中都曾出现了许多叛逆者。就在《红楼梦》第二回,贾雨村讲到许多"正邪两赋而来"的人,其中如阮籍、嵇康、刘伶、卓文君、红拂等都是有一定的叛逆性的人物,然而贾宝玉和林黛玉跟他们却又多么不同!《儒林外史》里面的杜少卿,同样是从封建官僚家庭出身的子弟,同样反对科举,然而贾宝玉跟他也多么不同!甚至就是贾宝玉和林黛玉这样两个因为互相是"知己"而相爱的人物,他们的性格之间也存在着多么大的差异!在阶级社会里,人总是有阶级性的,人总是有一定的政治倾向的,不管他是否自觉。然而任何一个人都决不是抽象的阶级性和政治倾向的化身。他或她各有各的个性和特点。文学中的人物,如果不是公式化概念化的而是现实主义的作品中的人物,当然也是这样。特别是那些成功的典型人物,他们那样容易为人们所记住,并在生活中广泛地流行,正是由于它们不仅概括性很高,不仅概括了一定阶级的人物的特征以至某些不同阶级的人物的某些共同的东西,而且总是个性和特点异常鲜明,异常突出,而且这两者总是异常紧密地结合在一起。

同中国的和世界的许多著名的典型一样,贾宝玉这个名字一直流行在生活中,成为了一个共名。但人们是怎样用这个共名呢?人们叫那种为许多女孩子所喜欢,而且他也多情地喜欢许多女孩子的人为贾宝玉。是不是我们可以笑这种理解为没有阶级观点和很错误呢?不,这种理解虽然是简单的,不完全的,或者说比较表面的,但并不是没有根据。这正是贾宝玉这个典型的最突出的特点在发生作用。《红楼梦》是反复地描写了这个特点的。在他没有出场的时候,别人就介绍了他七八岁时说的孩子话:"女儿是水作的骨肉,男人是泥作的骨肉。"后来书中又写他有这样的想法:"凡山川日月之精秀只钟于女儿,须眉男子不过是些渣滓浊沫而已。"他对许多少女都多情。不但对于活人,甚至刘姥姥信口开河,给他编了一个已经死了的"极标致"的小姐的故事,他也要派人去找那个并不存在的祭祀她的庙宇。他既然对许多少女都多情,就不能不发生苦恼。有一次,当林黛玉和史湘云都对他不满的时候,他就不能不"越想越无趣":"目下不过两个人,尚未应酬妥协,将来犹欲何为?"又一次当晴雯和花袭人吵闹的时候,他就不能不伤心地说:"叫我怎么样才好?这个心使碎了,也没人知道。"虽然后来他见到大观园内也有不理睬他的女孩子,才"自此深悟人生情缘各有分定",不可能死时得到许多女孩子的眼泪。但他喜欢在许多女子身上用心的痴性并没有改变。平儿被贾琏和凤姐打骂以后,宝玉让她到怡红院去换衣梳洗,补偿了他平日不能"尽心"的"恨事",竟感到是"今生意中不想之乐"。香菱因为斗草把石榴红绫裙子在泥里弄脏以后,宝玉叫花袭人把一条同样的裙子送给她换。他也是很高兴得到这样一次"意外之意外"的体贴和尽心的机会。后来他又把香菱斗草时采来的夫妻蕙和并蒂菱用落花铺垫着埋在土里,以至香菱说他"使人肉麻"。《红楼梦》用许多笔墨渲染出来的贾宝玉的这种特点是如此重要:去掉了它也就没有了贾宝玉。这就是这个叛逆者得以鲜明地和其他历史上的和文学中的男性叛逆者区别开来的缘故。这就是曹雪芹的独特的创造。当然,这个特点是和贾宝玉身上的整个的叛逆完全统一的。从封建统治阶级和封建礼教看来,这本身也就是一种叛逆,也就会引起"百口嘲谤,万目睚眦";而且在贾宝玉完全否定他的阶级给他规定的道路,从他的生活中又再也找不到其他什么值得献出他的青春和生命,这种对于纯洁可爱的少女的欣赏和爱悦,特别是对于林黛玉的永不改变的爱情,正是他精神上的唯一的支柱。

贾宝玉这个典型人物的这个特点是很明显的。问题在于如何解释它。第七十八回,贾母也曾说到他的这个特点:

> 我也解不过来,也从未见过这样的孩子。别的淘气都是应该,只他这种和丫头们好更叫人难懂。我为此也担心,每冷眼查看他,只和丫头们顽闹,必是人大心大,知道男女的事了,所以爱亲近他们。既细细查试,究竟不是如此。岂不奇怪?想必原是个丫头错投了胎不成?

这像是作者向我们提出的问题,要求我们来解答。第二回,贾雨村对这个问题曾作过解释。他说,天地有什么正气和邪气,这两种气相遇必然互相搏击。人要是偶秉这种正邪交错之气而生,生于诗书清贫之族则为逸士高人,生于薄祚寒门则为奇优名倡,生于公侯富贵之家则为情痴情种。这种解释我们自然不会满意。在我们现在,又还可以见到或听到这样的解释,说这是贾宝玉的缺点,这是他的恋爱观和恋爱生活方式不好,这是他的爱情不专一,这是他身上的污浊和颓废的一面。这种意见也是不妥当的。

少年男女和青年男女本来容易有互相爱悦之情。贾宝玉又是生活在那样的环境里,和许多美丽的聪明的少女很接近。他那个阶级的男人和结了婚的妇女本来没有或极少有使他喜欢的,只有少女们比较天真纯洁,而那些被压迫的奴隶身份的丫头尤其值得同情。第七十一回,鸳鸯和探春诉说着封建大家庭的矛盾和苦恼,尤氏说宝玉"只知道和姊妹们顽笑""一点后事也不虑"。宝玉笑道:"我能够和姊妹们过一日是一日,死了就完了。什么后事不后事!"这句话虽然是笑着说的,却说得很悲伤。宝玉为什么那样爱和女孩子们亲近也可以在这里得到解释。那不仅由于少年男女的自然的互相吸引,而且由于他对他那个家庭和阶级都感到了绝望。在对平儿和香菱的体贴和尽心上,却是同情和喜悦结合在一起,而且更多地是出于同情。书中曾写宝玉想到平儿并无父母兄弟姊妹,独自处于贾琏和凤姐之间,比黛玉尤为薄命,因而伤感流泪;又曾写宝玉对于香菱也是怜惜她没有父母,连本姓都不知道,被人拐出来,卖给薛蟠这样一个霸王。把这种复杂的对于少女们的情感都说成是消极的不好的东西,那是还不如贾母的观察客观和细致的。

贾宝玉曾经说过这样的话:"女孩儿未出嫁是颗无价之宝珠;出了嫁,不知怎么就变出许多不好的毛病来,虽是颗珠子,却没有光彩宝色,是颗死珠了;再老了,更变的不是珠子,竟是鱼眼睛了。分明一个人,怎么变出三样来?"这也是作者要把他的性格的特点写得很突出。我看这也不是什么恋爱观和恋爱生活方式不好,还是书上那个小丫头春燕的评论很对。她说:"这话虽是混话,倒也有些不差。"为什么有些不差呢?这是因为在那样的社会里,不仅是封建地主阶级的结了婚的妇女,就是她们的女仆,也是年龄越大就沾染恶习越多。至于对黛玉的爱情,宝玉的确是不够专一的,就是在晴雯死去,宝钗搬走以后,他所想到的还是有两三人和他同死同归。这也正是贾宝玉的爱情跟近代的和现代的爱情还有不同之处。这和中国封建社会里面多妻制的合法存在不无关系。在那样的社会、时代和具体环境里,像贾宝玉那样的人物,应该说已经是很纯洁很有理想的少年人了。不把他对女孩子的多情和痴心同他身上的整个叛逆性联系起来看,不把它本身作为对于封建礼教和封建社会的男尊女卑的观念的大胆的违背,不把它里面的合理的和优越的因素看作基本的东西,反而简单地苛刻地加以否定或指摘,那是不合乎历史主义的观点的。

贾宝玉的性格的这种特点也是打上了他的时代和阶级的鲜明的烙印的。然而少年男女和青年男女的互相吸引,互相爱悦,这却不是一个时代一个阶级的现象。因此,虽然他的时代和阶级都已经过去了,贾宝玉这个共名却仍然可能在生活中存在着。这并不是说今天还会真有贾宝玉那样的人,而是某些人的某一方面可能还有和贾宝玉类似之处,人们也就可能戏称他为贾宝玉。但是,如果今天有人有意地去仿效贾宝玉,而且欣赏他身上的那些落后的因素,那就只能说是他自己犯了时代的错误。

如上所说,贾宝玉这个叛逆者的叛逆性不仅表现在他对于科举、八股文、做官等一系列的封建制度的不满和反对,而且特别突出地表现在他对于少女们的爱悦、同情、尊重和一往情深,亦即是对于封建礼教和封建社会的男尊女卑的观念的大胆的违背上。这是和作者所写的这个人物的许多具体条件很有关系的。他不但生于公侯富贵之家,而且他是一个还不曾入世的少年人。他的"行为偏僻性乖张"就最容易往这方面发展。至于林黛玉的性格的特点,如果只用叛逆者来说明,那就未免也过于笼统了。有些文章说她是"具有浓厚解放思想的人物"[1],说她"几乎兼有崔莺莺、杜丽娘的柔情和祝英台、白素贞的勇敢坚强"[2],这正是一种忽略了这个典型性格的个性和特点的结果。我们还是看在生活中,人们是怎样用林黛玉这样一个共名吧。人们叫那种身体瘦弱、多愁善感、容易流泪的女孩子为林黛玉。这种理解虽然是简单的,不完全的,或者说比较表面的,但也并不是没有根据。这也正是林黛玉这个典型的最突出的特点在发生作用。《红楼梦》也是反复地描写了这个特点的。在她还没有出场的时候,

---

[1] 《红楼梦问题讨论集》三集,五二页。
[2] 同上,一七五页。

作者就给我们讲了一个"还泪"的故事。她第一次见到宝玉,宝玉发痴摔玉,她就真的第一次还了泪。后来又说明她的性情是"无事闷坐,不是愁眉,便是长叹,且好端端的,不知为了什么常常的便自泪道不干的"。当她经过了多次的暗中试探,知道了宝玉的爱情的可靠以后,她又悲伤父母早逝,无人为她主张,而且病已渐成,恐不能久待。她好像已经预感到她的不幸的结局了。后来写她的病越来越重了,有一次,宝玉劝她保重,不要自寻烦恼。她拭泪说:"近来我只觉心酸,眼泪恰像比旧年少了些的。心里只管酸痛,眼泪却不多。"宝玉说:"这是你哭惯了心里疑的,岂有眼泪会少的。"又一次,紫鹃对黛玉说:"公子王孙虽多,那一个不是三房五妾,今儿朝东,明儿朝西?要一个天仙来,也不过三夜五夕,也丢在脖子后头了……"她这样讲了当时的一般上层女子的命运,然后劝黛玉决心爱宝玉。她说:"岂不闻俗语说,万两黄金容易得,知心一个也难求。"就是对这样亲密的伴侣,黛玉也不能吐露她的胸臆,只有暗暗地哭泣了一夜。林黛玉这种封建社会的上层女子就是这样痛苦,这样无法表达自己的爱情,也无法主宰自己的命运。她只有一直同悲伤和眼泪相陪伴。自然,人的性格总是复杂的。作者也曾写到了她的性格的其他方面。写她冰雪一样聪明。写她孤高自许。写她有时候也心直口快,而且善于诙谐。写她对于爱情是那样执着,那样痴心。写她并不只是"好弄小性儿",对于她所爱的人有时也是很温柔的。然而她的性格上的最强烈的色彩却是悲哀和愁苦。这是一个中国封建社会的不幸的女子的典型。在她的身上集中了许多不幸。父母早死,寄人篱下,因为不愿去讨得周围的人的欢心而陷于孤独,遇到了一个"知己"然而却是没有希望的爱情,异常痛苦地感到了封建主义对于少女的心灵的桎梏而又不能更大胆地打碎它,最后还加上日益沉重的疾病。她首先是一个女子,这就使得她的叛逆性和反抗性和贾宝玉有很大的区别。而许多不幸又使得她和过去的文学中的那些痴情的女子的面貌也很不相同。她自己曾叹息过,她比崔莺莺还薄命。杜丽娘虽然曾经憔悴而死,她的单纯的少女的心灵也不曾经历过这样多的酸辛。

祝英台和白素贞,那是从劳动人民的口头创造出来的人物,她们身上具有劳动人民的某些特点和色彩,几乎可以说残酷的封建压迫在她们的性格上留下的痕迹并不显著。林黛玉的叛逆性和反抗性却主要是以这样一种痛苦的形式表现出来:尽管不幸已经快要压倒了她,她却仍然并没有屈服,仍然在企图改变她的命运;尽管她并不能打碎封建主义对于她的心灵的桎梏,她却仍然在和它苦斗,仍然在精神上表现出来了一种傲岸不驯的气概。

第六十三回,在行占花名的酒令的时候,黛玉掣得的是一根画着芙蓉花的象牙花名签子,那上面有句诗:"莫怨东风当自嗟。"[1]这是中国古代的诗的委婉的表现方法,"莫怨"正是"怨"。而这个吹落百花的"东风",在我们今天看来,就是封建社会。林黛玉这个性格的特点,也是具有强烈的时代和阶级的色彩的。随着妇女的解放,这个典型将要日益在生活中缩小它的流行的范围。然而,即使将来我们在生活中不再需要用这个共名,这个人物仍然会激起我们的同情,仍然会在一些深沉地而又温柔地爱着的少女身上看到和她相似的面影。

《红楼梦》就是这样深刻地通过贾宝玉和林黛玉的悲剧,提出了青年男女的婚姻自主的要求,提出了以互相了解和思想一致为基础的爱情的原则,而又塑造了贾宝玉和林黛玉这样两个不朽的典型。

五

贾宝玉和林黛玉的悲剧是《红楼梦》里面的中心故事和主要线索。然而全书所展开的生活是那样广阔,远不只是写了这个悲剧。《红楼梦》是属于那种世界文学史上为数不多的巨大的作品,内容异常深厚的作品。它不是从生活中抽取了一个故事来描写,出现的人物限制在这单一的故

---

[1] 欧阳修《再和明妃曲》:"汉计诚已拙,女色难自夸。明妃去时泪,洒向枝上花。狂风日暮起,飘泊落谁家。红颜胜人多薄命,莫怨春风当自嗟。"

事的范围之内,而是在我们面前就像展开了生活本身,就像在真实的生活中一样,人物是那么众多,纠葛是那么复杂。它写了宁国府和荣国府这样两个封建大家庭,主要写了荣国府。也可以说,这是贾宝玉和林黛玉的悲剧发生的环境。然而,它却又并不是把这两个家庭仅仅当作背景来写。这也正像生活本身一样,在真实的生活中许多人物和事件常常是互相联系而又各自具有独立的意义,我们难于把它们仅仅当作某一部分的背景。

有人计算过,《红楼梦》里面写了四四八人[①]。这里面自然也有许多人物是并不重要的。但仅就我们读后留有鲜明的印象,以至长久不能忘记的人物而论,也至少是以数十计。对于这样巨大的作品,一篇论文是无法接触到它的全部内容的。我们所能做的只是就我们认为最重要的部分来作一些说明而已。

读者们也曾有过这样的经验吗?当我们还是少年的时候,和我们的同学或者朋友一起读完了这部书,我们争论着它里面的人物我们最喜欢谁,最后终于一致了,我们最喜欢的不是探春,不是史湘云,甚至也不是林黛玉,而是晴雯。我想我们少年时候的选择和偏爱是有道理的。

曹雪芹写了许多可爱的或者有才能的丫头。他对于这些身居奴隶地位的少女显然抱有很大的同情。其中写得最出色的就是晴雯。贾宝玉梦游太虚幻境的时候,在薄命司首先看到的是"金陵十二钗又副册",而晴雯又正居首页。册子上的那几句关于晴雯的话不只是预示了她将来的遭遇,而且充满了同情和悲悼:

> 霁月难逢,彩云易散,心比天高,身为下贱,风流灵巧招人怨,寿夭多因诽谤生,多情公子空牵念。

---

① 蛟川大某山民加评本《明斋主人总评》:"总核其中人数,除无姓名及古人不算外,共男子二百三十二人,女子一百八十九人。"上有批语:"据姜季南云:男子二百三十五人,女子二百十三人。"盐谷温《中国文学概论讲话》与后说同。这里暂用后说。这是包括高鹗续的四十回在内。

晴雯原是贾府世仆赖大家用银子买的一个小丫头。因为贾母喜欢她生得"十分伶俐标致",赖嬷嬷就把她当作一件小礼物孝敬了贾母。她和香菱一样可怜,连家乡父母也不记得。《红楼梦》里描写她的场面并不多,然而每个片段都很吸引人。她的性格是明朗的、健康的,不像林黛玉精神上那样悲苦。她也不像花袭人那样卑屈,而是以平等的无邪的心去对待贾宝玉,就像对待亲密的兄弟和友人一样。对王夫人那样一些高踞在她头上、可以要她生也可以要她死的"主子",她也并不畏惧和屈服。几乎可以说她是大观园中唯一的一个野性未驯也即是人民的粗犷气息还保留得最多的女孩子。果然她也就是大观园中一个最悲惨的牺牲者。我们已经读不到曹雪芹写的或者打算写的林黛玉之死了,不知道那会多么悱恻动人。但晴雯之死我们却还可以读到。这或许是《红楼梦》中最悲伤最缠绵的场面。这一段描写特别感动我们,还不仅仅由于写出了"儿女之真情",而且由于它表现了这样一种悲恸和愤怒:这是一个没有任何罪过的少女的含冤而死,这是那种死不瞑目或者怨气冲天的含冤而死。花袭人是和贾宝玉有私情的,然而大受王夫人的赏识和信任。晴雯完全是清白的,然而被骂为狐狸精,被摧残致死。作者这种对照的描写正是控诉了封建礼教及其维持者是多么虚伪,多么荒谬而又多么残酷!

晴雯这个人物特别能够激起我们的同情和喜爱,原因就在这里。她美丽,聪明;她的性格很明朗并富有反抗性;她和贾宝玉的亲密的关系是纯洁的;而且她的夭折代表了封建社会里的许多无辜者的屈死。向来有这样的说法,花袭人为薛宝钗的影子,晴雯为林黛玉的影子。[①] 这两对人物的确各有相同之处,而且晴袭和黛钗都是用的两相对照的写法。但是,从人物的个性和特点来说,这些人却又是很有差异的。尽管或者同是封建正统思想的拥护者,或者同是叛逆者,但所处的阶级地位不同,所受的

[①] 甲戌本第八回批语:"余谓晴有林风,袭乃钗副。"涂瀛《红楼梦问答》:"袭人,宝钗之影子也。写袭人,所以写宝钗也。""晴雯,黛玉之影子也。写晴雯,所以写黛玉也。"张新之《红楼梦读法》:"是书钗、黛为比肩,袭人、晴雯乃二人影子也。"

教养不同,她们的个性也不同,就不能不有了显著的差异。

一直跟着贾母的鸳鸯,平时看起来是和顺的,善于和这个家庭的人们相处的。然而当年老好色的贾赦要强迫讨她做妾的时候,她也爆发了一次激烈的反抗。她对平儿说:"别说大老爷要我做小老婆,就是太太这会子死了,他三媒六聘地娶我去作大老婆,我也不能去。"平儿说:"可惜你是这里的家生女儿。"她说:"家生女儿怎么样?'牛不吃水强按头'?我不愿意,难道杀我的老子娘不成?"为了表示她的坚决,她许下了一辈子不嫁人的誓愿,并且用剪刀铰她的头发。仅仅因为她是贾母依靠的丫头,贾母也不同意,她才没有立即陷入悲惨的境地。

《红楼梦》中所写的这一类"身为下贱"的女孩子们的反抗都是非常动人的。这像是一片阳光出现在这个大家庭的阴郁的天空上。这些奴隶身份的少女,等待她们的是各种各样的不幸。不是像晴雯金钏儿那样无辜地惨死,就是像司棋那样触犯网罗而遭到严惩。不是像平儿香菱那样陷入做小老婆的"火坑",就是像鸳鸯这样只有一辈子不嫁人。再不然,就是随便配人和当姑子了。在这些人身上,婚姻的不自由和身体的不自由是结合在一起的。

名居"金陵十二钗副册"之首的香菱,按照那个册子上的题词也即是作者的计划,她的结局也是惨死,遭夏金桂虐待而死。香菱这个身世十分可怜的女子,被薛蟠那样一个龌龊不堪的人连抢带买地霸占为妾,已经够不幸了。而薛蟠后来所娶的妻子夏金桂又是一个泼妇。作者描写这个泼妇不是没有用意的。然而高鹗的续书在这些地方却完全违背原意,不惜用虚伪的粉饰现实的大团圆的结局或者善有善报恶有恶报的结局,来代替曹雪芹原来的悲剧气氛十分浓厚的结构,不但凤姐死后平儿扶正,而且夏金桂自己把自己毒死,香菱也终于做起大奶奶来了。

尤二姐尤三姐也应当是"金陵十二钗副册"里面的人物。尤二姐是一个软弱的善良的女子。按照封建道德看来,她曾有淫行,但实际却不过是没有能够对那些荒淫的贵族子弟的诱惑和强暴进行反抗而已。她先和贾珍有暧昧关系,后又嫁给贾琏做妾,最后被毒辣的凤姐害死了。结局是和香菱相同的。尤三姐却是一个泼辣的、敢作敢为的、大观园姊妹以外的另一种类型的女子。她也曾和贾珍同流合污,然而她内心里却埋藏着反抗的火种。她被侮辱到不能忍受的时候就可以突然给贾珍贾琏以报复。她也是一个要自己选择配偶的叛逆的女性。她对尤二姐说:"终身大事,一生至一死,非同儿戏。我如今改过守分,只要我拣一个素日可心如意的人方跟他去。若凭你们拣择,虽是富比石崇,才过子建,貌比潘安的,我心里进不去,也白过了一世。"她就是这样明确地提出了婚姻自主的要求。她的意中人是柳湘莲。她对这个男子其实也没有什么了解,和旧的爱情故事一样,只是一见就倾心了。她的结局也是悲惨的。和高鹗的续书印在一起的本子,在尤三姐的故事上有些不同。这种后出的本子把尤三姐写成完全是清白的,并不曾和贾珍胡混在一起,这样好像尤三姐的性格前后更一致一些。但这样一来,她的悲剧的结局就是由于误会了,贾宝玉也就不应在柳湘莲面前默认她品行不好了。先写她失足而后来又写她性情刚烈,这仍然是可以理解的。受了践踏而又不甘于被践踏的人积愤已久,就会这样。

《红楼梦》不仅写出了这些社会地位很卑微或者比较卑微,便于封建统治阶级把她们当作奴隶、当作玩物,或者当作蚂蚁一样随便可以夺去生命的女子的种种不幸,而且就是那些"金陵十二钗正册"里面的人物,那些贵族的女儿,也很多都被写为"有命无运之物"。不仅林黛玉,贾府的四姊妹都是薄命的。贾元春做了封建最高统治者的妃子,在那些喜欢千篇一律地把男主人公的结局写为状元及第、奉旨完婚的作者的手中,这一定会写成荣耀而又幸福。但曹雪芹却是怎样写的呢?贾元春回家省亲的时候,大观园装饰得"金银焕彩,珠宝争辉",静悄得无人咳嗽,十来对红衣太监骑马缓缓地走来,垂手站立,然后闻得隐隐细乐之声,然后是一对对的仪仗队和捧着各种用具的太监过完,然后是这位年轻的妃子驾到。这也真是写得繁华而又庄严。然后写到贾元春见到她的母亲王夫人和祖母贾母的时候,却是——

> 贾妃满眼垂泪,方彼此上前厮见,一手挽贾母,一手挽王夫人,三个人满心里皆有许多话,只是俱说不出来,只管呜咽对泣。邢夫人、李纨、王熙凤、迎探惜三姊妹等俱在旁围绕,垂泪无言。半日,贾妃方忍悲强笑,安慰贾母王夫人道:"当日既送我到那不得见人的去处,好容易今日回家,娘儿们一会,不说说笑笑,反倒哭起来。一会子我去了,又不知多早晚才来。"说到这句,不禁又哽咽起来。

见到她的父亲贾政的时候也是这样:

> 又有贾政至帘外问安,贾妃垂帘行参等事。又隔帘含泪谓其父曰:"田舍之家,虽齑盐布帛,终能聚天伦之乐。今虽富贵已极,骨肉各方,然终无意趣。"

这是写得何等深刻呵,在富贵繁华的气氛的核心里却是沉痛已极的悲伤!这是现实主义所能达到的惊人的成就。贾元春的薄命还不要等到她的早夭,她被送到那"不得见人"的皇宫里,就已经是为人间少有的不幸所选择了。贾迎春是一个懦弱无能的人,她的奶妈的儿媳妇在她房中大闹的时候,她却在那里看《太上感应篇》。这样的人竟嫁给了一个狼一样的男子。回想起做女孩子时候的生活她不能不觉得那比天堂还要美好。按照作者的计划,她出嫁一年后就将被虐待而死。年龄最小而性情很孤僻的惜春,她的结局是"可怜绣户侯门女,独卧青灯古佛旁"。只有混名叫作"玫瑰花"的探春,在前八十回中她被写为得到家庭的宠爱,还管过家,好像并没有遭遇到什么真正的不幸。探春是一个精明的有才干的女子。她的这种性格是写得很突出的,特别是在描写她代替凤姐管家的那一段。她的头脑里的封建思想比较浓厚。她自己是庶出,但却很强调"主子""奴才"之分。因为她的亲舅舅是贾府的仆人,她就不承认他是舅舅。不过她和薛宝钗还是很有区别的。她敢于说朱熹的文章也不过是"虚比浮词",薛宝钗却俨然以卫道者自居,立刻就加以驳斥,说她"才办了两天事就利欲熏心,把朱子都看虚浮了"。而且她对封建大家庭的矛盾和苦恼多次表示不满,不像薛宝钗那样"随分从时"。像这样一个聪明的有过人的才干的女孩子,如果生长在合理的社会里,她的才能得到充分发展,是可以做出许多有益于社会的事情的。然而,"才自精明志自高,生于末世运偏消"。她也只能等待出嫁罢了。这大概就是她的根本的不幸。作者计划中的她的将来的出嫁是远嫁。不过和史湘云的薄命相似,这个结局在前八十回中不曾写出。

史湘云也是很早就父母双亡,在家庭里并不幸福,然而她却和林黛玉的性格相反:"幸生来,英豪阔大宽宏量,从未将儿女私情略萦心上。好一似,霁月光风耀玉堂。"她是一个快活的豪放的女子。作者把他所欣赏的某些所谓名士风流写在她身上,然而又仍然是一个天真的少女,这就另有一种妩媚。她总是说薛宝钗好,也曾劝过贾宝玉留意"仕途经济的学问"。然而这都不过表示她的天真和幼稚罢了。她的性格和行为却是和薛宝钗极力推崇的封建主义给妇女们规定的格言,"女子无才便是德",完全不合的。在作者最初的计划中,她的结局也是出嫁后的早夭。①

《红楼梦》写了许许多多性格鲜明、使人不能忘记的女子。尽管她们有的是姊妹,有的境遇相似,然而她们的个性的差异却那么大,一点也不会被混淆。在这个主要由少女们构成的世界里,当然不仅有悲伤和痛苦,同时也洋溢着青春的欢笑,生命的活跃。而且正是这些篇章使得这个悲剧不至于使人感到透不过气来。然而这些女子的结局却都是不幸的。这是封建社会的妇女的命运的真实反映。

---

① 第三十七回史湘云咏白海棠诗第一首"自是霜娥偏爱冷"句下有评语云:"又不脱自己将来形景。"似指她将来早寡。高鹗的续书也是把她的结局写为丈夫早死,立志守寡。但据"金陵十二钗正册"和《红楼梦》十二支曲词句,"湘江水逝楚云飞"和"终久是云散高唐,水涸湘江",又似应解释为她自己早夭。

把许多女子都写得聪明,有才能,行止见识都远远地高出了贾赦、贾政、贾珍、贾琏这样一些男子,这像是给贾宝玉的想法作了证明:"山川日月之精秀只钟于女儿,须眉男子不过是些渣滓浊沫。"这是一种大胆的发现,大胆的思想。这直接反对了封建社会的男尊女卑的传统看法,而且揭露了封建社会的男女不平等是埋没了多少聪明的有才能的人,并且给她们造成了各种各样的不幸。这就不能不激起了人们的深深的同情,不能不设想到合理的社会不应该是这样。封建婚姻制度是妇女们的不幸的一个具体的原因。《红楼梦》不仅在林黛玉身上,而且在其他许多女子身上都写出了这个问题。封建社会的纳妾制度和奴婢制度是妇女们的不幸的又一些具体的原因。《红楼梦》也十分动人地写出了这些野蛮的制度是怎样摧残和虐杀了许多年轻的妇女。

揭露了封建社会的男女不平等,特别是揭露了那些直接压迫妇女的制度的罪恶,这是《红楼梦》全书的重要内容之一。这是一种深厚的人道主义精神的表现。

六

列入"金陵十二钗正册"的女子还有薛宝钗、王熙凤、秦可卿、李纨、妙玉、巧姐等人。秦可卿的故事结束得最早。按照那册子上的图画和《红楼梦》十二支曲,她是死于悬梁自缢。由于《红楼梦》稿本的读者,大概是作者的亲属,劝他删去这一段大胆地暴露封建家庭的丑恶的描写,我们就读不到"秦可卿淫丧天香楼"的文字了。和尤二姐姊妹一样,秦可卿也是一个封建统治阶级的男性的荒淫行为的牺牲者。李纨在书中出现的时候已经是一个寡妇。作者计划写她在儿子长大并做官以后就死去了,只留下一个"虚名儿"给后人钦敬或者给他人作笑谈。这也可以说是打算写封建社会的所谓节妇的不幸。但这个年轻妇女的长长的守节生活中的痛苦并没有得到大胆的充分的描写。妙玉是一个带发修行的尼姑,也是生于读书仕宦之家,书中把她写得十分矫情。她竟至称林黛玉为"大俗人"。这个有洁癖的女子不仅"青灯古殿"断送了她的青春,而且"到头来依旧是风尘肮脏违心愿"。巧姐在前八十回中还是一个孩子,要到贾家衰败之后才遭到艰难困苦。但这些结局我们都读不到曹雪芹的描写了。

薛宝钗和王熙凤是书中的两个重要人物。作者给她们准备的结局也是不好的,所以她们的名字列在太虚幻境薄命司的册子上。薛宝钗的结局是结婚以后,贾宝玉仍然不爱她。高鹗的续书在这个情节上是写得大致不差的。王熙凤的结局是"身微运蹇""家亡人散",而且"哭向金陵事更哀"。① 高鹗所写的和原来的计划不大相合。这两个人物的结局虽然也不好,但她们的性格和活动却显然含有另外的意义,主要的已经不是表现妇女的不幸了。

对薛宝钗这个人物,读过《红楼梦》的人都是不会忘记的。但在生活里面,她的名字却不像贾宝玉和林黛玉那样流行,成为共名②。这或许是这个性格的特点不像贾宝玉和林黛玉那样突出。因此,对她的看法是曾经有争论,而且现在也仍然可能有争论的。

清代的笔记里面有这样一个故事:

> 许伯谦茂才(绍源)论《红楼梦》,尊薛而抑林,谓黛玉尖酸,宝钗端重,直被作者瞒过。夫黛玉尖酸,固也,而天真烂漫,相见以天。宝玉岂有第二人知己哉?况黛玉以宝钗之奸,郁未得志,口头吐露,事或有之。盖人当历境未亨,往往形之歌咏。《诗》三百篇,大抵圣贤发愤之所为作也。圣贤且如此,况儿女乎?宝钗以争一宝玉,致矫揉其性:林以刚,我以柔,林以显,我以暗,所谓大奸不奸,大盗不盗也。书中讥宝钗处,如丸曰冷香,言非热心人也。水亭扑蝶,欲下之结怨于

---

① 引文第一句见第二十一回脂评,第二句见《红楼梦》十二支曲,第三句见"金陵十二钗正册"题词。"哭向金陵"究为何事,已无法确定。有解释为凤姐后来为贾琏所休弃者。
② 人们有时叫某些大姐型的女子为薛宝钗,但好像并不普遍。

林也。借衣金钏,欲上之疑忌于林也。此皆其大作用处。况杨国忠三字明明从自己口中说出,此皆作者弄狡狯处,不可为其所欺。况宝钗在人前,必故意装乔;若幽寂无人,如观金锁一段,则真情毕露矣。己卯春,余与伯谦论此书,一言不合,遂相龃龉,几挥老拳,而毓仙排解之。于是两个誓不共谈"红楼"。秋试同舟,伯谦谓余曰:"君何为泥而不化耶?"余曰:"子亦何为窒而不通耶?"一笑而罢。嗣后放谈,终不及此。①

这个故事不但说明了对薛宝钗的看法可以这样不同,争论到几乎要打起架来,而且还提出了一个对薛宝钗的性格的解释,说她"奸"。这种说法是相当流行的。涂瀛的《红楼梦问答》中有这样的话:

或问:"宝钗似在所无讥矣,子时有微词何也?"曰:"宝钗,深心人也。人贵坦适而已,而故深之,此《春秋》所不许也。"
或问:"宝钗深心,于何见之?"曰:"在交欢袭人。"
或问:"袭人不可交乎?"曰:"君子与君子为朋,小人与小人为朋,方以类聚,物以群分。吾不识宝钗何人也,吾不识宝钗何心也。"
或问:"宝钗与袭人交,岂有意耶?"曰:"古来奸人干进,未有不纳交左右者,以此卜之,宝钗之为宝钗,未可知也。"

姚燮的《红楼梦总评》也这样说:

薛姨妈寄人篱下,阴行其诈。笑脸沉机,书中第一。尤奸处在搬入潇湘馆。
宝钗奸险性生,不让乃母。
凤之辣,人所易见;钗之谲,人所不觉。一露一藏也。

---

① 邹弢《三借庐赘谭》卷十一。

这都是说薛宝钗的特点是奸险。① 从这可以看出,过去的有些读者之反对薛宝钗,是和我们不大相同的。我们是讨厌她那样坚决地维护封建正统思想,也即是坚决地维护封建统治阶级的利益,而这些读者却是因为把她看成一个女曹操。根据这种看法,《红楼梦》本书曾两次从林黛玉的口中说过薛宝钗并非"心里藏奸",都不过是"作者弄狡狯处"而已。但是,曹雪芹如果要把薛宝钗写成个女曹操,为什么不明写她的奸险,却让我们来猜谜呢?

是有那样一些读者,他们把小说当作谜语来猜。他们认为书上明白写的都没有研究的价值,必须刁钻古怪地去幻想出一些书上没有写的东西出来,而且认为意义正在那里。就是上面那个涂瀛,他在《红楼梦问答》中说黛玉是凤姐害死的,因为黛玉到贾府时带有数百万家资,害死了她贾府才好吞没这笔财产。② 还有一个自号太平闲人的张新之,他在《红楼梦读法》中说"石头记乃演性理之书,祖大学而宗中庸"③。关于《红楼梦》的无稽之谈那是例不胜举的。什么时候我们的许多文学名著才能免于这一类的奇异的灾难呵!

从书上的明白的形象的描写,其实我们是可以看清楚薛宝钗的思想和行为的。她不止一次地劝导贾宝玉,要他顺从地走封建统治阶级给他规定的道路,以至引起贾宝玉很大的反感,说她也"入了国贼禄鬼之流"。她又用"女子无才便是德"那一类封建思想来教导史湘云和林黛玉。有一次她对史湘云谈了她关于作诗的意见以后,紧接着说:"究竟这也算不得什么,还是纺绩针黹是你我的本等。一时闲了,倒是于你我深有益的书看几章是正经。"她所说的书大概就是《女诫》《女论语》之类。又一次,因为

---

① 应该说明,涂瀛对薛宝钗的看法是有些自相矛盾的。他一方面说她不好,一方面在《红楼梦问答》中又说:"或问:'子之处宝钗也将如何?'曰:'妻之。'"
② 见《红楼梦问答》。他的"证据"是:"贾琏发急时,自恨何处再发二三百万银子财,一再字知之。夫再者二之名也。不有一也,而何以再耶?"
③ 见妙复轩评本《红楼梦》。他的"证据"是:"宝玉说明明德之外无书。又曰,不过大学中庸"。光绪七年刻本孙桐生跋云太平闲人为同卜年。一粟编《红楼梦书录》据抄本五桂山人序,知太平闲人为张新之号。

黛玉在行酒令的时候说了《西厢记》和《牡丹亭》中的句子,她更长篇大论地教训了黛玉一顿。她说:"咱们女孩儿家不认得字的倒好。男人们读书不明理,尚且不如不读书的好,何况你我?就连作诗写字等事,原不是你我分内之事,究竟也不是男人分内之事……你我只该做些针黹纺绩的事才是,偏又认得了字。既认得了字,不过拣那正经的看也罢了。最怕见了些杂书,移了性情,就不可救了。"这一席话把黛玉说得低头吃茶,心中暗服。这一段文字写出了黛玉并不像现在有些人所说的那样"具有浓厚解放思想"。她对封建正统思想的排斥没有宝玉那样严格。出于这种原因以及其他原因,她对薛宝钗这段话不但不反感,而且当作关怀和温暖来接受。同时我们从这段文字也可以看到作者是有意识地写出薛宝钗的这种思想倾向。后来还有一次,薛宝钗对着林黛玉和贾宝玉更直接地说出"女子无才便是德,总以贞静为主",就是女工也"还是第二件"了。这种思想当然并不是薛宝钗的新发明,而是她所说的那些"深有益"的"正经"的书所反复提倡的,也即是封建主义一直要求妇女们遵守的奴隶道德。作者的同情和赞扬显然是在这种思想倾向的反对者方面。

《红楼梦》还明白地写出了薛宝钗喜欢讨好人和奉承人。她一到贾府,就"大得下人之心"。甚至那个一直心怀不满、从来不大称赞别人的赵姨娘也说她好。贾母喜欢她"稳重和平",要给她做十五岁的生日。贾母问她爱听什么戏,爱吃什么东西。她深知年老人喜欢热闹的戏,甜烂的食物,就按照贾母平时的爱好回答。她还这样当面奉承过贾母。她说:"我来了这么几年,留神看起来,凤丫头凭他怎么巧,再巧不过老太太去。"结果是贾母也大夸奖她:"提起姊妹","从我们家四个女孩儿算起,全不如宝丫头"。金钏儿投井自杀后,王夫人心里不安。薛宝钗对她说:金钏儿不会是自杀;如果真是自杀,就不过是个糊涂人,死了也不为可惜,多赏几两银子就可以了。王夫人说:不好把准备给林黛玉做生日的衣服拿来给死者妆裹,怕她忌讳。薛宝钗就自动地把自己新做的衣服拿出来交给王夫人。这一段文字不但是写她讨好王夫人,而且显出这个封建主义的信奉者是怎样残酷无情了。决不是偶然的,林黛玉是贾母的外孙女,比薛宝钗的关系更亲近,然而书中从来没有写过她讨好贾母或者其他什么人。我们知道,曹雪芹本人正是很有骨气的,孤高自赏的。他喜欢和赞扬的也是这种人。他的这些描写显然就是对于林黛玉的肯定和对于薛宝钗的贬抑。

在薛宝钗和贾宝玉的关系上,书中的描写也是明确的。贾宝玉不仅"天分高明,性情颖慧",而且"神采飘逸,秀色夺人"。他又是薛宝钗的生活圈子里唯一可以接近的年龄差不多的异性。她无论怎样到底是一个少女。她对贾宝玉也有爱悦之意,那完全是自然的。但按照她所信奉的封建道德,她不但不能自己选择男子,而且也决不容许像林黛玉那样曲折地痛苦地表现自己的感情。所以一方面她并非对宝玉完全无意,她卑屈地答应替袭人给宝玉做针线活,这恐怕不但是讨好袭人,而且也是出于对宝玉的爱悦;另一方面却又正因为金玉姻缘之说,她"总远着宝玉",有一次贾元春赐她的东西独与宝玉一样,她"心里越发没意思起来"。封建社会的循规蹈矩的少女正是这样的。书中写她"稳重",也即是拥薛派所说的"端重",写她"罕言寡语,人谓藏愚,安分随时,自云守拙",这种或者可以说是她的性格上比较突出的特点也正是符合封建主义所提倡的淑女的标准。然而作者并不欣赏她的这种"端重"。在宝玉过生日的怡红院夜宴上,她掣得的酒令牙签上画着牡丹,并且有这样一句诗:"任是无情也动人。"①牡丹过去是被称为富贵花或者花王的,但实际却不过是俗艳。按照封建主义的标准,薛宝钗是群芳之冠,但作者却指出她"无情"。"无情",因为她是一个封建道德的信奉者和实行者;"也动人",却不过是她的美貌。作者赞扬和歌颂的显然是贾宝玉和林黛玉那样的如痴如醉的大胆的爱情,而不是这种熄灭了青春的火焰的"无情"。

曹雪芹所描写的薛宝钗主要就是这样。我们今天反对和讨厌她也主

---

① 罗隐《牡丹花》诗:"若教解语应倾国,任是无情亦动人。""亦"一作"也"。原句重点在"也动人",但用在薛宝钗身上,我们不妨再重视"无情"二字。

要是由于这些描写。丸曰冷香,可能作者有暗示她非热心人的意思。但这不过和点明她"无情"相同。无情和非热心人并不等于奸险。水亭扑蝶,自然可以看出她的机心。但这种机心是用在想使小红坠儿以为她没有听见那些私情话,似乎还并不能确定她是有意嫁祸黛玉。借衣金钏,那是讨好王夫人。书上说王夫人原来就怕黛玉忌讳。薛宝钗这样做,其结果自然是在王夫人的眼中和心中,她比林黛玉"行为豁达"。但我们也很难说她这是蓄意使王夫人疑忌林黛玉。我们前面引的那段清人笔记,还说薛宝钗曾经说到过杨国忠,好像就是作者暗示她和杨国忠一样奸;又说她让贾宝玉看她的金锁,好像就是写她很不正经,和平时为人两样。那更是一些十分明显的穿凿附会。

　　按照书中的描写,薛宝钗主要是一个忠实地信奉封建正统思想,特别是信奉封建正统思想给妇女们所规定的那些奴隶道德,并且以她的言行来符合它们的要求和标准的人,因而她好像是自然地做到了"四德"俱备。如果我们在她身上看出了虚伪,那也主要是由于封建主义本身的虚伪。她得到了贾府上下的欢心,并最后被选择为贾宝玉的妻子,也主要是她这种性格和环境相适应的自然的结果,而不应被简单地看作是由于她或者薛姨妈的阴谋诡计的胜利。那种认为薛宝钗的一切活动都是有意识地有计划地争夺贾宝玉的看法,是既不符合书中的描写,又缩小了这个人物的思想意义的。作者在第五回就写过,薛宝钗入贾府后,因为"行为豁达,随分从时,不比黛玉孤高自许,目无下尘,故比黛玉大得下人之心。便是那些小丫头子们,亦多喜与宝钗去顽。因此黛玉心中便有些悒郁不忿之意,宝钗却浑然不觉"。这也可以说明她的性格的特点并非奸险,而是按照封建正统思想所提倡的那样做,就自然和环境相适应而自己还不怎样察觉。至于把薛姨妈曾一次搬入潇湘馆也看作是去监视林黛玉,并从而帮助薛宝钗争夺贾宝玉,那就更是一种可笑的奇谈了。当然,我们说薛宝钗有机心,说从她身上可以看出封建主义的虚伪,这就也是说,她并不是一个率真的胸无城府的少女,她并不是没有心眼和打算,她的言行也不可能完全没有矫揉造作和虚伪之处。但这和奸险还是在程度上很有差别的。

花袭人也曾被人看作"蛇蝎",看作"奸之近人情者",并且被认为曾以谗言"死黛玉,死晴雯,逐芳官蕙香,间秋纹麝月",幸而她没有早死,后来嫁了蒋玉菡,才知道她的"真伪"。① 这种看法也是不恰当的。黛玉死于花袭人的谗言,这是高鹗的续书也不曾写过的。② 晴雯、芳官、蕙香的被逐,花袭人有嫌疑,而且宝玉就怀疑过她。但这件事情的发生并不是由于她的谗言,作者在书中曾明白地交代过。第七十四回写王善保家的对王夫人讲了一通晴雯的坏话,王夫人回忆起她对晴雯的不好印象,特别叫来对证一次,这样才决定撵晴雯。第七十七回写王夫人到怡红院来查人的时候,又这样明白地写道:"原来王夫人自那日着恼之后,王善保家的去趁势告倒了晴雯。本处有人和园中不睦的,也就随机趁便下了些话。王夫人皆记在心中……今日特来亲自阅人。"③这就是芳官蕙香和宝玉的嬉戏也为王夫人所知的由来。这也就是第五十八回到第六十一回所写的芳官这些小丫头和园中老婆子们的纠纷的一种结果。王夫人那里的人知道怡红院里的事,自然是园中的老婆子们告诉的。王夫人训斥芳官的时候,就说到了她和她干娘的那次吵架。花袭人这个人物的使人讨厌和反感,和薛宝钗一样,也不是由于她特别奸险,而主要是由于她的头脑里充满封建思想。她也曾不止一次地规劝贾宝玉,要他顺从地走封建统治阶级给他规定的道路。可能由于她和宝玉的关系很亲昵,规劝的方式又特别委婉,宝玉倒并没有给她难堪,只是嘴里答应而实际上并没有接受。贾宝玉挨打以后,她对王夫人说:"若论理,我们二爷也须得老爷教训两顿。若老爷再不管,将来不知做出什么事来呢。"她建议把贾宝玉搬出大观园,因为里头姑娘们也大了,应该男女有别。她说,如果不预防,万一有了什么事,宝

---

① 见涂瀛《红楼梦问答》和《红楼梦论赞》。
② 第九十六回只写花袭人告诉王夫人,宝玉曾误把她当作黛玉,诉说心事。这是为了要写用薛宝钗假装黛玉的缘故,并非谗言。
③ 有正本把这句话改为"原来王夫人自那日着恼之后,王善保家的趁势治倒了晴雯。她合园中不睦之人,她也就随机趁便下了些话说在王夫人耳中……"。把这些谗言都归在王善保家的一人身上,不如原来的写法近情理。通行的一百二十回本更删去了这段话。

玉的"一生的声名品行"就完了。王夫人听了她的话,"如雷轰电掣的一般",并且非常感激她。这一段文字说明花袭人和贾政王夫人的封建主义立场完全是一致的。她这次进言除了根据平时对宝玉的看法以外,当然和她有一次被宝玉误当作黛玉,向她吐露心事很有关系。然而她这次进言并没有把这件具体的事告诉王夫人,只是从封建大道理来讲。当然,这次进言不但她本人大得王夫人赏识,而且引起了王夫人对于宝玉的私生活的更加注意,客观上是和后来晴雯芳官等人被逐有关系的。但这也并不能说她个人特别奸险,而是写出了笃信封建主义的人自然会形成一个壁垒,自然会一致反对贾宝玉的叛逆。晴雯被逐以后,贾宝玉说,怡红院有一株海棠花无故死了半边就是预兆。花袭人不相信草木和人有关。宝玉又说,许多有名的人的庙前或坟上的草木都有灵验。花袭人说:"那晴雯是个什么东西,就费这样心思,比出这些正经人来!还有一说,他纵好,也灭不过我的次序去。便是这海棠,也该先来比我,也还轮不到他。"作者对这个庸俗不堪的封建主义的信奉者作了有趣的嘲讽,在"金陵十二钗又副册"上,就刚好把晴雯排在她的前面。

花袭人的身份、教养和个性都跟薛宝钗不同,她也不像薛宝钗那样聪明、美貌。王夫人说她"笨笨的"。贾母说她像"没嘴的葫芦"。这个人物的形象就和她的思想上的近似者区别开来了。第三回还写明她有这样一个性格上的特点:"这袭人亦有些痴处,服侍贾母时,心中眼中只有一个贾母;如今服侍宝玉,她心中眼中又只有一个宝玉。"这就有些像契诃夫所写的那个"可爱的人"了。高鹗的续书写她出嫁那一段,是和这种性格符合的。但这个中国封建社会里的"可爱的人"在宝玉之外还有一个她痴爱的对象,那就是——封建主义。她努力使这两个所爱者合而为一,然而她失败了。

贾政和王夫人也是笃信封建正统思想的人物。书中曾用林黛玉的父亲林如海的话说贾政"为人谦恭厚道",后来又直接说他"礼贤下士,济弱扶危"。然而他所来往的不过是贾雨村之流。他见到宝玉就训斥。宝玉说话被喝,不说话也被喝。就是在不嫌恶他的时候也要喝一声"作业的畜生"。所以宝玉很怕他,见到他就和老鼠见到猫一样。贾政在书中是作为一个宝玉的最激烈的反对者出现的。这一方面写出了他是一个坚决的封建主义的维护者,另一方面也给我们塑造了一个封建社会的所谓严父的典型。第四十五回,赖嬷嬷对宝玉说,贾赦贾政小时也是经常挨他们的父亲的打;至于贾珍的祖父,更是"火上浇油的性子,说声恼了,什么儿子,竟是审贼"。封建社会的父子之间的关系就是这样不合理,然而世世代代传下来,公认为必须如此。王夫人不像贾政这样严厉,但她的维护礼教也是十分积极的。在她身上,特别集中地写出了封建主义本身的虚伪。明明是封建统治阶级的男性蹂躏了无数的女子,但王夫人却认为"好好的爷们"都是丫头们勾引坏的。金钏儿不过和宝玉说了一句玩笑话,王夫人就劈脸打她的嘴巴,指着骂她为"下作的小娼妇",而且马上就把她撵出去,逼得她投井自杀。晴雯不过生得样子好一些,眉眼有些像林黛玉,王夫人就把她看作蛇蝎一样,很怕她接近宝玉,亲自带人把这个"四五日水米不曾沾牙"的病人从炕上拉了下来,叫人架走,而且连她多余的衣服都不准带。晴雯就是这样屈死了。但书上还说王夫人"是个宽仁慈厚的人""原是个好善的"。封建统治阶级的比较慈善的人也就是这样。书中写傻大姐拾得了绣春囊,邢夫人一看见,"吓得连忙死紧攥住";后来王夫人把它拿给凤姐瞧的时候,更是"泪如雨下,颤声说道……"这写得多么深刻呵!在宁国府和荣国府这两个封建大家庭里面,我们已经看到了多少男女关系的混乱和荒淫,然而那都是平静无事的,等于合法的。就是像凤姐过生日那一次,贾琏的丑事闹了出来,贾母也说那不是什么要紧的事,"从小儿世人都打这么过"。但这一次拾到了一个绣春囊,却掀起了这样大的波澜,结果是几个丫头做了牺牲品。封建主义的虚伪就是这样的,它的某些拥护者在某些时候,甚至完全不觉得他们的道德的虚伪,他们的行为的虚伪,而是那样诚恳地相信着和行动着!

薛宝钗、花袭人、贾政和王夫人这些人物的性格各不相同,然而在诚恳地信奉着封建主义这一点上却是一致的。通过这些人物，《红楼梦》写出了封建主义是怎样深入人心，不仅是贾政和王夫人这种家庭的长辈，就是像薛宝钗这样的少女，花袭人这样的奴隶身份的人，她们的头脑也为它所统治。封建礼教封建道德明明是不合理的，虚伪的，然而这些人却信奉到如此真诚的程度。薛宝钗真诚地提倡歧视妇女压迫妇女的封建思想，真诚地拥护给她本人也只有带来不幸的封建婚姻制度。花袭人真诚地为压迫她的阶级的巩固而努力。曹雪芹就是这样深刻地写出来了封建社会的生活的复杂和残酷。

七

王熙凤的更流行的名字是凤姐。她是一个写得非常生动的人物。她在哪里出现，哪里的空气就活跃起来，就常常有了热闹和欢笑。她是贾母宠爱的孙媳妇。她以一个二十岁的年轻妇女就做了荣国府的家政的主持人。本书的开头曾从别的人物的谈话中这样介绍她："模样又极标致，言谈又爽利，心机又极深细，竟是个男人万不及一的"；"年纪虽小，行事却比世人都大呢。如今出挑的美人一样的模样儿，少说些有一万个心眼子。再要赌口齿，十个会说话的男子也说他不过"。书中所写的她的语言是最有个性和特点的。她在各种场合说的话都表现出她聪明，有心眼，又很有口才，都是说得那样得体，有时说得很甜，有时说得很泼辣，有时又很诙谐。不用说出她的名字，只要把她的那些话念出来，我们就知道准是她。她在书中第一次出现是在林黛玉进贾府的时候。林黛玉正在和贾母说话，突然听见后院中有人笑声说："我来迟了，不曾迎接远客。"黛玉有些诧异："这些人个个皆敛声屏气，恭肃严整如此，这来者系谁，这样放诞无礼？"原来这就是贾母宠爱的凤姐：

> 这熙凤携着黛玉的手，上下细细打谅了一回，仍送至贾母身边坐

下,因笑道:"天下真有这样标致的人物,我今儿才算见了!况且这通身的气派,竟不像老祖宗的外孙儿,竟是个嫡亲的孙女,怨不得老祖宗天天口头心头,一时不忘。只可怜我这妹妹这样命苦,怎么姑妈偏就去世了!"说着便用帕拭泪。贾母笑道:"我才好了,你倒来招我。你妹妹远路才来,身子又弱,也才劝住了,快休提前话。"这熙凤听了,忙转悲为喜道:"正是呢!我一见了妹妹,一心都在他身上了,又是喜欢,又是伤心,竟忘记了老祖宗。该打该打!"又忙携黛玉之手问:"妹妹几岁了?可也上过学?现吃什么药?在这里不要想家。想要什么吃的,什么玩的,只管告诉我。丫头老婆们不好了,也只管告诉我。"一面又问婆子们:"林姑娘的行李可搬进来了?带了几个人来?你们赶早打扫两间下房,让他们去歇歇。"

这一段还并不能充分显出王熙凤的说话的特点。要知道她的语言的活泼,多变化,淋漓尽致,或者说贫嘴,那是还要越往下读才越清楚的。然而,就是这简短的平常的几句话,我们也可以看出她是多么面面周到,多么会逢迎贾母,而且她的悲和喜是转变得多么快!世界上是有这样的人的。难得的是作者毫不着力地几笔就把她的为人和说话的特点勾画出来了。

《红楼梦》从第十二回起,连着的几回都主要是写凤姐。"毒设相思局"是写她的狠毒。"协理宁国府"是写她的才干。"弄权铁槛寺"是写她贪财舞弊。从最初出场的印象看,凤姐不过是个聪明的会讨好人的女子。然而,和金陵十二钗中所有其他的人都不同,我们很快就看出来了她是一条美丽的蛇。贾瑞固是一个肮脏人,但凤姐为什么要那样处心积虑地设毒计害死他呢?送秦可卿的灵柩到铁槛寺的时候,水月庵的尼姑求凤姐利用和贾府有关系的官僚势力强迫人家退婚。结果是凤姐得了三千两银子和平白地害死了一对未婚夫妻。书上写道:"自此凤姐胆识愈壮,以后有了这样的事,便恣意的作为起来。"作者的谴责是很明白的。书上还写出了凤姐做这件坏事是这么自觉和大胆：她对水月庵的尼姑说，"你是素日知道我的，从来不信什么是阴司地狱报应的"。这是她表示敢于向一切阻止她做坏事的力量挑战。以后凤姐这个人物就是这样在书中活动的：一方面是谈笑风生，善于逢迎，好像一个灵巧的不会咬人的小动物；另一方面却是继续暴露出她的贪婪和狠毒，好像那已经成为她的天性。她瞒着贾琏放债，收利钱。她甚至把大家的月钱也支来放债。后来贾府钱用的接不上的时候，贾琏想偷借贾母的金银器去当钱，要凤姐向鸳鸯说一声。她就要贾琏给她一二百两银子作报酬。夫妇之间就是这样勾心斗角，唯利是图。贾琏偷娶尤二姐的事情被她发觉以后，她对尤二姐是那样狡诈，对尤氏是那样放泼，最后又那样残忍地把尤二姐折磨死了。她还曾派人去设法害死尤二姐以前的未婚夫。这虽然未成事实，但可以看出这个容貌美丽的妇女是怎样冷酷：她是可以随便杀死一个人而她的心灵不会颤动的。正如本书的开头曾借别的人物的口讲过她一些好话一样，到了后面，又由贾琏的仆人兴儿给她作了这样的结论："心里歹毒，口里尖快"，"嘴甜心苦，两面三刀，上头一脸笑，脚下使绊子，明是一盆火，暗是一把刀"。

要说金陵十二钗里面有奸险的人物吗？这倒真是一个。她的人生哲学真是和《三国志演义》里的曹操一样："宁教我负天下人，休教天下人负我。"这就是她的道德标准。这就是她的信仰。然而她又并不是曹操这个不朽的典型的简单的重复。女性的美貌和聪明，善于逢迎和善于辞令，把这个极端的利己主义者更加复杂化了，更加隐蔽得巧妙了，因此我们在生活中从来不会把这两个名字混淆起来，不会把应该叫作曹操的人叫作凤姐，也不会把应该叫作凤姐的人叫作曹操。这是一个笑得很甜蜜的奸诈的女性。

这个女性也是高出于贾赦、贾政、贾珍、贾琏以及薛蟠这样一些男子的。不过高出于他们的并不是她的天真，她的善良，而是她的阴险，她的毒辣。剥削阶级从它们的本性来说就是利己的，残酷的。然而它们却又不能不提出一些从表面上看来或者从当时看来也好像有一定的合理性的道德观念,这样来巩固它们所统治的社会。中国的封建统治阶级的存在的历史特别长久,它所提出的那些道德观念是很系统化,很根深蒂固的。这样就不能不从那个阶级中产生一些真正信奉封建道德的人。贾政、王夫人、薛宝钗大致就是这种人的代表。但必然还有更多的人,他们感到封建道德给他们所保证的利益还不够满足他们的贪得无厌的欲望,他们的行为就更加赤裸裸地表现出来了他们的阶级本性。贾赦、贾珍、贾琏、薛蟠主要是向肉欲方面发展,而凤姐却主要是向金钱和权力方面发展。这就是他们的相同而又不同的地方。

《红楼梦》描写了这样一些人物,就又从这一方面有力地暴露了封建统治阶级的丑恶和黑暗。

薛宝钗和王熙凤都是作者不赞成的人物。书上那样反复地写她们的不好的思想和行为,而且有时甚至明白表示了作者的贬抑或谴责,那决不是偶然的。但作者又对这两个人物有些同情和惋惜。他把她们也看作是聪明的、有才能的、薄命的女子。这就是他把她们也列入"金陵十二钗正册"的原因。不用说在这点上是和我们今天的看法很有差异的。薛宝钗和探春一起代替凤姐管家的时候,探春的"兴利除宿弊"和薛宝钗的"小惠全大体"都得到了作者的赞赏。薛宝钗宣布完她的所谓"小惠全大体"的办法以后,书上写了这样一句:"家人都欢声鼎沸。"这和《儒林外史》写一群读书人祭泰伯祠,"两边百姓"居然"欢声雷震"一样,都表现了作者的思想的局限。曹雪芹出身于封建大家庭,又经历了破落以后的穷困,所以在书中把如何节省一点家庭开支,如何节省而又不至引起有些人不满这类事情写得那样重要。通过这些情节来描写探春和薛宝钗的性格是很自然的,但作者在这里不只是作了客观的描写,还加上了主观的赞赏。对于王熙凤的同情和惋惜,首先是明显地表现在"金陵十二钗正册"的题词上:

〔聪明累〕机关算尽太聪明,反算了卿卿性命。生前心已碎,死后性空灵。家富人宁,终有个家亡人散各奔腾。枉费了意悬悬半世心。好一似荡悠悠三更梦。忽喇喇似大厦倾,昏惨惨似灯将尽,呀,一场欢喜忽悲辛。叹人世终难定!

其次就是第七十一回写她虽然那样厉害、泼辣,在矛盾众多的封建大家庭中也难免有受到委屈和侮辱,以至灰心流泪的时候。在作者的计划当中,这个人物后来的遭遇和结局是相当悲惨的。我们的看法为什么和作者很有差异呢?这是因为薛宝钗的结局虽然也是封建婚姻制度的一种结果,但我们今天决不会把封建社会的愚忠愚孝式的牺牲者和因为叛逆而得到悲剧结局的人放存一起。至于王熙凤,虽然因为她到底是一个妇女,不管她怎样奸险,到了她所凭借的有利条件有了很大的变化之后,是可能也陷入悲惨的境地的,不能说作者打算这样写没有现实生活的根据,但对于这种露骨地表现了剥削阶级的本性而且手上带有血迹的人,不管她的结局怎样,我们却是不会予以同情和惋惜的。

八

我们就《红楼梦》中的一些重要人物,就他们的性格和故事的意义,作了如上的说明。如果读者们想在这篇论文里找到所有他们感到兴趣的人物的名字,所有他们感到困惑的问题的解答,那就一定要失望了。《红楼梦》是一个森林、一个海洋,我们不可能把它的每一棵树木、每一重波浪都加以说明,虽然这个森林和海洋又正是由这些细小的部分构成的。

在文学理论上被归入史诗类的小说,它固然可以有契诃夫的那种顷刻即可读完的短小而深刻的作品,高尔基的那种像猛烈的风鼓动着船帆一样激动我们的短篇,也可以有屠格涅夫的那种单纯、优美得和抒情诗相似的较长的故事,但按照小说的特性说来,它是更长于表现广阔的复杂的社会生活的。正如托尔斯泰的《战争与和平》和《安娜·卡列尼娜》一样,

《红楼梦》最大限度地发挥了小说这一形式的性能和长处,因而成为我国古典小说艺术发展的最高峰。

长篇小说本来是容量最大的文学形式。但像《战争与和平》和《红楼梦》那样展开了异常巨大而复杂的人生的图画,而又艺术上异常成熟,却是世界上极少出现的天才才能创造出的奇迹。世界上也曾有过一些奇迹似的伟大的建筑,但那都是由千千万万的人的手和头脑造成的。《战争与和平》《红楼梦》以及其他巨大的文学的建筑却是出于一个人的劳动。

托尔斯泰曾在一封信里说过他写长篇小说的艰苦的准备:

> 我现在很郁闷,什么也没有写,只是辛苦地工作着。你不能想象,我发现在我必须播种的土地上耕得很深的这种准备工作是多么困难。考虑和再考虑我正在作准备的很巨大的作品中的所有那些未来的人物的种种遭遇,并且权衡几百万个可能的结合,以便从它们中间选择出那一百万分之一来,真是难极了。而这就是我正在做着的事情……[①]

没有写过情节复杂和人物众多的小说的人是不可能理解这种困难的。有些关于托尔斯泰的文献告诉我们,《战争与和平》中的许多人物都有模特儿。任何天才的作家的想象和虚构都必须有生活的基础,他的人物和故事不可能凭空编造出来。但如果以为生活既然提供了基础,文学的创造就不是一件难事,那就完全错了。真实生活中的人物性格的形成和发展,事件的发生和变化,以及人物和人物、事件和事件之间的关系,都是由许多条件规定的,因而是很自然很合理的。以它们为材料来虚构,就常常要把它们拆散、打乱,而又凭借想象去重新创造出一些有机的整体,这就很容易因为某一条件或某一部分的考虑不周密而引起了整个的或部分的不自然不合理。人物越众多,情节越复杂,这种虚构的困难就越大。曹雪芹

[①] 据阿尔麦·莫德的《托尔斯泰传》第一卷第九章转引。

写《红楼梦》的过程我们知道得不具体。但他自己在这部小说里也曾说他写了十年,改了五次,并且说:"字字看来皆是血,十年辛苦不寻常。"①胡适和某些曾经为他的说法所俘虏的人,说《红楼梦》是曹雪芹的自叙传,好像他只是把他的经历记录下来,就成功了这样一部作品。这是完全不懂得文学创造的艰苦的。世界上也有一些自传式的作品,把它们和《红楼梦》比较,我们就会感到,像这样集中、这样典型、这样完美地描绘出来了封建社会的巨大的真实的小说,不经过很大的虚构是不可能产生的。主张自传说的人常常以脂批为佐证。其实有许多脂批是很不利于自传说的。第二十二回写薛宝钗过生日,凤姐点戏,脂批说:"凤姐点戏,脂砚执笔事,今知者寥寥矣,不悲夫?"②第二十八回写贾宝玉和冯紫英、薛蟠等人喝酒,他喝了一大海,脂批说:"大海饮酒,西堂产九台灵芝日也,书至此,宁不悲乎?"第三十八回写吃螃蟹,吟咏菊诗,贾宝玉叫把合欢花浸的酒烫一壶来,脂批说:"伤哉,作者犹记矮𩍦舫前以合欢花酿酒乎?屈指二十年矣!"这些批语,如果粗心大意地去读,好像可以解释为《红楼梦》写的都是真人真事。但如果仔细地想想,就知道前一条不过说凤姐有模特儿;后两条更不过由书中某种细节联想到生活中类似的事情,而且可以看出,这仅仅是细节上的相类似,书中的故事和生活中的真事其实是并不相干的。还有些脂批更明白地说出了书中许多情节是虚构。第二十三回,贾元春命家中姊妹和贾宝玉入大观园居住,批语说:"大观园原系十二钗栖止之所,然工程浩大,故借元春之名而起,再用元春之命以安诸艳,不见一丝扭捏。"③第四十八回,香菱入大观园居住,批语说:要写香菱入园,必须写薛蟠远行;要写薛蟠远行,才写他挨打和想做生意;要写他挨打,才写赖尚荣请客。脂批中这一类说明作者的匠心的地方是非常多的。不管这些说明是否完全符合作者的意图,但可以看出,批书人是把这部书当作虚构

---

① 甲戌本第一回。
② 原作"今知者聊聊矣,不怨夫?""聊"和"怨"都当是误字。
③ 原作"不见一丝扭捻"。"捻"当是误字。

的小说,也即是作者开头就声明过的"假语村言"看待的,并没有把它当作曹雪芹的自叙传。

第十七回,贾宝玉和贾政等人游赏新建成的大观园,对一个打算取名为稻香村的地方发生了争论。贾政欣赏它有田园风味,宝玉却说它不如另一处风景好:

> 此处置一田庄,分明见得人力穿凿扭捏而成。远无邻村,近不负郭,背山山无脉,临水水无源,高无隐寺之塔,下无通市之桥,峭然孤出,似非大观;争似先处有自然之理,得自然之气,虽种竹引泉,亦不伤于穿凿?古人云天然图画四字,正畏非其地而强为地,非其山而强为山,虽百般精而终不相宜……

他还没有说完贾政就气得喝命出去。不用说,这一次争论也是贾宝玉对。在大观园那样一个城市中的园子里,忽然出现了一个玩具似的假农村,那是多么不调和!但更值得注意的是作者在这里提出了一个很重要的艺术见解:虽然文学艺术作品都是人工创造出来的,但它们应该像生活和自然界一样天然。

《红楼梦》正是这种艺术见解的卓越的实践。它也是一个人工建成的大观园,但在它的周围却或远或近地、或隐或现地可以看见村庄和城郭,群山和河流,并非一个孤立的存在;而在它的内部,既是那样规模宏伟,结构复杂,却又楼台池沼以至草木花卉,都像是天造地设一样。

伟大的文学家和艺术家决不是不讲求匠心,不讲求技巧。不讲求匠心和技巧,文学艺术就不可能比普通的生活和自然更集中,更典型,更完美。他们正是讲求到这样的程度,他们在作品中把生活现象作了大规模的改造,就像把群山粉碎而又重新塑造出来,而且塑造得比原来更雄浑,更和谐,却又几乎看不出人工的痕迹。

这就是《红楼梦》在艺术上的一个总的特色,也就是它的最突出的艺术成就。伟大的作品正是这样的。它像生活和自然本身那样丰富、复杂，而且天然浑成。

一个线索和三两个重要人物的故事是容易安排的。要反映广阔的复杂的生活，线索和人物就不能不众多，就不能不寻求与之相适应的结构和写法。《战争与和平》和《安娜·卡列尼娜》是这样：像可以旋转的舞台似的，这一个线索和这一些人物出场的时候，其他的线索和人物都退居幕后。复杂的人生和戏剧就是这样轮流地在我们面前演出。这本来是向来的小说都用的手法，所谓一张口难说两家话。但场景的变换和交替那样繁多，而又剪裁衔接得那样自然，那样恰到好处，却是托尔斯泰的发展和创造。线索和人物复杂了，场景的变换繁多了，还有一个更大的困难，就是它们不容易被记住。情节和人物要不被人忘记，当然最根本的是它们本身要写得精彩和有性格；但在结构和写法上托尔斯泰也是很有匠心的。凡是一个重要的事件或人物，不出现则已，一出现就必给以相当充分的描写，一直到在读者的心中留下了不可磨灭的印象，然后移笔去写别的。《红楼梦》主要是写一个家庭，不像平行地写几个家庭那样便于分出几个清楚的线索，但在这个范围内它又不是仅仅写一个主要故事和三两个主要人物，而是把许多事情许多人物都加以细致的描写。这样它的结构和写法就又不同，而且从某种意义上说，是更为错综的。

我们不打算在这里详细分析《红楼梦》的结构。那样会写得冗长而且繁琐。极其简单地说来，八十回或许可以分四个部分。开头十八回主要是介绍荣国府、宁国府和大观园这些环境，贾宝玉、林黛玉、薛宝钗、王熙凤、秦可卿这些人物。第十九回至第四十一回主要是写宝玉和黛玉之间的爱情的试探，宝玉和封建正统思想的矛盾，以及薛宝钗、史湘云、花袭人、妙玉和刘姥姥。第四十二回至第七十回，因为宝玉和黛玉之间的爱情已经互相了解，黛玉和宝钗之间的猜忌也已经消除，小说就从已经写过的生活和人物扩展开来，主要去写一些从前还不曾着重写过的，或者新到贾府来的，或者大观园以外的女孩子，鸳鸯、香菱、薛宝琴、晴雯、探春、邢岫烟、尤二姐以及一些小丫头了。最后十回开始转入贾府的衰败的描写。主要是写了这个家庭的入不敷出,大观园的搜查和晴雯之死。这四个部分各有重点,而又和全书的主要线索主要人物联系在一起;而且每个部分又不只是写了它的中心内容,而是还写了许多情节许多人物。所有这些线索、情节和人物就是这样复杂地交错着。这样,全书的情节和人物虽然是有计划有步骤地展开的,我们却不大感到有一个作者在那里有意安排,而只是看到生活的河流是那样波澜壮阔、汹涌前进了。

描写广阔的复杂的生活,不能不寻求与之相适应的作品的结构。但还有一个更为根本的条件,却是写规模巨大的作品和短小的故事都必须具备的,那就是要把生活写得逼真和生动,那就是作品里要充满了生活的兴味。规模巨大的作品在这个问题上的困难也许在这里:它不能不写到很多日常的生活、平凡的生活,也不能不写一些大事件、大场面;前者要写得很吸引人固然需要杰出的才能,而敢于正面地去描写后者,并且写得很出色,那就更需要大手笔了。《红楼梦》在这两方面的成就都是惊人的。我们且不说那许许多多脍炙人口的细腻而又生动的场面。像刘姥姥第一次进荣国府见凤姐,那不是很平常的生活吗?但你看它写得多么活现:

> 那凤姐儿……端端正正坐在那里,手内拿着小铜火箸儿,拨手炉内的灰。平儿站在炕沿边,捧着小小的一个填漆茶盘,盘内一个小盖钟。凤姐也不接茶,也不抬头,只管拨手炉内的灰,慢慢的问道:"怎么还不请进来?"一面说,一面抬身要茶时,只见周瑞家的已带了两个人在地下站着了。这才忙欲起身犹未起身时,满面春风的问好,又嗔着周瑞家的怎么不早说。
>
> 刘姥姥在地下已是拜了数拜,问姑奶奶安。凤姐忙说:"周姐姐,快搀起来,别拜吧,请坐。我年轻,不大认得,可也不知是什么辈数,不敢称呼。"
>
> 周瑞家的忙回道:"这就是我才回的那姥姥了。"凤姐点头。

> 刘姥姥已在炕沿上坐了,板儿便躲在背后。百般的哄他出来揖,他死也不肯。
>
> 凤姐儿笑道:"亲戚们不大走动,都疏远了。知道的呢,说你们弃厌我们,不肯常来。不知道的那起小人,还只当我们眼里没人似的。"
>
> 刘姥姥忙念佛道:"我们家道艰难,走不起。来了这里,没的给姑奶奶打嘴,就是管家爷们看着也不像。"
>
> 凤姐儿笑道:"这话说的叫人恶心。不过借赖着祖父虚名,作个穷官儿。谁家有什么,不过是个旧日的空架子。俗语说,'朝廷还有三门子穷亲戚'呢,何况你我?"

又像书中第一次写贾宝玉到薛宝钗家里去,后来林黛玉来了,那也不是很日常的生活吗?但是,林黛玉一出场就写得很有特点:

> 话犹未了,林黛玉已摇摇的走了进来。一见了宝玉,便笑道:"嗳哟,我来的不巧了!"宝玉等忙起身笑让坐。
>
> 宝钗因笑道:"这话怎么说?"
>
> 黛玉笑道:"早知他来,我就不来了。"
>
> 宝钗道:"我更不解这意。"
>
> 黛玉笑道:"要来一群都来,要不来一个也不来。今儿他来了,明儿我再来,如此间错开了来着,岂不天天有人来了,也不至于太冷落,也不至于太热闹了?姐姐如何反不解这意思?"

后来他们一起喝酒。宝玉说,酒不必暖了,他爱吃冷的——

> 薛姨妈忙道:"这可使不得。吃了冷酒,写字手打颤儿。"
>
> 宝钗笑道:"宝兄弟,亏你每日家杂学旁收的,难道就不知酒性最热,若热吃下去,发散的就快;若冷吃下去,便凝结在内,以五脏去暖

它,岂不受害?从此还不快不要吃那冷的了!"

宝玉听这话有情理,便放下冷酒,命人暖来方饮。黛玉磕着瓜子儿,只抿着嘴笑。可巧黛玉的小丫鬟雪雁走来与黛玉送小手炉。黛玉因含笑问他:"谁叫你送来的?难为他费心。哪里就冷死了我?"

雪雁道:"紫鹃姐姐怕姑娘冷,使我送来的。"

黛玉一面接了,抱在怀中笑道:"也亏你倒听他的话。我平日和你说的,全当耳旁风。怎么他说了你就依,比圣旨还快些?"

宝玉听这话,知是黛玉借此奚落他,也无回复之词,只嘻嘻的笑两阵罢了。宝钗素知黛玉是如此惯了的,也不去睬他。

《红楼梦》是充满了这一类日常生活的描写的。这些描写能够吸引我们,让我们不觉得厌倦,还不仅仅因为它们写得细腻、逼真,而人总是对于各种各样的生活都有兴趣的;这里还有一个秘密,就是通过这些描写,故事正在进行,人物的性格正在显现。既然这部书的故事和人物是吸引我们的,这些组成部分自然也就引起我们的兴趣了。曾经有那种不能够欣赏文学作品的人,说《红楼梦》老是细细描写吃饭一类的事情,实在讨厌。他们就是不懂得这点道理。第四十三回写贾母给凤姐作生日,脂批说:"一部书中若一个一个只管写过生日,复成何文哉?故起用宝钗,盛用阿凤,终用贾母,各有妙文,各有妙景。"批书人在这里还没有说到贾宝玉过生日。那样众多的人物只写四个人的生日,固然这已表现作者有匠心,有剪裁。但更难得的是写得一点不重复,而且全部成为书中的十分必要的部分。薛宝钗过生日,那主要是写贾母喜欢她,她也讨好贾母,林黛玉有不平之意,后来又生贾宝玉的气,使他感到痴情的苦恼。凤姐过生日,贾母倡议"学那小家子,大家凑分子",这写法已和第一次很不同了。结果在凤姐意满酒醉之余,却碰到贾琏在和别的女人私通。通过这个事件,描写了凤姐的性格,暴露了封建家庭的丑恶。贾宝玉过生日,那是他和薛宝琴、平儿、邢岫烟四人同在一天,而且白天过了晚上又过。怡红夜宴那是繁华已极的文章。作者在这里又把全书的这些重要人物的性格或结局暗示一次,和第五回相照映。然而这已是"开到荼蘼花事了",不久就要转入萧条的季节,我们再也读不到如此欢乐的描写了。最后贾母过生日,关于宴会的正面的描写是很简单的,主要却是写到了这个大家庭的许多矛盾,宁国府的尤氏碰了荣国府的值班的老婆子的钉子,凤姐受了她的婆婆邢夫人的气,探春感慨他们这种大家庭还不如"小人家人少","大家快乐",宝玉说他是过一日算一日,而且最后鸳鸯碰见了一对青年男女在幽会。作者集中地描写了这个封建大家庭的矛盾、苦恼和破绽,全书的空气就从此为之一变。以后再用几回来写贾府的入不敷出,搜查大观园的风波,晴雯之死,过中秋节的强为欢笑,月夜的呜咽的笛声和林黛玉史湘云在水边的余音袅袅似的联句,就完全笼罩着一种凄凉悲楚的气氛了。我们可以看出,四个生日不但写得各有各的特点和内容,而且它们是那样和谐地成为全书的整个情节的发展的一些组成部分。

第五十八回至第六十一回,我们初读的时候,也许会觉得这些情节过于琐碎,这个小丫头和那个老婆子吵嘴,那个丫头又在厨房里大闹,诸如此类的事情有什么必要去写呢?我们再细读一遍,就知道它们的意义了。这是作者有意识地要写一些以前不曾写到的小人物,写这个大家庭中的人和人之间的种种矛盾,写连厨房这种差事也有人在钻营争夺。这些情形难道不像整个封建社会的不安定吗?而展开这些纠葛的时候,又继续描写了贾宝玉的性格,写他总是同情女孩子们,总是替她们说话,而且小丫头们和老婆子们的吵嘴和后来的情节的发展也有关系,这样也就和全书的主要线索连接起来了,并不显得多余和枝蔓。

也许《红楼梦》里面写得比较平淡的是那些结社吟诗的场面。这些描写当然也可以看作是当时的某种生活的反映,而且和那些结社吟诗的人物的生活也是很和谐的。但写得过多,就显得作者是主观上对这些事情很有兴趣,有些未能免俗了。写诗并不是一件坏事,为什么写多了就不大好呢?这是因为《红楼梦》写的那些女孩子的结社吟诗,正是和当时的一般文人一样,常常是出题限韵,即席联句,老实说那已经不是真正写诗,而是近乎一种文字游戏了。那是中国文人的诗歌衰落已久的表现。有些读者很欣赏《红楼梦》中的这些诗。比起那些才子佳人小说中的拙劣不堪而又在书中自己喝彩的所谓诗来,这些诗自然是像样多了。特别值得肯定的是这些诗写得各自符合人物的性格,因而成为书中的一个有机的部分。但如果真把它们当作诗看,那就必须说明,其中绝大部分是格调不高的。更多地表现出作者在诗歌方面的才能的是《红楼梦》十二支曲,而不是这些替书中人物拟作的诗词。这些拟作的诗词,正因为要切合不同的人物的身份、性格以至写作水平,而并不是曹雪芹自由地抒写他自己的思想感情,所以就并不能充分地表现他在诗歌方面的才能。从香菱学诗那一段还可以看出,作者对于写诗的意见似不如他对于写小说的见解精到。他好像认为写诗主要是依靠学古人和苦吟。只是那样,还是写不出很好的诗来的。唐宋以后有不少诗人都是苦学古人和硬作诗,所以写不出很好的诗来。然而历史规定要完全打破中国古典诗歌的末流的那些陋规和恶习,恢复到诗歌真是从深厚的生活的土壤和作者的感动里产生,那要经过五四"文化革命"以后才有可能。因此我们就不必惋惜曹雪芹没有写出李白和杜甫的那样的诗篇,而应该非常庆幸他把他的主要劳动放在写小说上,给我们留下了这样一部用散文写成的伟大的史诗。

关于《红楼梦》里面的日常生活的描写,我们已经说了不少的话。然而这些说明仍然远不足以表现它在这方面的成就。真要详细地说明作者的描写的手腕和匠心,那是要像过去的有些批评家一样,每一回都给它加上一些评语才行。日常生活的描写,细节的描写,是小说的基础。能够写得细腻、逼真,这就需要有才能。但是,并不是一切生活细节都可以进入文学艺术的世界。一个有头脑的小说家也不能为描写而描写。有时我们可以看到这样的作品,它们或者把细节的描写变成了沉闷的琐碎的刻画,或者并不能给人以美的感觉,或者仅仅成为一些没有深刻的思想内容的现象的描摹。因而并不是能够描写生活细节就是一个好的小说家。

生活中不但有日常的细节,而且还有重要的事件和波澜。它们是日常生活的发展的结果,是生活的意义和矛盾的集中的表现。如果说在现实里,这种集中的表现是稀有的现象;在文学艺术里它却是常见的不可缺少的部分。特别是规模较大的作品,如果没有重大的事件和大波澜,那就必然是沉闷的。《红楼梦》里面的大事件和大波澜都描写得非常出色,也只有托尔斯泰的长篇小说才能相比并。像贾宝玉贾政等游赏新建成的大观园,贾元春省亲,贾府眷属到清虚观打醮,以及多次的大宴会,没有魄力的作家是根本不敢去正面描写的。曹雪芹却在一部作品里写了这样多的大场面,而且写得那样不费力,那样明晰而又生动。在这许多大场面的描写里,也是故事在进行,人物性格在显现,洋溢着生活的兴味,而且揭露了生活的秘密。《红楼梦》里面的波澜更是很多很多的。它从来不作过长的平静的流泻。它常常是在一段细腻的描写之后,或者就在细腻描写之中,突然就发生了波澜和变化。全书中最大的波澜是贾宝玉挨打和搜查大观园。经过多次的曲折的爱情试探,林黛玉了解了贾宝玉果然是知己,贾宝玉也向她吐露了胸臆,我们想大概总有一段平静的生活的描写了吧。然而接着就发生了金钏儿的自杀。贾政碰见贾宝玉在为这件事叹气;虽然贾政还不知道是为什么,已经引起平时对他的反感了。接着又有忠顺亲王府来索取蒋玉菡,贾环来说金钏儿自杀也是由于他。这真是写得"山雨欲来风满楼"的样子。贾政决心要打死贾宝玉了。在这个时候却又穿插贾宝玉想找人捎信到里面去,结果只碰到了一个耳聋的老婆子,更增加了紧张的气氛。大打的时候,先是王夫人出来哭劝,最后是贾母出来阻止。于是通过这个事件,不但集中地表现了封建正统思想的拥护者和叛逆者之间的矛盾,而且鲜明地写出了贾母、贾政、王夫人、贾环等人的性格。搜查大观园也是用的集中写矛盾的方法。作者用这个事变来结束了大观园的和平和欢乐的生活,写出了这个封建大家庭的许多矛盾,而且晴雯、探春、惜春等人的性格也是一齐活现在纸上。进搜查的"奸谗"并直接执行的王善保家的,一次再次地遭到了晴雯和探春的反抗,而且结果是自己打自己的嘴，只搜查出来了自己外孙女儿的秘密，更是波澜中的波澜，更是写得变化多端，大快人意，就是画家的笔也无法描写得这样生动酣畅了。

  史诗类的文学作品都是用文字来描写生活，描写人物。由于这个共同点，中国和外国的伟大的作家就不谋而合地把小说艺术发展到如此惊人的高度。它能够容纳很广阔很复杂的生活。它能够把生活细节和大事件都描写得十分真实，十分生动，从而写出了巨大的典型环境和众多的典型人物。在这些根本的地方竟是这样一致。然而这并不是说《红楼梦》在艺术上没有强烈的民族色彩。它的结构、语言和写法都继承了中国过去的小说的特点。《红楼梦》的结构我们在前面已经说过，那是十分错综复杂的。甚至常常在一回里，也不是一个单纯的生活的片段，而是几个线索交织在一起。这自然和它的题材有关，但同时也是继承了我国过去的章回体小说的特点。它的语言更显然可以看出和以前的白话小说的语言的血统关系。不过那样生动、丰富，并且以北京话为主，却是它的进一步的发展。其他写法上的特点当然还有。第二回"冷子兴演说荣国府"，开头有这样一段话：

> 此回亦非正文，本旨只在冷子兴一人，即俗语所谓冷中出热，无中生有也。其演说荣府一篇者，盖因族大人多，若从作者笔下一一叙出，尽一二回不能得明，则成何文字。故借用冷子一人略出其文，好使阅者心中已有一荣府隐隐在心，然后用黛玉宝钗等两三次皴染，则耀然于心中眼中矣，此即画家三染法也……

下面还有一些说明作者匠心的话。这一段话像是批语误入正文；但也很可能是作者自己写的文字。开头几回，作者有时是自己出来说话的。这一段话值得注意，不但因为它再一次声明书中所写的贾家的故事是"无中生有"，是虚构，而且因为它说明了作者的一种手法。它说作者描写荣国府的手法是这样的：先介绍一下它的大概情形，以后林黛玉、薛宝钗和刘姥姥等人进荣国府，又再对它作一些描写，用了这样几次类似中国绘画上的皴染的手法，这个家庭给读者的印象就很鲜明了。这的确是一个作者常用的手法。不但写荣国府，写贾宝玉和林黛玉之间的爱情，写贾府的转入衰败，写贾宝玉、林黛玉、薛宝钗、王熙凤等许多重要人物的性格，都是先用这种或那种方法略为介绍一下，然后是断断续续地加以多次的皴染。这就可以作为一个《红楼梦》的写法上的特点的例子。曹雪芹不但是小说家、诗人，同时还是一个画家。他用这种所谓皴染的手法，可能是有意识地参考了中国的绘画的方法的。这种手法不能说别的小说家就没有用过。但曹雪芹用得特别多。这样，《红楼梦》就具有这种近于油画似的色彩，和《战争与和平》《安娜·卡列尼娜》那种精雕细刻的写法有些不同了。这一类结构、语言和写法的特点，孤立起来看，好像并不是很重要的。然而文学艺术常常并不是由于它们在艺术原理上的根本差异，而正是由于这些具体的从过去的传统继承和发展而来的特点结合在一起，就构成了它们的强烈的民族色彩。

九

塑造了众多的性格鲜明的人物，而且其中不少人物流行在生活中，成为不朽的典型，这也是《红楼梦》在艺术上的一个突出的成就。要广阔地多方面地反映生活，就不能不出现众多的人物。这种规模巨大的作品的最困难之处，也许还并不在于如何把复杂的千头万绪的生活现象很自然地组织起来，甚至也不在于如何把各种各样的生活都描写得真实，生动，细节逼真，善于写大事件，并且富有波澜和变化，而正是在于不容易把那样众多的人物写得成功。我们曾经说过，《红楼梦》里面使人读后长久不能忘记的人物至少是以数十计，为了说明它的主要内容，我们已经分析了一些人物。那已经写得够冗长了。然而还有许多性格鲜明的人物我们没有能够包括进去。溺爱孙子、很会享乐、胆小得见了马棚走水的火光就吓得口里念佛的贾母是一个封建大家庭的老祖母的典型;年老好色而又很霸道的贾赦和"禀性愚强"①的"尴尬人"邢夫人是贾政王夫人之外的又一对性格不同的夫妇;混人式的呆霸王薛蟠写得那样有色彩;从近郊的农村来到荣国府和大观园的刘姥姥写得尤为活跃;对林黛玉忠心耿耿的紫鹃,做了王熙凤的助手却仍然保持着善良的性格的平儿,想爬到高枝儿去的小红和孩子气很重的芳官,都各有特点;甚至只是寥寥几笔描绘的、因为说了几句真话嘴里便被填满马粪的焦大和拾到绣春囊的傻大姐,都一概使人不能忘记。这些人物以及其他写得有个性的人物我们都没有机会评论。在这些人物里面,刘姥姥或许是更重要的。刘姥姥"只靠几亩薄田度日",她一起生活的女婿也以"务农为业"。她年纪比贾母大却身体健壮得多,作者把这样一个下层的人物引到官僚贵族的家庭生活中来,显然是有对比的用意的。她曾感慨地说,大观园里随便吃一顿螃蟹,所花的钱就够庄稼人过活一年。我们知道,这次吃螃蟹还是薛宝钗替史湘云出的主意,是一次最省钱的宴会呢。写得更深刻动人的是凤姐叫鸳鸯捉弄刘姥姥,要她吃饭的时候说几句粗话来招得大家大笑那一段。如果以为那只是为了写她的乡气,就完全错了。作者接着就交代,刘姥姥并非真可笑,她早就明白那是捉弄她,那是要她取笑,只是因为她也愿意凑趣,才事先装作不知道罢了。这样就不但写出了这个穷亲戚的本来的忠厚和不得不如此的酸辛,而且使我们明确地感到,真正可笑的并非这个乡下老太太,而是贾府的那些饱食终日,无所用心的人。包括后来叫刘姥姥作"母蝗虫"的林黛玉,她那样得意她的"雅谑",其实是一点也不能使人同情的。对于刘姥姥这个人物,作者也充分地写出了她的复杂性,因而好像显得有些矛盾。一方面描写了她的乡气和见识不广,因而这个人物流行在生活中就带有几分可笑的意味,产生了"刘姥姥进大观园"这样一个谚语,并且由于她的善于凑趣,人们有时又用这个名字来称呼旧社会的统治阶级的某些

---

① 见庚辰本第四十六回。有正本把"愚强"改作"愚拙",通行本改为"愚弱",都改错了。"强"亦写作"强",读如绛,是固执己见、不听人劝的意思。至今口语中仍有这个词。

年老的帮闲;但另一方面,由于作者经历了贫困的生活,对于下层人物已经有些接触,他就不但赞赏了醉金刚倪二的豪爽和义气,而且着力地描写了刘姥姥这样一个人物,写她是忠厚的,健康的,因而激起了我们的同情。

写出了人物的性格的复杂性,同时又集中地着重地描写了他们的性格上的突出的特点,这样人物的形象就鲜明了。《红楼梦》正是这样描写人物的。如我们已经作过的分析,贾宝玉、林黛玉、薛宝钗和王熙凤这样一些人物,他们的性格都是复杂的,多方面的,然而各有各的突出的特点,而且这些特点都蕴含有深刻的社会意义;他们的性格的复杂性和各个方面是通过先后的重点不同的描写来互相补充,来完满地表现出来;他们的最突出的特点却是多次地反复地显现在许多不同的事件和行动中,甚至贯穿全书;而由于事件和行动的差异、变化,我们读时又完全不感到重复,这样这些人物就自然而然地给予我们以不可磨灭的印象。许多次要人物,包括刘姥姥在内,虽然用的篇幅多少不同,也基本上是采取了这种描写方法。这和生活是一致的。我们对于生活中的人物的全部性格及其主要特点的认识,也是必须经过多次的反复才越来越明确起来。文学艺术的表现方法不过更为集中,删削了许多不必要的枝节而已。

为了使人物的性格鲜明,《红楼梦》还常采取这样的写法:关系很亲近的人总是写得个性的差异很大,使人决不至于混淆起来。迎春、探春、惜春三姊妹是这样。花袭人和晴雯,尤二姐和尤三姐也是这样。薛蟠和薛宝钗是一母所生的兄妹,然而一个是封建地主阶级的标准淑女,一个却是那样横蛮和没有文化的浑人。人的性格本来有很多差异。人的性格的形成的原因也很复杂。阶级出身当然是形成人的性格的基本条件,然而并不是唯一的条件。因此,同一的阶级,同一的家庭环境,甚至是一母所生,而性格上仍可以有很大的差异。曹雪芹写的是小说,并不是科学记录式的各个人物的性格的形成史;因此他在我们面前展开了生活,展开了人物的性格的千差万异,但常常并不详细交代这些差异到底是怎样形成的。不仅薛蟠和薛宝钗,尤二姐和尤三姐这样一些人物,就是贾宝玉的性格为什么和贾珍、贾琏等人那样不同,也并没有把所有的条件都写出来。有些研究《红楼梦》的同志企图从小说中去找出形成贾宝玉的性格的全部原因,那是失之拘泥的。

我们曾以《红楼梦》和托尔斯泰的长篇小说相比。托尔斯泰写作于19世纪的后半叶,他继承了俄国和欧洲的经过了长期发展的小说艺术的传统,因而在某些细节的描写上他是更为精致的。但在人物的塑造上,或许因为我们是本国人吧,我们觉得《红楼梦》里面写得使人永远不能忘记的人物,好像比较《战争与和平》或者《安娜·卡列尼娜》还要多一些。并不是每一部著名的作品都能创造出一个在生活中流行的典型人物的。《红楼梦》所创造的却不止一个。不仅贾宝玉和林黛玉,凤姐和刘姥姥也同样流行在生活中,成为某些真实的人的共名。

善于在一部作品里塑造出众多的人物形象,这是我国过去的长篇小说的宝贵的传统。《三国志演义》是最早的一部成功的长篇小说,大约产生于十四世纪至十五世纪之间,它所展开的画幅就异常广阔,其中使人不能忘记的人物也至少是以数十计,而且创造了诸葛亮、曹操、张飞这样一些流传在我们生活中的典型。由于产生得早或其他原因,它里面的比较细致的描写不多,语言也不够生动。不用细致的描写,也能够创造出性格鲜明的人物,典型的人物,这里面的秘密是很值得研究的。这说明人物的性格的创造主要是依靠通过不同的事件和行动去多次地反复地表现他们的特点,细节描写的细致与否并不是决定的条件。不过小说艺术本身到底还是需要生活的描绘的。同样是雄伟的史诗式的作品《水浒》,就在细节的描写和语言的生动上有了显然的进步。《水浒》中的许多人物也是个性很分明的,虽然流行在生活中成为共名的典型人物好像只有一个李逵。《西游记》展开了另外一个世界,一个神话式的世界,但孙猴子和猪八戒也同许多著名的典型人物一样广泛地流行在我们的生活中。《红楼梦》正是在人物的创造、细节的描写以及语言的运用上都继承和发展了这些传统,从而达到了我国古典小说艺术成就的最高峰。

在《红楼梦》以前,以家庭为题材的著名的长篇小说有《金瓶梅》。过去有些谈论《红楼梦》的人喜欢把它和《金瓶梅》比较。我们估计曹雪芹是读到过这个作品的。① 《金瓶梅》里面的许多人物也是写得很有个性,而在描写生活细节的细腻和运用口语的生动上,或许更可以说它超过了以前的几部长篇小说。曹雪芹很可能吸取了它的优点。然而《红楼梦》的总的成就却比它巨大得多。《金瓶梅》所描写的那些生活和人物当然也是真实的,尽管你不喜欢那些生活和人物,你不能不承认它们是真实的。然而,这是许多人共同的感觉,我们更喜欢读《红楼梦》。理由也许不止一个。但其中有一个深刻的原因,就是我们在一个规模巨大的作品里面,正如在我们的一段长长的生活经历里面一样,不能满足于只是见到黑暗和丑恶,庸俗和污秽,总是殷切地期待着有一些优美的动人的东西出现。

那些最能激动人的作品常常是不仅描写了残酷的现实,而且同时也放射着诗的光辉。这种诗的光辉或者表现在作品中的正面的人物和行为上,或者是同某些人物和行为结合在一起的作者的理想的闪耀,或者来自从平凡而卑微的生活的深处发现了的崇高的事物,或者就是从对于消极的否定的现象的深刻而热情的揭露中也可以透射出来……总之,这是生活中本来存在的东西。这也是文学艺术里面不可缺少的因素。这并不是虚伪地美化生活,而是有理想的作家,在心里燃烧着火一样的爱和憎的作家,必然会在生活中发现、感到,并且非把它们表现出来不可的东西。所以,我们说一个作品没有诗,几乎就是没有深刻的内容的同义语。

人对于各种各样的生活都是有兴趣的。在生活的辽阔的原野上,本来很少有什么区域是文学艺术所不可到达的禁地。然而要求从平凡的生活看到美的事物,从阴郁的天空出现阳光,从人的心灵发现崇高的、温柔

---

① 庚辰本第十三回和第六十六回批语都提到《金瓶梅》(影印线装本二七九页和一五九〇页)。二七九页眉批:"写个个皆别,全无安逸之笔,深得金瓶壶奥",原脱"瓶"字),可见此书当时并不难见。至于《西游记》,更不成问题。《红楼梦》七十三回正文就曾说宝玉听见贾政和赵姨娘在说他什么,"便如孙大圣听见了紧箍咒一般,登时四肢五内一齐皆不自在起来"(影印线装本一七四〇页)。

的和善良的东西,这也是人的自然的愿望。据说普希金的诗体小说《欧根·奥涅金》的第三章发表的时候,那封达姬雅娜的信使得所有俄罗斯的读者激赏若狂。那样谦卑和真诚的少女的爱情的告白的确是很动人的。但在所有关于达姬雅娜的描写里面,最深地感动我们的或许还并不是那封信,而是接近全诗结束的她成为贵妇人以后对奥涅金所说的这样一段话:

> 对于我,奥涅金,所有这些奢侈,
> 这种令人厌恶的生活的华美,
> 我在社交界的旋风中获得的重视,
> 我的时髦的家和这些晚会,
> 它们算得什么?我愿意马上
> 抛弃这些化装舞会的破衣裳,
> 抛弃这些豪华、喧嚣和尘烟,
> 为了一架书,一座郊野的花园,
> 为了我们那乡间的简陋的宅第,
> 为了那个地方,在那儿,奥涅金,
> 在那儿我第一次见到您,
> 为了那一片幽静的坟地,
> 在那儿十字架和树枝的阴凉
> 正覆盖着我的可怜的奶娘……

这是《欧根·奥涅金》里面的诗中之诗。这是普希金称为"我的忠实的理想"的达姬雅娜的最优美最动人的感情的流露。我们读的时候,已经感到这不仅是这个虚构的人物在说话,而且也是诗人自己在抒写他对于贵族社会的厌弃和对于朴素的单纯的生活的向往了。曾经成为俄罗斯革命青年的"生活的教科书"的车尔尼雪夫斯基的《怎么办》,那是对于今天的读者仍然具有强大的道德力量的。书中着重描写的薇拉·巴芙洛芙娜、罗普霍夫和吉尔沙诺夫，据作者自己说，他们不过是"新的一代中的平常的正派人"，而比他们更崇高的革命家拉赫美托夫，书中还只是描画了他们的侧影的淡淡的轮廓。然而就是这三个平常的正派人，而且就是他们对于私生活的处理，他们的结婚和因为性格不合而产生的婚后的分离，他们那样互相尊重独立的人格，互相为别人的幸福着想，是至今仍然闪耀着理想的光辉的。尽管我们的社会已经比那个时代前进了，我们仍然不能说今天的所有的男女都已经达到了那样的道德水平。如果在私生活上都达到了那三个平常的新人物的水平，社会上许多很不理想的恋爱和婚姻的纠纷就不会有了。

《金瓶梅》所缺少的就是这种诗的光辉，理想的光辉。问题还并不仅仅在于它是那样津津有味地描写那些淫秽的事情。就是把那些描写全部删削，成为洁本，在它里面仍然是很难找出优美的动人的内容来。或许可以这样为它辩护：这是题材的限制。写西门庆那样一个"市井棍徒"，写他的生活范围所及的妻妾、帮闲和官僚等人物，黑暗、污秽和庸俗或许正是它应有的内容和色彩。如果不是一个规模巨大的作品，这也是可以容许的。但是它却写了一百回，从头到尾都是那样一些人物和生活。尽管它描写得那样出色，那样生动，仍然不能不使读者感到闷气。意在显示"恶德和缺失之点"的《死魂灵》只写了一本。而且还应该说，《死魂灵》的作者对他描写的坏人坏事的态度是更明朗的，是无情的讽刺和鞭打；而《金瓶梅》，虽然客观的效果也是淋漓尽致的暴露，它的作者的主观爱憎却不够分明。李瓶儿对待她的前夫花子虚比西门庆还要恶毒，到后来她却被描写成为一个比较善良的人物。这或者还可以说仅仅是前后矛盾。奇怪的是在写出了西门庆的很多恶霸行为以后，居然又歌颂他"仗义疏财""救人贫难""济人之急"。这使我们想起了莫泊桑的《俊友》。《俊友》这部充满了坏人坏事的小说也是表现出它的作者的惊人的艺术才能的，而且作者主观上的揭露和批判的用意比《金瓶梅》还要明显得多。然而它却也写得那样旁观和阴冷,使人感到作者好像是既憎恶而又有些欣赏那些黑暗的事物。

《红楼梦》所写的主要也是剥削阶级的人物和生活,也是这个阶级中的一个腐烂和没落的家庭。然而它却从这个阶级的叛逆者和奴隶们身上写出了黑暗的王国的对立物。残酷、污秽和虚伪并没有完全压倒诗意和理想。所以我们能够一读再读而不觉得厌倦。我们从它感到的并不是悲观和空虚,并不是对于生活的信心的丧失,而是对于美好的事物的热爱和追求,而是希望、勇敢和青春的力量。

常常有这样的作品,它能够把生活细节描写得逼真,然而写不出使人不能忘记的人物。又常常有这样的作品,它不但能够描写生活,而且能够把某些人物写得有个性,然而仍然不能获得读者的衷心的喜爱。根本的原因就是它里面没有诗,没有理想。换句话说,也就是没有对于人生的深刻的认识,没有热烈的爱憎,没有崇高的思想。正是因为这种艺术上的贫血病的相当普遍存在,《红楼梦》在放射着强烈的诗和理想的光辉这一方面的突出的成就,就更加值得我们重视。

十

《红楼梦》就是这样:它以十分罕见的巨大的艺术力量,描绘了像生活本身一样丰富、复杂和浑然天成的封建社会的生活的图画,塑造了可以陈列满一个长长的画廊的性格鲜明的人物和典型的人物;通过这些生活和人物,它深刻地暴露了封建统治阶级的丑恶和腐败,封建主义的残酷和虚伪,封建社会的男女不平等;而在这个黑暗、污秽和罪恶的世界里,它又描写了青年男女的纯洁的美丽的爱情,描写了封建社会的叛逆者们和奴隶们的反抗,描写了他们对于合理的幸福生活的追求;这些描写是这样重要,它们成为全书的突出的内容,并从而使全书闪耀着诗和理想的光辉。《红楼梦》就是这样,准确些说,它的主要内容就是这样,它的总的意义和效果就不能不是对于整个封建社会的批判和否定。

当然,这并不是说,从《红楼梦》里面就找不到封建思想的流露。曹雪芹生长在封建贵族的家庭里,又处于中国最后一个封建王朝的最后一段兴盛和巩固的时期。尽管他的家庭破落了,他个人从封建贵族的行列中被排挤了出来,他是那样深刻地多方面地看到了封建社会的种种黑暗,种种不合理,然而他的头脑里却不可能不同时也存在着一些封建思想,而且这些思想不可能不在他的作品里流露出来。秦可卿死的时候,王熙凤做了一个梦,她梦见秦可卿对她说:

> 目今祖茔虽四时祭祀,只是无一定的钱粮。第二,家塾虽立,无一定的供给。依我想来,如今盛时,固不缺祭祀供给;但将来败落之时,此二项有何出处?莫若依我定见,趁今日富贵,将祖茔附近多置田庄房舍地亩,以备祭祀供给之费皆出自此处,将家塾亦设于此。合同族中长幼,大家定了则例,日后按房掌管这一年的地亩钱粮、祭祀供给之事。如此周流,又无争竞,亦不有典卖诸弊。便是有了罪,凡物可入官,这祭祀产业连官也不入的。便败落下来,子孙回家读书务农,也有个退步。祭祀又可以永继。若目今以为荣华不绝,不思后日,终非长策……

这段话和秦可卿的故事没有关联。这并不是在写她的性格,而是借这个人物写出作者的一种思想。这种思想显然是封建的。尤二姐自杀之前,也曾经做过一个梦。她梦见尤三姐对她说:"你我生前淫奔不才,使人家丧伦败行,故有此报。"尤三姐劝她用鸳鸯剑去斩凤姐。她不愿意,并且还希望她的病痊愈。尤三姐又说:

> 姐姐,你终是个痴人。自古天网恢恢,疏而不漏,天道好还。你

> 虽悔过自新,然已将人父子兄弟致于聚麀之乱,天怎容你安生?①

这几句话和尤三姐的性格不合,也应看作是作者的思想的流露。这种思想不用说是和尤二姐尤三姐故事的客观意义直接矛盾的。书中还有颂扬清朝的统治的地方。贾宝玉给芳官取名耶律雄奴的时候,他讲了这样一段话:

> 雄奴二音又与匈奴相通,都是犬戎名姓。况且这两种人自尧舜时便为中华之患,晋唐诸朝深受其害。幸得咱们有福,生在当今之世,大舜之正裔,圣虞之功德,仁孝赫赫格天,同天地日月亿兆不朽。所以凡历朝中跳梁猖獗之小丑,到了如今,竟不用一干一戈,皆天使其拱手俯头,缘远来降。我们正该作践他们,为君父生色。

芳官笑他不能真正立武功,却借他们来开心作戏。他又说:

> 所以你不明白。如今四海宾服,八方宁静。千载百载,不用武备。咱们虽一戏一笑,也该称颂,方不负坐享升平了。②

由于受到文字狱的威胁,曹雪芹在《红楼梦》开头即点明此书无朝代年纪可考,以免触犯当时统治者的忌讳;但这里所歌颂的显然是当时的清朝,是清朝对于国内其他少数民族的征服。孟轲说过舜是东夷之人,所以贾宝玉称满族是大舜之正裔。歌功颂德的风气在当时是很盛行的。吴敬梓作的《金陵景物图诗》,本来主要是歌咏自然风景,和清朝的统治有什么相干,但他也要颂扬几句。③ 吴敬梓的朋友程廷祚作《上元县志序》,那也

---

① 通行本删去了这些话。
② 见庚辰本和有正本六十三回。通行本删去。
③ 见《文学研究集刊》第四册。

是大可不必颂扬清朝的,但他几乎处处不忘"颂圣",就像专门做来给皇帝看一样。① 曹雪芹的朋友敦诚,也是一方面很有牢骚,一方面又歌颂清朝的皇帝②。曹家虽曾被抄家,但当时的确像是一个"升平"之世。曹雪芹借贾宝玉的话来歌颂几句,也是不足奇怪的。这些思想以及其他类似的思想,都属于封建性质。不过这些部分在全书中所占的比重很微小,无损于《红楼梦》的总的意义和效果,无损于它对封建主义的批判的总倾向。

俞平伯先生曾主张《红楼梦》的主要观念是"色""空",许多文章已经批评过,那当然是错误的。但是在《红楼梦》问题的讨论当中,又曾出现了两种不恰当的意见。一种是否认曹雪芹真有"色""空"和"梦""幻"等思想。③ 一种是过分强调曹雪芹有宗教情绪,过分强调佛教思想对他的影响。④ 作者在第一回里面说:"此回中凡用'梦'用'幻'等字,是提醒阅者眼目,亦是此书立意本旨。"第十二回写跛足道人给贾瑞送风月宝鉴的时候,他说:"这物出自太虚幻境空灵殿上,警幻仙子所制,专治邪思妄动之症,有济世保生之功。所以带他到世上,单与那些聪明杰俊、风雅王孙等看照。千万不可照正面,只照他的背面。"这个镜子的正面和背面是什么呢?正面是贾瑞的意中人凤姐,背面却是一个骷髅。不能不说,作者主观上是有"梦""幻"和"色""空"这一类的思想。不过《红楼梦》的主要内容实际是和这种所谓"立意本旨"相违背而已。它里面的感染人的地方并不在这些消极的成分,却刚好是和这些思想相反的描写和精神。梦幻也好,红粉骷髅也好,都是一些在封建士大夫中间流行已久的思想,并非作者特有的人生见解。正如他的头脑里不可能不还有一些封建思想一样,他的时代、他的阶级和他的个人遭遇也不能不使他受到这一类消极思想的传染。这些一般性的东西并不能掩盖他的主要的思想的光芒。他的主要的思想

---

① 《青溪文集》卷六。
② 《四松堂集》卷一第十七页:"圣心念疴瘵,惠爱何谆谆。"卷二第六页:"岁瘵戴君德,堕体赧吾颜。"卷二第十八页:"平时教养皆逾厚,此日恩施信觉崇。"
③ 《红楼梦问题讨论集》一集,三八三至三八四页。
④ 这种意见在有些讨论会上出现过。尚未见于发表的文章。

和倾向显然是对于封建社会的一系列的不满,显然是对于青春、爱情和有意义的生活的赞美,对于不幸的叛逆者和被压迫者的同情。这些才是构成曹雪芹的思想和《红楼梦》的内容的主要特色的要素。至于过分强调他有宗教情绪,过分强调他受了佛教思想的影响,这实际上不过是强调"色""空"观念的换一种说法而已。如果把"梦""幻"和"色""空"一类说法看作佛教思想,不能不说曹雪芹多少沾染了这种思想的影响。但这并不等于他信奉佛教。沾染了在封建士大夫中间曾经很流行的某些佛教思想和老庄思想,和对待佛教和道教的实际态度还是有差别的。按照《红楼梦》里面的描写,不但贾敬服丹砂致死,否定了道家修炼之说,而且从书中的正面人物贾宝玉"毁僧谤道",很恨人"混供神,混盖庙",又说烧纸钱"原是后人异端",也可以看出作者并不迷信宗教。对于带发修行的妙玉,书中说她"云空未必空",并且叹息她"青灯古殿人将老,辜负了红粉朱楼春色阑"。对于惜春的出家结局,书中也说"可怜绣户侯门女,独卧青灯古佛旁"。芳官、葵官和蕊官①的出家,更和晴雯的惨死并列,显然作者认为同是不幸的结局。我们不可能知道贾宝玉的最后的出家曹雪芹将要怎样去描写,但我们也很可以怀疑一下,未必真正是由于所谓"解悟"。

和这样的理解有些矛盾的,是第一回描写甄士隐昼寝,梦见一僧一道对他说:"到那时不要忘我二人,便可跳出火坑矣。"这好像作者又的确有以宗教为出路的意思。甄士隐后来果然是跟着一个跛足道人隐去了。林黛玉幼时,曾有一个癞头和尚化她去出家。贾宝玉为魔法所害,也是这一僧一道所救。这一对神秘的僧道在书中是多次出现的。应该怎样解释这些情节呢?这或许不过是小说家言。正如谚语所说的,"演戏无法,出个菩萨",或许是为了某些情节的发展和结束的方便,作者才采取了这一类的写法。如果作者真是相信一切皆空,相信宗教可以解决人生问题,如果这是他的主导思想,他就不会以十年辛苦来写《红楼梦》,不会以许多女孩子和儿女之真情来占据全书的主要篇幅,而且写得那样有兴味,那样充满

---

① 庚辰本原作葵官药官。通行本改作蕊官藕官,大概因为五十八回写过药官已死的缘故。

了对于生活的激情。有人批评小说中关于太虚幻境的描写,说它"很足以反映出作者思想中虚无神仙的思想"①。这也是把小说家言看得过于认真的。叫作太虚幻境,就和子虚、乌有先生等人名一样,已经点明了是假托。何况它又还是出现在贾宝玉的梦中。为什么要写贾宝玉做那样一个又长又离奇的梦呢?或许也是出于结构上的需要,或许也是一种艺术手法。《红楼梦》的人物是那样众多,情节是那样复杂,在结构上不能不有一两次笼罩全局的提纲挈领式的叙述。通过这样一个梦,作者不但描写了贾宝玉,而且对书中的十几个重要的女子的性格或结局都作了介绍。这和从冷子兴的谈话介绍荣国府的轮廓,同样出于作者的匠心。已经发生的事情,可以从别人的口中谈出;尚未发生的事情,作者就只好用这种迷离的梦境和神秘的金陵十二钗册子来作一次总的暗示了。根据这就判定作者有虚无神仙思想,恐怕结论未免下得太快了。在话本和拟话本里面,在《聊斋志异》里面,都有许多精彩的短篇作品;但它们有一个共同的缺点,就是因果报应的思想表现得很普遍,而《聊斋志异》更喜欢描写信佛念经真有灵验。《红楼梦》却极少这一类的迷信。除了宝玉凤姐为魔法所害,好像真相信那种法术有效验之外,秦钟临死见鬼,那是游戏笔墨②;贾宝玉衔之而生的通灵宝玉,全书写它真有灵异不过一次③,那也是照应最初的虚构不得不有之笔。高鹗的续书就迷信闹鬼,层出不穷,在这方面也是和曹雪芹的原作不合的。

当然,也还可以这样追问一下。虽然文学艺术容许奇特的幻想,容许大胆的浪漫主义的手法,但我们今天来写小说,却无论如何是不会在故事中穿插那样一对神秘的僧道,也不会描写那样一个太虚幻境的。这个差别不就说明了曹雪芹并没有完全摆脱宗教和迷信吗?曹雪芹当然是和我们有差别的。他当然不能完全超越他的时代的限制。他不但没有现代的

---

① 《红楼梦问题讨论集》第一集,一一五页。
② 庚辰本十六回眉批:"《石头记》一部中,皆是近情近理必有之事,必有之言。又如此等荒唐不经之谈,间亦有之,是作者故意游戏之笔,耶(聊)以破色取笑,非如别书认真说鬼话也。"
③ 庚辰本二十五回眉批:"通灵玉除邪,全部百回只此一见。"

自然科学的知识,而且他虽然对他的阶级和封建社会怀抱不满,却不可能有也不可能看到真正的出路。热爱生活而又有梦幻之感,并不是真正相信宗教而又给小说中的人物以出家的结局,都是可以从这里得到解释的。

　　真实的人物往往比小说中的人物更为复杂。不承认曹雪芹的世界观中存在着矛盾①,那显然是错误的。从《红楼梦》里面表现出来的曹雪芹的思想已经够复杂了。但他的几个朋友的诗文所描写的他的某些性格,在《红楼梦》里面就还不能全部看到。《红楼梦》开头的那些自述和议论当然就更不能代表他的全部思想。那里面有一些他的重要的艺术见解。那里面说明了这部小说有褒有贬②,并且流露出来了牢骚不平之意。但那里面说这部作品"凡伦常所关之处皆是称功颂德、眷眷无穷",说"毫不干涉时世",说作者的动机是告罪天下,说梦幻等字是此书立意本旨,却都是靠不住的。总的看来,他所不满和反对的都是封建社会的不合理的黑暗的事物,他所肯定和赞扬的主要是对于封建统治阶级的叛逆和反抗,是被压迫和被埋没的有才能的妇女,是带有理想色彩的爱情和人对于自由幸福的生活的渴望。虽然他的头脑里也仍然有一些封建思想和其他消极的思想,对于已经失去的繁华的贵族生活也流露出一些留恋,但《红楼梦》里面的积极的进步的内容却是压倒了这一切的。只有王国维那样一些自己原来有浓厚的悲观思想的人,才会把它局部的东西加以夸大,说它是旨在鼓吹"解脱"和"出世"。《红楼梦》对于很多具体事物的否定和肯定,都是出于作者的自觉的。不过在当时的历史条件之下,他不可能整个否定封建社会,整个否定封建统治阶级。在这点上《红楼梦》的客观效果就和作者的主观思想有了很大的差异和矛盾了。在有些人物和情节上,作者的主观认识和客观效果也是有距离的。对于贾政和王夫人,对薛宝钗和花袭人,甚至对于王熙凤,曹雪芹的感情都和读者并不完全一致。许多文章都提到的黑山村庄头乌进孝向贾珍交纳租子那一段,作者的原意不过是

---

① 《红楼梦问题讨论集》四集一二八页就有这种意见。
② 开头就称赞了一些女子,后来又说书上有"指奸责佞,贬恶诛邪之语"。

要写出贾府已有些入不敷出罢了；但我们现在却从它可以看出贾府的豪华生活是建筑在对于农民的剥削上。这自然是作者未必意识到的。

十一

如果以上的说明符合实际的话，那么我们就可以说，《红楼梦》的内容主要就是这样，从《红楼梦》所表现出来的曹雪芹的思想也大致就是这样。这种内容和思想的性质是怎样的，它们的社会根源是什么，从《红楼梦》问题的讨论到现在，一直是不曾解决的有争论的问题。

先是李希凡同志提出了这样的解释："《红楼梦》正面人物形象所达到的思想高度，是与当时最进步的思想潮流相互辉映的"；当时最进步的思想潮流"一方面反映了民族斗争，一方面反映了工商业者反对封建压迫的要求"。① 邓拓同志的说明就更加明确，更加强调了。他说，"《红楼梦》应该被认为是代表十八世纪上半期的中国未成熟的资本主义关系的市民文学的作品"，"曹雪芹就是属于贵族官僚家庭出身而受了新兴的市民思想影响的一个典型的人物"，"应该说他基本上是站在新兴的市民立场上来反封建的"。② 邓拓同志的这种主张发表以后，李希凡同志说，"在大部分同志之间，对于这一问题才取得了比较一致的看法"。③ 不但他后来写的文章讲得更肯定了，而且的确有不少的作者都采取了这种说法。有些文章对于《聊斋志异》《桃花扇》《儒林外史》等作品也用这种"新兴的市民思想"来解释，而且其中有一篇竟至说《红楼梦》和它们"赋有资产阶级革命期的性质"。④

也有不少的人怀疑或反对这种解释。报刊上曾发表过一部分怀疑或反对的意见。但争论并没有充分地展开。这个问题涉及整个中国的历

---

① 《红楼梦问题讨论集》三集，三六页。
② 同上三集，四、十九页。
③ 同上四集，一五四页。
④ 同上四集，八二页。

史、整个中国的思想史和文学史,还有待于这方面的专家们研究和讨论。我这里所能做的也不过是提出一些怀疑的意见而已。

主张市民说的同志们的论点和看法并不完全相同。为了叙述的方便,我们在这里把不同的作者提出的一些有代表性的理由综合在一起来介绍和评论一下。

首先是有些作者强调清初的资本主义经济因素的萌芽的发展和代表这种萌芽的市民力量的强大。关于这个问题,史学界已经展开了讨论。读了许多辩论的文章,作为一个普通的读者,我觉得那种比较谨慎地承认这种新的经济因素的萌芽的存在,然而又反对加以不适当的夸大和附会的说法是更为符合实事求是的精神的。至于为了壮大当时的市民的声势,把东林党和三合会也说成是代表市民的组织,那恐怕并不恰当。

其次是把黄宗羲、顾炎武、王夫之、唐甄、颜元、戴震这样一些清代的著名的思想家都说成是"新兴的市民"的代表,想用这来证明当时这种性质的思想潮流的普遍,《红楼梦》等文学作品不能处于这种潮流之外。但是这些人的著作都还存留在人间,如果我们不满足于许多论文中的片言只语的摘引和勉强牵合的解释,而去直接阅读他们的原著,就不能不越读越怀疑起来。详细说明这个问题并不是这篇论文的任务,但也不妨略为举几个例子来看看。

要从这些思想家的著作中找出比较明显的好像代表市民的语句是不容易的。所以许多文章都喜欢引用这样两句话:黄宗羲说过的"夫工固圣王之所欲来,商又使其愿出于途者,盖皆本也",王夫之说过的"大贾富民,国之司命"。但我们查一查《明夷待访录》,就会发现黄宗羲所说的"盖皆本也"的工商业并非一般的工商,而不过是限制很严的极少的经营。所以他说"倡优有禁,酒食有禁,除布帛外皆有禁。今夫通都之市肆,十室而九,有为佛而货者,有为巫而货者,有为倡优而货者,有为奇技淫巧而货者,皆不切于民用,一概痛绝之,亦庶乎救弊之一端也"。我看当时的工商界是不会欢迎这样一个思想家作为他们的代表的。我们再查一查《黄书》,又会发现王夫之所说的"国之司命"的"大贾富民"也并非一般的商贾,而是"移于衣冠"的"良贾",而是"冠其乡"的"素封巨族",而是"豪右之门",用现在的话说,就是大地主和已经升到大地主之列的大商人。王夫之为什么说他们是"国之司命"呢?也并非因为他们负担了代表资本主义萌芽的光荣任务,而是据这位思想家说,穷苦的劳动人民有困难的时候,遭遇到旱灾水灾的时候,可以去向他们借高利贷。实在扫兴得很,这位著名的思想家说这句话的用意不过如此。黄宗羲和王夫之的这两句话,是被称为可以从它们看出新兴的市民阶级要求的"鲜明的标帜"的①,原来却并不鲜明。

说这些思想家代表"新兴的市民"的理由当然还有。比如说黄宗羲的《原君》一篇"就渗透着近代启蒙思想的色彩","虽然还披着古代贤王理想的外衣,而内里却有着完全崭新的内容"。② 像这种出现在封建末期的攻击封建帝王的民主思想,或许也可以说是有新的内容的。但这种新的内容到底是反映了当时广大人民的抗议,还是专门地单独地代表市民,也还可以研究。因此,说它"完全崭新"恐怕也就割断了以前的有民主因素的思想的传统。远在先秦,不但孟轲说过"闻诛一夫纣矣,未闻弑君也","民为贵,社稷次之,君为轻"这样一些人所共知的名言,而且《吕氏春秋》上也有这样的话:"天下非一人之天下也,天下之天下也。"汉朝人撰的《韩诗外传》有一个故事:"齐桓公问于管仲曰:'王者何贵?'曰:'贵天。'桓公仰而视天。管仲曰:'所谓天,非苍莽之天也。王者以百姓为天。百姓与之则安,辅之则强,非之则危,倍之则亡。'"汉朝的董仲舒说:"且天之生民非为王也,而天立王以为民也。"③这都是我国古代的一些可宝贵的思想。而且这种思想传统是并未断绝的。南宋末年的邓牧就曾经写过一篇《君道》。他说"天生民而立之君,非为君也"。他说"彼所谓君者","状貌咸与

---

① 《红楼梦问题讨论集》四集,一一九页。
② 同上,一一八页。
③ 以上引文见《吕氏春秋·贵公》,《韩诗外传》卷四,《春秋繁露》:"尧舜不擅移,汤武不专杀"。

人同,则夫人固可为也"。他又说:"天下何常之有!败则盗贼,成则帝王。"这都是一些很大胆的见解。黄宗羲的《原君》应该说是这些思想的继承和发展,和邓牧的《君道》中的思想尤其接近。戴震的《孟子字义疏证》里面所说的"理",也被看作"有着'近代'的议题","已经有了非常鲜明的新内容,即人与人的平等关系"。① 根据是他有这样一段话:

> 理也者,情之不爽失也。未有情不得而理得者也。凡有所施于人,反躬而静思之:人以此施于我,能受之乎?凡有所责于人,反躬而静思之:人以此责于我,能尽之乎?以我絜之人则理明。天理云者,言乎自然之分理也。自然之分理,以我之情絜人之情,而无不得其平是也。

很容易看出,这段话的主要意思是从孔丘的"己所不欲,勿施于人"来的,并不是近代的平等观念。近代的平等观念应该包括政治地位的平等、社会地位的平等,而不是这种古已有之的"将心比心"的思想。② 还有几句被许多论文和著作反复地引来引去的话,那就是王夫之"终不离人而别有天,终不离欲而别有理","随处见人欲,即随处见天理",曾被有些作者称为"彻头彻尾的人性解放论"③,"中等阶级反对派的先进思想家"的"人文主义思想"④。这几句话也是需要查对一下原书的。如果我们查一查王夫之的《读四书大全说》卷八,就会发现这些话原来和《孟子》上面的一段话很有关系。孟轲劝齐宣王行王政,齐宣王说:"寡人有疾,寡人好货。"孟子说:好货不要紧,只要让百姓也富足,一样也可以王天下。齐宣王又说:"寡人有疾,寡人好色。"孟子说:好色不要紧,只要让百姓也婚姻及时,一样可以王天下。王夫之的议论就是对这段话和朱熹以及辅广的注释而发

---

① 《红楼梦问题讨论集》四集,一六六页。
② 参看恩格斯《反杜林论》第一编第十节关于"平等"的说明。
③ 《红楼梦问题讨论集》四集,五五页。
④ 尚钺《中国资本主义关系发生及演变的初步研究》,二○三、二○四页。

的。所以他说：

> 于好货好色与百姓同之上体认出克己复礼之端，朱子于此指示学者入处甚为深切著明。

下面他批评《四书大全》上所录的辅广对于朱熹的话的解释，说不能把克己和复礼分先后，于是就发挥起他的"终不离人而别有天，终不离欲而别有理"这样一些道理来了。最后他说：

> 孟子承孔子之学，随处见人欲，即随处见天理。学者循此以求之，所谓不远之复者，又岂远哉？不然，则非以纯阴之静为无极之妙，则以《夬》之"厉"、《大壮》之"往"为见心之功，仁义充塞，而无父无君之言盈天下，悲夫！

读者也许会奇怪，这位被称为市民的代表的思想家怎么居然对朱熹大为称赞呢？所以我们也有必要查一查朱熹的《孟子集注》。原来朱熹的注文是这样的：

> 愚谓此篇自首章至此，大意皆同。盖钟鼓苑囿游观之乐，与夫好勇好货好色之心，皆天理之所有，而人情之所不能无者。然天理人欲，同行异情。循理而公于天下者，圣人之所以尽其性也。纵欲而私于一己者，众人之所以灭其天也。二者之间，不能以发，而其是非得失之归相去远矣。故孟子因时君之问而剖析于几微之际，皆所以遏人欲而存天理，其法似疏而实密，其事似易而实难。学者以身体之，则有以识其非曲学阿世之言，而知所以克己复礼之端矣。

在这段注文中，朱熹的有些话和王夫之的意见差不多，所以"甚为深切著明"的评语就被加上了。当然,应该说句公道话,王夫之和朱熹是有区别的。就是在这段话中,朱熹虽然承认了"钟鼓苑囿游观之乐,与夫好勇好货好色之心,皆天理之所有,而人情之所不能无",但后来还是提出了"遏人欲而存天理"。但把孟轲和王夫之比较又怎样呢?王夫之的这些话虽然说得更概括、更理论化一些,孟轲对于钟鼓苑囿游观之乐和好勇好货好色之心一概承认其有合理的因素,不也同样是适当地肯定了人欲吗?可见适当地肯定人欲未必一定是"新兴的市民"才有的思想。还有一位同志引了这样一段话,把它作为黄宗羲主张个性解放的证据①:

> 人心本无所谓天理,天理正从人欲中见。人欲恰好处即天理也。向无人欲,则亦无天理之可言矣。

但我们查一查《南雷文案》卷八的《陈乾初先生墓志铭》,原来这根本不是黄宗羲的,而是陈确的话,怎么能够引来证明黄宗羲主张个性解放呢?陈确是黄宗羲的朋友。黄宗羲既然在他的墓志铭中特别引出这段话,也许总会是赞成的吧?但就在这篇墓志铭中,黄宗羲就说:"其于圣学,已见头脑。故深中诸儒之病者有之;或主张太过,不善会诸儒之意者亦有之。"②原来他还是有保留的。我们再查一查《南雷文案》卷三《与陈乾初论学书》,就更会大吃一惊,原来黄宗羲对陈确的这段话曾经大反对而特反对:

> 老兄云:"周子无欲之教,不禅而禅。吾儒只言寡欲耳。人心本无所谓天理,天理正从人欲中见。人欲恰好处即天理也。向无人欲则亦无天理之可言矣。"老兄此言,从先师"道心即人心之本心,义理

---

① 《红楼梦问题讨论集》四集,一一九至一二○页。这位作者注明是"引文",但在引文前却又这样写道:"黄黎洲也同样说过。"
② 黄宗羲晚年编定的《南雷文案》后集卷三中仍有这几句话。只有在更晚的《南雷文约》中却删去了,改为"乾初论学,虽不合诸儒,顾未尝背师门之旨,先师亦谓之疑团而已"。这样,对他的死友好像没有什么批评了。但仅称之为"疑团",仍然并不是完全肯定陈确的意见。

之性即气质之本性","离气质无所谓性"而来①。然以之言气质言人心则可,以之言人欲则不可。气质人心是浑然流行之体,公共之物也;人欲是落在方所,一人之私也。天理人欲正是相反。此盈则彼绌,彼盈则此绌。故寡之又寡,至于无欲,而后纯乎天理。若人心气质,恶可言寡耶?"枨也欲,焉得刚",子言之谓何?"无欲故静",孔安国注《论语》"仁者静"句,不自濂溪始也。以此而禅濂溪,濂溪不受也。必从人欲恰好处求天理,则终身扰扰,不出世情,所见为天理者,恐是人欲之改头换面耳。

这篇论学书题下注明"丙辰",即一六七六年,黄宗羲已六十七岁。《陈乾初先生墓志铭》未注明是哪一年写的。但陈确死于丁巳,即一六七七年,作墓志铭当不会隔得太久。难道黄宗羲原来这样坚决地反对这种所谓市民思想,等到他的朋友一死,忽然又变成了所谓市民思想家吗?恐怕还是陈确的这一类的话未必是"在本质上反映着新兴的市民阶级强大的要求"吧。清初有些思想家对于人欲的适当肯定,是对于程朱学派的否定人欲的反动。这应该是反映了长期受到封建礼教压迫的人民的抗议,而不像是仅仅代表了所谓新兴市民的要求。

我想不必再多举例子了。这已经很可以说明我们有些同志的论点的根据是一点也经不起查对原书的。把清代的王夫之、黄宗羲、唐甄、戴震等人称为代表"萌芽状态中的市民政治思想的主要人物"②,把王夫之、黄宗羲、顾炎武、颜元等人的思想倾向说为"接近于代表城市中等阶级的反对派"或"接近于代表城市平民反对派"③,本来是有些研究中国历史和中国思想史的同志的主张,并不是讨论《红楼梦》问题时的新发现。这些同志的著作提出了许多材料,并且试图用马克思主义的观点来解释许多历

---

① 先师指刘宗周。这里所引的刘宗周的话见《明儒学案》卷六十二《蕺山学案》中的"语录"。
② 吕振羽《中国政治思想史》,五八三页。
③ 侯外庐《中国早期启蒙思想史》,三五、三六、一四六、二四一等页。

史现象,我们研究《红楼梦》的人是可以参考的。但由于这些问题还大有讨论之余地,我们应该抱有独立的研究态度,不宜把他们的看法和材料不加考察就盲目相信和照样抄引。清代这些思想家的思想的性质,产生的原因,以及他们的共同之处和差异,都是涉及许多复杂的问题的。详细说明这些问题不但不是这篇论文的任务,而且也不是我的能力所能胜任。还是希望治中国历史和中国思想史的同志们用实事求是的态度多作一些研究和讨论吧。我在这里不过是提出我的怀疑:我觉得断定这些思想家代表"新兴的市民"的理由并没有足够的说服力,而且完全经不起认真的考察。马克思主义的结论应该建立在大量的可靠的材料的基础上,而且对于这些材料的研究和说明必须采取严格的实事求是的态度。孤立地或者片面地摘出一些话来,而且加以牵强的解释,我看是不能解决问题的。对于清代的这些著名的思想家,我决无菲薄之意。虽然他们的思想和成就是有差别的,而且其中有些人差别很大,但大体上说来,都是一些当时的杰出的人物。黄宗羲、顾炎武和王夫之不但在思想上学术上各有各的独特的贡献,而且他们那种坚持民族气节、至死不屈的精神也令人敬佩。黄宗羲、顾炎武和唐甄的思想中的民主成分更比较显著。应该说在不同的方面,不同的程度上,他们的思想和学说的某些部分是反映了当时的人民的要求。我们也不能把当时的市民排除在人民的范围之外。我所怀疑的不过是现在有些同志把他们思想中的许多好的部分都一概归结为代表"新兴的市民阶级",而且对他们思想中的封建性的一方面却避而不谈,这实在和他们的著作所客观呈现出来的他们的思想面貌不符合而已。在这些思想家中,或许王夫之的政治思想是封建性最浓厚的。如果说他反对农民起义那还是当时一般封建地主阶级的知识分子所共有的限制,他那样强调"君臣之义",反复说"君臣者,彝伦之大者也","君臣之义,生于性者也,性不随物以迁,君一而已,犹父不可有二也",甚至认为"非是则不能以终日",①却就比黄宗羲在《原君》中表现出的政治思想落后多了。他还

---

① 《读通鉴论》卷二十七、卷二十、卷五。

强调"辨男女内外之别",说"妇人之道,柔道也","天地之经,治乱之理,人道之别于禽兽者在此也"。① 他对封建等级制的拥护尤为狂热。他为封建社会里"士之子恒为士,农之子恒为农""倡优隶卒之子弟"不准参加科举辩护,甚至说草野市井之中没有"令人"。② 他说南北朝重门阀为"三代之遗","天叙天秩之所显"。③ 封建科举制度是那样腐败,他却认为它可以"别君子野人"。④ 他甚至诋毁庶民为禽兽。⑤ 他反复强调"民可使由之,不可使知之",认为"后世庶人之议,大乱之所归也"。⑥ 他说:"天下之大防二:夷狄华夏也,君子小人也。"⑦关于"君子小人"之"大防"他作了这样的说明:

> 君子之与小人,所生异种。异种者,其质异也。质异而习异,习异而所知所行蔑不异焉。乃于其中自有其巧拙焉。特所产殊类,所尚殊方,而不可乱。乱则人理悖,贫弱之民亦受其吞噬而憔悴。防之于滥,所以存人理而裕人之生,因乎天也。呜呼,小人之乱君子,无殊于夷狄之乱华夏;或且玩焉,而孰知其害之烈也!小人之巧拙自以类分。拙者安拙而以自困,巧者炫巧而以贼人。拙者,农圃也,自困而害未及人者也。然夫子未尝轻以小人斥人,而特斥樊迟,恶之甚,辨之严矣。汉等力田于孝弟以取士,而礼教凌迟。故曰,三代以下无盛治。夫以农圃乱君子,而弊且如此,况商贾乎?商贾者,于小人之类为巧,而蔑人之性,贼人之生为已亟者也。乃其气恒与夷狄而相取,其质恒与夷狄而相得,故夷狄兴而商贾贵。

---

① 《读通鉴论》卷五。
② 同上,卷十。
③ 同上,卷十五。
④ 同上,卷二十三。
⑤ 《俟解》:"小人之为禽兽,人得而诛之。庶民之为禽兽,不但不可胜诛,且无能知其为恶者。不但不知其为恶,且乐得而称之,相与崇尚而不敢逾越。学者但取十姓百家之言行而勘之,其异于禽兽者百不得一也。""庶民者,流俗也。流俗者,禽兽也。"
⑥ 《读通鉴论》卷七、卷十。
⑦ 同上,卷十四。"夷狄华夏"四字原缺。据下文补。

王夫之所强调的这两个"大防"是他的最根本的政治思想。强调"夷狄华夏"之"大防"是反对满民族的压迫和统治，客观上不无积极的作用，但这种思想的性质仍然是封建的。至于强调"君子小人"之"大防"那就更彻头彻尾是反动的封建思想了。特别值得注意的是他对商贾的态度。他盛赞刘邦"不令贾人衣丝乘车，重租税以困辱之"，称他为"知政本"①。他说，"农人力而耕之，贾人诡而获之，以役农人而骄士大夫，坏风俗，伤贫弱，莫此甚焉"，所以主张"重其役""以抑末而崇本"②。他反对"盐之听民自煮，茶之听民自采"③。他说，"割盐利以归民"，"所利者豪民大贾而已；未闻割利以授之豪民大贾而可云仁义也"④。对这样大量存在的材料置之不理，或者加以隐蔽，反而断定王夫之为代表"新兴的市民"的思想家，实在不能不使人觉得十分奇怪了。

　　清代这些思想家是否代表市民，这是我们研究清初和稍后的文学应该考察的一个方面，但他们的学说的性质和《红楼梦》的思想内容的性质并不一定一致。如果小说本身真是明显地反映了当时的市民的观点和要求，我们不能以这些思想家并不代表市民来否定；反过来，如果小说本身没有这样的内容，这些思想家就是代表市民也不能用来证明这部小说是市民文学。因此，最重要的还是要去分析作品。主张市民说的作者们在这方面也是提出了一些理由的。有的说，贾宝玉和甄宝玉"本是一人，终于分化成为两人，且是相反的两人，就表明着当时社会正是处于一个分化的过程：旧的人物在衰落着、死亡着，新的人物在诞生着、发育着。这表明着一个新兴的阶级即市民阶级正在抬头和说明着当时的社会正在发生着急剧的变化"⑤。有的说，《红楼梦》里面说过"除了'明明德'外就无书了"，在曹雪芹，这"明德"正是"个性的天真"。他主张"明明德"就是主张

---

① 《读通鉴论》卷二。
② 同上，卷三。
③ 同上，卷二。
④ 同上，卷九。
⑤ 《红楼梦问题讨论集》三集，一一八页。

个性解放①。还有人把《红楼梦》《儒林外史》和《聊斋志异》的反对科举也算成"作为新兴的市民社会力量之反映的近代民主思想的主要内容"之一②。为了节省篇幅,这些显然是牵强附会,甚至可以说只能作为谈笑资料的说法我们就不一一评论了。比较值得考虑的是这样几个理由:说曹雪芹有平等的思想,有个性解放的思想,有以思想一致为爱情的基础的新的进步的婚姻观。如我们在前面所说明的,曹雪芹以一种敢于向封建秩序挑战的大胆的精神写出了他所见到的封建社会的男女不平等,写出了许多聪明的有才能的女子都受到埋没和摧残。从这种现实主义的描写和揭露,我们是可以引申出男女应该平等的结论来的。对于封建等级制他也和王夫之的态度不同。他虽然不曾明白反对,但也并不积极拥护。他把从贵族家庭出身的女子列入"金陵十二钗正册",把作妾作丫头的女子列入"金陵十二钗副册"或"又副册",说明他并没有完全摆脱了封建等级观念,但他对许多社会地位低下的女子却给予了同情和赞扬。不过我们知道,平等这一概念是有不同的内容的。恩格斯在《反杜林论》中说明过:"一切人,作为人来说,相互之间都有一些共同之点,在这共同点所涉及的范围内,他们是平等的——这样的观念自然是自古已有的。"市民阶级所提出的近代的平等要求却是商品生产的反映,却是"为着工业和商业的利益",因而它所要求的是政治上和法律上的平等。《红楼梦》里面所包含的一定程度的平等思想更接近前者而不像是后者。封建社会的男女不平等是长期地普遍地存在的事实。观察锐敏的有人道主义精神的现实主义的作家是可以从生活中直接发现这种残酷的真实,而且加以描写的。所以唐代的诗人白居易就有这样的诗句:"人生莫作妇人身,百年苦乐由他人。"而封建社会的不少传说、戏曲和小说更常常把其中的女子描写得比男子出色。尊重个性的思想也有和这相似之处。封建主义对于个性的束缚也是长期地普遍地存在的事实。对于这种束缚的不满和反对是可以很

---

① 《红楼梦问题讨论集》四集,六〇页。
② 同上,八二页。

早就发生的,不一定要以资本主义萌芽的存在和发展为前提。远在三国时的嵇康,就是一个"为礼法之士所绳,疾之如仇"的人物。他不喜酬答,不喜吊丧,也不耐烦"官事鞅掌","裹以章服,揖拜上官"①。这和《红楼梦》里面所描写的贾宝玉,"懒与士大夫诸男人接谈,又最厌峨冠礼服,贺吊往还等事",叫"读书上进的人"为"禄蠹",是很相似的。曹雪芹还不敢把贾宝玉写成非难孔丘和四书。而嵇康却公然"非汤武而薄周孔"②,公然说"不学未必为长夜,六经未必为太阳"③:

> 六经以抑引为主,人性以从纵为欢。抑引则违其愿,纵欲则得自然。然则自然之得,不由抑引之六经;全性之本,不须犯情之礼律。固知仁义务于理伪,非养真之要求;廉让生于争夺,非自然之所出也。④

可惜的是嵇康生得太早了,他生在三世纪。如果他生在明末清初,岂不也就很可能被我们今天的某些作者给他加上代表"新兴的市民"的主张个性解放的思想家或文学家的头衔吗?至于以思想一致为爱情的基础,而且是以一种进步的思想为基础,我们在前面也说明过,这的确是一种至今仍然适用的恋爱原则。但这种恋爱观和婚姻观是否只有市民阶级才能提出,也是很可怀疑的。恋爱和婚姻既然不只是在市民中间才有的生活现象,关于它们的理想也就不一定要市民才可以提出。

我们在讨论清代的几位思想家和《红楼梦》的思想的性质的时候,常常提到它们的某些内容都有过去的传统。这并不是说,新兴的阶级的思想就不要继承或利用过去的传统;更不是说,从过去找得到和它们相类似的思想就可以证明它们不是新兴的东西。问题的关键是在这里:新兴的阶级的思想除了这种和过去的传统的继承关系或相类似而

---

① ② 《与山巨源绝交书》。
③ ④ 《难自然好学论》。

外，还必须有质的差异，还必须有它那个阶级特有的色彩。而我们从清代的几位思想家和《红楼梦》的思想中都找不到这种质的差异，这种特有的色彩。

确定曹雪芹基本上是站在"新兴的市民"的立场上，而又说他"找不到出路"①，这本身好像就是矛盾的。既然是"新兴的"，为什么又没有"出路"呢？说是当时的资本主义关系还未成熟。还未成熟，不正是很有希望，很有发展前途吗？曹雪芹从封建地主阶级看不见希望，从别的阶级也没有看到什么出路。《红楼梦》里面没有出现代表资本主义萌芽的"新兴的市民"，但商人却是写到了的。贾芸的舅舅就是一个开香料铺的商人。他把这个商人写得很刻薄，而且给他取个名字，叫作"卜世仁"。"卜世仁"很可能就是"不是人"的谐音②。他还写到了两家不是一般商人的皇商。一是薛家。薛家开有当铺。史湘云林黛玉不认得当票，薛姨妈给她们说明了缘故。她们笑道："原来如此。人也太会想钱了。"这是作者对于高利贷的态度。薛蟠想跟伙计出去做买卖，薛姨妈不放心他去。薛宝钗劝她同意，并且把做买卖叫作"正事"。这倒有些和"工商皆本"的说法相似。但可惜主张市民说的同志们也并不把薛宝钗看作正面人物，看作"新兴的市民"的代表。还有一家是夏家。夏金桂却被写得那样不堪。可见作者和吴敬梓一样，是有他的阶级偏见的。他们都很讨厌这一类的"大贾富民"。

十二

在市民说之外，还有一种对于《红楼梦》的思想性质的解释。为了叙述的方便，不妨把它简称为农民说。在许多问题上它都是和市民说针锋相对的。

---

① 《红楼梦问题讨论集》三集，二二页。
② 庚辰本第二十四回关于"卜世仁"的批语："既云不是人，如何肯共事。想芸哥此来空了。"

市民说认为：十八世纪上半期的中国封建社会"不同于以前的任何时期"，因为"在封建经济内部生长着新的生产力和生产关系的萌芽，代表着资本主义关系萌芽状态的新兴的市民社会力量有了发展"。① 农民说认为："《红楼梦》所反映的社会，按其实质说来，还是封建制度子夜时期的社会，当时根本矛盾和根本问题只能是封建地主阶级和农民之间的矛盾"，"其中的进步的、革命的、人民的方面，只能是农民以及以农民为首的劳动人民。"②

市民说认为："从对于社会矛盾的深刻的揭露上，从对于反面人物的无情的批判上，从对正面人物的新的思想、新的性格及其对他们的热烈的歌颂上，都可以看出《红楼梦》的人民性是以带有前资本主义期的性质和色彩的近代民主思想为内容的。"③农民说认为："就产生在这个时期中的文学作品的人民性而论，如果不是从农民以及以农民为首的劳动人民的革命的发动、革命的思想感情和愿望以及他们对于封建制度的憎恨、仇恨吸取源泉，那它就根本没有任何人民性可言。"④

市民说认为："《红楼梦》反映了反对科举、反对礼教、反对等级、主张男女平等、主张婚姻自由和要求个性解放等进步思想"，"这些思想正是作为新兴的市民社会力量之反映的近代民主思想的主要内容，在以前的中国古典现实主义文学作品中，这些思想是薄弱的，或者没有的"。⑤ 农民说认为："争取个性解放、婚姻自由的民主自由思想……在封建社会内，这也是农民以及以农民为首的劳动人民的思想。农民以及以农民为首的劳动人民的这种思想，一直是比资产阶级的这种思想要坚强得多，并且早就

---

① 《红楼梦问题讨论集》三集，二页。
② 《人民日报》一九五四年十一月二十九日第三版《对〈红楼梦〉研究问题的意见》。
③ 《红楼梦问题讨论集》四集，九四页。这篇文章主要赞成市民说，但同时又说《红楼梦》也反映了农民和封建统治阶级之间的矛盾，和农民说并非完全对立。这里只是借用它的一些话来代表这一类的意见。以下有些引文也是这样。
④ 《人民日报》一九五四年十一月二十九日第三版《对〈红楼梦〉研究问题的意见》。
⑤ 《红楼梦问题讨论集》四集，八二页。

在许多文学作品和民间故事里提出来了。"①

市民说认为:"正因为曹雪芹是站在新兴的市民阶级方面,并以先进的民主思想为指南认识现实、反映现实的,所以他能够无比深刻地揭露当时社会的各种矛盾。"②农民说认为:正是酝酿看见起义的农民群众的革命情绪,"构成了曹雪芹深广的社会批判的主要动力"③。

市民说认为:《红楼梦》的"虚无主义和宿命论的色彩"是反映了"新兴市民社会力量的脆弱性和它的历史命运"④。农民说认为:这是反映了"农民的反抗"的"失败"⑤。

我们说市民说是可怀疑的。那么农民说又怎样呢?

从我们所做的这些摘引就可以看出,农民说同样有许多牵强不妥之处。

没有问题,曹雪芹当时的社会的主要矛盾仍然是封建地主阶级和农民的矛盾。但为什么要把封建社会的人民的范围划得那样狭窄,好像只有农民以及以农民为首的劳动人民才是人民呢?为什么要把封建社会的文学作品的人民性也解释得那样狭窄,只能从农民以及以农民为首的劳动人民的"革命的发动、革命的思想感情和愿望以及他们对于封建制度的憎恨、仇恨"去吸取呢?而且说构成曹雪芹的创作的主要动力的还不是一般的农民的思想感情,而是正在酝酿着起义的农民群众的革命情绪,这又有什么根据?

同样没有问题,从《红楼梦》里面是可以看到曹雪芹对于农民的同情和好感的。秦可卿出殡的时候,贾宝玉路过一个村庄。农民常用的锹镢锄犁等物他都不认识。人家对他说明以后,他点头叹道:"怪道古人诗上说,'谁知盘中餐,粒粒皆辛苦',正为此也。"作者把刘姥姥写得健康而又

---

① 《人民日报》一九五四年十一月二十九日第三版《对〈红楼梦〉研究问题的意见》。
② 《红楼梦问题讨论集》四集,八四页。
③ 《红楼梦问题讨论集》三集,一四三至一四四页。
④ 同上,二二页。
⑤ 同上,一四四页。

忠厚。按照作者的计划,贾府衰败以后,她还要成为援救巧姐的恩人。这都可以看出曹雪芹对于农民的态度。但《红楼梦》的主要内容并不在这些地方。我们在前面分析过的那些内容,都很难用什么正在酝酿着起义的农民群众的革命情绪来解释。就是对于刘姥姥,一方面是同情,另一方面也带着嘲笑。这仍然流露出来了他的阶级偏见。对于农民的反抗,他在第一回便这样写道:"偏值近年水旱不收,鼠盗蜂起,无非抢田夺地,鼠窃狗偷,民不安生。"第七十九回的"姽婳词"也是称起义的农民为"流寇"为"贼",而且歌颂了因为镇压农民而战死的恒王和他的姬妾。难道这样的话这样的诗也可以看作是正在酝酿着起义的农民群众的革命情绪的表现吗?

很显然,这样的农民说是既不能解释我国封建社会的文学的历史,也不能解释《红楼梦》的。

主张农民说的人还有这样一个根据:

> 俄罗斯革命民主主义艺术家车尔尼雪夫斯基认为:"只有这种文学的倾向才能达到辉煌的荣誉,它是在有威力和重要的思想的影响下产生的,并且符合时代的迫切需要。""所有现代欧洲文学引以为荣的作家们,无例外地都是被那成为我们时代动力的一种精神所激动着的。……反之,这些天才家,如果他们的作品里没有浸染着这种精神的话,那不是依然默默无闻,便是博得了一种决不令人欢喜的名声,因为他们并没有作出一部配享盛名的作品。"①那么,曹雪芹在其无情地批判本阶级罪恶的时候,已经通过自己头脑的"折光",不自觉地或不完全自觉地被那成为"时代动力的一种精神",无疑地也就是正在酝酿着起义的农民阶级的革命精神所浸染着,激动着。他在写《红楼梦》时已经没落到"贫穷难耐凄凉",也就可能接近人民生活,从

---

① 引用者原注:"转引自谢尔宾纳著、曹庸译:《车尔尼雪夫斯基美学的主要特点》。旁点为引用者所加。"

而获得革命精神的影响(具体过程还有待于进一步的探究)。既然曹雪芹无保留地揭露了地主阶级的罪恶,宣告了它的死刑,也就必然意味着,他是由下而上,从被剥削阶级,从身受其害者的角度来观察他们,否定他们的。正是农民群众的革命情绪,构成了曹雪芹深广的社会批判的主要动力。①

这里所引的车尔尼雪夫斯基的话见于《俄国文学果戈理时期概观》。对于译文的引用,我们有时候也是需要查对原书的。要比较完全地看出这段话的意思的译文应该是这样:

> 只有那些在强大而蓬勃的思想底影响之下,只有能够满足时代底迫切要求的文学倾向,才能得到灿烂的发展。每一个时代都有它的历史的事业,都有它的特殊的追求。我们这时代的生活和光荣是由这两种彼此紧紧相连而又互相补充的追求构成的:人道精神和关于改善人类生活的关心。……凡是新的欧洲文学所赖以自豪的一切人——大家都受到这种推动我们时代的生活底追求所鼓舞,毫无例外。贝朗日、乔治·桑、海涅、狄更斯、萨克莱的作品,它们也是受到人道主义和改善人的命运的思想底启示。而那些在生活中没有贯穿着这些追求的有才能的人,他们或者默默无闻,或者得到的完全不是有利的名声,因此就创造不出什么值得称颂的光荣。②

读者们不要嘲笑和奇怪:"你怎么在论文里做起翻译的校正来了?难道你这篇论文还不够冗长吗?"我们在这里碰到的是一种很重要的现象,一个很典型的例子。这是值得花一点篇幅来评论一下的。我们在许多论文里面常常见到这样一种情形:它们的作者不是认真地去分析问题本身,不是

---

① 《红楼梦问题讨论集》三集,一四三至一四四页。旁点为原文所有。
② 辛未艾译《车尔尼雪夫斯基论文学》上卷,五四八至五四九页。

对问题的各个方面去作必要的考察，这样来寻求问题的解决，却是引用了一些名人的话，就以之为根据、为前提来得出结论。这些被引用的话好像是最高法院的判决书，是不能上诉的。我们当然不能绝对地完全地否定引用前人的话。世界上从古至今的事情和问题是那样众多，我们不可能每一项都自己去从头研究一遍。而且马克思主义的经典作家们的著作都是以大量的材料为基础、经过了深思熟虑的科学的研究的结果。很多问题他们都已经解决。不充分地重视和利用他们的正确的结论就是不要理论的指导。然而这种以引用名人的话来代替自己的思考和研究的风气无论如何是很坏的。第一，世界上从古至今的名人很多，他们的话未必句句都正确。第二，即使他们的话是正确的，也未必和我们所碰到的问题完全适合。自然和社会都不断地在提供着新的问题，他们不可能预先知道今天的一切问题，给我们都准备好了答案。第三，即使他们的话是正确的，如果我们习惯于盲目引用，不肯多加思考，还有一种可能，就是我们的理解未必对。我们这里的例子就接近于第三种情况。车尔尼雪夫斯基所说的他那个时代的"追求"或"精神"本来是很广泛的，那就是明白地重复地说了的"人道主义和改善人的命运的思想"。这种广泛的精神或思想其实曹雪芹也是有的。然而我们的引用者却好像不满足于这种说法，不知是有意还是无意，竟至把点明这个主要思想的句子删去了①，硬在译文的"动力"二字上做文章，于是就得出正在酝酿着起义的农民群众的革命情绪构成了曹雪芹深广的社会批判的主要动力这种奇异的结论来了。尽管这种渺茫的说法在曹雪芹的传记材料和《红楼梦》里面都一点也找不到证明，也不要紧，因为这是根据车尔尼雪夫斯基的话！

　　读者们会说："对，这是教条主义。"不但这样地运用车尔尼雪夫斯基的话是教条主义，而且用农民说来解释《红楼梦》，本身就是一种教条主义

---

① 引用者所根据的译文就略去了"我们这时代的生活和光荣是由这两种彼此紧紧相连而又互相补充的追求构成的：人道精神和关于改善人类生活的关心"这样一句话，但"贝朗日、乔治·桑、海涅、狄更斯、萨克莱的作品，它们也是受到人道主义和改善人的命运的思想的启示"这句话却是有的（只是文字上略有出入），不知为什么引用者也把它删去了。

的表现。这些作者大概都记熟了"封建社会的主要矛盾是农民阶级与地主阶级的矛盾","在中国封建社会里,只有这种农民的阶级斗争、农民的起义和农民的战争才是历史发展的真正动力"这样一些结论。这些结论是用马克思主义的观点来研究中国的历史的结果,当然是正确的。但这是就整个封建社会和它的历史来说。至于封建社会的文学家和文学作品,那却是情况非常复杂的,差异很大的,怎么能够都用这样的结论来解释呢?曹雪芹从封建官僚家庭出身,就是他破落以后,也还是和封建地主阶级的知识分子往来最多。他住在北京西郊,他当然可能和郊区的农民接触,但那也不会很多很深入。所以《红楼梦》里描写的主要还是他最熟悉的生活和人物,而关于农民和农民生活的描写却非常少。这样一个作家,他从哪里去接受正在酝酿着起义的农民阶级的革命精神革命情绪的影响呢?这样一部作品,又从哪里可以看出它反映了这种革命精神革命情绪呢?

用市民说来解释清初的思想家和《红楼梦》,其实也是一种教条主义的表现。这是搬运关于欧洲的历史的某些结论来解释中国的思想史和文学史。这些作者把清初看作欧洲的文艺复兴时期,因而对清初和稍后的许多著名的思想家和文学家都加以"新兴的市民"的代表的头衔。"中等阶级反对派"和"平民反对派",这是恩格斯在《德国农民战争》中对于当时德国的不同的市民集团的分析,现在也被用在清初和稍后的某些思想家身上了。其实中国的历史和欧洲的历史,中国的思想史文学史和欧洲的思想史文学史,是有很多具体的差异的。中国封建社会里没有欧洲中世纪那种市民当权的城市。中国历史上也找不出和文艺复兴相当的那样一个历史时期,如果不是牵强附会地而是客观地去观察清初和稍后的思想和文学的状况,很容易看出它们和欧洲文艺复兴时期的思想和文学的面貌实在大不相同。为什么清代那些杰出的思想家的思想,只能以资本主义萌芽和"新兴的市民"为它们的社会基础呢?难道从中国封建社会发展到它的末期、它的各种矛盾日益尖锐化这一总的原因以及明王朝的崩溃和灭亡、满民族的入侵和压迫、宋明理学及其流弊所引起的不满和反对等具体的原因,就不可以得到解释吗?这些思想家的思想,有的表现为强调"夷狄华夏之大防"或"保天下者,匹夫之贱与有责焉";有的表现为针对封建统治,特别是针对明朝的统治的各种积弊和问题,提出了一些积极的带有民主性的政治主张或仅仅是企图加以补救的改良的办法;有的表现为对宋明理学整个的否定或部分的修正,或仅仅是提出了对它们的流弊的反对和批评——我看都是和这些原因很有关系的。所以我说,在不同的方面,不同的程度上,他们的思想和学说的某些部分是反映了当时的人民的要求,然而又不能简单地把它们归结为只是代表市民,尤其不能归结为只是代表所谓"新兴的市民"。清代出现了《儒林外史》《红楼梦》这样一些小说,也未必不可以从这里去得到解释:中国封建社会发展到它的末期,它的黑暗和腐败日益显露,必然要激起广大的人民以及一部分从封建统治阶级内部分化出来的知识分子的不满和反对,而长期存在的民主性的思想传统和现实主义的文学传统,包括最初是从市民社会生长起来的白话小说的传统,也必然要在这样社会条件下发展。而且这种发展必然要在文学上得到新的杰出的表现。这样的解释虽然是很粗略的,虽然还并不是深入的研究的结果而仅仅是凭我们现有的一般的知识提出来的,也比简单的直接的市民说更为合理,更为符合这些作品的客观面貌。

　　用农民说或市民说来解释《红楼梦》的同志们,总的理由其实不外乎是这样一个:它对封建地主阶级和许多封建制度都作了深刻的批判。农民和市民当然都是有反封建的要求的。但对封建主义怀抱不满的人并不限于农民和市民。中国的思想史和文学史都告诉我们,从封建统治阶级的知识分子当中常常分化出一些不满分子和有叛逆性的人物来。《红楼梦》里面所描写的那些丫头,她们的身份既不是农民,也不是市民,然而我们却不能因此就把她们排斥在封建社会的人民范围之外,而且不能不承认她们也有反封建的要求。所以对封建秩序封建主义怀抱不满是封建社会的被压迫的广大人民所共有的,甚至在封建统治阶级内部也可以出现一部分这样的分子。而且这些分子很熟悉他们所从出身的封建统治阶级的生活和人物，很了解那种生活的腐败和那些人物的灵魂，再加上他们有高度的文化修养，包括文学修养，因而从他们当中就可以产生出一些深刻地批判封建社会的现实主义的作家。吴敬梓和曹雪芹都是这样的作家。我们怎么能够因为《红楼梦》深刻地批判了封建统治阶级和许多封建制度，就断定它的作者是站在农民的立场上或者市民的立场上呢？何况还不是一般的农民，一般的市民，而是正在酝酿着起义的农民或代表资本主义萌芽的市民？像《水浒》，那的确主要是反映了农民的革命情绪的。它不但以农民起义为题材，而且对农民起义和农民领袖是那样同情，那样赞扬，对造成农民起义的封建统治和镇压农民起义的封建官僚充满了火一样的憎恨。像宋元明的话本和拟话本，那也的确是大量地反映了市民的生活和思想的。它们把商人和手工业者作为小说中的正面人物和主人公，这在中国文学史上是一个很重要的新的变化。而且例如《卖油郎独占花魁》和《叠居奇程客得助，三救厄海神显灵》①那样的作品，或者对男女爱情有它的特别的看法，提倡什么"帮衬"，说"只有会帮衬的最讨便宜"，或者对于海神也幻想她化作美女来和商人同居，帮助他囤积居奇，获得暴利，那就的确只能用市民思想来解释了。从《红楼梦》的主要内容却找不出这种特别的色彩。《红楼梦》的全部内容所表现出来的作者的思想都可以用这样一句话来概括，而且这种概括要比农民说和市民说自然得多，合情合理得多：它的作者的基本立场是封建地主阶级的叛逆者的立场，他的思想里面同时也反映了一些人民的观点。前者是和人民相通的，后者是直接地或间接地受到了人民的影响。曹雪芹在他少年时代的繁华生活里，可以遇到类似晴雯和鸳鸯那样的丫头，类似焦大那样的老仆人，类似刘姥姥那样的穷亲戚；在他坠入困顿以后，就更可能同城市和郊区的人民有些接触。这就是直接的影响。他所继承的以前的富有民主性的思想传统和富有人民性的文学传统，其中必然也包含有人民的思想和观点。这

---

① 见《醒世恒言》和《二刻拍案惊奇》。

就是间接的影响。封建社会的人民自然主要是农民和市民,但不能缩小到只是农民或只是市民,尤其不能缩小到只是正在酝酿着起义的农民或只是代表资本主义萌芽的市民。文学理论上的人民性这个术语有存在之必要,正是因为有许多作品都并不能用这种狭隘的简单的农民说或市民说来解释。

应该说明,用市民说来解释我国封建社会的某些文学现象,是比农民说更为流行的。不仅对于清代的一些杰出的作品,还有作者认为现实主义的产生和资本主义的出现分不开,认为中国从南宋以后,在封建社会中就孕育着资本主义的萌芽,就从市民中间产生了话本,所以中国的现实主义的历史开始于南宋,即十一到十二世纪,而不会更早。[1] 这些看法涉及文学这种上层建筑和基础的关系这一根本理论问题。虽然马克思、恩格斯一直是把文学、哲学这一类"更高地飘浮在空中"的意识形态和政治、法律加以区别,明确地指出过艺术的某些繁荣时代并不和社会的一般发展相适应,经济对于文学、哲学的最后决定作用大半是间接的,而且对于这些意识形态的本身的传统不可忽视,但我们有些作者仍然常常把文学、哲学这一类上层建筑和基础的关系看得那样简单,那样直接,那样机械。正是由于这种机械的观点,他们才局限于用资本主义萌芽和新兴市民的思想来解释《红楼梦》和清代的那些思想家,不愿考虑产生它和他们的更为复杂也更为符合实际的社会根源;而且甚至对同资本主义萌芽和市民本来没有什么必然的关系的中国文学史上的现实主义的形成问题,也不能不借助于这种流行的对于马克思主义的误解了。

做过实际工作的人都会有这样的体会,我们在工作中努力了解客观的情况,努力使我们主观的认识和客观的情况相符合,还常常有犯主观主义的错误的可能。如果我们看问题本来就主观片面或者本来就有教条主义的倾向,那就更不用说了。学术工作也是如此。我国的学术有许多很宝贵的优良的传统,但牵强附会的传统也是很古老的,是从汉朝起就大量

---

[1] 《文艺报》一九五六年第二十一号:姚雪垠《现实主义问题讨论中的一点质疑》。

存在的。这种老的牵强附会再加上新的教条主义,学术工作中的主观主义现象就显得相当普遍了。这种主观主义不克服,我们的学术水平是很难提高的。

十三

我们在前面分析的是曹雪芹的八十回的《红楼梦》。对于高鹗所续的后四十回,只是偶尔涉及,并没有把它放在一起来评论。这是不得不如此的。我们对曹雪芹的《红楼梦》给予了最高的赞扬,称它为伟大的不朽的作品,称它为我国古典小说艺术成就的最高峰。如果把这样的评语用在高鹗的续书上,那就很不适当了。

后四十回还没有确定为高鹗所续的时候,早就有人对它深为不满了。清代的一位距曹雪芹并不太晚的作者说:"此四十回全以前八十回中人名事务,苟且敷衍。若草草看去,颇似一色笔墨,细考其用意不佳,多杀风景之处。故知曹雪芹万万不出此下下也。"他又说:"且其中又无若前八十回中佳趣,令人爱不释手处。诚所谓一善俱无,诸恶备具之物!"①

在关于《红楼梦》问题的讨论中有这样的意见:"胡适和俞平伯从他们的考证观点出发,拦腰一锯,把一部完整的《红楼梦》锯为前后两橛。他们对八十回以后的四十回,采取深恶痛绝的否定态度。"②其实这是不完全符合实际的。胡适根据俞樾的《小浮梅闲话》,说后四十回为高鹗所作。但他并没有对后四十回采取深恶痛绝的否定态度。他说后四十回"虽然比不上前八十回,也确然有不可埋没的好处"。他还说里面有不少部分"都是很有精彩的小品文字",而且佩服高鹗"作一个大悲剧的结束,打破中国小说的团圆迷信"。俞平伯先生倒的确是对后四十回作了更多的贬

---

① 裕瑞《枣窗闲笔》。周汝昌《红楼梦新证》说,根据《玉牒宗室谱》稿本,"知道裕瑞生于乾隆三十六年,去曹雪芹之卒(二十八年)才仅仅八年而已"。
② 《红楼梦问题讨论集》一集,二一〇页。

责。在这一点上,是不是胡适的看法比俞平伯先生高明呢?我看是不然的。俞平伯先生和我们在上面引过他的话的那位清代的作者有相似之处,虽然他们对于后四十回的评价并不完全恰当,而且某些具体的意见还表现出来了他们的观点的错误,但他们有一种艺术欣赏能力,他们直觉地感到了后四十回的艺术上的拙劣。这种艺术欣赏能力正是胡适所缺乏的[①]。

高鹗的最大的贡献在于他的续书帮助了曹雪芹的原著的流传。如果没有一百二十回本的出版,《红楼梦》未必很快地就发生那样大的影响。这还不仅仅是活字本和抄本的差异问题。就是把前八十回排印出来,许多情节和人物都没有结局,特别是贾宝玉和林黛玉的爱情故事没有结局,一定是不像一个有头有尾的故事那样容易被广大的读者接受的。

当然,续书和原著印在一起,能够为广大的读者所接受,也有它本身的原因。绝大多数情节都和前八十回大致接得上。贾宝玉和林黛玉的爱情故事不但保存了悲剧的结局,而且总的说来也还写得动人。有些片段也还写得较好。比如宝玉娶宝钗那一段,虽然未必曹雪芹也会那样写,高鹗的构思还是不错的。又比如夏金桂放泼、贾政做官和袭人改嫁等片段都写得符合这些人物的性格,而且也比较生动。这都是后四十回中可以肯定之处。

然而曹雪芹没有能够写完《红楼梦》,却无论如何是一件天地间的恨事。如果我们读文学作品不满足于只是读情节,不满足于只是某些片段还可读,不满足于常常要读到一些平庸的甚至拙劣的描写,我们就不能不

[①] 在《没有批评就不能前进》一文中,我对俞平伯先生的《红楼梦辨》除了批评其错误而外,还写了这样一句肯定的话:"列举更多的理由来证明后四十回确系续书,说明高鹗的'利禄熏心'的思想和曹雪芹不同,指出艺术性方面远不如原书,但仍肯定其保存悲剧的结局,这是《红楼梦辨》的可取部分。"李希凡同志在《俞平伯先生怎样评价了〈红楼梦〉后四十回续本》中说这"是简单化了的评价","在客观上,起着帮助俞平伯先生贬低后四十回续本的作用"。我那句话并不是随便写的。这里以及后面的看法都是我写那句话的一些根据。虽然俞平伯先生对于《红楼梦》后四十回的贬责许多地方是和他的观点有联系的,一个人的艺术欣赏能力也不可能离开他的观点而独立存在,但如果加以分析,我们仍可以看出,有些地方的确是对于后四十回的艺术性方面的不满。

感到后四十回实在太配不上原著了。俞平伯先生曾说凡书都不能续,并非高鹗才短。《红楼梦》的续书要写得和前八十回一样好,或许是不可能的。但比高鹗写得更可读,更有文学的意味,更符合曹雪芹的原意,那却不一定不可能做到。如果有那样的有才华的作者,他愿意去做这件事情,像写历史小说一样依据曹雪芹的计划和自己的想象去加以重写或改写,高鹗的续书我看还是可以被"取而代之"的。

正如前八十回的艺术上的精彩之处多到不可胜数,要一一指出只有用过去的评点的办法一样,后四十回的缺点和败笔也是可以逐回批注,批它一二百处的。在这篇论文里不可能这样做,我们只能概括地简单地作一点说明。

关于高鹗的思想,有这样一种说法:"高鹗和曹雪芹的思想基本上是一致的,同属进步方面","即使最后布置了一个'兰桂齐芳',暴露了高鹗思想上的弱点,但这弱点,也是由于历史的限制,不得不然。即使在曹雪芹思想上,也未必没有这种弱点"①。但后四十回的内容是直接反对这种高曹思想基本一致论的。诚然,在宝玉和黛玉的爱情故事上,高鹗保存了曹雪芹原来的计划中的悲剧的结局。这是他的续书能够附原著以流传的根本原因。然而在贾府的衰败这另一重大情节上,高鹗却并未打破大团圆的老套,直接违背了曹雪芹的原意,因而大大地削弱了整个故事的悲剧气氛。贾府抄家不抄全家,只抄贾赦一房。贾政仍然承袭荣国公世职。到了后来,连贾赦也完全免了罪名,贾珍也仍袭宁国公世职,所抄家产全行偿还。最后的结局是"荣宁两府善者修德,恶者悔祸,将来兰桂齐芳,家道复初"。这样,由曹雪芹所已经描写的和尚未写完的宝黛悲剧,由他在前八十回所作的种种有力的批判和揭露所展开的封建社会的巨大的深刻的裂痕,就由高鹗的手把它勉强捏合起来了。而且高鹗把宝玉的结局写成不但"高魁贵子"(就是这四个字就显出了高鹗是多么封建,多么庸俗),还加上成了佛,又被皇帝赏了一个文妙真人的道号。在高鹗看来,这大概

---

① 《红楼梦问题讨论集》三集,一〇九页。

也可以心满意足了,就是说这也是一种团圆的结局,剩下的苦命人不过是林黛玉一人而已。高鹗在最后把点明真事已经隐去的甄士隐这样一个人物忽然又拉出来,而且强迫他讲了这样几句话:

> 贵族之女,俱属从情天孽海而来。大凡古今女子,那淫字固不可犯,只这情字也是沾染不得的。所以崔莺苏小,无非仙子尘心;宋玉相如,大是文人口孽。凡是情思缠绵的,那结果就不可问了。

这不但是责备敢于触犯封建礼教的林黛玉,说她的不幸是咎由自取,而且对敢于描写儿女之真情的曹雪芹,也是加以口诛笔伐了。还能说高鹗曹雪芹的思想是基本上一致的吗?

由于他有这种封建的庸俗的思想以及其他原因,高鹗在后四十回中就把有些人物写得不符合或不完全符合原来的性格。宝玉对黛玉说:"我想琴虽是清高之品,却不是好东西。从没有弹琴的弹出富贵寿考来的,只有弹出忧思怨乱来的。"探春出嫁的时候,宝玉先很悲伤。后来探春对他说了一些"纲常大体"的话,他便"转悲作喜"。宝玉不但去应科举,而且那样重视"举人",和王夫人告别的时候居然说:"母亲生我一世,我也无可答报,只有这一入场,用心作了文章,好好的中个举人出来,那时太太喜欢喜欢,便是儿子一辈的事也完了,一辈子的不好也都遮过去了。"这和曹雪芹所写的贾宝玉不是显然不同吗?有些作者连宝玉中举这种十分违背曹雪芹的原意的谬误也强为辩护,说是宝玉"在矛盾中对科举制度嘲笑般的消极抵抗",说是"一种反抗形式",而且"对'读书上进'的禄蠹们说","倒又是一记响亮的耳光"。[①] 这实在只能说是一种奇谈了。高鹗还把他自己对八股文的看法硬加在黛玉头上。黛玉有一次居然对宝玉这样说:八股文中"也有近情近理的,清微淡远的","不可一概抹倒;况且你要取功名,这个也清贵些"。这一次高鹗倒没有忘记宝玉是很鄙视八股文的,所以他

---

① 《红楼梦问题讨论集》一集,二二二页和四集一七一至一七二页。

接着写道:"宝玉听到这里,觉得不甚入耳。因想黛玉从来不是这样人,怎么也这样势欲熏心起来?"真的,黛玉怎么也这样势欲熏心起来? 这只有高鹗自己才能回答了。在前八十回中,妙玉是一个非常孤僻矫情的人。到了高鹗的笔下,妙玉竟至听说贾母偶有微恙,便特别赶到贾母床前来请安。请安以后,还和王夫人和惜春都说了一阵不相干的闲话。大某山民加评本上有这样一句评语:"何套话如此之多?"妙玉怎么也这样势欲熏心起来? 这也只有高鹗自己才能回答了。

我们曾说,像生活本身那样丰富、复杂,而且天然浑成,这是曹雪芹的《红楼梦》的一个总的艺术特色。我们又曾说,在曹雪芹的《红楼梦》里面,无论是日常生活的描写还是大场面的描写都洋溢着生活的兴味,而且揭露了生活的秘密。在这一点上高鹗的续书刚好相反。这是后四十回在艺术上的一个非常突出的根本弱点。连我们前面提到的那位清代的作者也早就感到了,他说它"全以前八十回中人名事务,苟且敷衍","且其中又无若前八十回中佳趣,令人爱不释手处"。俞平伯先生说,顾颉刚先生最初是很赏识高鹗的。他的理由是"凡是末四十回的事情,在八十回都能找到他的线索"。俞平伯先生的看法却不同。他说:"我总觉得后四十回只是一本账簿。即使处处有依据,也至多不过是很精细的账簿而已。"①后四十回在艺术上的根本弱点正在于它常常模仿和重复前八十回的情节而缺少生活内容。八十回以后进入贾府的大衰败、宝黛悲剧的高潮以及贾府大衰败以后众多人物的遭遇和结局这样一些情节的描写,应该有多少新的生活内容,多少动人的事件和场面呵! 如果在天才的曹雪芹的手中,那将描写得多么丰富多彩,多么紧紧地吸引住读者的全部的心灵! 然而高鹗的续书,除了很少一些片段较有生活的味道而外,绝大部分都是写得那样贫乏,那样枯燥无味,那样永不厌倦地而且常常是拙劣地去模仿和重复前八十回的情节。这种模仿和重复实在太多了,如果一条一条地写出,我们这篇论文的这一部分也就会变成一本账簿。随便举几个例子吧。第八

---

① 《〈红楼梦〉研究》,十六、三一页。

十三回,贾母入宫去看元春。元春含泪说:"父女兄弟反不如小家子得以常常亲近。"这是照抄第十八回元春省亲时对贾政讲的话,不过把文言改写为白话而已。连"含泪"二字都是原来有的。第八十八回,贾芸在重阳时候买了些时新绣货,来走凤姐的门子,求凤姐在贾政跟前提一提,要贾政派他办一两种工程。这是模仿第二十四回端阳节前贾芸买了些冰片麝香来求凤姐派他办贾府的差事。但香料是端阳节要用的,绣货和重阳何干?而且要凤姐这种年轻的媳妇去在叔公公面前替人求差事,也很不合情理。第九十一回至第九十二回之间,袭人派秋纹到黛玉处去叫宝玉,秋纹诳称是贾政叫他,吓得他连忙起身。这种细节也是从第二十六回薛蟠逼着焙茗用贾政之名去叫他那一段抄袭来的。薛蟠是一个混人,他可以这样胡闹。秋纹凭什么要这样吓宝玉呢?连庄头、焦大、倪二这些并不重要的人物也要重复地写他们一遍。薛蟠要再打死一次人。凤姐要再办一次丧事。写得最拙劣不堪的是宝玉要重游一次太虚幻境,再看一次金陵十二钗正副册。而且"太虚幻境"居然改为"真如福地",宫门上的"孽海情天"四字居然改为"福善祸淫",牌坊上的对联"假作真时真亦假,无为有处有还无"也被改为直接和曹雪芹作对的"假去真来真胜假,无原有是有非无",这种地方只能说是对于曹雪芹的《红楼梦》的糟蹋了。

第一百○四回贾宝玉说他"一点灵机都没有了"。用这句话来作为后四十回的绝大部分的评语倒是很适合的。第八十七回黛玉吃饭的时候,吃的是"一碗火肉白菜汤,加了一点虾米儿,一点江米粥",还有"五香大头菜,拌些麻油醋",这已写得和贾府那种生活很不相称了。但黛玉居然还称赞它们"味儿还好,且是干净",好像她很馋的样子。第九十二回,外国来的洋货不但有围屏,而且上面雕刻的景物居然是"汉宫春晓"。第一百○八回,薛宝钗过生日,贾母见大家都不是往常的样子,她着急道:"你们到底是怎么着?大家高兴些才好。"湘云道:"我们又吃又喝,还要怎样?"我们读到诸如此类不合理或者拙劣的地方,实在不能不失笑了。至于求签占卦,闹鬼见怪,这类关于迷信的描写层出不穷,也是高鹗的续书的败笔。

　　曹雪芹的前八十回并不是没有缺点和漏洞，然而它写得太好了，这些小小的缺点和漏洞完全无损于整个放射着天才的光辉的宏伟的建筑。高鹗的后四十回并不是没有一些可以肯定之处，然而弱点和败笔却太多了，而且它们常常关联到作品的思想和艺术的一些根本方面。

　　总起来说，后四十回就是这样：它保存了宝黛悲剧的结局，这是它的最大的优点，但另外有些部分的思想内容却违背了曹雪芹的原意；在艺术的描写方面，除了有些片段还写得较好或可以过得去而外，绝大部分都经不住细读。所以它虽然能够以它的某些情节某些部分来吸引读者，在艺术欣赏上要求较高的人读完以后还是会感到不满。所以它的作用一方面是帮助了前八十回的流传，另一方面却又反过来鲜明地衬托出曹雪芹的原著的不可企及。曹雪芹的《红楼梦》是我国古典小说艺术成就的最高峰，是我们至今还不曾充分认识的小说艺术的宝库。我们今天的作家要克服许多艺术上的弱点，都可以从它取得有力的辅助。从高鹗续的后四十回我们也可以得出这样的结论：一个要求自己很严格的作家应该不满足于他的作品仅仅有较好的题材和情节，不满足于仅仅有某些部分还写得可读，不满足于仅仅依靠题材、情节和这些可读的部分在读者中间获得的成功，还必须努力去创造出思想性和艺术性都更高也更统一的作品。

　　一九五六年八月至九月初写成前八节，十月至十一月二十日续写完。

　　（原载《论红楼梦》，中国科学院文字研究所专刊之一，人民文学出版社一九五八年五月北京第一版，一九六三年二月北京第二次印刷。）

附

关于《论〈红楼梦〉》的版本和修改情况的说明

董志新

何其芳的《论〈红楼梦〉》一文写毕于一九五六年十一月。一九五七年五月刊发于《文学研究集刊》第五册，为首次发表（以下简称"五七本"）。一九五八年九月，作为中国科学院文学研究所专刊之一，与何其芳研究古典文学的另外四篇论文，同时被收入人民文学出版社出版的《论红楼梦》一书（以下简称"五八本"）。一九六三年二月，为纪念曹雪芹逝世二百周年，《论红楼梦》这本书得以重印（以下简称"六三本"）。何其芳生前的这三种版本的《论〈红楼梦〉》都是全文本。

一九五九年，人民文学出版社第二次印刷本社一九五七年整理出版的一百二十回本《红楼梦》。编辑部征得何其芳同意，并经何其芳亲手将八万字的《论〈红楼梦〉》大力压缩至两万五千字左右，题为《论〈红楼梦〉（节要）》（以下简称"节要本"），作为《红楼梦》"代序"。到一九七二年，人文版第三版《红楼梦》第九次印刷，由于特殊的历史背景，抽掉了何其芳的"代序"。也就是说，《论〈红楼梦〉（节要）》这篇"代序"，十四年（一九五九至一九七二）居人文版《红楼梦》之篇首。须知，那时人文版《红楼梦》印数之多，发行之广，无与伦比，独步天下。"何序"对读书界、学术界乃至文化界的深广影响，可想而知。

这样，《论〈红楼梦〉》一文，形成了两个文本：全文本与节要本。在长期流传中，何其芳对两个文本都有修改。六三本可视为《论〈红楼梦〉》的最后定本。《论〈红楼梦〉（节要）》除了大量删削全文本的内容（约占三分之二），保留的部分也有文字修改。

本书收入的《论〈红楼梦〉》一文，即一九六三年重印产生的最后全文本。并将何其芳的几次修改情况,采取两种或三种文本对比的方式,按顺序排列于下,不同原文与改文即修改处用黑体字标出。目的是使读者看清楚何其芳红学研究的原生状态和发展脉络。

以下把全文本和节要本修改处归纳为十八条:

(一)

(五七本第二八页)伟大的不朽的作品《红楼梦》是**我国小说艺术成就的最高峰**。

董按:五八本、节要本与此相同。

(六三本第六一页)伟大的不朽的作品《红楼梦》是**我国古典小说艺术成就的最高峰**。

董按:"我国小说艺术成就的最高峰"这句话,中间插入"古典"二字,六三本中还有四处,见六三本第一〇九、一二六、一六三、一七〇页。

(二)

(五七本第三二页)注④《懋斋诗钞》原为残本,由收藏者"粘补成卷"(见原书影印本第七页燕野顽民题识),**并非按年编排,而且《古刹小憩》题下"癸未"二字也非敦敏原注,而是后人补题(详见王佩璋《曹雪芹的生卒年及其他》)**。所以曹雪芹的卒年仍不妨**定**为一七六三年。

(五八本第六四页)注③《懋斋诗钞》原为残本,由收藏者"粘补成卷"(见原书影印本第七页燕野顽民题识),**并非按年编排,而且《古刹小憩》题下"癸未"二字也非敦敏原注,而是后人补题(详见《文学研究集刊》第五册王佩璋《曹雪芹的生卒年及其他》)**。所以曹雪芹的卒年仍不妨**暂定**为一七六三年。

(六三本第六四页)注③《懋斋诗钞》原为残本,由收藏者"粘补成卷"(见原书影印本第七页燕野顽民题识),**其中作品是否严格编年以及《古刹小憩》题下"癸未"二字究为何人所注,均尚有争论**。所以曹雪芹的卒年仍不妨**暂定**为一七六三年。

(三)

(五七本第三四、三五页)王国维的《〈红楼梦〉评论》是关于这部巨著的第一篇**正式的认真的**评论文章。这篇文章推崇《红楼梦》为"宇宙之大著述",并以哥德的《浮士德》相比。然而它对于这个大著述的内容的解释却是**错误**的。王国维**不去肯定**这部小说里的对于人生的执着和热爱,对于不合理的事物的反对和憎恶,**却**把它和西欧资产阶级悲观主义哲学牵合起来,说它的思想价值在于鼓吹"解脱"和"出世"。

(五八本第六七页)王国维的《〈红楼梦〉评论》是关于这部巨著的第一篇**正式**的评论文章。这篇文章推崇《红楼梦》为"宇宙之大著述",并以哥德的《浮士德》相比。然而它对于这个大著述的内容的解释却是**从头错到底**。王国维**完全抹杀了**这部小说里的对于人生的执着和热爱,对于不合理的事物的反对和憎恶,**主观武断地**把它和西欧资产阶级悲观主义哲学牵合起来,说它的思想价值在于鼓吹"解脱"和"出世"。

董按:六三本与五八本相同。

(四)

(五七本第三五页)五四运动以后,胡适批评了那些"索隐"派,那是对的。然而,**他对于《红楼梦》的内容的理解也是错误的,他又从反动的实验主义的观点来否定了这部巨著**的价值和意义。

(五八本第六七页)五四运动以后,胡适批评了那些"索隐"派,那是对的。然而,**中国资产阶级学术界的代表人物,无论是王国维还是胡适,由于他们的思想贫乏和思想错误,都无法了解这部小说**的价值和意义。

董按:六三本与五八本相同。

(五)

(五七本第五〇、五一页)贾宝玉的性格的这种特点也是打上了他的时代和阶级的**烙印**的。然而少年男女和青年男女的互相吸引,互相爱悦,这却不是一个时代一个阶级的现象。因此,虽然他的时代和阶级都已经过去了,贾宝玉这个共名却**仍然**可能在生活中存在着。**世界上有些概括性很高的典型是这样的,它们的某些特点并不仅仅是一个时代一个阶级的现象**。但是,如果今天有人有意地去仿效贾宝玉,而且欣赏他身上的那些落后的因素,那就只能说是他自己犯了时代的错误,《红楼梦》是不能负责的。

董注：五八本与五七本相同。

（节要本序言第九、十页）贾宝玉的性格的这种特点也是打上了他的时代和阶级的**烙印**的。然而少年男女和青年男女的互相吸引，互相爱悦，这却不是一个时代一个阶级的现象。因此，虽然他的时代和阶级都已经过去了，贾宝玉这个共名却**仍然**在生活中存在着。**世界上有些概括性很高的典型是这样的，它们的某些特点并不仅仅是一个时代一个阶级的现象。**但是，如果今天有人有意地去仿效贾宝玉，而且欣赏他身上的那些落后的因素，那就只能说是他自己犯了时代的错误。

（六三本第八二页）贾宝玉的性格的这种特点也是打上了他的时代和阶级的**鲜明的烙印**的。然而少年男女和青年男女的互相吸引，互相爱悦，这却不是一个时代一个阶级的现象。因此，虽然他的时代和阶级都已经过去了，贾宝玉这个共名却**仍然可能**在生活中存在着。**这并不是说今天还会真有贾宝玉那样的人，而是某些人的某一方面可能还有和贾宝玉类似之处，人们也就可能戏称他为贾宝玉。**但是，如果今天有人有意地去仿效贾宝玉，而且欣赏他身上的那些落后的因素，那就只能说是他自己犯了时代的错误。

（六）

（五七本第五三页）林黛玉的叛逆性和反抗性却主要是以这样一种痛苦的形式表现出来：尽管不幸已经快要压倒了她，她仍然并没有屈服，仍然在企图改变她的命运；**尽管她并不能打碎封建主义对于她的心灵的桎梏，她却仍然在和它苦斗，仍然在精神上表现出来了一种傲岸不驯的气概。**

董按：五八本、六三本与五七本相同。

（节要本序言第一一页）林黛玉的叛逆性和反抗性却主要是以这样一种痛苦的形式表现出来：尽管不幸已经快要压倒了她，她仍然并没有屈服，仍然在企图改变她的命运，**因而这样一个弱女子的生命也像陨星一样在黑暗的夜空里划出了一道强烈的耀眼的光辉。**

(七)

(五七本第五三页)第六十三回,在行占花名的酒令的时候,黛玉掣得的是一根画着芙蓉花的象牙花名签子,**那上有一句诗**:"莫怨东风当自嗟"。这是中国古代的诗的委婉的表现方法,"莫怨"正是"怨"。而这个**吹落**百花的"东风",在我们**今天**看来,就是封建社会。林黛玉这个性格的特点,**比较贾宝玉是更为**具有强烈的时代和阶级的色彩的。随着妇女的解放,这个典型将要日益在生活中缩小它的流行的范围。然而,即使将来我们在生活中不再需要用这个共名,这个人物仍然会永远激起我们的同情,仍然会在一些深沉地而又温柔地爱着的少女身上看到和她相似的面影。

董按:五八本与五七本相同。

(节要本序言第一一页)第六十三回,在行占花名的酒令的时候,黛玉掣得的是一根画着芙蓉花的象牙花名签子,**那上有一句诗**:"莫怨东风当自嗟"。这是中国古代的诗的委婉的表现方法,"莫怨"正是"怨"。而这个**摧残**百花的"东风",在我们看来,就是封建社会。林黛玉这个性格的特点,**比较贾宝玉是更为**具有强烈的时代和阶级的色彩的。随着妇女的解放,这个典型将要日益在生活中缩小它的流行的范围。然而,即使将来我们在生活中不再需要用这个共名,这个人物仍然会激起我们的同情,仍然会在一些深沉地而又温柔地爱着的少女身上看到和她相似的面影。

(六三本第八四页)第六十三回,在行占花名的酒令的时候,黛玉掣得的是一根画着芙蓉花的象牙花名签子,**那上面有句诗**:"莫怨东风当自嗟"。这是中国古代的诗的委婉的表现方法,"莫怨"正是"怨"。而这个**吹落**百花的"东风",在我们**今天**看来,就是封建社会。林黛玉这个性格的特点,**也是**具有强烈的时代和阶级的色彩的。随着妇女的解放,这个典型将要日益在生活中缩小它的流行的范围。然而,即使将来我们在生活中不再需要用这个共名,这个人物仍然会激起我们的同情,仍然会在一些深沉地而又温柔地爱着的少女身上看到和她相似的面影。

（八）

（五七本第六四至六六页）……这种说法是相当流行的。**王希廉**的《红楼梦问答》中有这样的话：……

大某山民的《总评》也这样说：……这都是说薛宝钗的特点是奸险（注①）。

注①应该说明，**王希廉**对薛宝钗的看法是有些自相矛盾的。他一方面说她不好，一方面在《红楼梦问答》中又说："或问：'子之处宝钗也将如何？'曰：'妻之。'"在《红楼梦总评》中更说："黛玉一味痴情，心地偏窄，德固不美，只有文墨之才，宝钗却是有德有才。"这就又和那个许伯嫌秀才的意见相近了。

……就是上面那个**王希廉**，他在说黛玉是凤姐害死的，因为黛玉到贾府时带有数百万家资，害死了她贾府才好吞没这笔财产（注①）。**就是上面那个大某山民**，他说"石头记乃演性理之书，祖大学而宗中庸"（注②）。

注①见**王希廉**评本《红楼梦问答》。他的"证据"是："贾琏发急时，自恨何处再发二三百万银子财，一再字知之。夫再者二之名也。不有一也，而何以再耶？"

注②见**大某山民**加评本《读法》。他的"证据"是："宝玉说明明德之外无书。又曰，不过大学中庸"。**这两个"证据"都是很妙的，可作牵强附会者之范例。**

（五八本第九四至九六页）……这种说法是相当流行的。**涂瀛**的《红楼梦问答》中有这样的话：……

姚燮的《红楼梦总评》也这样说：……这都是说薛宝钗的特点是奸险（注①）。

注①应该说明，**涂瀛**对薛宝钗的看法是有些自相矛盾的。他一方面说她不好，一方面在《红楼梦问答》中又说："或问：'子之处宝钗也将如何？'曰：'妻之。'"

……就是上面那个**涂瀛**，他在《红楼梦问答》中说黛玉是凤姐害死的，因为黛玉到贾府时带有数百万家资，害死了她贾府才好吞没这笔财产（注①）。**还有一个自号太平闲人的张新之**，他在《红楼梦读法》中说"石头记乃演性理之书，祖大学而宗中庸"（注②）。

注①见《红楼梦问答》。他的"证据"是："贾琏发急时，自恨何处再发二三百万银子财，一再字知之。夫再者二之名也。不有一也，而何以再耶？"

注②见妙复轩评本《红楼梦》。他的"证据"是:"宝玉说明明德之外无书。又曰,不过大学中庸"。光绪七年刻本孙桐生跋云太平闲人为同卜年。一粟编《红楼梦书录》据抄本五桂山人序,知太平闲人为张新之。

董按:六三本与五八本相同。又,这一组资料原文较长,跨三页,正文中还夹杂着三条注释,也有改动。为节省篇幅,中间省略掉较多与修改无关的文字。又,五七本第七一页注①中的"王希廉",到了五八本和六三本第一〇〇页注①中,出于同上面一样的原因亦改为"涂瀛"。

（九）

(五七本第八四页)伟大的文学家和艺术家决不是不讲求匠心,不讲求技巧。不讲求匠心和技巧,文学艺术就不可能比**生活**和自然更集中,更典型,更完美。

董按:五八本与五七本相同。

(六三本第一一二页)伟大的文学家和艺术家决不是不讲求匠心,不讲求技巧。不讲求匠心和技巧,文学艺术就不可能比**普通的生活**和自然更集中,更典型,更完美。

（十）

(五七本第九八页)人的性格的形成的原因也很复杂。阶级出身当然是形成人的性格的**一个基本条件**,然而并不是唯一的条件。

董按:五八本与五七本相同。

(六三本第一二五页)人的性格的形成的原因也很复杂。阶级出身当然是形成人的性格的**基本条件**,然而并不是唯一的条件。

（十一）

(五七本第一〇三页)这**就**更类似莫泊桑的《俊友》了。《俊友》这部充满了坏人坏事的小说也是表现出它的作者的惊人的艺术才能的。然而它却写得那样旁观和阴冷,几乎使人分不清作者到底是憎恶而还是欣赏那些黑暗的事物。

董按:五八本与五七本相同。

（六三本第一二九、一三〇页）**这使我们想起了莫泊桑的《俊友》。《俊友》**这部充满了坏人坏事的小说也是表现出它的作者的惊人的艺术才能的，而且作者主观上的揭露和批判的用意比《金瓶梅》还要明显得多。然而它却也写得那样旁观和阴冷，**使人感到作者好像是既憎恶而又有些欣赏那些黑暗的事物。**

（十二）

（五七本第一〇四页）正是因为这种艺术上的贫血病的**普遍**存在，《红楼梦》在放射着强烈的诗和理想的光辉这一方面的突出的成就，就更加值得我们重视。

董按：五八本与五七本相同。

（六三本第一三〇页）正是因为这种艺术上的贫血病的**相当普遍**存在，《红楼梦》在放射着强烈的诗和理想的光辉这一方面的突出的成就，就更加值得我们重视。

（十三）

（五七本第一〇五页）这段话和秦可卿的故事没有关联。这并不是在写她的性格，而是借这个人物写出作者的一种思想。这种思想显然是**封建**的。

董按：五八本与五七本相同。

（六三本第一三一、一三二页）这段话和秦可卿的故事没有关联。这并不是在写她的性格，而是借这个人物写出作者的一种思想。这种思想显然是**带有封建色彩**的。

（十四）

（五七本第一〇六、一〇七页）孟轲说过舜是东夷之人，所以贾宝玉称满族是大舜之正裔。**这些歌颂到底是真心话还是敷衍之词，就很难判断了。**歌功颂德的风气在当时是很盛行的。（中略）曹雪芹借贾宝玉的话来歌颂几句，也是不足奇怪的。这些思想以及其他类似的思想，都**带有封建色彩**。不过这些部分在全书中所占的比重极其微小，无损于《红楼梦》的总的意义和效果,无损于它对封建主义的批判的总倾向。

董按:五八本与五七本相同。

(六三本第一三三页)孟轲说过舜是东夷之人,所以贾宝玉称满族是大舜之正裔。歌功颂德的风气在当时是很盛行的。(中略)曹雪芹借贾宝玉的话来歌颂几句,也是不足奇怪的。这些思想以及其他类似的思想,都**属于封建性质**。不过这些部分在全书中所占的比重**很**微小,无损于《红楼梦》的总的意义和效果,无损于它对封建主义的批判的总倾向。

(十五)

(五七本第一〇七、一〇八页)**问题在**《红楼梦》的主要内容实际是和这种所谓"立意本旨"**相违背的**。(中略)正如他的头脑里不可能**不多少还带有**一些封建思想一样,他的时代、他的阶级和他的个人遭遇也不能不使他受到这一类消极思想的传染。(中略)这些才是构成曹雪芹的思想和《红楼梦》的内容的**特色**的要素。

董按:五八本与五七本相同。

(六三本第一三四页)**不过**《红楼梦》的主要内容实际是和这种所谓"立意本旨"**相违背而已**。(中略)正如他的头脑里不可能**不还有**一些封建思想一样,他的时代、他的阶级和他的个人遭遇也不能不使他受到这一类消极思想的传染。(中略)这些才是构成曹雪芹的思想和《红楼梦》的内容的**主要特色**的要素。

(十六)

(五七本第一一二、一一三页)先是**李希凡、蓝翎**同志提出了这样的解释:"《红楼梦》正面人物形象所达到的思想高度,是与当时最进步的思想潮流相互辉映的";当时最进步的思想潮流"一方面反映了民族斗争,一方面反映了工商业者反对封建压迫的要求"。(中略)**李希凡、蓝翎**同志说,"在大部分同志之间,对于这一问题才取得了比较一致的看法"。不但他后来写的文章讲得更肯定了,而且的确有不少的作者都采取了这种说法。

(五八本第一三八、一三九页)先是**李希凡**同志提出了这样的解释:

"《红楼梦》正面人物形象所达到的思想高度,是与当时最进步的思想潮流相互辉映的";当时最进步的思想潮流"一方面反映了民族斗争,一方面反映了工商业者反对封建压迫的要求"。(中略)**李希凡**同志说,"在大部分同志之间,对于这一问题才取得了比较一致的看法"。不但他后来写的文章讲得更肯定了,而且的确有不少的作者都采取了这种说法。

董按:六三本与五八本相同。

(十七)

(五七本第一二一页)但由于这些问题**尚无定论**,我们应该抱有独立的研究态度,不宜把他们的看法和材料不加考察就**照样搬用**。清代这些思想家的思想的性质,产生的原因,以及他们的共同之处和差异,都是涉及许多复杂的问题的。详细说明这些问题不但不是这篇论文的任务,而且也不是我的能力所能胜任。还是希望治中国历史和中国思想史的同志们多作一些研究和讨论吧。我在这里不过是提出我的怀疑:**好像**断定这些思想家代表"新兴的市民"的理由并没有足够的说服力,而且**经不起认真的考察而已**。马克思主义的结论应该建立在大量的可靠的材料的基础上,而且对于这些材料的研究和说明必须采取严格的实事求是的态度。孤立地或者片面地摘出一些话来,而且加以**勉强**的解释,我看是不能解决问题的。

(五八本第一四五、一四六页)但由于这些问题**还大有讨论之余地**,我们应该抱有独立的研究态度,不宜把他们的看法和材料不加考察就**盲目相信和照样抄引**。清代这些思想家的思想的性质,产生的原因,以及他们的共同之处和差异,都是涉及许多复杂的问题的。详细说明这些问题不但不是这篇论文的任务,而且也不是我的能力所能胜任。还是希望治中国历史和中国思想史的同志们**用实事求是的态度**多作一些研究和讨论吧。我在这里不过是提出我的怀疑:**我觉得**断定这些思想家代表"新兴的市民"的理由并没有足够的说服力,而且**完全经不起认真的考察**。马克思主义的结论应该建立在大量的可靠的材料的基础上,而且对于这些材料的研究和说明必须采取严格的实事求是的态度。孤立地或者片面地摘出一些话来,而且加以**牵强**的解释,我看是不能解决问题的。

董按:六三本与五八本相同。

(十八)

(五七本第一四〇页)注①裕瑞《枣窗闲笔》。**据周汝昌《红楼梦新证》转引。**《红楼梦新证》**还说**,根据《玉牒宗室谱》稿本,"知道裕瑞生于乾隆三十六年,去曹雪芹之卒(二十八年)才仅仅八年而已。"

董按:五八本与五七本相同。

(六三本第一六三页)注①裕瑞《枣窗闲笔》。**周汝昌《红楼梦新证》说**,根据《玉牒宗室谱》稿本,"知道裕瑞生于乾隆三十六年,去曹雪芹之卒(二十八年)才仅仅八年而已"。

曹雪芹的贡献

一

曹雪芹的一生的巨大的贡献在于写出了《红楼梦》。曹雪芹很早就坠入了穷困的境地,生前默默无闻,而且只活了四十几岁,然而他的一生却不是虚度的,他给我们留下了《红楼梦》这样一部奇迹似的作品,应该说这是一个两百多年前的中国封建社会里的文学家对祖国和人民所能作出的最大的贡献了。

《红楼梦》是大家都熟知的。我们究竟怎样来说明它的价值和意义呢?

《红楼梦》所写的虽然主要是家庭的生活,而且不少篇幅用在描写爱情上,但它的价值和意义却是巨大的,远不止于只是写出了一个爱情悲剧,或者只是提出了家庭的问题。《红楼梦》第四回写贾雨村到应天府去做官的时候,一个门子告诉他,凡做地方官的都必须有一张"护官符",那就是一个写着"本省最有权有势极富极贵大乡绅的名姓"的单子,"倘若不知,一时触犯了这样的人家,不但官爵,只怕连性命还保不成"。在贾雨村做官的省里的"护官符"上,首先写着贾、史、王、薛四大家族。《红楼梦》所描写的就是这四大家族中的贾家的两个家庭,继承了开国功臣宁国公和荣国公的官职的宁荣二府,而着重描写的又是荣国府。另一大家族薛家的一房,它和贾家有亲戚关系并且寄居在荣国府里面,《红楼梦》也对它作了一些描写。史、王两个家族《红楼梦》并没有怎样正面描绘,但荣国府的贾母、王夫人、王熙凤这些当权的人物和常到荣国府做客人的史湘云却都是出于史、王两个家族。《红楼梦》展开了贾家的两个封建官僚地主家庭的画卷,描绘了它们的逐渐衰败的过程和在这个过程中它的形形色色的成员的活动,就广泛地暴露了封建统治阶级的罪恶、腐朽和许多封建制度的不合理,使人感到了封建社会的没落和崩溃的必然性。家庭、家族并不等于阶级,一个家庭一个家族的衰败并不等于一个阶级一个社会的没落和崩溃;但《红楼梦》所描写的封建大家庭是很典型的,集中地表现了封建社会的众多矛盾的,而且它们和社会有多方面的联系,因此,不管曹雪芹的主观认识还有多少限制,真实地深刻地描绘了它们的各种各样的生活和人物,就必然会揭露出封建统治阶级的本质,封建社会的种种事物的不合理,而且必然会反映出一些封建主义的对立物——被剥削被压迫的人民的观点和情绪。

通过对宁荣二府和其他有关社会生活的描写,《红楼梦》揭露了封建统治阶级的穷奢极侈,腐化荒淫,贪污受贿,压迫人,使人倾家荡产,一直到害死人打死人不偿命。由于曹雪芹的生活经历和思想认识的限制,也由于他描写的那种官僚地主家庭是居住在大都市里面,他很少写到封建社会主要的被剥削被压迫的阶级,农民;然而那种家庭的穷奢极侈、腐化荒淫的生活到底建筑在什么基础上,我们却还是可以从小说中看到。今天研究《红楼梦》的人都注意到乌庄头交纳租子那一段,它的确客观上有一种画龙点睛的作用。贾珍对乌庄头说:"不和你们要,找谁去!"向庄头要,也就是向农民要。虽然那一段文字是为了写宁荣二府入不敷出而写到的,却接触到了地主阶级剥削农民的根本事实。《红楼梦》还写到了封建社会里的高利贷剥削,写到了王熙凤放债和薛家开当铺。史湘云、林黛玉不认得当票。薛姨妈对她们作了说明。她们当着薛姨妈的面就说:"人也太会想钱了。姨妈家的当铺也有这个不成?"众人笑道:"'天下老鸹一般黑',岂有两样的。"曹雪芹就是这样明显地表示了他的批判态度。

通过对宁荣二府和其他有关社会生活的描写,特别是对贾宝玉、林黛玉的爱情悲剧和从上层到下层的众多妇女的命运的描写,《红楼梦》揭露了一系列的封建制度和封建道德的不合理,几乎可以说它批判了封建社会的全部上层建筑。虽然对封建社会的最高统治者,对封建主义的最高典范,对皇帝、孔子、四书这样一些"神圣"的事物,曹雪芹的大胆的笔还是不敢放肆不敬的。而且在《红楼梦》第一回里再三声明这部小说"毫不干涉时世",然而从这种声明正可以看出他是有所顾忌的。实际上他不但写到了以皇帝为首脑的封建官僚机构的腐败,而且整个否定了封建的"仕途经济"的学问和道路。在描写贾元春入宫的不幸的时候,他并不粉饰或避忌。封建圣贤和封建经典所巩固所提倡的东西,却刚好是《红楼梦》所要动摇和破坏的。《红楼梦》以它的全部艺术力量,对封建社会的官僚制度、科举制度、婚姻制度、家庭制度、奴婢制度和封建道德伦理观念的不合理、虚伪、残酷,作了无可辩驳的伟大的否定。

《红楼梦》是一部惊心动魄的书。尽管它描写的范围限于两个大家庭和某些与它有联系的社会生活,它却在我们面前展开了错综复杂的斗争、激烈的斗争。在它所描写的两个大家庭里,有各种各样的主子,各种各样的奴仆。在主子当中,有诚恳地信奉封建主义并力图巩固它的统治的封建正统派,有从荒淫、贪婪等方面赤裸裸地表现他们那个阶级的腐化堕落并以他们自己的行动来败坏封建统治的人,也有心怀不满的叛逆者。在奴仆当中,有反抗的奴隶,有驯服的奴才,也有虽然并未进行反抗却同情被压迫者和叛逆者的人。就是在种种人物之间展开了错综复杂的斗争、激烈的斗争,其中主要是封建主义的维护者和封建主义的叛逆者的斗争。

在宁荣二府的主子和奴仆之外，《红楼梦》还描写了尤二姐、尤三姐这种社会地位不高的妇女的悲惨的命运。奴隶、叛逆者和尤二姐、尤三姐这些人遭受到的不但有精神的摧残，而且有肉体的杀害。宁荣二府这两个大家庭表面上是堂皇的，实际上却充满了罪恶和污秽，而在这个罪恶和污秽的环境里却又存在着反抗，存在着在那样的历史条件下所能有的理想的事物。《红楼梦》就是描绘了这样一幅像生活本身一样丰富和深刻的封建大家庭的图画。在某种意义上说，它好像是当时的封建社会的缩影。虽然封建社会的重大的矛盾和斗争不可能都表现在家庭生活里面，但发展到了它的末期的封建社会的腐朽、动荡不安和必然崩溃的前途，不是同样可以在这幅图画里看到吗？封建社会的必然走向灭亡，这是历史所规定的。封建统治阶级的各种各样的人物，无论是像贾政那样庸碌无能的人，无论是像贾探春、薛宝钗那样有才干的人，也无论是像贾宝玉那样痛心地感到了他那个阶级的腐朽而又并不愿意看到它的衰败的人，都是无法改变封建社会的没落和崩溃的命运的。他们都只能和它一起走向灭亡。"才自清明志自高，生于末世运偏消"，曹雪芹在贾宝玉梦中见到的《金陵十二钗正册》上为探春写了这样的诗句。这不但是探春一人的命运，而且是当时的封建统治阶级的许多女子的命运，曹雪芹是并不愿意看到他那个阶级的没落的，然而他并没有掩饰它的罪恶、腐朽，相反地他作了广泛而又深刻的揭露，而且他的更大的同情是给予了贾宝玉、林黛玉这样的叛逆者，给予了尤二姐、尤三姐这样的被侮辱和被损害的妇女，给予了晴雯、鸳鸯这样的有反抗性的奴隶，而且他从焦大、刘姥姥这样一些人的眼光来谴责了宁荣二府的淫乱和奢侈的生活，这更显然是表现了下层人民的某些观点和情绪。

曹雪芹不但反对了封建社会的种种不合理的事物，而且他是提出了正面的要求的。从《红楼梦》所否定和肯定的两个方面看来，曹雪芹追求的主要是这样一些东西：个性自由，男女平等，婚姻自主，比较合理的家庭关系和人与人之间的关系。虽然他提出的这些要求都是受到了时代的限制的，带有中国近代的历史开始以前的色彩的，这种个性自由和男女平等还不可能是一种经济上、政治上和法律上的要求，这种婚姻自主还不是一夫一妻制，这种比较合理的家庭关系和人与人之间的关系也还很朦胧，然而我们仍然应该说，它们都属于民主主义的思想的性质。

《红楼梦》的伟大就在这里：通过对两个封建官僚地主家庭和其他有关社会生活的描写，它揭露了封建统治阶级的本质，反映了封建社会的灭亡的必然性，几乎可以说对不久即将走向崩溃和瓦解的封建社会作了一次总的批判，同时它又提出了一些在当时是很难能可贵的正面的理想和追求，因而我们认为它具有民主主义的思想内容，标志着我国古代的现实主义的惊人的发展和成熟，在我国和世界的文学史上它都居于最高成就之列。

二

《红楼梦》为什么产生在中国十八世纪中叶，为什么它的思想内容那样丰富深刻、艺术技巧那样成熟，为什么在它出现以后相当长的一个时期许多长篇小说都好像难以为继，要精确地回答这些问题，还有待于我们的文学史家的深入研究。我们称它为一部奇迹似的作品，不过是说它异峰突起罢了，并不是说它的出现是不可解释的。

很粗浅地说来，曹雪芹能够写出这样一部巨著，是同他的时代、他的阶级、他的生活经历分不开的，是同在他以前的长期存在的民主主义的思想传统、现实主义和积极浪漫主义的文学传统也分不开的。在这些条件之外，我们当然还要看到他的艺术天才和辛勤劳动。

十八世纪中叶是中国最后一个封建王朝的所谓"盛世"。这个时期的清朝经过了一百多年的统治和镇压，也就是所谓"文治"和"武功"，表面上看起来它是强大的、稳固的。然而封建社会所固有的种种矛盾却像地火一样在发展，在尖锐化。它同《红楼梦》所描写的宁荣二府有些相似，"外面的架子虽未甚倒,内囊却也尽上来了"。《红楼梦》里写到了从皇帝到官僚的生活的奢侈腐化。书中的一个人物说皇帝"南巡",官僚接驾一次,就"把银子都花的淌海水似的"。《红楼梦》里还写到了由于"水旱不收"而各地爆发的农民反抗。这种农民反抗在封建社会里是不曾断绝过的。清朝自然也是这样。这个时候土地的兼并很剧烈,地主对农民的剥削很惨重,农民的反抗自然就"蜂起"了。再过几十年,大规模的农民起义更不断地发生,不断地摇撼着这个王朝的统治基础。又过几十年,鸦片战争就爆发了,中国的封建社会从此就走向土崩瓦解。这个封建社会的最后王朝同《红楼梦》所描写的那个封建大家族的"末世"有些相似,难道仅仅是一种偶合吗?当然,在曹雪芹的头脑里,既没有封建社会这个概念,更不可能预先知道它的不久即将走向崩溃。然而在他那个时代,封建社会已经濒临它的走向崩溃的前夕,它不可能不散发出腐烂的气息,不可能不表现出衰败的征兆。曹雪芹生长在封建统治阶级的内部,而且是它的上层的内部,又经历了他的家庭由盛而衰的大变化,这就更有利于他看清楚他那个阶级、他那个社会的种种矛盾,种种罪恶、腐朽和不合理,因而也就可能会感到他那个阶级那个社会没有前途。伟大的作家正是这样的:不管是自觉还是不自觉,他总会在他的作品里反映出他那个时代的某些本质的方面。还有,在曹雪芹的一生中,特别是在他坠入了穷困的境地以后,他会接触到一些下层人民,受到他们的某些观点和情绪的影响。我们要了解曹雪芹的思想倾向的形成,首先应该在这些方面寻找原因。但我国封建社会里长期存在的民主主义的思想传统的影响,现实主义和积极浪漫主义的文学传统的影响,对他的思想倾向的形成也是一个很重要的因素。我们不能否认,这些传统同他的思想倾向有一种渊源的关系。而且正是由于曹雪芹生在封建社会的末期,生在我国封建社会的最后一个经济和文化都比较繁荣的时期,他所凭借的前人的思想和艺术的积累都十分丰富,他的天才才可能得到高度的成长和发挥,他的作品里面的民主主义的思想才可能那样多方面,他的作品的现实主义的艺术才可能那样成熟和杰出,成为我国封建社会的文学的最后一个高峰。我国封建社会的存在特别长久,曾有过几次的经济和文化都比较繁荣的时期,在这些时期文学上都曾出现过高峰。这最后一个经济和文化都比较繁荣的时期出现了《红楼梦》,它几乎可以说对封建社会作了一次总的批判,就是并不难于理解的事情了。鸦片战争以后,我国进入了旧民主主义革命的历史时期,在这个阶段也产生了一些比较杰出的作品。然而由于中国社会发展的特点,如毛泽东同志在《新民主主义论》里面所分析过的那种特点,这个历史阶段不曾出现可以同曹雪芹相比并的作家,也是并不难于理解的。我国的历史进入了新民主主义革命的阶段,文学的新的高峰就出现了。伟大的文学家、思想家和革命家鲁迅,他不但在他的作品里面批判了整个中国的旧社会旧时代,而且在他从革命民主主义的战士发展成为马克思主义者以后,他也就成为无产阶级文学的丰功伟绩的第一个创造者了。

在封建社会还没有解体的时候,在资本主义经济因素还没有大发展的时候,在资产阶级还没有形成为一个阶级的时候,是不是可以产生民主主义的思想呢?这是可以产生的。这是一种客观存在的历史事实,而且我们可以从马克思主义的经典作家的论述里找到理论上的说明。列宁在《关于民族问题的批评意见》中说:"每个民族的文化里面,都有一些哪怕是还不发达的民主主义和社会主义的文化成分,因为每个民族里面都有劳动群众和被剥削群众,他们的生活必然会产生民主主义的和社会主义的思想体系。"当然,列宁在这篇文章的后面又说,"每一个现代民族中,都有两个民族。每一种民族文化中,都有两种民族文化",他说的"每个民族"也应当是指现代民族。但我们从列宁这段话却可以得到启发,我认为这段话最重要的地方,在于他指出了民主主义思想和社会主义思想的社会根源:它们必然会从人民群众的生活中产生。因此,即使不是现代民族,从人民群众的生活中也会产生民主主义的思想的。如果说社会主义思想的较为普遍的出现是资本主义发达的结果,正是由于资本主义社会制度的确立,人们才清楚地看到了它的罪恶,才更向往财产公有制的理想,那么作为封建主义的对立物的民主主义思想,它从封建社会内部产生和发展,难道不是很自然的事情吗?

在我国封建社会的漫长的历史时期中,占统治地位的封建主义的意识形态固然得到了高度的发展,很系统化和很成熟,作为它的对立物的民主主义思想也在不断地成长和丰富,形成了它自己的传统,这完全是符合客观事物的辩证法的。这种传统不仅表现在一些思想家的著作中,从许多现实主义和积极浪漫主义的文学作品我们也可以看到对封建社会的现实的暴露和批判,看到一些合理的正面的要求。当然,这种传统还不可能像近代欧洲资本主义上升时期的启蒙主义思想那样形成为一个严整的体系,特别是在政治上还不可能提出一套代替封建制度的主张。不过我们不能因此就否认它的存在。中国封建社会内部的商品经济的发展孕育着资本主义的萌芽,而且在封建社会的末期资本主义的萌芽会有所发展,这是无可怀疑的;但中国封建社会的民主主义思想的发生和发展的根源并不仅仅是资本主义的萌芽。只要有封建剥削封建压迫和被剥削被压迫者的不满、反抗,我想就必然会有民主主义思想的发生和发展。封建社会的广大的人民群众都是受剥削受压迫的,劳动人民是其中的最大多数,并且最富有反抗性。此外,从封建统治阶级的内部也必然会出现一些心怀不满的叛逆者。他们常常通过不同的途径受到人民群众的影响,常常自觉地或不自觉地从人民群众的思想得到精神上的支持。因此,从他们当中也可以产生某些民主主义的思想。资本主义萌芽的发展,市民阶级的壮大,当然是会促进封建社会的民主主义思想的发展并赋予其以新的色彩新的特点的;但到底什么样的思想才算具有这种新的色彩新的特点,也还需要具体的研究和分析。

《红楼梦》第二回,冷子兴谈到贾宝玉的时候,贾雨村认为他属于"正邪两赋而来"之人。贾雨村还举出一批古人①,作为他的同类。这些人物的情况是很有差异的,曹雪芹对他们的欣赏也可能各有不同,但他借贾雨村的口把这些人和贾宝玉、林黛玉等相提并论,总说明他认为他们有某种共同之处。这些人很多都是封建统治阶级的浪子,封建社会里的不走正路的人。其中不少人可能曹雪芹是欣赏他们的放荡不羁,有文学艺术的才华,欣赏他们不热心功名富贵,不合时宜,或者是所谓"情痴情种"。②

---

① 这些古人是许由、陶潜、阮籍、嵇康、刘伶、王谢二族、顾恺之、陈叔宝、李隆基、赵佶、刘希夷、温庭筠、米芾、石延年、柳永、秦观、倪瓒、唐寅、祝允明、李龟年、黄幡绰、敬新磨、卓文君、红拂、薛涛、崔莺莺、朝云。其中绝大多数都是实有的人,只有许由是古代传说中的人物,红拂和崔莺莺是古代文学作品中的人物。王谢二族讲的是晋朝的两个家族,但曹雪芹欣赏的可能仍是这两个家族中的一些向来被赞赏的人物,如谢安、谢道韫、王羲之、王徽之、王献之等。贾雨村把这些人分为"情痴情种""逸人高人"和"奇优名倡"。但从他们的思想和行为看来,实际更复杂,不止三类。贾雨村说这些人是秉赋碰在一起、互相搏击的正气邪气而生,不敢竟认为他们就代表正气,另外却把尧、舜、禹、汤、文、武、周、召、孔、孟、董、韩、周、程、张、朱这些向来被封建正统派尊为"道统"的人物说成是秉赋天地之正气的"大仁",可能是这样写更符合贾雨村这个人物的思想情况,也可能是曹雪芹有所顾忌,不敢太违背封建社会里的某些传统看法。

② 比如刘希夷、温庭筠、柳永、秦观、石延年、唐寅等就是放荡不羁并有文学艺术的才华的人物。《唐诗纪事》说刘希夷一名庭芝,"少有文华","不为时人所重",并"善弹琵琶"。《唐才子传》说他的诗"体势与时不合,遂不为所重",又说他"美姿容,好谈笑,善弹琵琶,饮酒至数斗不醉,落魄,不拘常检"。温庭筠,现在的中国文学史多引《唐书》说他"能逐弦吹之音,为侧艳之词",说他与公卿家无赖子弟一起赌博饮酒,所以考不取进士等。其实从另外一些记载看来,温庭筠不一定就仅仅是这样一个人物。比如《唐诗纪事》卷五十四就说温庭筠是说话触犯了唐宣宗李忱才被"贬为方城尉","竟流落而死"的,他的终身困顿并非仅仅是由于他行为放荡。《唐诗纪事》又说他对当时的丞相令狐绹多次不敬,并有所讥讽,令狐绹很不高兴,向皇帝说他"有才无行",因此才"卒不登第"。从这些记载就可以看出温庭筠对封建统治阶级当权派有不驯服的一面,和《唐书》中所贬抑的温庭筠不完全相同。温庭筠的诗在唐代诗歌中虽然格调不高,不如李贺、李商隐等人的作品,在艺术上也还是有他的特色,恐怕也不能用"齐梁余风"一语来完全否定。他的诗的内容虽然比较贫乏,也有少数篇章和古代许多心怀不满的诗人的作品一样,表现出有一种牢骚不平之意。如《醉歌》《寓怀》《蔡中郎坟》等诗就有这样的内容。这和《唐诗纪事》的记载所勾画出来的温庭筠的面貌是符合的。石延年,《宋史》说他"为人跌宕","累举进士不中","善剧饮"。欧阳修《石曼卿墓表》说他"读书不治章句","视世俗屑屑,无足动其意者,自顾不合于时,乃一混以酒"。柳永、秦观、唐寅的为人和作品大家都比较熟悉。唐寅的画比他的诗更有名,他的诗是写得过于率易浅露的。他也不喜欢科举。《明史》说他"不事诸生业,祝允明规之,乃闭户"。祝允明《唐子畏墓志并铭》记此事更详,说唐寅"一意望古豪杰,殊不屑事场屋",祝允明劝他,他才答应以一年时间来准备考试,后来才考中解元。他的《桃花庵歌》说:"但愿老死花酒间,不愿鞠躬车马前。"有人说他有一次和一些朋友喝酒,钱喝完了,他把朋友们的衣服脱下来当钱,再买酒喝,然后乘醉画几幅山水画,第二天早晨把画卖了,才把朋友们的衣服赎了回来[转下页]

也有少数人在我们看来,似乎没有什么可取之处。① 但其中的确也有一些人是有叛逆性的,而且是有进步思想的。比如阮籍就是一个藐视封建礼法,因而"礼法之士疾之若雠"的人物。② 嵇康更连汤武、周孔、六经都敢于公开菲薄,认为"性有所不堪,真不可强",主张"循性而动,各附所安"③,用我们今天的话说,就是强调尊重个性,要求个性自由。祝允明也是"恶礼法士",菲薄科举,认为"学坏于宋",鄙视当时那些"诡谈性理、妄标道学"的人。他甚至说:安得嬴政再生来把许多书烧掉!他认为当时许多书籍、诗文都可付之一炬。④ 这些人的确和贾宝玉一样,是封建社会的有进步思想的叛逆者。又比如卓文君和红拂,也是两个叛逆的女性,顾恺

[接上页](见《六如居士全集》外集卷一《遗事》)。这件轶事同曹雪芹和他的朋友敦诚"佩刀质酒"事很相似。唐寅还有一首诗说:"不炼金丹不坐禅,不为商贾不耕田;闲来就写青山卖,不使人间造孽钱。"这和《儒林外史》的作者吴敬梓赞赏靠卖画、卖艺、卖文为生,鄙视那种靠出卖灵魂来取得地位、权力和财富的人的思想也很相近。传说中的唐寅还有爱情故事,从这一方面又可以把他列入书中所说的"情痴情种"之类。以上这些人中,有些人不但放荡不羁,有文学艺术的才华,而且同时也是不热心功名富贵,不合时宜的。另外,贾雨村首先说到的许由、陶潜,一个是古代传说中连帝王也不愿意做的隐士,一个是著名的隐逸诗人,还有刘伶也是个愤世嫉俗的酒徒、隐士,倪瓒是个画家、诗人,也不愿做官。曹雪芹自己喜欢喝酒,所以好像也欣赏好喝酒的古人。喝酒过多,在我们今天是一种不好的行为,但在古代的文学家艺术家中,这却常常是一种发泄他们对当时的社会的不满的表现。

① 李龟年是唐朝有名的歌唱家,黄幡绰和敬新磨是唐朝和五代时的演员。曹雪芹欣赏这些人是因为他们是"奇优"。崔莺莺有爱情故事;朝云是苏轼的侍妾,苏轼被贬到惠州时,她曾随他到这远远的南方,并死在那里。贾雨村是同一些"奇优名倡"一起提到的,但实际上或许应算作"情痴情种"。薛涛就好像不怎样可取了。她虽是唐朝的一个有名的女诗人,而且是一个不幸沦落为"倡"的女子,诗写得并不好,很多都是应酬之作。当然,曹雪芹把封建社会里地位很低下的"优倡"中的一些人物和"逸士高人",和"生于富贵公侯之家"的"情痴情种"相提并论,这也表现了他对封建等级观念的背叛。还有,李隆基有爱情故事,并且爱好文学艺术;赵佶也是一个爱好文学艺术的皇帝,他的书、画和词《燕山亭》都有名。至于被人称作"全无心肝"的亡国之君陈叔宝,按贾雨村的分类,应列入"情痴情种"之类,但他的诗写得不高明,实际上又不能算作什么"情痴情种",在我们今天看来,就更不足取了。

② 见《晋书》本传和嵇康《与山巨源绝交书》。
③ 见嵇康《与山巨源绝交书》和《难自然好学论》。
④ 见《明史》本传《祝氏集略》卷十一《贡举私议》、卷十二《答张天赋秀才书》、卷十四《学坏于宋论》、卷十《烧书论》等文。《烧书论》中他认为可烧的书,其中包括某些专讲迷信的书籍,为应酬而作的文字和"妄肆编刻"的"滥恶诗文","识见卑下僻谬、党同自是"的文学批评,"识狠目暗、略无权度"的选本,"谈经订史"的浅薄烦琐的考证,等等。至于"科第之录,场屋之业",他更认为本来就不是书,不是文章,值不得一烧。这些都是很有见地的。但他还主张烧"浙东戏文、乱道不堪污视者",这一点却不高明。

之被传说为"痴",米芾被认为"颠",倪瓒自称为"迂",①这些人的性格上的怪僻也可能和曹雪芹塑造贾宝玉这样一个人物的形象是有关系的。贾宝玉不是"有时似傻如狂",被人认为"成天家疯疯颠颠的"吗?祝允明的烧书的议论也容易使我们想起贾宝玉的烧书的行为。② 这些相似之处如果不是出于偶合,就很可能曹雪芹塑造贾宝玉这个人物的时候,是想到过这些古人并采用了他们的某些性格和思想的成分来突出贾宝玉的怪僻的。

  曹雪芹有广博而又高深的文学艺术修养。他会做诗,会绘画,他在《红楼梦》里面写了《红楼梦十二支曲》,其中有几支是写得出色的。他通过书中不同的人物谈到对于小说、对于诗、对于戏曲、对于绘画的见解,甚至对于园林建筑也发表过意见。他的许多意见都是很精到的。从《红楼梦》本身也可以明显地看出,它继承了我国现实主义和积极浪漫主义的文学传统,特别是宋元以来最初从市民社会生长而以后又在文人作家手中得到了发展的白话小说和带有不少白话成分的戏曲的传统。它吸收了这

---

① 顾恺之,《晋书》本传说:"故俗传恺之有三绝:才绝、画绝、痴绝。"传中记载了一些关于他的"痴"的故事。米芾,《宋史》本传说他"为文奇绝,不蹈袭前人轨辙",又说他"好洁成癖",并记载了他拜石和呼石为兄的故事。他的怪僻和被认为"颠"的故事,有些笔记里记载得更多。倪瓒,《清閟阁全集》陈继儒序中说,"云林倪先生尝自称倪迂"。《清閟阁全集》卷三《题自画二首》小引:"东海有病夫,自云缪且迂。"《全集》附《云林遗事》记载了一些他的怪僻的故事。其中除讲他好洁成癖,这大概也是他的"迂"的一种表现之外,还记载了一些他对有钱有势的人很高傲的故事。如说"张士诚弟士信闻元镇善画,使人持绢缣,侑以币,求其笔;元镇怒曰:'予生不能为王门画师!'即裂其绢而却其币"(倪瓒字元镇);又如说他不愿为富人画扇子,并且说:"吾画不可以货取也!"等等。这些都可能是曹雪芹所赞赏的。《全集》钱溥序说他"性甚狷介,好洁,绝类海岳翁"。海岳翁指米芾。米芾也是好洁成癖,到了怪僻的程度。另外,米芾好石、拜石,曹雪芹也爱画石,《红楼梦》假托为石头所记载的故事,在这点上也说明他们的爱好有相近之处。喜欢石头和喜欢画石头,这是他们的孤傲的性格的一种表现。

② 脂砚斋评本《红楼梦》第三十六回说贾宝玉讨厌宝钗辈的规劝,"因此祸延古人,除四书外,竟将别的书烧了"。以前研究《红楼梦》的人就曾说过唐寅有葬花的故事(见《六如居士全集》外集一卷《遗事》),和黛玉葬花事很相似。又,《遗事》中还说当时一个"缙绅先生"误读唐寅的图章的文字"维庚寅我以降"为"维唐寅我以降",这和《红楼梦》第二十六回薛蟠误读"唐寅"为"庚黄"也很相似。这说明曹雪芹虚构他小说中的情节和细节,很可能利用了一些过去的故事。

些传统里面的思想和艺术的养料,而又作了创造性的发展。

我国古代以爱情为题材的小说和戏剧很不少,它们当中的杰出的作品也总是从这一方面表现出反封建的意义。在《红楼梦》里面提到过的比它早出现四百多年的《西厢记》和早出现一百多年的《牡丹亭》,就是这样。它们都反对封建礼教,提出了婚姻自主的要求。贾宝玉、林黛玉的爱情悲剧是《红楼梦》里面许多情节中的一个中心情节,许多线索中的一个主要线索,它显然是继承了包括《西厢记》和《牡丹亭》在内的通过爱情故事来反对封建礼教的传统的。但《红楼梦》却有很大的发展。《红楼梦》对封建社会的批判广阔得多,它的全部思想内容远不止于只是从贾宝玉、林黛玉的爱情悲剧来反对封建主义。就是在恋爱和婚姻的问题上,它也提出了更高的理想:它们应该建立在互相了解和思想一致的基础上。《西厢记》《牡丹亭》的男女主人公只是在恋爱婚姻问题上是叛逆者,所以张珙和柳梦梅考中了状元,他们就可以得到大团圆的结局;贾宝玉林黛玉却在一些更重大的问题上也是叛逆者,所以他们的故事就必然是一个更为激动人心也更具有深厚的思想意义的悲剧。①

《红楼梦》在以家庭为题材、细腻地描写日常生活、生动地运用口语等方面,显然受到了比它早出现一百多年的《金瓶梅》的影响。但它的成就却远远地超过了《金瓶梅》。《金瓶梅》也描写了一个家庭的兴衰的历史,暴露了封建统治阶级的罪恶和腐烂,它所反映的生活也是比较广阔的,但它却不像《红楼梦》对封建社会批判得那样多方面,那样深刻。读了《金瓶梅》的人会感到:这是一些多么丑恶的人物,多么肮脏的生活呵!它是能够引起厌恶的效果的。然而《金瓶梅》却对那些丑恶的人物和肮脏的生活没有愤慨,有时甚至是欣赏的态度;《红楼梦》却是非和爱憎都很分明。还

---

① 《牡丹亭》的《惊梦》一折,虽然描写女子的伤春很有抒情的味道,词句也很优美,至今仍在舞台上演唱,但像杜丽娘这样一个待字闺中的少女,在梦中第一次见到一个陌生男子柳梦梅,写她发生了爱悦之情就很够了,作者却写他们一下子就发生了性的关系,这个情节是虚构得不大高明的,表现了作者的庸俗的一面。《红楼梦》中虽然也有一些写得猥亵的地方,但在贾宝玉和林黛玉、晴雯的关系的描写上,它却第一次把真挚的爱情和简单的性的关系加以区别,这在描写爱情的作品中也是一个新的发展。

有,《红楼梦》里面有理想,有追求;《金瓶梅》却没有提出任何正面的东西。

反映的生活很广阔、是非和爱憎也很分明,而且描写了许多正面的人物和事件的还有比《红楼梦》早出现三百年的另一个伟大作品《水浒传》。它描写了封建社会的政治黑暗,政治压迫,"官逼民反",许多阶层的人物都参加了农民起义。它歌颂了如火如荼的农民战争,并且带着很大的同情真实地动人地描绘了农民起义的悲剧的结局。它是我国古代仅有的一部站在拥护农民革命的立场上来描写封建社会里的主要的阶级斗争的长篇小说。在这点上,它是我国古代别的作品不曾逾越过的。但《红楼梦》从封建统治阶级内部来广泛而又深刻地揭露了它的罪恶和腐朽,几乎批判了封建社会的全部上层建筑,从而反映了封建社会的灭亡的必然性,这就在反封建的文学里面开拓了一个新的世界。虽然它们各有各的限制,它们都是伟大的作品,它们从不同的角度批判了封建社会。

《红楼梦》不但在思想内容上继承了过去具有反封建意义的小说戏剧的传统,并作了很大的发展,在艺术上也是这样的。《红楼梦》基本上是一部现实主义的作品,同时也带有一些浪漫主义的色彩。它继承了宋元以来的小说和戏剧的反映社会生活的广阔、典型人物塑造的成功、细节描写的生动、运用和提炼口语为文学语言的贡献等方面的传统,并且有它自己的创造和发展。曹雪芹对封建社会的事物有一系列的不满,他的作品就不能只是写一个比较单纯的故事和很少几个人物。《红楼梦》反映的生活是那样多方面,那样错综复杂,却又巧妙地以两个封建大家庭的逐渐衰败和在这样的环境中的一对儿女的爱情悲剧作为基本情节把它的全部内容贯穿起来,成为一个天然浑成的有机体。它的结构是很完整的。通过塑造正面和反面的人物来表现作者追求什么,反对什么,这本来是文学艺术中的一种传统的有力的手段;十分难能可贵的是《红楼梦》里面塑造的人物是那样众多,却没有一个是漫画化的。对书中的人物曹雪芹是有爱憎有褒贬的,但却又写得很真实,却又是从客观的描绘中去把他的爱憎和褒贬表现出来。许多重要的人物都是既写出了他们的性格的复杂性,又突出了他们的性格的主要特点。因此,我们读了《红楼梦》以后就再也不能忘记他们,而且其中有不少人物成为流行在生活中的典型人物。也是难能可贵,也是表现出曹雪芹的艺术天才和辛勤劳动的,整个小说对生活都描写得那样生动,那样有兴味,从头到尾在艺术上很匀称。

《红楼梦》的伟大当然首先在于它的思想内容。但丰富深刻的思想内容和特别杰出的艺术成就的统一,也正是伟大作品的一个标志。

当然,我们说《红楼梦》几乎可以说对封建社会作了一次总的批判,说它具有民主主义的思想内容,这都是就它的主要方面说的。要全面地评价它,还必须补充说,它里面也存在着不少封建思想和其他消极思想。①我们说曹雪芹是封建社会统治阶级的叛逆者,对他的叛逆的程度也需要有适当的估计。《红楼梦》批判了封建社会的许多具体的制度,但却没有否定而且在当时也不可能否定它的根本的制度——构成它的基础的土地制度和它的政治上的君主制度。《红楼梦》描写了两个封建大家庭的衰败的无可挽救,从而在客观上反映出封建统治阶级和封建社会的走向灭亡的必然性,但同时也表现出来了曹雪芹对于这种封建大家庭的留恋,从而也可以说就是对于他那个阶级他那个社会的留恋。由于这种深刻的矛盾,《红楼梦》里面就十分自然地流露出一些消极悲观的思想,一种惋惜和感伤的情绪。正是这种从头到尾都笼罩着的无可奈何的气氛使我们觉得《红楼梦》更像一首悲悼旧社会的灭亡的挽歌,而不是一个暗示新社会的诞生的预言。

过去的统治阶级内部的叛逆者是有不同的叛逆程度的。有的可以从一个阶级转变到另一个阶级;有的虽然在思想上反映了一些人民的观点和情绪,整个说来却并没有发生这种阶级变化。我国封建社会的统治阶级的叛逆者很多都是属于后一种。曹雪芹也是这样的。按照他的具体的

---

① 我在《论〈红楼梦〉》第十节中举过一些具体例子来说明书中表现出的曹雪芹的封建思想。这种例子是还可以找出一些的。比如关于赵姨娘、贾环和探春对赵姨娘和亲舅父的态度的描写,就表现出曹雪芹没有打破封建的嫡庶观念。

生活条件,他不但还不可能和人民结合,就是和人民的接触也不会是很多的。这样他自然就还不能认识人民的力量。曹雪芹的叛逆性还有这样的限制,为什么能够写出一部几乎可以说是对封建社会作了一次总的批判的伟大作品呢?这是因为曹雪芹虽然对他那个注定要灭亡的阶级还有所留恋,还没有和人民结合,他却看出了他那个阶级的许多人物的腐败而描写了他们不配有更好的命运,看出了正直、健康和更值得同情的是人民——尽管仅仅是他从他生活的范围里所能接触到的人民,而且是他从他们身上也并没有看到希望和未来的人民。

三

《红楼梦》流传以后,受到了读者的热烈的欢迎和爱好。顽固的封建主义者们的诋毁、禁止和烧毁都不能阻止它流传到广大的读者群众中去。对文学作品的欣赏固然总是以一定的理解为基础,但欣赏并不等于真正的理解,并不等于正确的和全面的理解。读者是可以从不同的角度,有时甚至可以是从相反的角度去欣赏一部作品的。和世界上不少伟大的作品一样,《红楼梦》一方面广泛地流传,赢得了众多的读者的热爱,一方面又遭到种种离奇荒诞的误解和曲解。首先是所谓索隐派的猜测。这些人根本不理解文学作品是社会生活的反映,它们的意义就表现在它们的艺术形象之中,而且小说一般都是经过了概括和集中,却以为《红楼梦》不过影射某些个别的人和个别的事件,从而作出各种牵强附会的"索隐"[①]。资产阶级唯心主义的学者王国维在他的《红楼梦评论》中表示不赞成这种"索隐",认为考证曹雪芹和他作书的时间比追究贾宝玉写的是谁更重要。他更企图从《红楼梦》的思想意义来肯定它。然而由于他自己抱有很深的悲观主义的思想,他完全看不见《红楼梦》的主要的方面,完全抹杀了它的

---

① 索隐派中有人说《红楼梦》暗中有"反满"的意思,此说虽是从政治上着眼,那种牵强附会的论证方法仍然是很荒唐的。

积极的进步的内容,认为它的价值在于具有"厌世解脱之精神",在于它指出了"解脱之道存于出世"。其实《红楼梦》对封建社会的许多事物的批判,这是抱有资产阶级民主主义思想的人就应该有所察觉,也容易有所察觉的。和王国维发表《红楼梦评论》的时间很接近,一九〇四到一九〇五年,《新小说》杂志发表了一个署名侠人的人所写的一部分《小说丛话》,他就很明确地指出和肯定了《红楼梦》对封建家庭制度、封建婚姻制度和封建道德伦理观念以至对"君主专制之威"的批判。① 虽然他对《红楼梦》的思想意义还是认识不足和估计不足,而且他的议论也似乎没有发生较大的影响,他的见解却是比索隐派和王国维都进步的。过了十几年,另一个资产阶级唯心主义的学者胡适,他做了一些王国维希望有人做的考证工作,找到了一部分有关曹雪芹的家世和个人的材料,并且批评了索隐派的穿凿附会,然而他根据那些并不充分的材料,却在他的《红楼梦考证》中得出了另一种错误的结论:他认为《红楼梦》不过是曹雪芹的"自叙传",不过是一部描写他的家庭的"坐吃山空""树倒猢狲散"的自然趋势的"平淡无奇的自然主义"的杰作。他的眼光和思想是那样短浅,只能看到书中所描写的一些生活现象,却一点也不能透过这些现象看出《红楼梦》的思想意义的巨大和深刻。比起侠人的见解来,这显然是一种倒退了。② 然而胡适的如此肤浅如此错误的看法却流行一时,代替了索隐派,在资产阶级学术界的《红楼梦》研究中取得了统治的地位。

一九五四年,新中国的文艺界对《红楼梦》研究中的错误倾向、对胡适在《红楼梦》研究中的影响作了广泛的批判,反对了脱离时代、脱离社会、

---

① 见《新小说》第一年第十二号和第二年第一号。侠人还说,"吾国之小说,莫奇于《红楼梦》,可谓之政治小说,可谓之伦理小说,可谓之社会小说,可谓之哲学小说、道德小说"。他感到了《红楼梦》的内容的丰富和意义的重大,只是他对这些论点的具体说明并不充实,而且有些说明并不妥当。但他从元春回家省亲一段看出言外有暴露"君主专制之威"的意思,却是有眼光的。

② 胡适虽然在《文学进化观念与戏剧改良》中也曾轻描淡写地说过一句《红楼梦》描写的贾宝玉、林黛玉爱情悲剧"使人觉悟家庭专制的罪恶,使人对于人生问题和家族社会问题发生一种反省",但他对《红楼梦》的反封建的意义还不如侠人觉察得多,并且感到它的意义的重大的。他对《红楼梦》的评价也不如侠人那样高。

脱离阶级来研究文学的资产阶级唯心主义的立场、观点和方法，反对了贬低《红楼梦》的巨大价值的"自传"说和"色空"说，同时也批评了《红楼梦》研究中的烦琐考证的倾向和"不可知论"。经过这次批判，许多文学研究工作者初步建立了用马克思列宁主义的立场、观点和方法来研究文学遗产的必要性的认识，对《红楼梦》的广泛而又深刻的反封建的意义得到了比较一致的看法。这次批判是在《红楼梦》研究和整个文学遗产研究中的一个革命。它给古典文学研究工作指出了新的方向。在这以后，用新的立场、观点和方法来研究《红楼梦》和其他文学遗产虽然还只能算是一个开始，而且对有一些重要的问题还存在着分歧的看法，我们的方向却是正确的。

"自传"说为什么是错误的呢？首先是因为它不符合事实。文学里面本来是有自传体的小说这样一种体裁的，自传体的小说中也可以有杰出的作品。但胡适和受他影响的人说《红楼梦》是曹雪芹的自传却并没有足够的根据，不过因为曹雪芹在小说中运用了他的许多生活经验。写小说，特别是写规模巨大并在其中寄寓了作者的理想和追求的小说，作者常常是要运用自己的大量的生活经验，并且把自己的某些思想感情赋予其中的正面人物的。小说中的其他人物也常常会以作者熟悉的人为模特儿。如果这样的小说就是作者的自传，那么《战争与和平》《安娜·卡列尼娜》和《复活》都成了托尔斯泰的自传了。这在今天略有创作知识的人就知道是不能这样说的。塑造贾宝玉这个人物的时候，曹雪芹是运用了他的许多生活经验，寄寓了他的许多思想感情的，但曹雪芹和贾宝玉的关系也至多不过类似托尔斯泰和他小说中的人物彼尔、列文或者聂赫留朵夫的关系罢了。究竟不能把小说中的人物和作者完全等同起来，也不能把小说中的人物的遭遇全部看成就是作者的经历。贾宝玉这个人物，显然是经过了很大的夸张和集中的。和世界上其他著名的典型人物一样，在现实生活中曾经有过许多和他相似的人物，然而却不可能找到一个和书中描写的完全相同的贾宝玉，正如在现实生活中找不到典型性那样集中的堂·吉诃德和阿Q一样。描写《红楼梦》里面的宁荣二府的时候,曹雪芹是大量地运用了他自己的封建大家庭的生活经验的,但无疑地也有许多虚构。他这个家族的发迹的祖先并没有两个开国功臣,自然就并没有两个国公府。曹家也不可能有三里半那样大的大观园。①《红楼梦》开宗明义第一回,就说作者自云,"将真事隐去","用假语村言敷演出一段故事来"。这是明明白白地告诉读者这部小说虽然以作者的生活经验为基础,却是经过虚构而成。第四十二回,按照贾母的意思,惜春准备画一幅大观园图。宝钗对她说:"这园子却是像画儿一般,山石树木,楼阁房屋,远近疏密,也不多,也不少,恰恰的是这样。你就样儿往纸上一画,是必不能讨好的。这要看纸的地步远近,该多该少,分主分宾,该添的要添,该减的要减,该藏的要藏,该露的要露。这一起了稿子,再端详斟酌,方成一幅图样。"这是曹雪芹通过宝钗的口说明艺术不能像照相一样反映生活,必须有艺术家的匠心和创造。连画一幅大观园还必有添有减,有藏有露,何况是写《红楼梦》这样一部巨著,哪有不经过虚构之理?"自传"说的错误除了不符合事实之外,更重要的还在于主张这种说法的人用它来贬低和抹杀了《红楼梦》的巨大的社会意义。胡适说,它是曹雪芹的自叙传,所以它不过是一部描写他的家庭的"坐吃山空""树倒猢狲散"的自然趋势的"平淡无奇的自然主义"的杰作。受胡适的影响的人说,它是曹雪芹的自叙传,所以它不过是感叹个人身世之作,所以它除了以宝玉为主体之外的其他一切情节都不过是不太重要的背景,所以它不会对作者自己的事情有

---

① 正因为官僚地主家庭不可能在首都有三里半那样大的园子,曹雪芹才在《红楼梦》中写它是因为贾元春回家省亲特别修建的。曹雪芹有姑姑嫁给某王爷作福晋,但他家却没有一个嫁给皇帝作妃子的人。如果说曹雪芹在小说中是把福晋夸大为皇妃,那么这也就是虚构了。福晋回家省亲是不会特别为之修建一个园子的。皇妃回家省亲其实也未必就一定要特别修建一个园子,不过从编故事说来,这比较近情理而已。《红楼梦》第二十三回脂批说"大观园原系十二钗栖止之所,然工程浩大。故借元春之名而起,再用元春之命以安诸艳,不见一丝扭捏",就是说曹雪芹虚构得合情合理,就是认为元春省亲、修建大观园以及十二钗住在大观园里等情节一概都是虚构。曾经有人要考证大观园在哪里,也就是不知道它实际上是曹雪芹概括了集中了一些我国古代的园林建筑的样式、特点,加以夸张和虚构而描写出来的。因此虽然现实生活中许多过去遗留下来的园子都和大观园有某些相似之处,却在北京和南京都无法找到一个真正的大观园。

什么贬斥和愤怒。这样就达到了《红楼梦》的性质也不过和中国过去的闲书相似、不得入于近代文学之林的结论。

"色空"说为什么是错误的呢?"因空见色,由色生情,传情入色,自色悟空","此回中凡用'梦'用'幻'等字,是提醒阅者眼目,亦是此书立意本旨"①,我们在《红楼梦》第一回中就可以读到的这些话难道不是明明说这部小说有"色空"思想吗?而且它的全书不是都笼罩着一层薄雾似的悲观的思想情绪吗?不能说"色空"说完全没有根据。它的错误在于把《红楼梦》的消极悲观这一方面强调得过分了,认为这是它的主要的思想内容。"色空""梦幻"这一类观念是从佛教来的,然而曹雪芹并不是一个佛教徒。他以十年的辛苦来写这样一部小说,一直到死还没有写完,对他所写的种种生活和人物怀抱着明确的是非,热烈的爱憎,写得如此激动人心,这就说明他并不是一个虚无主义者。他的悲观的思想情绪是由于在当时的历史条件下他无法找到出路而来的。他感到他那个阶级没有出路,他成为那个阶级的叛逆者也仍然没有出路,而且就是从他所接触到的当时的人民身上他也看不到出路,他怎能不既有所反对有所追求,又有时有一种"色空"'和"梦幻"的感觉呢?恩格斯曾经说过,一部资本主义社会里的具有社会主义倾向的小说,如果它能忠实地描写现实的关系,打破对于这些关系的性质的传统的幻想,粉碎资产阶级世界的乐观主义,引起对于现有秩序的永久性的怀疑,即使它的作者没有提供任何明确的解决方法,甚至没有明显地站在哪一边,这部小说也是完成了它的使命的。那么像《红楼梦》这样一部封建社会里的具有民主主义倾向的小说,它的作者因为从封建统治阶级看不到前途而流露出来的悲观的思想情绪不是正可以发生一种动摇封建秩序的作用吗?当然,从另一方面说,曹雪芹不但从封建统治阶级看不到前途,从人民那里他也看不到希望和未来,因而就认为"色

---

① "此回中凡用'梦'用'幻'等字,是提醒阅者眼目,亦是此书立意本旨",这几句话现在可以见到的最早的脂评本残存十六回本(过去称"甲戌本")和有正本都没有。有些研究《红楼梦》的同志,怀疑这又不是曹雪芹本人写的。但《红楼梦》这个书名也就是"梦幻"这一类的意思。

空",认为客观世界的一切都不过是虚空,都不过是梦幻,这仍然是错误的。巨大复杂的自然界和人类社会并不会因为一个阶级的灭亡而就并不存在,而就停止它们的运动、变化和发展。

经过这次批判,许多文学研究工作者初步认识到研究《红楼梦》和整个文学遗产都必须有马克思列宁主义的立场、观点和方法,都必须用阶级分析的方法。充分地肯定了《红楼梦》的巨大的反封建的意义,并进而探讨《红楼梦》所表现的思想的阶级性质,这都是我们企图运用阶级分析方法的表现。但要用阶级观点和阶级分析方法来研究《红楼梦》,要从更重视政治和思想教育的角度来研究《红楼梦》,不只是它所表现的思想的阶级性质还需要继续探讨,还有一些别的问题也需要进一步明确。比如,贾宝玉、林黛玉的爱情悲剧在书中的地位和对这种爱情的看法就是一个问题。贾宝玉、林黛玉的爱情悲剧是书中的一个中心情节,一个主要线索,曹雪芹着力地描写了这个悲剧不仅是由于艺术上的需要,用它来把许多生活和人物组织起来,或者是爱情故事容易吸引广大的读者并容易产生一种激起人们的同情的艺术力量,更重要的是由于他对男女之间的爱情具有深刻的感受,具有比过去写爱情的作品更进步的新的看法,迫使他不得不去描写;而且这个爱情故事是同全书的丰富的生活内容和广泛的反封建的思想意义紧密地结合在一起的,就像一个有机体一样——这些都是没有问题的。但如果因此就过分地突出了贾宝玉、林黛玉的爱情悲剧在书中的地位,以为《红楼梦》的主题就是爱情,就是对于爱情的歌颂,那就不正确了。曹雪芹在他的一生的经历中远不止于对爱情具有深刻的感受,具有他的独特的见解,而且他在《红楼梦》中所企图表现的也远不止于对爱情的感受和见解,因此《红楼梦》所反映的生活就远不止于男女爱情,它的思想意义也远不止于通过爱情的悲剧来反封建。爱情故事不过是这个精心结构而又天然浑成的园林中的一个主要建筑而已。宁国府这个家庭,王熙凤这条线索,刘姥姥进大观园,探春治家和尤二姐、尤三姐的悲惨遭遇这些著名的插曲,以及其他许多生活许多人物,都不是或者都不仅仅是为贾宝玉、林黛玉的爱情悲剧而写的。它们都有它们的独立的意义,不能看作仅仅是爱情悲剧发生的背景。贾宝玉的思想活动的天地也是广阔的,远不止于爱情生活。如果仅仅是歌颂爱情或者仅仅是描写一个爱情悲剧,《红楼梦》是不能成为伟大的作品的。过分地突出了贾宝玉、林黛玉的爱情悲剧在书中的地位,或者对这种爱情作了过多的不适当的肯定,以至无批判地加以歌颂,看不见它的阶级性,它的封建色彩,都是不正确的。① 贾宝玉、林黛玉表达爱情的方式同近代和现代的恋爱很有差异,而且贾宝玉见着他喜欢的少女就要表现他的爱情,就是在晴雯死去、宝钗搬出大观园以后,他所想到的还是有两三人同死同归,这也显然是多妻制的合法存在在他恋爱观上的反映。这些都是他们的爱情的封建色彩。就今天某些青年读者来说,贾宝玉、林黛玉的性格和他们之间的爱情,可能正是最容易发生消极的影响的。

贾宝玉在他那个时代他那个阶级是一个很进步的人物,他的思想和行为都是对于封建正统派的叛逆,对于封建社会公认的秩序的破坏,连他喜欢对许多少女滥用感情的特点也带有这种色彩。林黛玉在她那个时代她那个阶级也是一个难能可贵的有反抗性的妇女,她的性格上的悲哀和愁苦的特点是她的环境,她的遭遇,特别是她的没有希望的爱情所造成的。正因为他们是这样的人物,正因为在当时的历史条件下是进步的,而且他们的恋爱悲剧暴露出来了封建社会的深刻裂痕,我们才给予了我们的同情,尽管我们今天并不喜欢他们性格上的某些特点,仍然给予了我们的同情。但无论如何他们都是已经过去的人物了,他们的恋爱是属于过去的时代的恋爱了。历史前进得很快。中国的资产阶级民主革命已经在无产阶级领导下彻底完成了。我们已经进入人类历史的新纪元,进入社

---

① 我这几句话是把对我自己的批评包括在内的。我一九五六年写的《论〈红楼梦〉》,虽然并不是完全没有说到贾宝玉、林黛玉的爱情的阶级性和封建色彩,但究竟对它肯定太多保留得太少了,赞扬得过多批判得过少了。我们对贾宝玉、林黛玉的爱情不加批判或者批判得不够,都是表明我们至少在这个问题上还不是站在无产阶级的思想的高度,还没有超越过资产阶级民主主义和小资产阶级革命民主主义的思想水平。

会主义的时代了。资产阶级民主主义的思想在今天的中国也已经成为落后的思想,成为可以和无产阶级的思想相对立而发生反动的作用的思想了。所以,如果今天还有人要去仿效贾宝玉,仿效林黛玉,用类似他们那样的思想和行为来对待新社会,对待新生活,对待今天的恋爱,那就完全是犯了可笑的时代错误的病症,只能说他们的思想感情已经比历史落后了两百多年!至于对《红楼梦》里所描写的封建主义的坚决的维护者,比如薛宝钗这样的人物,如果今天还有人大为欣赏,看不见她在当时已经是反动的,那就是更加可笑,那就比曹雪芹和贾宝玉都还要落后了!《红楼梦》描写了薛宝钗的某些"优点",某些似乎"可爱之处",却又毫不含糊地写出了她的封建正统派的本质,而且写出了她的这些"优点"、这些"可爱之处"正是同她的封建正统派的本质相联系的,或者正是为她的维护封建主义的活动服务的,这是《红楼梦》的一点也不简单化、公式化的现实主义的深刻之处。所以,如何引导读者去全面地了解《红楼梦》的内容,正确地看待贾宝玉、林黛玉的性格和他们之间的爱情,正确地看待薛宝钗这样一些人物,帮助读者采取批判的态度,不至于受到那些落后的不健康的因素的影响,或者甚至欣赏书中本来已经有所否定有所批判的人物,这也是研究《红楼梦》的人所应该考虑的。至于对贾宝玉、林黛玉和他们之间的爱情,如果不但过分地突出,过分地肯定,而且用美的人、美的灵魂或者最纯洁的理想这一类抽象的说法来肯定,以至把《红楼梦》的主题归结为人的美、爱情的美和这种美的被毁灭,那就更为离开阶级观点和阶级分析的方法了。

  正如列宁在评价托尔斯泰的时候所说过的话一样,只有依据无产阶级的观点才能正确地评价《红楼梦》,正确地评价一切中国和外国的文学遗产。对《红楼梦》,对一切文学遗产,用封建主义的观点固然不能辨别它们的精华和糟粕,用资产阶级的民主主义观点和小资产阶级的革命民主主义的观点,也是不能正确地评价它们的。只有比它们的作者的思想水平更高,只有站在马克思列宁主义的立场和观点的高处,用批判的态度对待它们,然后才可能全面地透彻地看清楚它们的优点和缺点,看清楚它们的成就和限制,从而给它们以恰当的历史地位和科学的评价。在《红楼梦》的研究中,在整个文学遗产的研究中,一直是存在着不同的观点的斗争的。在今天说来,主要是资产阶级观点和无产阶级观点的斗争。资产阶级的学者脱离时代、脱离社会、脱离阶级去研究文学作品,他们常常是抓住一些现象的、片面的以至琐细的东西,看不见作品的本质,作品的总的倾向,也不认真地去研究作品的思想和艺术。他们不是夸张遗产的消极的方面,对祖国的文学加以贬低,或者转而认为那就是它们的价值所在,就是无批判地对待遗产,对糟粕和精华不加区别。他们不重视重大问题的探讨,理论的概括,反而以为他们是提倡实学,不尚空谈。他们常常醉心于无休止的烦琐的考证和牵强附会的新奇的说法。这样他们就自然不可能对比较复杂的作品和比较复杂的文学史上的问题得出科学的结论。当他们感到他们的限制和困惑的时候,他们又会走向"不可知论"。所以对《红楼梦》就曾有人发出"你越研究便越觉糊涂"的慨叹。马克思列宁主义者和这一切相反,我们对待文学现象也是用辩证唯物主义和历史唯物主义的观点去进行考察。我们对过去的杰出的作品总是要去阐明其中的本质的东西,主要的东西,同时也批判那些消极的部分,引导读者去否定它们,而且就是对其中的主导的积极的部分也是一方面给以充分的历史的估价,另一方面又指出它们的时代和阶级的限制。过去有些伟大的作品,由于它们所反映的生活的丰富和深刻,是要经过多次的认识的,就像我们对待复杂的社会生活本身一样。然而我们总是越研究越清楚,越正确,越全面,而不是越研究越糊涂。对待整个文学遗产,对待具体的作品,由于不同时间的不同情况,我们有时强调它们的这一个侧面,有时强调它们的那一个侧面,那是必要的。然而我们追求的总是真理,总是科学的评价,而不是随心所欲地歪曲客观事物的面貌来符合我们的主观的要求,也不是文学批评就没有客观的标准。至于研究和辨别材料的考证工作,它虽然也是学术上的一种必要工作,我们认为不能用它来代替全部的研究工作,来代替对文学作品的思想、艺术、时代背景和文学史上许多重要问题的研究这样一些主要工作。考证应该有目的,它应该为这些主要工作服务,因此我们反对为考证而考证。还有,我们认为做考证工作也应该有马克思列宁主义的观点的指导,追求牵强附会的新奇的说法正是资产阶级唯心主义的考证的一种必然结果。引导人脱离政治、脱离实际的烦琐考证的学术风气,那更是无论用崇尚实学的借口还是用别的更好听的借口,我们都是不能肯定这种倾向、发展这种倾向的。

对《红楼梦》研究中的错误倾向的批判给我们指出了工作的方向,但在我们的工作中认真贯彻这个方向仍然是一个重大的问题。对《红楼梦》研究中的错误倾向的批判已经过去了九年了,虽然许多古典文学研究工作者都是企图努力运用马克思列宁主义的观点的,但要在工作中贯彻这个方向,我们还要进行长期的工作,艰苦的工作。到底是用资产阶级的观点还是用无产阶级的观点来研究文学,这是一个长期存在的分歧,九年来是反复出现的,今后也仍然会在我们的工作中存在着两条道路的斗争。让我们努力学习马克思列宁主义,学习毛泽东思想,把我们的工作做得更正确、更出色;让我们无论是从事文学研究工作的人还是从事文学创作的人,都用一生的辛勤的劳动来对我们今天的祖国和人民,来对国内的社会主义建设和世界范围内的无产阶级革命,作出每个人所能作的最大的贡献!

十月二十七日晨初稿
十一月十五日夜修改

(原载《文学评论》一九六三年第六期。)

没有批评就不能前进

一

李希凡同志等对于俞平伯先生的《〈红楼梦〉简论》和《〈红楼梦〉研究》的批评,是对三十多年来在《红楼梦》研究上占了绝对统治地位的胡适派资产阶级唯心主义的第一次的认真的批判。《人民日报》上的钟洛同志的文章提出了文艺界应该重视这一批判,说明这是工人阶级对资产阶级在思想战线上的又一次严重的斗争。这完全是正确的。

伟大的现实主义小说《红楼梦》以它深刻的反封建的内容和惊人的艺术的魅力,出世以后即获得了广大读者的热爱。然而从文学批评方面它却一直没有得到充分的估价,科学的说明。王国维的《〈红楼梦〉评论》,曾经是一篇有名的论文,然而它用资产阶级悲观主义的哲学家叔本华的学说来解释这部小说,完全否定了它的积极的社会意义,把它歪曲为鼓吹"解脱"和"出世"的作品。五四运动时期的胡适,用资产阶级的实验主义的观点来研究《红楼梦》,批评了旧的索隐派,然而他在《〈红楼梦〉考证》中对于这部小说的解释和评价,却表现了他的轻视祖国文学遗产的买办思想,完全贬低了这部中国人民可以引为自豪的巨著的价值。他说它不过是"老老实实的描写"了一个"爱挥霍,爱摆阔架子,讲究吃喝,讲究场面","又不会理财,又不肯节省"的家庭的"'坐吃山空''树倒猢狲散'的自然趋势",它不过是一部"平淡无奇"的"自然主义的杰作"。虽然他以资产阶级的立场和观点,在别的文章中也曾轻描淡写地接触到《红楼梦》的反对封建婚姻制度和封建家庭制度的内容,但《红楼梦》的内容绝不限于只是暴露了封建社会的婚姻不自由,绝不限于只是批判了封建家庭制度,而是巨大到几乎批判了整个封建社会的上层建筑,深刻到几乎揭露了整个封建统治阶级的真实面目和精神世界。

五四新文化运动的一些领导人物为了提倡白话文学,把《水浒》《红楼梦》《儒林外史》这样一些作品提到了文学正宗的地位,加以推荐,这是引起了更多的人对于这些现实主义杰作的注意和重视的。然而,由于他们抱有盲目崇拜西洋文学艺术的思想,他们对于这些作品的思想内容和艺术成就却不能作出正确的评价。陈独秀当时在政治思想和哲学思想上是和胡适不同的,是当时新文化运动中的左派,然而在对于中国古典文学的估价过低上,他们却是一致的。胡适认为中国文学的"方法"和"材料"都远不如西洋文学(《建设的文学革命论》)。陈独秀说《红楼梦》"过贪冗长","细细说那饮食、衣服、装饰、摆设,实在讨厌";又说他们赏识元明以来的"词曲小说","不过短中取长罢了"(《三答钱玄同》)。历史给我们留下了这样一个任务:我们必须用我们今天所能达到的思想水平来批判胡适以及和他的观点相同的人对于古典文学的错误的评价。

俞平伯先生的《〈红楼梦〉辨》作于一九二二年。他在"引论"中说:"欧游归来的明年——一九二一——我返北京。其时胡适之先生正发布他的《〈红楼梦〉考证》,我友顾颉刚先生亦努力于《红楼梦》研究,于是研究的意兴方才感染到我。"顾颉刚在这本书的序文中更说:"红学研究了近一百年,没有什么成绩;适之先生做了《〈红楼梦〉考证》之后,不过一年,就有这一部系统完备的著作:这并不是从前人特别糊涂,我们特别聪颖,只是研究的方法改过来了。"这就是说,俞平伯先生当时从胡适所受到的影响不但是在研究的兴趣上,而且是在研究的方法上。胡适所考证的是《红楼梦》的作者和版本。俞平伯先生所辨的也大致是在这个范围以内。列举更多的理由来证明后四十回确系续书,说明高鹗的"利禄熏心"的思想和曹雪芹不同,指出在艺术方面续书远不如原著,但仍肯定其保存悲剧的结局,这是《〈红楼梦〉辨》的可取的部分。然而,就是在考据方面,因为在资产阶级唯心主义观点的指导之下,这本书也有很多篇幅是一些烦琐的考据,而且有些地方流于穿凿附会。这是引导读者走入迷途,阻碍了他们对于《红楼梦》的根本内容的正确了解的。

但这本书最成问题的还并不在这些地方。正如胡适考证《红楼梦》的作者和版本,结果不能不引到否定这部巨著的思想内容和社会意义的结论一样。俞平伯先生也不能不由辨伪进而论及这部小说的内容和它在世界文学中的地位。显然是受胡适说《红楼梦》是"曹雪芹的自叙传"的影响,俞平伯先生说:"我们有一个最主要的观念,《红楼梦》是作者的自传。"从这样一个最主要的观念出发,他就否定了这部小说所反映的丰富的社会生活的意义:"既晓得其中以作者——即宝玉——为主体,所以一切叙述情事,皆只是画工的后衬,戏台上的背景,并不占最重要的位置。"从这样一个最主要的观念出发,他就把这部巨著的内容缩小为:"是感叹自己身世","是情场忏悔而作","是为十二钗作本传"。从这样一个最主要的观念出发,他就认为作者写自己的事体,不会有什么"贬斥讪谤",因而它的风格是"怨而不怒"。所以最后他就对于《红楼梦》作了一个非常错误的评价。他说:"平心看来,《红楼梦》在世界文学中的位置是不很高的。这一类小说,和一切中国的文学——诗、词、曲——在一个平面上。这类文学的特色,至多不过是个人身世性格的反映……其用亦不过破闷醒目,避世消愁而已。故《红楼梦》性质亦与中国式的闲书相似,不得入于近代文学之林。"虽然他在后面又说《红楼梦》在中国文学中"依然为第一等的作品",但第一等的作品的内容和作用尚不过如此,其余还有什么可说呢?

这就是顾颉刚在《〈红楼梦〉辨》的序文中所夸耀的胡适派的"正确的科学方法"所达到的结果。

由于革命胜利以后人民群众的爱国主义的高涨,古典文学受到了从来不曾有过的广大读者的重视。在这样的大环境下面,二十七年来始终没有得到再版机会的《〈红楼梦〉辨》才有可能改编为《〈红楼梦〉研究》,重与读者见面。在自序里面,俞平伯先生说到了过去把《红楼梦》看作曹雪芹的自传的错误,他说:"《红楼梦》至多是自传性质的小说,不能把它径作为作者的传记行状看啊。"然而他除了删去"把曹雪芹的生平跟书中贾家的事情搅在一起"的《〈红楼梦〉年表》而外,对全书里面从《红楼梦》是曹雪芹的自传这一观念而引出的许多错误看法并未作什么修改。只是把上面引过的那一段非常错误的对于《红楼梦》的评价删去了。然而并没有用新的评价来代替。其实,是自传性质的小说也好,不是自传性质的小说也好,都不能作为判断它的价值的高低的根据。决定一个作品的成就的不是它的体裁,而是它到底反映了些什么社会生活,反映的深刻程度怎样。和别的文学家一样,曹雪芹当然是以他的生活经验为创作的基础的。为胡适所倡导,俞平伯先生曾经赞同,并且还有别的研究《红楼梦》的人积极拥护的"自传"说,其根据就是作者在小说中运用了他的一些生活经验。然而,文学家根据他的生活经验来塑造人物,编织故事,并不等于即是为他自己或为他熟识的人写传记。胡适派的"自传"说的错误首先在于它没有什么确实可靠的证据,而且更重要的,是由此就抹杀了这部作品的巨大的社会意义。俞平伯先生修改了他曾经赞同的"自传"说,然而却没有修改他对这部小说的根本内容的许多错误看法,这种修改有什么意义呢?《〈红楼梦〉研究》里面还增加了几篇一九五〇年新写的文章。那差不多都是一些考据性的文字。有一篇竟烦琐到考证起《红楼梦》第六十三回的"夜宴席次"来。俞平伯先生在《〈红楼梦〉研究》的自序里说:"我尝谓这书在中国文坛上是个'梦魇',你越研究便越觉糊涂。"《红楼梦》本身并不是一个"梦魇";使他"越研究便越觉糊涂"的不过是他自己头脑里的胡适派资产阶级唯心主义的学术思想和研究方法。

最近两年来俞平伯先生主要是在做《红楼梦》文本的整理工作。如果能够认真地校勘各种版本的文字的异同,在这样的基础上整理出一部比普通的本子文字更完美并更接近原著面目的《红楼梦》来,这对读者是有益的。但在校勘和整理的过程中,他又发表了一些关于《红楼梦》的文章。其中最可以代表他近年来的看法的就是李希凡同志等所批评的那篇《〈红楼梦〉简论》。他在那篇文章中说,"本书虽亦牵涉种族政治社会一些问题,但主要的对象还是家庭,行将崩溃的封建地主家庭"。作者"对这个家庭,或这样这类的家庭抱什么态度呢? 拥护赞美,还是暴露批判?""细看全书似不能用简单的是否来回答"。但"细比较去,否定的成分多于肯定的"。这是俞平伯先生对于《红楼梦》的内容的一种看法。把《红楼梦》的内容从感叹个人身世扩大到主要是对封建地主家庭有所否定,虽然这样的理解还是远为不足的,总算是一个变化。然而,俞平伯先生对于《红楼梦》的内容还有另外一种看法,这就是李希凡同志等所着重批评的,说《红楼梦》的主要观念是"色""空"。这一看法,在《〈红楼梦〉辨》里面就已有了。所谓"情场忏悔"就包括了这样的意思,而且那本书里面也提到过"风月宝鉴宜看反面"。但这一看法在《〈红楼梦〉简论》中得到了更大的发展,不但说看"正面的美人"要看"反面的骷髅",而且说它有什么"象征性",说它"造成了《红楼梦》的所谓'笔法'",说读者看全书都"必须反看"。这算是把《红楼梦》越说越神秘了。全书都必须从反面看,难道其中正面描写的封建地主阶级的种种罪恶,封建制度的种种不合理,以及贾宝玉林黛玉等人的痛苦和反抗,都不能看作真实的,都必须反看,必须把它们解释为刚刚相反的意思吗? 如果真是如此,《红楼梦》成了一部什么样的小说呢?

考据方面的烦琐和穿凿,俞平伯先生近年来也是大有发展的。胡适的考据"往往恃孤本秘笈,为惊人之具"。在《红楼梦》研究上,他很重视所谓脂砚斋本和脂评,并且就"脂砚斋即是那位爱吃胭脂的宝玉,即是曹雪芹自己"。这和他曾经反对过的蔡元培的说法,"书中'红'字多隐'朱'字。朱者,明也,汉也",其穿凿附会已差不多了。俞平伯先生也是过分地重视和相信所谓脂评。在今年3月份香港《大公报》上发表的《读〈红楼梦〉随笔》中,就根据脂评,离奇地说"曹雪芹自比林黛玉"。其理由为脂评说过曹雪芹"为泪尽而逝",林黛玉也有"还泪"和"眼泪少了"之说,而且"绛珠草"之"绛""点红字",也就是"血泪"。任何一个有清醒的头脑的人都会觉得这真是牵强附会到了极点吧。在《读〈红楼梦〉随笔》中,"谈《红楼梦》的回目"竟至连续发表了二十二天之多,最后的结论是《红楼梦》有"过多的微言大义","以纲目来比,则回目似纲,本文似目。以春秋来比,则回目似经,本文似传。上边所举的回目的特点,大都可以在春秋经去找的"。回目的作用本来是为了标明每回的主要情节,即使有时也可以从它们看出一些作者对书中人物和事件的看法,哪里会处处都有什么"微言大义"呢?

俞平伯先生强调《红楼梦》有"过多的微言大义",是想用这样的方法来找《红楼梦》对于封建地主家庭的批判。在《〈红楼梦〉辨》和《〈红楼梦〉研究》中,他反对把《红楼梦》看作"一部变相的春秋经","以为处处都有褒贬";现在他却又成了他过去反对的那种人,用"春秋"经传来比《红楼梦》,认为其中"微言大义"很多。这是不是表示他放弃了他的唯心主义观点呢?不,这不过是他的唯心主义的表现形式有了一些变化罢了。他在《红楼梦》研究中的资产阶级唯心主义观点,过去主要表现为"自传"说,现在却主要表现为"色空"说和"微言大义"说("反看"说和这两者都有关系)。俞平伯先生一定程度地承认了《红楼梦》的批判性,但同时又用《红楼梦》的主要观念是"色""空"这种说法来否定了它。至于他所说的"微言大义",很多都是他用主观主义的方法制造出来的。在《读〈红楼梦〉随笔》中,他说第七十六回尤氏讲了一个笑话,说"一家子养了四个儿子,大儿子只一个眼睛,二儿子只一个耳朵,三儿子只一个鼻子眼,四儿子倒都齐全,偏又是个哑巴",这就是"对贾氏祖先无情的嘲笑讽刺",是讽刺第二回冷子兴说的宁国府的四个儿子。他所说的"微言大义"许多都是这一类离奇的牵强附会。如果《红楼梦》不是依靠它的正面的描写,不是依靠它所描写的人物和事件来批判封建社会,而必须要读者从这一类地方来牵强附会地无中生有地寻找它的批判性,那《红楼梦》还有什么价值呢?那就不是现实主义的杰作,而成为要人猜笨谜一样来猜测它的意思的荒唐无聊的东西了。所以,俞平伯先生过去用"自传"说来抹杀了《红楼梦》的价值,现在的"色空"说和"微言大义"说却实际上仍然是否定了这部作品在思想和艺术方面的巨大成就的。

对于俞平伯先生三十多年来研究《红楼梦》的情形,我们作了这样一个简略的叙述。从这个叙述可以看出:虽然个别的论点他已有了一些修改,虽然他的观点的表现形式已有了一些变化,但他对于《红楼梦》的研究仍然是用的资产阶级唯心主义的观点和方法,因而他现在对于《红楼梦》的错误看法和他三十多年前的错误看法在根本性质上仍然是相同的;他在考据方面的烦琐和穿凿更加发展了,这是引导读者跟着他走入越研究越糊涂的道路上去的;而他在重印旧作和发表新作上又缺乏严肃的对人民群众负责的态度,这也是一个新中国的学术工作者所不应该有的。这就是俞平伯先生最近数年来在《红楼梦》研究中的错误。

二

从胡适到俞平伯先生,在研究《红楼梦》上有一个根本的共同点,就是离开社会历史条件,离开阶级社会里的阶级的存在这一基本事实,而孤立地去研究文学作品。因此,他们最有兴趣的是考证作者的事迹家世,版本的异同,从这些考证去推断作者的主观意图,然后根据他们所推断的作者的主观意图来评价整个作品。因此,他们特别重视孤本秘笈,而且他们的考证常常流于烦琐和穿凿。把文学艺术看作离开社会历史条件而独立存在的超阶级的现象,这正是资产阶级唯心主义的观点。

和资产阶级唯心主义相反,马克思列宁主义认为文学艺术是反映社会物质存在的社会意识形态之一,在阶级社会里它们不能不反映不同的阶级的观点和利益,为不同的阶级服务。因此,马克思列宁主义研究文学艺术的时候,就不能限制于只考察作者和作品本身,必须了解当时的社会经济情况,阶级的情况,政治情况,以及文化思想情况,然后才可能判断作品所表现的思想是属于什么阶级或什么阶层,然后才可能判断它在当时是进步的还是反动的。马克思列宁主义认为文学艺术是社会意识形态之一,同时又指出文学艺术具有不同于其他社会意识形态的特点,就是用形象来反映社会生活的特点。因此,马克思列宁主义研究文学艺术的时候,就不能限制于只考察作者的阶级立场和主观思想,必须充分了解它们通过艺术的形象所反映出来的全部社会生活所包括的客观思想和社会意义。忠实地描写社会生活的古代的杰出的作家,他们的作品的内容总是突破了他们的主观意图和阶级偏见的限制,通过形象所反映出来的社会生活本身总是显示了比他们原来所意识到的远为巨大远为深刻的意义。恩格斯把这称为现实主义的伟大胜利。

马克思主义的经典作家正是这样考察文学现象的。恩格斯对于巴尔扎克的评价就是一个常被引用的例子。列宁对于托尔斯泰,同样卓越地断定他的作品反映了"他所显然没有了解、显然避开的革命"的"某些本质的方面",说明了他的作品中所表现出来的思想的阶级性质,并且精确到指出了他的作品所反映的历史时期的年代。

依据马克思列宁主义的美学,文学作品的思想内容和艺术魅力都是完全能够放在科学的考察和分析之下的,都是能够作出正确的判断和评价的。这样,文艺批评就建立在巩固的科学的基础上,而不像资产阶级唯心主义的文艺批评那样没有客观标准,没有最后定论。

全国解放以来,俞平伯先生坚持他的资产阶级唯心主义的文艺思想和学术思想,不去认真学习马克思列宁主义,仍然继续宣传他的在《红楼梦》研究上的"不可知论"。他在《〈红楼梦〉研究》的自序中说:《红楼梦》是"第一奇书"。但"奇"在哪里呢?就在于"你越研究便越觉糊涂"。在《〈红楼梦〉简论》中他又说,"了解《红楼梦》、说明《红楼梦》都很不容易,在这儿好像通了,到那边又会碰壁"。其实,俞平伯先生把《红楼梦》看得那样神秘,那样不可了解,完全是不合乎事实的。这部巨著得以产生,我想主要不外乎以下三个条件:中国的封建社会这时候已经发展到了它的末期,中国古典文学的现实主义和白话小说的传统,曹雪芹个人的经历、思想和修养。而第一个条件尤为根本。正是由于中国这样一个大国家的封建社会的长期存在,形成了它的庞大的强有力的上层建筑,而且在黑暗的封建主义的统治之下曾经出现了一些叛逆性的思想,叛逆性的文学,而且封建社会发展到了末期,然后才可能在这时候产生了这样一部非常广阔非常深刻并且艺术上非常成熟地描写了封建统治阶级的剥削、压迫、荒淫、虚伪和必然走向灭亡,多方面地批判了封建制度的不合理,并且把深厚的同情给予了封建制度之下的不幸的牺牲者,尤其是其中的叛逆性的人物的巨著。这部巨著批判了封建社会的婚姻制度、家庭制度、男女不平等的制度、科举制度、官僚制度、奴婢制度,揭露了封建地主阶级的礼教、道德以至文学的虚伪,并写出了封建地主阶级的各种各样的典型人物。我们完全可以说:《红楼梦》是我国封建社会的生活的百科全书。能够多知道一些作者的身世,能够见到更接近原著的版本,对于了解这部巨著当然是有帮助的。但如果把主要的以至全部的注意力放在这些方面,反而不去研究它的内容,不去从社会和阶级的观点估计它的意义,那就永远也不可能对它作出正确的评价了。

  文学作品总是通过写人来反映社会生活。《红楼梦》写了两个官僚地主家庭的形形色色的人物,而以一对有真挚的爱情和叛逆的思想因而只有不幸的结局等待着他们的人物为主角。然而,和世界上有些规模巨大的小说相似,家庭仍不过是它的题材而已。文学作品不可能写得像社会科学的教科书一样,无论它怎样广阔,它描写的社会生活只能是局部的。伟大的作品的特征就在于它通过局部的生活的描写反映出来了一个社会的本质。《红楼梦》虽说写的只是两个家庭,它的典型性却是那样高,就像在我们面前展开了整个封建社会的图画一样。要说明《红楼梦》里面出现的那些典型人物的意义,那是需要作专门的研究、细致的分析的,我们在这里不可能做到。极其粗疏地说来,它不但描写了贾珍、贾琏、凤姐那样一批胡作非为的、露骨地表现了他们的阶级的特性的人物,使读者从不同性格之中看出了封建地主阶级当权派的共同的丑恶;而且描写了贾政、王夫人这样一些封建地主阶级的所谓正派人,在表面上和前一批人物有些不同,或者说通过另一种形式表现了他们的阶级的特性的当权派,使读者从他们的生活和行动之中感到他们同样可憎可笑。作为主要的正面人物来写的是贾宝玉、林黛玉这样两个突出的封建地主阶级的叛逆者,晴雯这样一个"心比天高,身为下贱"的最富于反抗性因而死得最悲惨的"丫头"。此外,作者带着显然的同情来描写的人物也主要是一些少女,尤其是身居奴隶地位的少女。这是因为还未出嫁的少女一般都不是地主阶级的当权者,而身居奴隶地位的少女更是被压迫者。正像生活本身那样丰富,那样复杂,那样几乎不可能用公式和条文来概括一样,我们把《红楼梦》的某些人物作了这样一个异常简单的分类,仅仅为了从某一个带有根本性质的观察点来说明问题的方便而已。它里面出现的那样众多、那样活生生的有血有肉的人物,我们少年时候读了至今还能一个一个叫出他们的名字来的人物,他们的差异、个性和他们的性格所含有的全部的意义,远不是这样的分类所能包括的。同样是还未出嫁的少女,薛宝钗和林黛玉就多么不同!同样是身居奴隶地位的少女,花袭人和晴雯又多么不同!在这里我们就看出了在他们之间还应该作一个划分,封建地主阶级正统派的拥护者和反对者的划分。这是一个重要的划分。薛宝钗正是一个坚决地拥护封建地主阶级正统派思想的人物;虽说从另一方面说来,她在婚姻的角逐中好像获得了胜利,然而并未得到真正的爱情和幸福,因而在这个意义上也可以说她是一个封建制度之下的牺牲品。从后者着眼,就可以理解"悲金悼玉的《红楼梦》",正是悲悼了以薛宝钗和林黛玉为代表的书中的许多不幸的少女;从前者着眼,就可以理解作者的确是"右黛而左钗",

作者正自有他的原则和立场,并非如俞平伯先生所说的那样没有褒贬和好恶。书中把宝钗写得好像有许多优点,但那些优点差不多都是适合封建地主阶级正统派的要求的优点。只有她的肉体的健康和美丽,那是宝玉也不免倾心的。然而宝玉并没有选择她,这就更加鲜明地写出了宝玉和黛玉的爱情首先是建筑在共同的思想上,建筑在共同的对于封建秩序的不满和蔑视上。宝钗这样一个人物,不像公式化概念化的小说中的反面人物那样简单,"如戏中小丑一般"的"小人"那样"拨乱"于宝玉和黛玉之间,这是作者写得很深刻的地方。这就使人感到给宝玉和黛玉带来了终身的不幸的,并非个别人物,而是整个封建制度。俞平伯先生反对一般读者共同的感觉,也就是《红楼梦》本书所产生的客观效果,在《〈红楼梦〉研究》中硬说作者并非"右黛而左钗",并且根据所谓脂评,提倡错误的"两美合一"说,硬说作者对袭人、凤姐、王夫人等也没有贬责,完全是抹杀了这部反封建的杰作的倾向性的。俞平伯先生说《红楼梦》第五回贾宝玉梦游太虚幻境,见到一个女子"其鲜妍妩媚有似宝钗,其袅娜风流则又如黛玉",就是"两美合一"说的根据。其实,那不过说那个梦中的女子兼有宝钗和黛玉的美貌而已,至多只能说宝玉对她们两人的不同的美貌都有所欣慕。怎么能够根据这点就否定了宝钗和黛玉在思想上的原则的分歧,否定了全书对于这种原则的分歧的一贯的描写,以及从这些描写中所表现出来的作者的褒贬和客观的效果呢?俞平伯先生在《读〈红楼梦〉随笔》中,说"大约作者对钗黛晴袭之间确乎有些抑扬的,只不如后来评家那样露骨罢了",对他过去的看法有些修正。然而,他仍然没有认识钗黛晴袭之间有着封建地主阶级正统派的拥护者和反对者的根本区别,因而不能说明作者的"抑扬"的原则意义。而且,因为第二十七回回目用"杨妃"代替宝钗,"飞燕"代替黛玉,就认为作者不但对宝钗,就是对黛玉也有微词,第二十一回宝玉拟《庄子·胠箧篇》有"彼钗黛花麝者,皆张其罗而邃其穴,所以迷惑天下缠陷天下者也"等语,就说这是"将钗黛一起抹煞",并且由此断言"宝玉这种心思,当然代表了作者的一部分,他一方面极端崇拜女儿,一方面又似一个'憎恶女性者',这样矛盾的心情,往往表现在《红楼梦》里,不过有明暗之别,赞美在明处,憎恶在暗地,造成了恋爱至上观,也造成了恋爱虚无观",这样就仍然把曹雪芹在《红楼梦》中表现出来的明确的是非和爱憎弄得十分混乱了。其实,回目中用"杨妃""飞燕"代替宝钗和黛玉,不过是用了"燕瘦环肥"这样普通的典故而已,哪里又有什么"微言大义"?至于宝玉那一段拟《庄子》的文字,不过因为他有一次感到了儿女感情的苦恼,偶然借用《庄子》的思想来排遣一下而已,怎么能够把书中的一个人物的一时的念头,武断地断定为可以代表曹雪芹的思想,并且硬派给他一些离奇的罪名,"憎恶女性者""恋爱虚无观"呢?这些地方都是说明了俞平伯先生的穿凿附会已经成了他的特有的逻辑和习惯,并且把贾宝玉和曹雪芹等同起来,又仍然是"自传"说的幽灵在作怪了。

俞平伯先生一方面宣传《红楼梦》的"不可知",但另一方面却又很自信地宣传一些他对于《红楼梦》的确定的错误看法。除以上所说的而外,还有"色""空"观念也是一个例子。"色""空"观念我们在前面只是作过一点简单的叙述,在这里也不妨来讨论一下。《红楼梦》第一回有这样几句话:"从此空空道人因空见色,由色生情,传情入色,自色悟空,遂改名情僧,改《石头记》为《情僧录》。东鲁孔梅溪题曰《风月宝鉴》。"这就是俞平伯先生说红楼梦的主要观念为"色""空"的根据。"色""空"或者"梦幻"这一类说法是一种受了佛教影响的封建士大夫的传统思想。这是作者的思想的落后的一面。然而驱使作者写作这部巨著的并不是这种消极的因素,而是对于人生有所执着、有所热爱的积极的精神。同样在第一回中,作者开头就说他接触过一些使他倾心或佩服的女子,他想用他的笔墨来使"闺阁昭传"。后面展开的故事更不但写出了永远可以激起读者同情的痴心的恋爱,而且对于他所隶属的阶级的种种不合理的事物作了强烈的批判,这难道是一个脑子里只有"色""空"观念的人所能完成的吗?本书第十二回那一段描写"两面皆可照人"的"风月宝鉴"短短穿插,恐怕是作者专为贾瑞那一类不知爱情为何物的好色之徒写的,不能够把它看作全书的主旨。"东鲁孔梅溪题曰《风月宝鉴》",也不足为据。因为这不但不能概括全书的内容,而且和它的主要内容相反。当然,作者就是专为那种肮脏人描写那样一面镜子,也说明他的思想里面的确夹杂有一些不高明的东西。"红粉骷髅",这也正是一种封建地主阶级的思想。然而,正如斯大林同志所说过的,决定一个作品的价值的不是它的个别细节,个别缺点,而是它的总的倾向,它的感人之处。《红楼梦》的总的倾向和感人之处并不是什么"色""空",而是刚好相反的对于至死不变的爱情的歌颂,对于封建社会的叛逆者和被压迫者的热烈的同情,对于封建制度和封建统治阶级的尖锐的批判。

俞平伯先生也许会说:"红楼"不是"色"吗?"梦"不是"空"吗?怎么能够否认曹雪芹有"色""空"观念呢?我们回答:没有人否认曹雪芹的主观思想里面有这一类消极的成分;但他的思想还有积极的一面,这一类消极的成分并不是主要的;而且在作品里面,他的思想中的积极因素和他的现实主义的创作方法完全战胜了他的思想中的消极因素。我们不应该从《红楼梦》这样一部不朽的作品里面单去搜寻那些作者的思想中的本来不占重要地位的消极的东西,加以夸张,而只应该是正确地指出,并且给以合理的解释。在曹雪芹那个时代,他天才地感到了不但他所隶属的阶级没有出路,而且就是作为那个阶级的叛逆者也仍然没有出路,在这样的心情中,带有佛教色彩的"色""空"或者"梦幻"的传统思想就极其自然地来到了他的头脑里。而这也就在他的伟大的现实主义的作品上投下了一些薄雾似的哀愁的影子。贾宝玉并不就是少年曹雪芹,然而,在这样一个人物身上,作者的确是寄托了他的欢乐和痛苦、理想和绝望的。贾宝玉,由于他的年龄和环境,由于他全部否定了他那个阶级的"上进的道路",而且在同性之中找不到一个真正的知己,他的丰富的感情就不能不倾注到一些天真可爱的少女身上,而且特别集中到林黛玉这样一个从小和自己一起生活并且思想一致的女伴的身上。他以平等的态度对待她们,他以纯真的爱情爱她们。然而,这样的小天地也是并不平安的。他时时从周围感到了压迫和威胁。第七十一回,尤氏笑他"只知道合姊妹们顽笑","一点子后事也不虑"。宝玉说:"我能够合姊妹们过一日是一日,死了完了,什么后事不后事!"这句悲伤的话透露出来了一个重要的消息。叛逆而又没有出路,这是了解宝玉这样一个性格的关键。没有出路,这并不是作品的缺点,而正是严格的现实主义。由于社会历史条件本身的限制,作者没有给贾宝玉准备下一个出路;然而,和另一部伟大的现实主义小说《水浒》在一起,《红楼梦》是完成了对于中国封建社会的总批判的任务的,它里面的热烈的爱和憎像火种一样在读者心中点燃了对封建社会的不满,对幸福自由的生活的追求。

我们仅仅就俞平伯先生所提出的某些问题来试为说明,就完全可以看出,虽然《红楼梦》的内容的确很丰富,很深刻,我们不应该满足于一些表面的和过分简单的了解,但也绝不像俞平伯先生所说的那样神秘,那样不可解释,"在这儿好像通了,到那边又会碰壁"。俞平伯先生不去研究一些根本的问题,不去研究作者用文字和形象所明白地表现出来的思想内容和艺术成就,而花过多的心思去钻一些琐细的问题,去揣测一些作者还没有写出、只是从别人的批语可以推知一二的八十回以后的情节,而对于这些又不采取"多闻阙疑"的谨慎态度,以至流于穿凿附会,自然就越研究越觉茫然了。

三

俞平伯先生研究文学作品的方法,有人认为和胡适不同,说他主要是受过去的评点派的影响,或者说他的特点主要是趣味主义。俞平伯先生另外有些著作,可能评点派的影响和趣味主义的特点是主要的;但在研究《红楼梦》上,如上所述,却完全可以确定是受了胡适的影响的,和胡适的观点和方法基本上是相同的。如果说有差异,如果说在研究《红楼梦》上也的确表现出他从过去的封建文人那里接受了许多不好的影响,那也是一些次要的不能改变其根本性质的差异。评点派的影响也好,趣味主义也好,并非和资产阶级唯心主义对立的东西,而刚好是它可以包容的。

在《〈红楼梦〉研究》里面,俞平伯先生把原来提到的胡适的名字都去掉了。这是表示在政治上和胡适划清界限的意思。没有问题,他和胡适在政治上是很有区别的:胡适的身体和灵魂都出卖给美帝国主义了;而他却在新中国做着古典文学研究工作。但在学术思想上,在研究方法上,是不是也和胡适划清了界限呢?不但对于俞平伯先生,而且对于许多研究古典文学的人,以至对于许多做别的学术工作的人,这都是一个早应该解决然而到现在为止还并没有解决,或者说还没有彻底解决的问题。

五年以来,许多研究古典文学的人也曾经参加过一些社会改革运动和思想改造运动,在政治上和思想上获得了不同程度的进步。但说到把思想改造深入到自己的业务里面,这就还做得很差了。对于某些人,甚至可以说还没有开始。认真地用新的观点来研究古典文学的努力不能说完全没有,但成果却是很少很少的。初步企图用新的观点来评价古代的作家和作品的文章也产生了一些,但多半又比较表面,或者带有其他的缺点。当然,对这也应该分别看待。如果主观上是严肃的,经过了比较认真的研究的,只是由于对马克思列宁主义还理解得少,思想改造在业务方面还不深入,因而写得比较表面、简单,虽说为了提高一步,这种缺点也需要批评,但仍然应该肯定这是一种新的现象,一种难于避免的发展过程。只有那种并不去认真学习理论,却随便套用一些术语,以为这就是运用了新的观点,实际上却是轻视马克思列宁主义或者改头不换面地贩运旧货的做法,才是应该严格反对的。但古典文学研究工作中大量地并且相当根深蒂固地存在着胡适派资产阶级唯心主义的影响这一事实的危害性,却一直没有为大家所认识。这一次由李希凡同志等开始了这种批判,《人民日报》号召大家重视并展开讨论,完全是切合当前的实际的。这使我们看清了阻碍古典文学研究工作健全发展的东西是什么。没有这样一个批判运动,我们就不能前进。

胡适的哲学思想是实验主义。实验主义是帝国主义时代的资产阶级哲学中最反动的学派之一，它表面上用一些唯物主义的词句来迷惑人，实际上却是宣扬主观唯心主义和不可知论。它否认有不依赖于人类的客观现实的存在。它否认客观真理和绝对真理。它所说的"真理"，不是以符合客观世界的规律为标准，而是以令人满意和有效用为标准。胡适一直是很积极地宣传这种反动的哲学的。他自己说，他谈政治和谈白话文都是实行他的实验主义（《我的歧路》）。他提倡这种反动的哲学的目的他自己是赤裸裸地说明过的，就是为了反对马克思列宁主义在中国的传播，为了教人不要相信马克思、列宁、斯大林的学说（《胡适文选自序》）。胡适对于古典文学的研究方法考据方法，完全是和他的哲学思想分不开的。他研究文学作品总是避开它的社会的和阶级的内容不谈，或者加以歪曲，而去津津有味地考证一些次要的以至枝节的东西。他提倡了为考据而考据的风气。他说，"学问是平等的，发明一个字的古义与发现一颗恒星都是一大功绩"。这是害了许多人的。这引导人脱离政治，忽视当前的重大问题，也看不见文学作品的倾向性和思想性。他在考据上提倡所谓"大胆的假设，小心的求证"。这种假设，他介绍杜威的思想时曾说明过，不过是从脑子里"涌出来了几个暗示的主意"中选择其一罢了，并不是经过大量地占有材料和认真地进行研究之后得出的结论。因此，所谓"小心的求证"也就实际上常常是寻找一些片面的有利于这种假设这种主观臆测的所谓"证据"来自圆其说。他常常说他所相信的科学态度是："拿出证据来！"但他否认屈原这个人的存在，否认《九歌》为屈原所作，断定《水浒》真有七十回古本，断定《红楼梦》为曹雪芹的自传，又何尝有什么证据？他说得那样肯定，随便讲一点完全说不上是证据的理由，有些人就被他唬住了。这也是害了许多人的。这引导人牵强附会地追求个人的创见，大胆地制造一些根据十分薄弱甚至完全没有根据的新奇的说法，因而不能给予读者以正确可靠的知识。

胡适在古典文学研究方面的影响，以及他在哲学、历史等学术方面的影响,都是需要进行系统的批判的。不然,有些人还以为他政治上虽然很反动,但是他的研究方法考据方法还是科学的,好像还可以和马克思列宁主义并行不悖一样。

如果把考据解释为占有材料、辨别材料、整理材料的话,马克思列宁主义者当然也是需要进行这一类性质的工作的。然而,第一,研究文学作品不应该停留在只做这一类性质的工作上,还必须根据材料进一步去研究作品的思想和艺术。这一类性质的工作,还仅仅是对于材料本身的研究,只能解决一些材料方面的问题。要研究作品的思想和艺术,单有了材料还不够,还必须具有正确的立场、观点和方法,具有运用马克思列宁主义的理论能力。其次,我们做相当于考据这一类性质的工作时,在目的、范围和方法上,也都是和胡适派不同的。我们的目的是明确的,是为了分析作品的思想内容和艺术特点,而不是为材料而材料。随着这个目的,范围也就不能限于只是考察作者的身世和作品的版本,而还必须研究社会的情况、政治的情况和文化思想的情况。而且我们对于材料的占有、辨别和整理也就不能不有轻重缓急之分,不能轻重倒置。我们的方法也应该是严格的实事求是,而不是"大胆的假设"。前人在这一类性质的工作上所得到的结果,当然我们是应该了解的,应该作为材料来利用的。哪些是对的,哪些是错的,我们应该加以区别,并不能一概抹杀。然而,批判地接受前人在考据方面的成果,并不等于接受清代的学者或者胡适派的立场、观点和方法。

扫除胡适派资产阶级唯心主义的影响,扫除其他资产阶级的错误思想的影响,这是我们学术界当前的严重的战斗任务。而要坚决地彻底地进行这一战斗,我们还必须同时扫除我们自己身上沾染的资产阶级思想的影响,这就是对资产阶级唯心主义熟视无睹、放弃批评的投降主义的思想根源,同时这也就是对于马克思列宁主义的新生力量采取资产阶级贵族老爷式的冷淡和轻视的态度的思想根源。最近所揭露出来的文艺界的这些错误思想,在我身上也是存在的。党的领导及时给我们敲起了警钟,使我们从和资产阶级唯心主义和平共居、安之若素的麻痹状态中觉醒起来。这对我们的教育意义是非常重大的。随着这次批评的展开,我相信我们都将从这里面学得一些东西,汲取一些经验教训,并用它们来改进我们的工作。

原载论文集《没有批评就不能前进》,中国科学院文学研究所专刊之一,人民文学出版社一九五八年九月北京第一版,第二四至四四页。

整理校订者按:《没有批评就不能前进》一文,《中国当代文学研究资料·何其芳研究专集》注录:"没有批评就不能前进(论文)(一九五四)十一月二日作 载十一月二十日《人民日报》"。这记载的是该文完稿时间和首次发表信息。

一九五四年十一月二十一日,中国作家协会沈阳分会、辽宁省文学艺术工作者联合会筹备委员会编印的《关于批判〈红楼梦〉研究中错误观点的参考资料》一书(非公开出版物),收入此文时标题在"没有批评"四字后有逗号,文末标注"《人民日报》一九五四年十一月二十日"。(见该书第一四二至一六四页)

同年十二月一日华东作家协会资料室编印《红楼梦研究资料集刊》一书(非公开出版物),收入此文时标题和文末标注一如前文(见该书第二〇七至二一八页)。

一九五五年四月河南人民出版社本社辑《批判〈红楼梦〉研究中的资产阶级思想》一书,收入此文时用的是《人民日报》的文本,但论文标题在"没有批评"四字后也有逗号,文末标注"原载《人民日报》一九五四年十二月二十日"失校,是把"十一月"错排成"十二月"了。(见该书第三九至五五页)

一九五五年六月作家出版社编辑部编辑《红楼梦问题讨论集》(二集),收入此文,文字没有修改变动,论文标题中的逗号如前两书,文末标注"原载一九五四年十一月二十日《人民日报》"。(见该书第一四至三

三页)

　　以上《没有批评就不能前进》的五次刊载,用的都是一九五四年十一月二十日《人民日报》的文本,特征是标题中间夹逗号,署款时间为首次发表时间。这个文本可以称之为"五四日报本"。

　　四年后的一九五八年,这个版本的稳定被打破:这年何其芳把包括《没有批评就不能前进》在内的八篇文艺批评文章结集,作为"中国科学院文学研究所专刊(一)",还是以"没有批评就不能前进"作为书名,于当年九月在人民文学出版社出版。此前,何其芳对"五四日报本"作了少许更动:(一)文题和书名都删掉了中间的逗号。(二)文尾署款的时间是"一九五四年十一月二日"的完稿时间。(三)"五四日报本"提到"李希凡、蓝翎同志"称谓者有四处,此时皆改为"李希凡同志等"。(见该书第二四、二八、二九、四一页;见本书第一四一、一四五、一四五、一五五页)这是由一九五七年蓝翎同志被错误地划为"右派"所导致的改动。这个版本可以简称为"五八专刊本"。

　　一九五八年以后,何其芳再也没有修改过此文。"五八专刊本"是最后定本。改革开放以后,出版何其芳的选集、专集、文集,凡是收入《没有批评就不能前进》一文者,用的皆是"五八专刊本"。这样的书计有:

　　《何其芳文集》第五卷,人民文学出版社一九八三年版,第二二至四二页。

　　《何其芳全集》第四卷,蓝棣之主编,河北人民出版社二〇〇〇年版,第三四至五五页。

　　《何其芳论红楼梦》,董志新[整理校订],白山出版社二〇〇九年版,第一一六至一三二页。

论红集纳

整理校订者按：何其芳除了红学专论文章外，在其他的文学评论、演讲稿和书信中，也常常涉及对曹雪芹和《红楼梦》的评论，有些评论意见发人所未发，珍贵非常，不可多得。这里，以"论红集纳"为总题目，以时间（一九四七至一九七七）为序，结为一束，作为何其芳评红著作全貌之一部分。小标题为整理校订者所拟。

从《红楼梦》起开始反映地主阶级内部矛盾

因为普遍都把《家》这一类的作品当作反封建的作品，我那次发言就从封建社会的矛盾说起。我觉得婚姻不自由并不是封建社会的主要矛盾。封建社会的主要矛盾是农民与地主的矛盾。这也就是说，最有力的反封建的作品应该是写农民与地主的矛盾的作品。大家庭的婚姻悲剧也好，争财产纠纷也好，我看都不过是地主阶级的内部矛盾，因而只能算是封建社会的次要矛盾。然而，从《红楼梦》起，因为能掌握高度的文化技术者还只有从地主家庭出身的子女，所以大部分的文学作品就只能从反映这种地主阶级的内部矛盾开始。在过去,这还是很有意义的;这是从封建阶级内部发出来的叛逆的呼声。但在今天,意义却大为减少了。这主要的是因为封建社会的基本矛盾(农民与地主的矛盾)之必须解决已经提到当前的日程上来,地主家庭子女的婚姻问题就成为了枝节问题。而且事实上,许多地主家庭对于这类问题已经让步了,已经可以让它的儿女们去上新式学校,去自由恋爱,自由结婚了。

(《关于〈家〉》,《何其芳文集》第四卷,人民文学出版社一九八三年九月版,第一六三、一六四页)

董按:《关于〈家〉》一文作于一九四七年二月。

农民婚姻悲剧与《红楼梦》式的悲剧很不相同

……我还谈到了封建社会的农民婚姻问题。自然,在农民阶级,也有着旧式婚姻的悲剧的。但是,那和《红楼梦》式的悲剧很不相同。就我所见到的民歌中的反映,那差不多都是诉说女的方面的痛苦。而那痛苦,则又或者是"早起担水二十担,夜晚纺线三更天",或者是"七岁的孩儿八岁的郎,十七十八配成双",总之是一种非人生活的痛苦。在流行买卖婚姻的地区,农民娶一个老婆就和买一匹牲口差不多,首先她是一个劳动力。这和根本不事劳动的林黛玉的痛苦是何等不同呵,真是一在天上,一在地下!在男的方面,我觉得首先的问题也是贫穷得常常讨不起老婆,而还不是婚姻自由不自由。因此在民歌中很少见到诉说男的不满意旧式婚姻之作,而差不多都是一些大胆的情歌或甚至带色情意味的作品。这反映了封建制度剥削了他们应有的经济生活,因而也就剥削了他们正常的男女生活。这也和从女人窝里长大起来的贾宝玉的痛苦是何等不同呵!他们不是到底选择哪个女人的问题,而是几乎没有女人可以让他们选择!当然,这并不是说,封建社会的农民男女就在婚姻问题上没有个人意志,我只是说,由于生活的穷困,这个问题在他们不像地主阶级的子女那样重要,那样复杂而已。

(《关于〈家〉》,《何其芳文集》第四卷,人民文学出版社一九八三年九月版,第一六四、一六五页)

董按:《关于〈家〉》一文作于一九四七年二月。

《红楼梦》等作品应置于全世界最好的文学遗产行列

中国的文学历史上曾经有过思想性和艺术性都很高的作品。像屈原、李白和杜甫的许多诗,《水浒传》和《红楼梦》,像鲁迅的《阿Q正传》,这样一些作品应该置于全世界的最好的文学遗产的行列。新中国的现在的和未来的作家们,也是可以写出思想性和艺术性都很高的作品来的。从作家本身来说,主要在于自己认真努力并采取正确有效的方法。

(《〈实践论〉与文艺创作》,《何其芳文集》第四卷,人民文学出版社一九八三年九月版,第二九八页)

董按:《〈实践论〉与文艺创作》一文于一九五一年二月十日写完。

《红楼梦》的旧现实主义特征

作品的思想性要高,作家在取得了丰富的生活经验之后,还必须在这个基础上进行高度的概括和集中。自然主义的作品,它虽然常常准确地描写了事物的细节,但不能"反映事物的本质","反映事物的内部规律性"。旧现实主义的作品,它和自然主义的作品的区别就在于它能够在某种程度上"反映事物的本质","反映事物的内部规律性"。然而,由于那些作家的世界观和社会观的限制,旧现实主义的作品的思想性又总是有缺点,而且常常是带着严重的矛盾和分裂的。托尔斯泰的小说就是这样。那些小说一方面尖锐地批判了旧俄罗斯的法庭、政府、教堂、贵族社会和资本主义制度,另一方面它们又宣传错误的"勿抗恶"的思想和托尔斯泰式的宗教。比托尔斯泰的那些巨著早产生一百多年,然而其规模和成就却可以相比并的《红楼梦》,它也是一方面十分深刻地写出了中国封建地主阶级的腐败、虚伪和没有出路,另一方面又流露出来了它的作者曹雪芹对于封建地主阶级的某些生活的诚恳的留恋。马克思列宁主义的理论(包括马克思列宁主义的文艺理论)的重要性在这里就显出来了。在体验生活的时候,在创作的时候,马克思列宁主义的理论都能够指导我们,使我们的感性认识容易科学地被改造为"更深刻、更正确、更完全地反映客观事物的东西"。有没有这种指导是有很大的差别的,正如走路有没有向导一样。"人不能事事直接经验",一个人的直接经验总是很有限、很局部的。对于创作家,这种直接经验固然是他的作品的主要原料,但是,他又必须了解马克思列宁主义的一般理论和有关的具体政策,然后才可能站在更高更全面的地方来看他的局部经验。

(《〈实践论〉与文艺创作》,《何其芳文集》第四卷,人民文学出版社一九八三年九月版,第三〇〇、三〇一页)

董按:《〈实践论〉与文艺创作》一文于一九五一年二月十日写完。

曹雪芹说他的《红楼梦》写了十年

一个作家应该熟悉他所处的社会的主要阶级。这样他才算取得了他的写作的基本原料。有了这种基本原料,既便利于赶临时的任务,又同时就打下了赶经常的任务的基础。有了原料以后,就主要是劳动的问题了。写一个规模较大的作品是必须经过艰辛的严重的劳动的。以托尔斯泰的天才和修养,又是"在最美好的生活环境中从事紧张的、非常的劳动",他的《战争与和平》也写了六年多。萧洛霍夫的《静静的顿河》和《被开垦的处女地》一共写了十四年。曹雪芹说他的《红楼梦》写了十年,修改过五次。但他还并未把全部计划完成,只写了八十回。巴尔扎克是在校样上反复地改他的小说。他每一部书改过的校样加起来,常常比这本书要多上好几十倍。他把这些校样订成巨册,作为礼物送给他要好的朋友们,他说:"我把这些册子只送给爱我的人。它们是我长期劳作和坚忍——那种坚忍是我曾向你们说过的——的见证人,在这些可怕的篇幅上我消磨了多少个夜晚。"这样一些伟大作家的创作态度是我们应该学习的。

(《〈实践论〉与文艺创作》,《何其芳文集》第四卷,人民文学出版社一九八三年九月版,第三〇七页)

董按:《〈实践论〉与文艺创作》一文于一九五一年二月十日写完。

贾宝玉林黛玉是古代地主阶级带叛逆性的儿女的典型

……那篇批评代表了目前已经存在的一种不好倾向,这种倾向就是简单地鲁莽地对待过去的文学遗产,并企图以自己的主观主义的想法来破坏那些文学作品原有的优美地方。

……就我所看到的各地表现这个民间故事的唱本和地方戏脚本说来,它们一般都是保存了相当多的劳动人民的色彩和想象,并没有从根本上歪曲了这个传说的面目和意义。虽说它们常常难免有缺点,甚至即令其中个别作品或个别部分真是受了地主阶级的思想的侵蚀,无论如何也不能笼统地说许多表现这个传说的唱本或地方戏都已经变质为代表"地主、资产阶级的立场"或其"思想影响"的东西。梁山伯的质朴,祝英台的大胆,不是"傻蛋",也不是"淫贱",这样的性格正是劳动人民"美化"的结果。如果说《西厢记》里面的张君瑞和崔莺莺是古代地主阶级的比较平常的儿女的典型,《红楼梦》里面的贾宝玉和林黛玉是古代地主阶级的比较优秀的因而更带叛逆性的儿女的典型,那么民间传说里面的梁山伯和祝英台,虽说按照故事里讲的情形看来,他们的身分同是地主阶级的儿女,他们的性格却已经超出了地主阶级的人物的限制,多多少少带有一些劳动人民的本色了。所以张君瑞和崔莺莺的结局应该是"始乱终弃",而不是大团圆;贾宝玉和林黛玉的结局只能是悲剧,而且是看不见希望的悲剧;而梁山伯和祝英台的结局却和这两种都不相同,达到了现实主义和浪漫主义的美妙的结合。

（《关于梁山伯祝英台的故事》，《何其芳文集》第四卷，人民文学出版社一九八三年九月版，第三一二、三一三页）

董按：《关于梁山伯祝英台的故事》一文写于一九五一年三月六日夜至八日下午。

对待文学遗产绝不可采取简单鲁莽的态度

我们对待文学遗产，绝不可采取一种简单的鲁莽的态度。要认真去批判它们，或改编它们，我们必须有洞彻事物本质的思想能力和必要的文学修养，必须十分细心地去了解到底哪些真正是优点，哪些又真正是缺点，而在改编中应该尽可能保存那些优点，不可把优点也当作缺点抛弃。这既不是仅仅有了一点自然科学的常识，也不是仅仅依靠几个革命术语或几个简单的社会科学的概念就能够胜任的。我们现在已经有了这样一些怪论。说表现梁山伯祝英台故事的民间文学是代表"地主资产阶级的立场"或其"思想影响"；说杜甫是一个"庸俗诗人"，脑子里充满着"个人英雄主义思想"；说"既然资本主义社会的生活水平比之封建社会的更高级"，因之《红楼梦》的文学技术就不行，"每回大都用吃饭作结束"，"太单调"（见《文艺报》第一卷第六期上叶蠖生的《关于中国旧文学的技术水平和接受遗产问题》）；说《水浒传》上的"一百单八位"以恶霸为多，"如果存在于今天，至少也是发展生产的大障碍"，因之梁山泊的"好汉"以至"小喽罗"都不能代表当时的农民。所有这些怪论都是不能够细心地科学地分析一个具体作家和具体作品，企图依靠几个革命术语或几个简单的社会科学的概念就去评判一切。

（《关于梁山伯祝英台的故事》，《何其芳文集》第四卷，人民文学出版社一九八三年九月版，第三一七、三一八页）

董按：《关于梁山伯祝英台的故事》一文写于一九五一年三月六日夜至八日下午。

《红楼梦》"别的方面的成就"

说《红楼梦》等小说使我们佩服的"多半是其中的人物对话写的好"。"多半"二字不恰当。这样把它们在别的方面的成就降低了。

（《致艾芜》，《何其芳选集》第三卷，四川人民出版社一九七九年十一月版，第二四页）

董按：《致艾芜》的信写于一九五一年十二月二十九日，是对艾芜《文学手册》第一五六页的修改建议。艾芜的《文学手册》一九四一年三月由桂林文化供应社初版，一九四二年十月仍由该社重印增订本。

中国封建地主阶级生活的百科全书

在中国人民中影响很大的是用白话（或接近白话的浅显文言）写的小说。这样的小说起源于宋朝（九六〇至一二七九）的说书，而它的成熟是在元朝以后。《三国演义》和《水浒传》是两部最流行的古代长篇小说。它们最初都是说书人所讲的故事，经过了多次的加工和改写才成为后来这样的巨著。《三国演义》大规模地描写了一八四年到二八〇年间的一个分裂朝代的政治斗争和军事斗争，并塑造了诸葛亮、曹操、张飞等这样一些后来为中国人民所很熟悉的典型人物。《水浒传》以同样巨大的篇幅描写了宋徽宗（一一〇一至一一二五）时候的以宋江为首的农民起义及其失败的故事。它动人地表现出来了封建统治集团的残酷和腐败，农民起义的领袖人物的勇敢、有智慧和深得人心。以这样一些起源于民间的说书的白话小说为基础和传统，然后才可能产生中国封建社会的最后一个伟大的文学家曹雪芹（约一七一五至约一七六三），他的家庭是贵族，但后来却破落了。他的《红楼梦》是中国古代的艺术上最成熟的长篇小说。它以一对在封建地主阶级里面比较有理想的青年男女的不幸的恋爱故事为线索,描写了两个大家庭。有人计算过,书中出现的人物男子二三五人,妇女二一三人,他这部小说写了十年才写成八十回,还没有完成全部计划,他就死了。后面的四十回是别人续写的,各方面都远为逊色。这是一部非常深刻地暴露封建地主阶级的腐败、虚伪及其没有出路的作品。它里面的人物性格、语言,都写得非常成功。虽然它写的只是两个封建家庭,但它在我们面前展开的却好像是一个社会,一个时代的生活本身。它完全可以被称为中国封建地主阶级的生活的百科全书。

(《论中国文学》,《何其芳全集》第七卷,河北人民出版社二〇〇〇年五月版,第六一三、六一四页)

董按:《论中国文学》一文作于一九五二年六月。

《红楼梦》的批判性与艺术水平

对于《老残游记》的批判性是不能估计过高的。这部小说对于封建社会的批判是比较枝节的,绝不能和《水浒》《红楼梦》《儒林外史》等作品相比。在中国五四以前的白话小说中,大致不过可以算作第三流的作品罢了。

鲁迅对《老残游记》作了这样的批评:"叙景状物,时有可观,作者信仰,并见于内,而攻击官吏之处亦多。"对它的内容和艺术有些肯定,现在看来,这仍是对的。但鲁迅列此书于谴责小说之中,可见对它的思想和艺术的整个评价仍然是并不怎样高的。而且鲁迅未指出它在政治上反对当时的革命党的反动,现在看来,也仍是缺点。阿英对此书的肯定也并不太多。在内容上也主要是说它攻击官吏。在艺术上赞成胡适说这部小说的描写技术"前无古人",这是不恰当的。叶丁易对这部小说的评论我没有看到,不知是怎样说的。《老残游记》有一定的艺术水平,有相当的描写能力,但说"前无古人",那置《水浒》《红楼梦》《儒林外史》等作品于何地?

(《谈〈老残游记〉》,《何其芳全集》第七卷,河北人民出版社二〇〇〇年五月版,第四、五页)

董按:《谈〈老残游记〉》一文写于一九五五年。

《红楼梦》的价值人所共知

除了这种一般的否定而外,他还对像连绵不断的高峰一样矗立在我国文学史上的许多杰出的作家和作品,差不多一个一个地都加以贬低或歪曲。……至于他对《红楼梦》的贬低和歪曲,那更是人所共知,不必说明了。……我们没有说到《水浒》和《红楼梦》,因为这两部作品的价值也是人所共知,已经用不着对胡适的歪曲再加驳斥。

(《胡适文学史观点批判》,《没有批评就不能前进》,人民文学出版社一九五八年九月版,第七八至八三页)

董按:《胡适文学史观点批判》一文于一九五五年三月十八日写完。

反对庸俗社会学倾向

在古典文学研究中,除了扫除胡适派的影响而外,我们还必须反对庸俗社会学的倾向,反对把马克思主义的历史唯物主义加以歪曲和庸俗化的倾向。这种倾向也是存在的。这种倾向的基本标识是忽视文学这一社会现象的特点和复杂性,忽视文学在社会发展中的作用,或者忽视文学自己的传统和其他上层建筑对于文学的影响,以为经济是唯一的决定的因素。它的表现形式却是多种多样的。在古典文学研究方面,过去曾经有人简单地从古代作家的阶级出身去断定他们的作品的价值和意义,就是一个突出的例子。在目前,就我所看到的来说,最常见的有以下几种:

第一种,不是从对于具体的作品的研究出发,而是只从一般的社会情况出发就去随便判断作品的思想内容。比如,凡是产生在异族统治的朝代里的作品,不管它里面到底表现了民族意识没有,都去牵强附会地找出民族意识来。这样,马致远的戏剧、《三国志演义》和《儒林外史》都成了反元或反清的宣传民族思想的作品了。又比如,只要当时有市民经济和市民阶级的存在,不管作品的内容到底怎样,只要它对封建社会有所批判,就断言它一定是代表市民阶级的,好像封建社会里只有市民阶级才可能对封建主义心怀不满一样。这样,中国古代伟大的作品《红楼梦》就成了市民文学了。没有问题,我们研究过去的文学作品,必须了解当时的社会情况,阶级情况。然而,这种了解必须和对于具体作品的研究很好地结合。如果以为只要有了这种一般情况的了解就够了,不必再对作品本身进行客观的深入的细致的研究,也不管作品的整个形象到底表现了什么,就可以随便判断它的思想内容的性质,那文学研究就太容易了,那只要有一本正确的历史教科书就可以解决一切问题了,马克思主义的文艺科学也就完全没有存在之必要了。

第二种,不是对于作品作了全面的深入的研究,分析它的主要内容和特殊成就是什么,而只是按照几个今天最普通而且为数甚少的概念去阅读作品,去把和这些概念有关的部分摘录出来,加以罗列,就从而肯定或否定这些作品。比如,把作品中多少有些社会意义的地方,写到民生疾苦的地方,至于只是有"民"字的地方罗列起来,说那就是它的现实主义和人民性。又比如,把作品中某些受当时的时代的限制或者作者的思想的限制而不合我们今天的想法的地方罗列起来,就对它加以贬低。这种做法就更为常见了,对于屈原、白居易、《儒林外史》、《红楼梦》以及其他作家和作品,都是有过这样的文章的。没有问题,我们研究过去的文学作品,必须充分注意它里面的有社会意义的地方,同情人民的地方,也必须适当地指出它的限制和缺点。然而,研究的任务在于要从作品的复杂的内容中分析和概括出它的主要内容主要倾向来,在于要找到它的内部联系,在于要说明它在思想和艺术方面的独特的成就。古代的杰出的作品内容总是多方面的,都是容易找到一些具有社会意义和同情人民的地方的,也都是容易找到一些限制和缺点的。如果不去进行全面的深入的细致的分析,并且加以综合和概括,只是烦琐地或者片面地做一些现象罗列,就可以肯定或否定一个作品,那文学研究也就太容易了,那只要有一定的文化水平,有一些常识式的概念,再加上有时间去读书和抄书,就可以解决一切问题了,马克思主义的一般理论和文艺理论就完全没有学习之必要了。

第三种,不是认真地去研究马克思主义的理论和作品本身,并且使这两种研究很好地结合起来,而是仿照某些历史唯物主义的个别的概念去生硬地制造出一些离奇的说法来。比如,仿照阶级和阶级斗争的概念,就把李白对当时的封建秩序的不满取名为"布衣感"或"布衣的斗争",并把它夸大到这样重要的程度,说"社会上由经济基础所反映出来的诸般矛盾,当其集中的表现在政治斗争上,这些斗争就统一为封建时代的布衣感",说"布衣的斗争因此乃是经常的代表着封建社会中主要矛盾集中的表现"。"布衣"根本不是一个科学的名称。封建社会的在野的知识分子所代表的阶级或阶层的利益是很不一致的,绝不能把他们当作一个和封建统治阶级对立的统一的阶级或阶层看待。把某些在野的知识分子对当时统治集团的不满夸大为"经常的代表着封建社会的主要矛盾集中的表现",用它来代替农民阶级和地主阶级的对立,并从而把农民的斗争歪曲和降低为"等于在为布衣的斗争撑腰",这种错误是直接违反马克思主义的,而且是违反马克思主义的常识的。没有问题,运用马克思主义到任何具体工作上都不是一件容易的事情,谁也不能保证在他的工作中完全不犯错误。然而,这种违反常识的错误,这种生硬的套用和大胆的臆说却是可以避免,也应该避免的。这样不严肃的随便套用只能解释为实际上是一种轻视马克思主义的表现。

上面所说的这些情况是不大一样的,然而合起来却可以看出,庸俗社会学的倾向,把马克思主义的历史唯物主义加以歪曲和庸俗化的倾向,在今天的确是存在着。这还仅仅是在古典文学研究中的一些表现。在一般的文艺批评中,这种倾向也是存在的,不过它的具体的表现形式有些不同而已。所以,这种倾向不但阻碍我们正确地认识我们的文学遗产,而且会直接阻碍我们的创作的发展,直接破坏我们在创作上必须保证的"个人的创造性,个人的爱好的广大的空间,思想和幻想、形式和内容的广大的空间"。

我们知道,资产阶级的御用学者们有这样一个惯用的手法,他们先把马克思主义加以歪曲,然后来批评和反对。胡适正就是这样做的。他先把历史唯物主义歪曲为经济唯物主义,捏造历史唯物主义认为经济是唯一的决定的因素,否认意识形态对于社会发展的作用以及它们相互之间的影响,然后批评它不能圆满地解释历史。其实马克思主义创立人之一的恩格斯,早就在他的一些书信中反对过对于历史唯物主义的歪曲和庸俗化的倾向了。他说,经济的因素只是历史里面的最后的决定因素,并不是唯一决定的东西。他说,上层建筑的各种各样的因素都有它们的作用,都有对于经济基础的反作用和它们相互之间的反作用。对于那些更高地浮在空中的意识形态的领域,如宗教、哲学,等等,他教我们更要注意它们的以前的传统,不要简单地只是用经济的原因去解释,并且指出经济对于这些意识形态的决定常常是间接的。马克思本人在《政治经济批判》的《导论》里,也曾指出过艺术的繁荣时代并不一定都和社会的一般发展、社会物质基础相适应。这些文献在历史唯物主义和对它加以歪曲和庸俗化的倾向之间划了一个明确的严格的界限,对于我们驳斥资产阶级的污蔑和反对庸俗社会学倾向,都是十分重要的武器。

(《胡适文学史观点批判》,《没有批评就不能前进》,人民文学出版社一九五八年九月版,第九六至一〇〇页)

董按:《胡适文学史观点批判》一文于一九五五年三月十八日写完。

《红楼梦》为什么会发生深刻影响

小说、戏剧,封建统治阶级不认为是文学的正宗。现在认为当时的很好的小说、戏曲,《四库全书》就不收。《四库全书》书目小说一项,绝大多数都是一些文言的笔记,只有很小一部分可以算作文言短篇小说。那时候小说没有现在这样的地位，常常被许多文学刊物摆在第一篇。演员地位也很低，被认为"操贱业"(《儒林外史》略为写到)。然而小说戏剧，还是那样流行，那样深入人心(戏剧主要看演出)。《红楼梦》最初是以抄本流行，抄一部，卖几十两银子，也有人买，而且"不胫而走"(程伟元《红楼梦》序)。"乾隆嘉庆间入都，见人家案头必有一本《红楼梦》"(郝懿行《晒书堂笔录》)。

为什么文学作品这样有力量？高尔基称"文学"为"人学"，就是说文学是写人的生活，写人的思想感情，写人的问题，而又采取把生活直接描写出来的方法，所谓形象的方法，并且对这种生活和人物还作出评价。人对于人的生活总是感兴趣的，经历过的类似的生活，没有经历过的新的生活，写得好，写得有意义，都是能够吸引人的。文学能够对人的思想感情发生深刻的影响的原因也就在这里。

(《关于阅读文艺作品——一九五六年七月二十五日在全国高校和中专团委书记学习会上的报告》，《何其芳研究资料》第三期，四川万县师范专科学校何其芳研究小组编，一九八三年七月二十日出版，第二页)

《红楼梦》全书的意义是对封建社会作了批判

有些同志特别难以理解的是文艺作品有什么思想教育意义，"学理、工、医科的同学，很多认为古典作品与现代生活联系不起来，对业务没有什么帮助，不如学习政治理论"。听说有一个女同学看《红楼梦》看了一半就不想看下去了，因为她讨厌林黛玉，说林气量狭小，弱不禁风，动辄就哭，不像今天的青年健美、开朗。有一同学说："林黛玉、贾宝玉有什么值得学习的？"这是反映有些青年同志缺少历史知识，正如有人责备屈原"为什么不领导人民革命"而投江自尽一样。林黛玉处在那样的时代，那样的环境，那样的生活，她怎么可能像今天的青年健美、开朗呢？气量狭小与她的处境有关，弱不禁风，与她的生活有关，动辄就哭，就是封建贵族的不幸的妇女的特点。贾、林当然不是今天的男女青年可以仿效的人物,但是他们互相间的爱情是严肃的,认真的,他们的爱情是建筑在互相了解和思想一致上的。对于有些把恋爱结婚看得太随便的人,不仍然有教育意义吗?何况《红楼梦》全书的意义并不止于写了贾、林,并不止写了爱情和婚姻问题,而是对于封建社会的许多制度、道德、人物都作了批判,爱憎分明。反对不合理的事物,有理想,并坚持自己的理想,这就更有一定的思想教育意义了。车尔尼雪夫斯基的《怎么办》,副标题为《新人的故事》。不仅是当时的俄国青年的"生活科教书",发生了如屠格涅夫、托尔斯泰的小说都不曾发生过的广泛深刻的影响,就是现在,那描写罗普霍夫、薇拉·巴芙洛芙娜、吉尔沙诺夫互相尊重,互相为别人的幸福着想,对许多人仍然是有教育意义的。应该承认,我们今天并不是所有男女同志在恋爱婚姻的问题上,都达到了那样高的道德水平。如果达到了那样高的道德水平,许多恋爱婚姻的纠纷就不会有了。

(《关于阅读文艺作品——一九五六年七月二十五日在全国高校和中专团委书记学习会上的报告》,《何其芳研究资料》第三期,四川万县师范专科学校何其芳研究小组编,一九八三年七月二十日出版,第三页)

把《红楼梦》说成"黄色小说"是文化落后的表现

文学知识是社会知识的一个重要部分。

听说有些同志看"走麦城",竟不知道这个故事,不知关羽是个什么人,这就说明有些同志没有看过《三国演义》。听说有些学校的团干部还把《红楼梦》说成是"黄色小说",是因为不知道它的伟大在什么地方,《阿Q正传》好在哪儿不知道,也无法理解李白、杜甫的伟大,并且认为苏联小学生都能背诵普希金的诗,简直不可理解。有些理工科的同学和青年教师,缺乏阅读文艺作品的习惯,他们整天 $x+y$,据反映这些同志的生活是很平凡的,文学水平也很低,写一千字以内的报告或材料,总有好几个错别字,词不达意,语法也不通的现象很普遍。

这些情况,并不仅仅是一个和阅读文艺作品有关的问题。应该承认,这是一种文化落后的表现。由于我国过去的经济落后和反动阶级的统治,虽然过去封建地主阶级一部分知识分子是有较高的文化的,但整个说来,文化还是落后的。有些干部听报告,对"传檄而走","不看僧面看佛面"这些话就不懂,其实多看一点小说,也就会懂这些成语和谚语的。毛主席在第一届政协开幕词中说:"随着经济建设的高潮的到来,不可避免地将要出现一个文化建设的高潮,中国人被人认为不文明的时代,已经过去了。我们将以一个具有高度文化的民族出现于世界。"青年学生,青年知识分子,首先要认识文化知识的重要。文学的知识,或者通过文学作品得到的关于过去的历史知识、社会知识,等等,当然这不是我们需要有的文化知识的全部,许多学理、工、医科的同志,在自然科学方面也许文化相当高的,但文学艺术知识是文化知识中的一个重要部分,这方面太无知识,还是表示你在文化方面有缺陷。

(《关于阅读文艺作品——一九五六年七月二十五日在全国高校和中专团委书记学习会上的报告》,《何其芳研究资料》第三期,四川万县师范专科学校何其芳研究小组编,一九八三年七月二十日出版,第四页)

对刘姥姥做阶级分析的简单化倾向

对阶级社会中的文学的现象,是必须进行阶级分析的。但如果以为仅仅依靠或者随便应用阶级和阶级性这样一些概念,就可以解决一切文学上的复杂的问题,那就大错特错了。不仅是对于阿Q的解释,在对于《红楼梦》中的刘姥姥和《西游记》中的妖魔的争论上,都曾经表现了一种简单化的倾向。刘姥姥是一个农民家庭的妇女,然而她在大观园中出现的时候,又带有女清客的气味。根据她的性格中的这个特点,于是有些人就曾经叫吴稚晖那种反动统治阶级的帮闲为"刘姥姥"。刘姥姥出现在大观园中的时候,小说又曾着重描写了她对于上层社会生活的陌生和见识不广。根据她的性格的这又一个特点,于是我们的生活中又流行着一句谚语,"刘姥姥进大观园"。不知道文学上的典型人物在我们的生活中常常只是他的性格的某一种特点在起着作用,并不是他的全部性格,而全部性格又并不全等于他的阶级性,却企图都从他的阶级身分去得到解释,因而把争论都纠缠在给人物划阶级上,这就永远也得不到正确的结论了。……把阶级和阶级性的概念这样机械地简单地应用,实在只能说是对于马克思主义的嘲笑了。

(《论阿Q》,《何其芳文集》第五卷,人民文学出版社一九八三年九月版,第一八四至一八六页)

董按:何其芳《论阿Q》一文,于一九五六年九月二十四日为纪念鲁迅先生逝世二十周年而作。

曹雪芹与文学的主流和正宗

整个文学史上的主流也是一样。有些文学史著作只把民间文学算作文学的主流和正宗,那也是不妥当的。我们完全应该反对封建统治阶级的和资产阶级的轻视劳动人民的口头创作的观点和态度。我们完全应该把劳动人民的口头创作列入文学的主流和正宗之内。但我们也不能因为这样,就把屈原、司马迁、李白、杜甫、关汉卿、王实甫、施耐庵、罗贯中、吴承恩、曹雪芹、鲁迅这样一些伟大的名字排斥在文学的主流和正宗之外。难道他们的作品不是和劳动人民的创作一样反映了一个时代的社会生活和精神面貌吗?难道不同样是今天的和未来的人民的珍贵的遗产吗?就是成就还没有达到这样高的我们今天的一般的革命作家,难道他们不是劳动人民的作家?难道我们不应该把他们和劳动人民一起算作"时代的主人"吗?

(《再谈诗歌形式问题》,《何其芳文集》第六卷,人民文学出版社一九八四年六月版,第八九、九〇页)

董按:《再谈诗歌形式问题》一文于一九五九年三月三十日写完。

《红楼梦》主要是现实主义小说

清楚了积极的浪漫主义和消极的浪漫主义的区别,我们就容易理解为什么积极的浪漫主义和现实主义并不对立而且有相通之处了。它们在本质上都要求真实地反映现实。它们都要求有典型性。《西游记》里面的孙猴子、猪八戒,和其他作品里面的诸葛亮、曹操、张飞、李逵、贾宝玉、林黛玉等同样是中国人民中广泛流传的典型人物。正因为有相通或相同之处,在许多杰出的作家的创作中它们才可能常常结合在一起。屈原和李白主要是积极的浪漫主义的诗人,然而他们并不是完全没有现实主义色彩较多的诗篇。关汉卿主要是现实主义的剧作家,然而他的《窦娥冤》却是现实主义和积极的浪漫主义相结合的作品。《三国志演义》《水浒传》和《红楼梦》主要是现实主义的小说,然而它们里面并不是完全没有浪漫主义的成分。这是因为这两种创作方法结合起来,更便利于作者真实地反映现实,更便利于典型的概括和典型的创造。然而尽管如此,我们仍然不能否认,作为创作方法来说,按照生活的实际存在的样子来反映生活和按照人的幻想、愿望把它作了较大或很大的改变这样来反映生活,只能描写实际存在的事物、可能存在的事物和也可以描写事实上不可能存在的事物,这两者之间是差别很大的,不能够划为一个范畴。

(《文学史讨论中的几个问题》,《何其芳文集》第六卷,人民文学出版社一九八四年六月版,第一〇一页)

董按:《文学史讨论中的几个问题》一文于一九五九年三月十三日写完。

他们都是代表我国过去文学成就的高峰

说只有民间文学是中国文学的主流,这在理论上和事实上都是说不通的。

　　文学艺术起源于劳动人民,这是真理。还是原始共产主义社会的时候,文学艺术就产生了,那时还没有剥削者和被剥削者的差别。等到人类进入了阶级社会以后,文学艺术也就有了阶级的划分。在被剥削被压迫的人民中间,文学主要是依靠口头流传和保存。这种保存方法是不如文字记载更能够传之久远的。因此比较早的人民口头创作很多都失传了。当然,在被文字记录下来的一部分古代人民口头创作中,就有很重要很可珍贵的作品,如《诗经》中的民歌,汉魏六朝的民歌,等等。它们对于后来的文人的诗歌发生了很大的影响。还保存在今天的人民中间的口头创作,也有很多光彩夺目的珠宝,还需要进行广泛的深入的发掘。但我们的文学史是不能只把这一部分算作主流的。我们无论如何不能忽视文学史上的长期的大量的文人文学的存在。在阶级社会里,文学也有阶级的划分。但人民的文学之外的文人文学,虽然它的作者们绝大多数都是出身于剥削阶级(在我国的封建社会更几乎是全部),它却不是一模一样的。还必须再加以划分。在文人作家之中,有坚决地站在剥削阶级的立场上的;有思想体系或思想倾向基本上属于剥削阶级的范畴,但他们的作品在内容上和艺术上却有可取之处的;有虽然也没有摆脱剥削阶级的思想体系,但他们的作品却反映了人民的观点和要求的;有和自己出身的阶级决裂,站在人民的革命的立场上从事写作的。情况就是这样复杂。在我国的文学史上,屈原、司马迁、李白、杜甫、白居易、关汉卿、王实甫、罗贯中、吴敬梓和曹雪芹等大体上都属于第三类。鲁迅属于第四类。施耐庵的生平我们还不大清楚,但从他的作品《水浒传》看来,或许也应该列入第四类。他们都是代表我国过去的文学的成就的高峰,在文学史上都是必须用专章来写的。怎么可以把他们的作品不算在主流之内呢?不算主流,难道只能算支流吗?

　　(《文学史讨论中的几个问题》,《何其芳文集》第六卷,人民文学出版社一九八四年六月版,第一〇七、一〇八页)

董按:《文学史讨论中的几个问题》一文于一九五九年三月十三日写完。

封建社会的伟大作家曹雪芹

用我们对今天的社会主义文学的要求来衡量过去的作家和作品,不符合这些要求就简单否定,这也是不恰当的。马克思主义者认为对待历史上的现象应有历史主义的观点。但这个问题在有些人中是并未解决的。比如对于陶渊明,有人因他没有参加当时的农民起义就否定他,说他是反现实主义的诗人。这好像忘记了封建社会的农民起义并不是一般的文人作家都能参加的。当时的农民也未必全都参加,何况地主阶级的知识分子?我国封建社会的伟大的作家,从屈原到曹雪芹,除了施耐庵传说曾参加过张士诚的起义军而外,还有谁参加过农民起义?难道因此就得把他们都否定吗?

(《文学史讨论中的几个问题》,《何其芳文集》第六卷,人民文学出版社一九八四年六月版,第一一六、一一七页)

董按:《文学史讨论中的几个问题》一文于一九五九年三月十三日写完。

《红楼梦》与民间文学

总的说来,民间文学的确有一些为过去的文人文学所不可及的优越之处;但就两者的精华部分说来,却又恐怕是各有所长。鲁迅曾经说过:"不识字的作家虽然不及文人的细腻,但他却刚健、清新。"(《门外文谈》)或许这还并不是这两种文学的不同的优点的全部概括,但它包含的各有所长的意思却是很对的。像民间文学的精华部分那样直接表现了人民的思想感情,而且表现得那样淳朴,那样真挚,那样泼辣,在过去的一般的文人文学中固然罕见;但像《红楼梦》那样规模宏伟而又在小说艺术上那样细致,那样成熟,在一般的民间文学中间也难于产生。强调民间文学的优点,强调作家应该向民间文学学习,都是对的。但如果强调到这样的程度,认为一切作家文学都不能和民间文学相比并,作家只能够向民间文学学习,别的文学都不必学习,那就错了。文学的历史告诉我们,作家文学的精华部分是可以和民间文学的精华部分相比并的。文学的历史还告诉我们,那些杰出的作家之所以杰出,并不仅仅由于他们从民间文学吸取了营养,而且由于他们继承了以前的作家文学的优良传统,包括他们本国和外国的作家文学的优良传统,而且更重要的,还由于他们自己有很大的创造。认为作家文学命定地比不上民间文学,不但不符合文学历史事实,对我们今天的文学运动也是不利的。我们今天不只是需要大量的优秀的群众创作,而且还需要能够集中地代表我们这个时代的杰出的作家。

(《文学史讨论中的几个问题》,《何其芳文集》第六卷,人民文学出版社一九八四年六月版,第一一一、一一二页)

董按:《文学史讨论中的几个问题》一文于一九五九年三月十三日写完。

在中国封建社会即将走向崩溃的前夕产生了《红楼梦》

我们的文学艺术研究工作还没有精细到可以确切地说明这种历史现象,杰出的文学家艺术家的出现到底有一些什么必要的条件。好像它的规律是这样不容易寻找,这样不容易用一个简单的公式来概括。在各种不同的历史时期他们都可以出现。在人类的童年产生了希腊的文学和艺术。在中国封建社会的成熟时期产生了李白和杜甫。在它即将走向崩溃的前夕产生了《红楼梦》。在俄国的无产阶级革命还未取得胜利以前就产生了高尔基,在中国的旧民主主义革命转入新民主主义革命的时期,在五四初期,鲁迅就出现了。这时候中国的经济还很落后,革命的政治和文化也还处于萌芽状态。说正因为这是一个伟大的革命的时代,变化太快太剧烈,杰出的文学家艺术家就还来不及产生或成熟,这是不能使人信服的。

(《文学艺术的春天》,《何其芳文集》第六卷,人民文学出版社一九八四年六月版,第一三五页)

董按:《文学艺术的春天》一文于一九五九年九月十九日写完。

《红楼梦》等作品是封建社会的上层建筑

有的人认为过去的进步文学并不是当时的上层建筑,而是未来的上层建筑的萌芽。这种意见可以解释部分的文学现象。在两种社会形态交替的期间,的确有些革命的文学是为了形成新的经济基础而产生的,它们可以说是下一个社会的上层建筑的萌芽。但是,这并不能解释另外许多文学现象。屈原、李白、杜甫和白居易的有社会意义的诗歌,关汉卿的《窦娥冤》和王实甫的《西厢记》,以及《水浒传》《西游记》《儒林外史》和《红楼梦》,这些作品无论如何总是进步的文学吧,但它们到底是哪个社会的上层建筑呢?难道它们不是我国封建社会的上层建筑,反而是未来的社会的上层建筑的萌芽,即半封建半殖民地社会的上层建筑或者今天的社会主义社会的上层建筑的萌芽吗?按照这种解释,过去的文学只剩下反动的部分是当时的上层建筑了。这显然是不妥当的。此外,还有人用文学有它的特点、有它的继承性来解释它为什么不随着基础的消灭而消灭。这种解释是比较合理的。但既然有这样的上层建筑存在,我们对于上层建筑的看法就应该作更符合实际的考虑了。

(《正确对待遗产,创造新时代的文学》,《何其芳文集》第六卷,人民文学出版社一九八四年六月版,第一四四、一四五页)

董按:《正确对待遗产,创造新时代的文学》一文为一九六○年八月二日何其芳在中国作家协会第三次理事会扩大会议上的发言。

反对把《红楼梦》的消极因素看作它的主要内容

我国人民民主革命胜利以后,和苏联十月革命后的情况有些不同。当时并不存在着那样普遍那样严重的否定遗产的倾向。当然,也曾出现过某些征兆。比如,一九五〇年曾经出现过一部《中国人民文学史》,它对我国历史上的许多杰出的作家加以排斥,贬之为"正统文学",说这种文学不过是"人民文学的旁支",不过是"人民文学的支流发展到最后的没有灵魂的骸骨"。又比如,一九五一年曾经出现过一篇文章,题目为《〈格林姆童话集〉是有毒素的》,它认为格林姆的童话根本不应该出版,"因为那些故事里面充满了有害于我们的下一代的毒素";"而它之所以在十九世纪和二十世纪为西欧各国所欢迎","正是那些毒素为反动的统治阶级所爱好"。但这种对于我国和外国的某些文学遗产不是采取马克思主义的分析的态度,而是简单地加以一概否定的著作和文章很快就受到了批评。后来在《〈红楼梦〉研究》批判和胡适批判中,我们又反对了把《红楼梦》的消极因素看作它的主要内容,从而对它加以贬抑的观点,反对了胡适认为我国过去的文学不如人的谬论。在胡风批判中,我们也反对了他对民族遗产的虚无主义态度。一切有价值的文化遗产必须继承这一思想我们一直是坚持的。这是因为我们不但接受了苏联十月革命后的经验,接受了列宁的关于文化遗产的学说,而且因为在这个问题上,我们的党和毛泽东同志早就在理论上和政策上作了完整而明确的规定。

(《正确对待遗产,创造新时代的文学》,《何其芳文集》第六卷,人民文学出版社一九八四年六月版,第一四四、一四五页)

董按:《正确对待遗产,创造新时代的文学》一文为一九六〇年八月二日何其芳在中国作家协会第三次理事会扩大会议上的发言。

托尔斯泰与曹雪芹长篇小说的写法

这一次重读了托尔斯泰的这些长篇小说,我更明确地认识了托尔斯泰在小说艺术上的巨大的成就。正如《红楼梦》是我国古典小说艺术的最高峰一样,托尔斯泰的几部著名的长篇小说是欧洲古典小说艺术的最高峰。托尔斯泰在长篇小说的创作上花费了巨大的劳动。他高度发挥了长篇小说这种样式的性质和功能,使它能够充分表现广阔复杂的社会生活。他善于多方面地描绘人物的性格,特别是善于描写人物的心理活动。他深入到人物的内心,真实地描写出他们的思想活动和情绪的变化。在创作每一部长篇小说时,他都能够根据内容的需要,找到相应的完美的艺术形式。他具有惊人的组织能力。不管人物怎样众多,线索怎样纷繁,他总是安排得很好,而且总是写得情节和人物能够给人留下深刻的印象以后,才移笔去写另一个线索,因而从不显得杂乱。场景的变换和交替虽然那样多,他却剪裁衔接得那样自然,恰到好处。他的小说虽然结构庞大复杂,却是一个有机的整体。他所采用的表现手法是多种多样的,有不少新的创造。他在艺术上的探索非常严肃认真,每部作品都经过反复的修改。从留下的大量异文中,可以看到他一生辛勤的劳动。这或许是我的一种偏爱,我认为在许多古典小说的大师里面,曹雪芹和托尔斯泰的长篇小说的写法是最适宜于表现复杂而深厚的社会生活和思想内容的写法。然而他们的长篇小说的写法又是最不容易的,最需要功力的。没有非常丰富非常熟悉的生活经验,没有十分过人的艺术才能,我们是很难采取和掌握他们那种结构庞大复杂而又描写细致生动的写法的。

(《托尔斯泰的作品仍然活着》,《何其芳文集》第六卷,人民文学出版社一九八四年六月版,第一八九、一九〇页)

董按:《托尔斯泰的作品仍然活着》一文,为一九六〇年十一月十五日何其芳在苏联科学院文学语言学部和高尔基世界文学研究所纪念托尔斯泰逝世五十周年的学术会议上的发言。一九六〇年十一月初稿,一九六三年二月十九日修改。

曹雪芹和托尔斯泰不用偷巧的办法处理难写的地方

和许多成就较小的作家不同,在情节发展的过程中,无论是因为它的复杂而难于描写的大事件大场面,还是因为它的平常而难于描写的日常生活,只要是需要写到的托尔斯泰都总是正面去写它,从不回避或者跳过。小说是应该连续性很强的,不能在故事进行的中间省略太多,跳动太快。人们常常把屠格涅夫描写罗亭的雄辩并不正面描写而只是从侧面烘托作为优良的艺术技巧来称赞,其实是并不一定恰当的。过多地采用侧面的写法,碰到难写的地方就以偷巧的办法来处理,这正是笔力较弱的表现。曹雪芹和托尔斯泰都并不是这样。像《战争与和平》里的一些大的社交晚会的场面,检阅军队的场面,战争的场面,《安娜·卡列尼娜》里的跳舞会和赛马的场面,《复活》里的法庭审问的场面,都是正面地细致地去描写的。如果说赛马的场面是不好写的,那么渥伦斯基在赛马之前到马厩去看他的马这样的细节又有另一种难写之处。这似乎没有什么可写的。在别的小说家的手里完全是可能被略去或者几句话就交代过去的。然而托尔斯泰却几乎写了整整一节。他以雕刻似的笔触描写了那匹马。他逼真地写出了它的神经质和不安静。这不但埋伏下他在即将到来的赛马中会出什么事,而且马的兴奋传染了他,调马师要他保持镇静,这就还写出了他本来就有心事和烦恼了。

(《托尔斯泰的作品仍然活着》,《何其芳文集》第六卷,人民文学出版社一九八四年六月版,第一九一、一九二页)

董按:《托尔斯泰的作品仍然活着》一文,为一九六〇年十一月十五日何其芳在苏联科学院文学语言学部和高尔基世界文学研究所纪念托尔斯泰逝世五十周年的学术会议上的发言。一九六〇年十一月初稿,一九六三年二月十九日修改。

公认的伟大作品也有消极因素

过去的作品常常是思想内容比较复杂的,常常是积极的因素和消极的因素夹杂在一起的,我们必须辨别它的总的倾向是什么,感染人之处是什么。判断一个作品的价值,判断它基本是好还是坏,应该根据这种主导的而且在实际上更起作用的东西,而不应该根据个别的细节,个别的优点或缺点。斯大林在给费里克斯·康的信和给别塞勉斯基的信中都讲过这个道理。而且他在前一封信里还有这样的意见:不要把文学作品当作科学著作来要求。这些意见对我们评价古代和现代的作品都是很有益的。再次,我们评价过去的作品,还可以一些有类似之处的作品和关于它们的评论来作为参考。《水浒传》《西游记》和《红楼梦》都公认为是伟大的作品,然而它们的某些部分也有缺点,也有消极的因素。《红楼梦》有所谓"色空"思想。《西游记》所写的孙猴子的反抗也是不彻底的,而且整个作品也带有宗教色彩。《水浒传》所写的一些农民领袖的起义的原因和动机也并不都很理想,而且他们也并没有提出明确的土地政策。然而所有这些都无损于它们的伟大。

(《少数民族文学史编写中的问题》,《何其芳文集》第六卷,人民文学出版社一九八四年六月版,第二九六、二九七页)

董按:《少数民族文学史编写中的问题》一文,是一九六一年四月十七日何其芳在中国科学院文学研究所召开的少数民族文学史讨论会上的发言。

曹雪芹批评过才子佳人小说

艺术的真实来源于生活的真实,然而又不同于生活的真实。这种不同不仅表现在文学艺术的集中、虚构、夸大以及其他对于生活的改变上（这是现实主义和浪漫主义都有的），还表现在文学艺术容许根据人们的愿望和幻想来描写一些生活中根本不可能存在的事物上（这是浪漫主义的一个基本特点）。曹雪芹在《红楼梦》里面批评过的才子佳人小说，它们不一定就是消极的浪漫主义的作品，因为它们里面并没有多少浪漫主义的色彩，却可以把它们作为不真实的作品的例子。它们不但如曹雪芹所批评的，"千部共出一套"，其中的人物、情节和环境常常写得自相矛盾，大不近情理，而且它们的根本内容也不过是表现了封建社会的某一类文人的廉价的幻想：才学和既美且才的少女集于一身，功名和婚姻都终于如愿以偿。这种小说的一个特点正是把人物和情节都加以人为的"拔高"，加以一味的"理想化"。虽然它们据以"拔高"和"理想化"的标准是庸俗的，带着浓厚的封建色彩的，和我们今天的不真实的作品据以"拔高"和"理想化"的标准不可同日而语，但这种创作方法只能产生虚伪的、内容贫乏的、公式化的作品，却是古今相同，值得我们引以为戒的。

（《战斗的胜利的二十年》，《何其芳文集》第六卷，人民文学出版社一九八四年六月版，第三三一、三三二页）

董按：《战斗的胜利的二十年》一文，是何其芳为纪念毛泽东《在延安文艺座谈会上的讲话》发表二十周年而作，一九六二年五月十一日写完。

贾宝玉林黛玉的性格

在创造典型人物的问题上，曾流行过一种看法并且对我们的创作发生了很大的影响。这种看法认为从许多不同的阶级、阶层或职业的人物身上，抽出他们的阶级、阶层或职业的共性，然后再加上一些个人的特征，这样就可以创造出典型人物。有时人们还引用别林斯基的这样的话来作为根据："典型的本质在于，例如即使描写运水夫时，要描写的也不是某个运水夫而是通过一个人来描写所有的运水夫。"不能否认，这也就是一种概括,这也可以创造出某一类的典型人物或者有一定的典型性的人物。因为在人物身上写出了他的阶级、阶层或职业的共性,也就是一种典型性。然而从文学历史上的多种多样的典型看来,特别是从那些最成功最有思想意义的典型人物看来,他们并不都是这样的,他们远不是这样一个公式所能包括。我们在前面讨论过的阿Q的精神胜利法,诸葛亮的有智慧有预见,堂·吉诃德的主观主义,都并不等于他们的阶级、阶层或职业的共性。他们之成为不朽的典型人物并不仅仅由于他们有阶级、阶层或职业的共性。这一类典型有这样一个标志:他们性格上的最突出的特点常常有很深刻的思想意义,这种思想意义可以用一句话或一个短语来概括。普罗米修斯、曹操、孙行者、哈孟雷特、塔尔杜夫、贾宝玉、林黛玉、奥勃洛摩夫、罗亭,这些著名的典型人物都有这样的特点。这些人物在有一点上和阿Q、诸葛亮、堂·吉诃德不同:他们性格上最突出的特点常常只是属于相同或相近似的阶级、阶层、集团。普罗米修斯和孙行者的性格只能属于反抗者,属于人民。曹操、塔尔杜夫、奥勃洛摩夫的性格只能属于剥削阶级。哈孟雷特和罗亭的性格只能属于过去的统治阶级的知识分子。贾宝玉和林黛玉的性格只能属于中国封建统治阶级的叛逆者。但他们的典型性也并不完全等于他们的阶级、阶层或职业的共性。他们性格上最突出的特点常常只是从一个方面表现了他们的阶级、阶层和集团的本质。他们在这一点上又是和阿Q、诸葛亮、堂·吉诃德相同的:他们性格上最突出的特点都可以用一句有深刻的思想意义的话或一个短语来概括。

(《〈文学艺术的春天〉序》,《何其芳文集》第六卷,人民文学出版社一九八四年六月版,第三九八、三九九页)

董按:《〈文学艺术的春天〉序》一文,初稿写于一九六三年十二月二十四日深夜,修改完于一九六四年三月八日清晨。

刘姥姥见识不广和清客身份

还有一些不同类型的典型人物。比如张飞、李逵,他们的鲁莽或鲁莽而又性急,粗粗看来不过是一种脾气,似乎没有什么深刻的思想意义。但实际上还是包含有思想意义的。这是从他们的单纯可爱和直爽这一方面来表现了劳动人民的本质。又比如穆桂英、黄忠,粗粗看来他们的性格的特点好像不过在于他们的性别或年龄。但实际上也是包含有思想意义的。这是反映了我国古代人民的这样一些可贵的思想:妇女的本领、能力可以超过男子;人可以作到老而不老,老当益壮。这些思想至今还能够鼓舞我们。又比如刘姥姥,她的典型性有时以见识不广这一方面流行,有时却又以清客的身份那一方面被运用。她的见识不广和清客身份当然也是有她的农民的特点的,然而这两个方面也并不就是她的阶级、阶层或职业的共性。

(《〈文学艺术的春天〉序》,《何其芳文集》第六卷,人民文学出版社一九八四年六月版,第三九九页)

董按:《〈文学艺术的春天〉序》一文,初稿写于一九六三年十二月二十四日深夜,修改完于一九六四年三月八日清晨。

《红楼梦》深刻的内容并未研究清楚

我本来是想搞创作的,在延安长期教书,解放后也是先在马列学院教书,后到文学研究所做行政工作兼写一点批评文章,由于自己的马列主义没有学好,路线觉悟很低,行政工作和写文章两方面都错误不少,对革命说不上有什么贡献,只是为革命努力工作的心愿至今仍和青年时代差不多而已。《红楼梦》一书,说来话长,非信中几句话说得清楚,留待以后见面时再谈吧。我虽然读过不止一遍,但并未到五遍,它的深刻的内容并未研究清楚。写过关于它的文章，也是有错误的。你做实际工作多，或许比做文艺工作更好，对革命真正做了许多有益的事情。

（《致于武》，《何其芳全集》第八卷，河北人民出版社二〇〇〇年版，第一三九页）

董按：此信写于一九七三年九月二日下午。

准备清理自己文艺观点上的错误

李希凡同志，我认识，只知道他是解放后在山东大学毕业的，不知道他曾在莱阳乡师学习过。王哲同志的话当可靠，他现在《人民日报》工作，大概是负责编学术和文艺方面的版面吧。他写的那个小册子我只匆匆翻阅过一下，没有细看，他对我关于《红楼梦》的某些论点的批评是指出了我过去的某些观点的错误的。我关于《红楼梦》的文章写得较早，写于一九五六年，是有许多不符合毛主席后来对于《红楼梦》的指示的。我和他以前就在一些文艺问题上有过争论。我现在准备自己多清理自己文艺观点上的错误，不作什么辩论。

（《致于武》，《何其芳全集》第八卷，河北人民出版社二〇〇〇年版，第一四一、一四二页）

董按：此信写于一九七三年十一月十一日夜。

目前还不适宜公开写文章检讨研红中的错误思想

我过去写的关于《红楼梦》的文章是有错误的，我欢迎批评，并且准备认真地、虚心地考虑批评的意见，但公开写文章检讨，似乎目前还不适宜。一是我自己得有一些时间把错误清理得比较彻底，二是更重要的是我们单位还处于运动没有结束的阶段，清查"五·一六"没有完，整党还没有开始，全部工作由军宣队领导，他们顾不上管这方面的事，而我写文章又必须经过组织上批准，才能进行和发表。我和我们单位的一些负责干部商量,他们都劝我不要急于公开表态,应从自己深刻认识错误,从内部检查开始。过新年时,李新源同志又来看我,我和他商量,他也赞成这样做。

(《致于武》,《何其芳全集》第八卷,河北人民出版社二〇〇〇年版,第一四二、一四三页)

董按:此信写于一九七四年一月十八日夜。

《红楼梦》我没有写自我批评文章

你对我关于文学方面的看法是估计过高的。我读过一些中外古今的作品,也略知一点马列主义的文艺理论,但是马列主义、毛泽东思想的根本理论学得很不够……《红楼梦》我没有写自我批评文章,不是我不承认其中有重大错误,而要我作检讨,我不能不对某些批评附带作一点答辩。而这却是有些好心的同志劝我不要这样作的,因为这样会和有的批评我的同志纠缠不清,而我现在已无这精力了。《论〈红楼梦〉》的错误,主要在于我过分重视其中大量的情节,而没有透过这些现象强调其中更根本、更本质的东西。我过分强调它对封建主义上层的批判,而没有重视其中对于封建社会的基础的点明,对于封建统治阶级与被剥削阶级被压迫的广大人民的阶级斗争,以及封建统治阶级内部的斗争。毛主席后来指出:……至今我们党内还没有人用马克思主义观点对《红楼梦》做出正确的评价。这当然是包括批评我在内的。作为年纪较大的从事文学研究工作的党员来说,我更应该首先接受批评的。

(《致杨慧中》,《何其芳全集》第八卷,河北人民出版社二〇〇〇年五月版,第一二二、一二三页)

董按:此信写于一九七五年九月五日。"杨慧中",有的材料署名"杨慧忠",他自署"杨希稷"。

曹雪芹写《红楼梦》哪里会想到刻板印行?

我对小说和戏剧两种形式都爱好。我赞成你的意见,要写重要作品,或者要写容量大的作品，是以这两种形式为宜。但我爱好文学和学习写作这样长久，现在似乎只勉强可以写长篇小说，短篇小说和戏剧都不会写。短篇小说和戏剧，我当大学生时候写过。但现在仍觉得这两种形式都难掌握，也许还是长篇小说写起来自由一些。我计划要写就写一百万字左右，写个三部曲：第一部写知识青年走向革命；第二部写延安生活，主要是整风，写参加革命后还要改造思想；第三部和工农兵结合，主要写到农村工作。把我原来打算要写的老区土改工作、农村整党等内容，作为第三部。第一部和第三部比较好写，有充分的时间就可以写成。第二部却一点没有构思好，很怕写得不好，对延安对伟大的整风都不能写出真面貌来，特别是整风，不能写重大的政治斗争，生活不熟悉，不能直接写路线斗争，但从侧面写又恐怕反映不好。这也是至今还没有动笔的原因。

你可以想到，这样的作品目前也是不能发表的，但我想以后如时间允许，写出来再说，不考虑发表问题。曹雪芹写《红楼梦》，哪里会想到刻板印行？

其余时间，我想从事诗歌翻译，能翻译六七部诗，忠实于原来的格律形式翻。如果再写出百万字左右的长篇小说，我剩下的时间大概只能做这些事情了。

（《致杨慧中信》，《何其芳文集》第六卷，人民文学出版社一九八三年九月版，第四四五、四四六页）

董按：此信写于一九七六年二月三日。

李白、杜甫、曹雪芹和人民的联系

李白的伟大的确应从和人民的联系找原因。《马恩全集》三三卷第一七八页，马克思说过："有才智的人们总是通过一条条看不见的线和人民联系在一起。"（译文和人民出版社中译本文字有出入，是我从德文校改过的）中国文学史上的许多重要作家都是只能这样来解释的。

大作在批李白为法家诗人的谬说,李白是杰出的诗人但不是政治家,"看书要看全书","李白诗歌的成就主要由于他从人民的生活和斗争吸取源泉",李白思想与商人的关系等基本论点都讲得很好。读后觉得大作的不足之处在于虽然论到李白诗歌的成就来源于人民,在这方面的叙述似还不够充分。李白、杜甫、曹雪芹等,是既有看得见的线,又有看不见的线和人民联系的。

　　(《致王季思信》,《何其芳文集》第六卷,人民文学出版社一九八三年九月版,第四五七、四五八页)

　　董按:此信写于一九七七年六月七日,一九七八年第一期《广东文艺》曾刊登过此信摘要。

辑二

演讲

在"讲红课座谈会"上的发言

整理校订者按：约于一九五三年某时，何其芳参加了北大中文系教授浦江清组织的"讲红课座谈会"。一九五二年冬，浦江清接到讲解"元明清小说戏曲选"的授课教学任务。他对于"戏曲选"课较有把握，而对重在思想批判、人物分析等内容的"小说选"课没有经验，"不知《水浒传》《红楼梦》搬上讲台如何讲"。他曾向讲过小说的朋友胡宛春（士莹）写信，寻求帮助："吾兄如有经验，乞为指示。"①在此背景下，浦江清组织召开《红楼梦》座谈会。与会专家有北京大学中文系的杨晦、吴组缃、季镇淮、浦江清和林庚，外语系的冯至，文学研究所的何其芳，北京师范大学的徐士年。座谈会围绕《红楼梦》的思想主题与人物评价展开。会议有《北大中文系邀请校内外专家讨论〈红楼梦〉的座谈记录》传世。何其芳在座谈会上共有七次发言，根据发言的不同状况，此处分两部分节选如下。本文标题为整理校订者所拟。

---

① 浦江清著，浦汉明、彭书麟整理：《中国文学史稿·明清卷》，北京出版社二〇一八年八月版，第四〇九页。

一

何：今天对贾宝玉应该是肯定的。《红楼梦》的内容是非常丰富深刻的，其艺术的成就高于《水浒传》《儒林外史》，在中国小说史上是最高的，艺术上也是最成熟的。

《红楼梦》的主题主要就是写封建社会的不合理，写贵族的腐败、虚伪和没有出路。作者的主观企图和客观效果是有区别的。《红楼梦》的主题不一定为作者所自觉，但他知道要写得真实，如作者就曾借贾母的口来反对才子佳人小说。至于对封建社会的批判，虽然不彻底，但多少有不满。这是古典作家必然的情况。他的世界观和创作方法是矛盾的。不管对封建社会和对爱情的看法都是矛盾的。对封建社会一方面不满，一方面又留恋；对爱情一方面欣赏，一方面否定。作者的思想有唯心论的一面和唯物论的一面。唯物论的一面表现在他的现实主义的成分，而唯心论的一面就表现为作品里的封建思想的限制，认为人生如梦，一切如梦幻泡影。至于太虚幻境之类，可能是作者对于恋爱所寻的一个解释，是当时所不能避免的。这种宿命的解释并不是主要的。

《红楼梦》所表现的封建社会的不合理表现在下列各方面：

(1)腐败：表现于贾赦、贾琏之类的封建社会的坏分子身上。

(2)虚伪：贾政、宝钗、王夫人，是这一性格的代表。作者不是写这些人性格的虚伪，而是写他们不自觉的虚伪，写出了这种虚伪是被社会所造成的。《红楼梦》的深刻在此。

(3)正面的人物当然是宝、黛，他们反对封建社会视为"正当"的东西，如八股文、男女授受不亲之类。但作者有时又以正统观念来批评一下他自己所欣赏的人物。但这些人物是没有出路的，是凄凉的，婚姻也不能成功。

贾宝玉不是浅薄的，他的爱情还是比较专一的，有些真正的爱情的，如他就恨宝钗的膀子不生在黛玉的身上,可见他还是重视感情的基础的,不是仅仅追求肉体的诱惑。

作者主要从这三方面表现了三种人来揭露了封建社会的不合理。其余对封建社会里人与人的关系、剥削都写到一些。可以说是封建社会生活的百科全书。

《红楼梦》以爱情故事为中心线索,但这个中心故事是在封建社会的环境里进行的。封建社会不仅作为背景而存在,而且也变成主要的内容。正如托尔斯泰、高尔基一样,他们写的社会环境不仅是背景,而是作品的内容的有机构成了。这就是所谓表现了"典型环境中的典型性格"。

《红楼梦》由于写了纯洁的爱情,它并不诲淫。《红楼梦》是在封建社会回光返照的时代产生的,它预言了封建社会的崩溃。它也表现了要求个性的发展,特别在爱情问题上,发挥得很深刻。《红楼梦》对爱情的看法是要求专一的,要求不建筑在纯粹的肉体的"美"上面。这一点是类似于资本主义社会的思想的。这也许和当时商业资本的发达有关。

(《中国文学史稿·明清卷》第三七二至三七四页)

二

何:贾宝玉的爱情最主要的条件还是思想感情,不是"美"。

林:《金瓶梅》是写妇人,《红楼梦》则写少女,这可见作者是欣赏青春的,欣赏天真和纯朴的,认为人成年就坏。

何:作者对贾宝玉的批判,可能是一种"掩护",以便此书能在封建社会中流行。批判不是主要的。

浦:贾宝玉是"逸气"所成。

杨:作者写《风月宝鉴》主要有写"癞蛤蟆想吃天鹅肉"之意,不能表现主题。

何:对于凤姐,作者是贬的,他爱凤姐之"美",但恨其"不真"。

浦:他还是同情凤姐的,如册子中诗有"哭向金陵事更哀"之句。

何:基本上他感情上同情一切不向封建社会投降的人;而对向封建社会投降的人,虽有同情,但贬多于褒。

吴:《安娜·卡列尼娜》的悲剧性是可以挽救的,而《红楼梦》的悲剧性更深刻,更无法挽救,因为作者否定了人生,其实也应该是否定了社会。他还不可能看到资本主义社会的萌芽。

何:《红楼梦》还只能是一个封建社会内部的反对物,而不能算作"萌芽"。它还是在旧的基础上产生的。

在艺术上,人物写得成功的、有性格的是中国小说中最多的,心理描写《红楼梦》也是最好的。

浦:《红楼梦》受戏剧的影响很大。如许多场面的描写。

吴:今天,在无产阶级领导之下,在革命思想引导之下,《红楼梦》不会有副作用,而是作为宝贵的文化遗产,作为好的现实主义作品影响今天的文艺创作。

何:《红楼梦》是无比的中国封建社会的图画,就如列宁称托尔斯泰的作品是无比的俄罗斯生活的图画一样。

(《中国文学史稿·明清卷》第三七六至三七七页)

在古典文学部召开的《红楼梦》座谈会上的发言

我先谈谈我对李希凡、蓝翎同志的两篇文章的重要性的认识,在这上面我是有个过程的。在他们两位发表批评文章之前,俞平伯先生近来写的关于《红楼梦》的文章和《〈红楼梦〉研究》我都没有看。李、蓝两位的批评文章发表后,我也只看了《〈红楼梦〉简论》,仍没有看《〈红楼梦〉研究》。这说明我对这件事情不重视。看李、蓝两位的文章后,我对他们用马克思主义文艺理论来批评俞先生的著作这一基本精神是赞成的,觉得他们的文章抓住了俞先生的许多错误看法,抓住了基本问题。但我当时对他们的两篇文章中的个别论点还有一些怀疑,并且觉得他们引用俞先生的文章有时不照顾全文的意思,有些小缺点。总之,这说明我这时仍只把它们当作普遍的批评文章看待。

像钟洛同志的文章指出的,他们是第一次向古典文学研究工作中的胡适派资产阶级唯心论开枪那样重大的意义,我起初是没有认识到的。这说明我对新鲜事物缺乏敏锐的感觉,不能把这件事情提到原则的高度来看待。

我参加了一年多的古典文学研究工作,在研究《楚辞》和《诗经》中,也常感觉从汉朝的学者一直到闻一多先生的许多看法都有问题,但不知道究竟什么东西是我们当前应该批判的主要对象。现在才明确了这个问题,才知道胡适派资产阶级唯心论是我们首先应该批判的。俞平伯先生与胡适在政治上是不同的,但在研究方法上基本上是一样的。

李、蓝两位同志的文章证明了在《红楼梦》的研究中的胡适派的治学方法的完全破产,马克思列宁主义的胜利。应该把文学作为社会现象,作为反映社会存在的社会意识来看待,应该用阶级观点来分析,应该把作家的主观思想和写作动机意图和作品所表现出来的客观思想、社会意义区别开,这是马克思列宁主义考察文学作品的一些基本观点。俞平伯先生缺乏这些观点,所以在研究《红楼梦》的书中就产生了一系列的错误;李、蓝两位同志用这些观点来研究《红楼梦》和俞平伯先生的著作,所以就得出了许多基本问题都正确的结论。

俞平伯先生关于《红楼梦》的文章和著作,除了在立场、观点和方法上有李、蓝两位同志所批评的那些错误而外,在考据方面也是有缺点的。那就是常常流于琐碎和穿凿。胡适派的考据方法,因为是在主观唯心论和不可知论的反动哲学实验主义的指导之下,其结果必然会走入枝节琐碎和穿凿附会。他曾经研究过屈原,但结果把屈原这个人都给否定了。他提倡"大胆的假设",这就是提倡主观臆测和牵强附会。他那种考据引导人脱离政治,忽视当前的重大问题,看不见文学作品的思想性和倾向性,是害了很多人的,是实际上帮助了反动派的统治的。

俞平伯先生近年来的文章,把他对《红楼梦》的内容的看法,从感叹个人身世扩大到对封建地主家庭有所否定,这是一个变化。但具有批判封建家庭这一类的意思,胡适也说过的。因为资产阶级也要反封建,不过不彻底而已。认为《红楼梦》的内容仅仅是批判封建家庭,这仍然是十分降低了《红楼梦》的价值的。文学作品不可能像政治经济学教科书一样,把一个社会的各方面都写到。家庭不过是《红楼梦》的题材。它通过这个题材写出了封建社会的本质,几乎可以说批判了整个封建社会的上层建筑,揭露了整个封建统治阶级的真实面目和精神世界。

有些先生的发言讨论到了对考据的看法。我想,考据大概近于我们现在所说的掌握材料,辨别材料,整理材料。马克思主义者研究任何问题,当然也必须占有大量的材料,辨别材料的可靠与否,并且对材料做一些整理。然而,马克思主义者研究任何问题,绝不停止在研究材料本身,而必须从材料上升到理论,用研究文学作品来说,就是必须研究它的政治性、思想性和艺术性,并给它作出总的科学的评价。这样,研究的材料就不能限于像胡适派那样只是研究作者的家庭身世和作品的版本(虽说这些也应该研究),还必须研究当时的社会情况、政治情况、文化思想情况、文学的传统,等等。而在研究材料的方法上,也不是像胡适派那样"大胆的假设",而是严格的实事求是。吴恩裕先生刚才的说法,好像说胡适做了第一步工作,我们来做第二步工作就行了,把他的考据,把他的在反动的实验主义指导之下的考据全部肯定了,好像那种考据的方法可以和马克思列宁主义并存不悖,或者全部包括在马克思列宁主义里一样,我觉得是不对的。当然,不赞成他那种实验主义的考据的方法,并不等于我们不可以把他的考据的结果拿来做我们的材料。他的考据的结果,对的就是对的,错的就是错的,不能一概抹杀,也不能一概肯定。到底是对的多,还是错的多,这需要有人去专门研究一下。但一定有不少的靠不住的东西,这是可以肯定的。这就说明考据也并不是完全可以离开立场、观点和一般的思想方法的。胡适派的立场、观点和思想方法不对,所以他们的考据也必然会有不少的问题。

一九五四年十月二十四日座谈
(原载《光明日报》一九五四年十一月十四日。)

附

中国科学院文学研究所讨论研究鲁迅与研究《红楼梦》的论文

整理校订者按：一九五六年十二月十七日到二十五日，何其芳在北京大学"临湖轩"组织并主持了文学研究所首次学术成果研讨会。会议纪要《中国科学院文学研究所讨论研究鲁迅与研究〈红楼梦〉的论文》一文，发表在一九五七年《文学研究》（后改为《文学评论》）第一期上。纪要中记录了不少何其芳有关红学观点问题的答辩议论，有些观点至关重要，影响深远。为保持历史原貌，全文附载于此。欲了解更多内容，请参阅《学术盛会民主风——文学所首次学术成果讨论会述评暨纪念著名红学家何其芳百年诞辰》一文，见《红楼梦学刊》二〇一二年第四辑。

中国科学院文学研究所在一九五六年十二月十七日到二十五日就一九五六年度的研究成果中，提出了两组论文，召开了第一次全所的学术讨论会。一组是关于鲁迅的论文，有陈涌的《为文学艺术的现实主义而斗争的鲁迅》，蔡仪的《鲁迅论典型》，何其芳的《论阿Q》；①另一组是关于《红楼梦》的论文，有何其芳的《论〈红楼梦〉》和曹道衡的《关于黄宗羲、顾炎武、王夫之等人的思想及其与〈红楼梦〉的关系》。② 参加讨论会的有该所各组研究人员和编辑人员，北京大学部分文科教授和北京的一部分文学研究工作者。

会上，冯雪峰、刘绶松、钱学熙等人对陈涌的论文发表了肯定的意见，认为它既反对了公式主义，又批判了唯心主义，与当前文艺战线上的斗争结合得很紧；它步步深入地论述了鲁迅对文学艺术的基本原则的看法，鲁

---

① 《为文学艺术的现实主义而斗争的鲁迅》，载一九五六年十月号《人民文学》；《鲁迅论典型》，载《文学研究集刊》第四册；《论阿Q》，载一九五六年十月十六日《人民日报》。
② 这两篇文章均发表在《文学研究集刊》第五册上。

迅的文艺思想,尤其是关于造型艺术的思想。这是一次较有成绩的研究。

一部分同志也谈到了蔡仪的《鲁迅论典型》,但没有展开讨论。发言者集中地讨论了何其芳关于阿Q典型性格的分析。大家除肯定他反对庸俗社会学和机械论的成绩之外,还提出了许多相反的论点。

何其芳对阿Q的分析,着重提出了三个论点:第一,典型性不全等于阶级性;第二,典型人物在生活中流行的常常是它的最突出的特点,不是它的全部性格;第三,这种最突出的特点,可以是某一阶级本质的特点的表现,可以是从不同的方面表现了某一阶级的特点,也可以是不止一个阶级的某些人物的性格上的相同的特点。阿Q属于最后一类的典型。钱钟书赞成这个论断。他认为阿Q精神能在古今中外某些文学作品中找到,他还用《夸大的兵》《女店东》《儒林外史》等作品中的人物和宋、金史实来证明。杨季康也说,不同阶级的某些人物,可以属于同一典型,比如粗暴的人,深沉的人各个阶级都是有的。

钱学熙反对何其芳的论点,认为人类是有共同的东西,但它属于生理现象方面。而具体的人,却是阶级关系的总和。典型性包括共性和个性,共性是体现阶级性的,个性也不能和阶级性(共性)分开,个性就是共性在特殊的时间、地点和条件下的具体表现。他认为何其芳肯定阿Q是个农民,却又说阿Q性格上的最突出的特点精神胜利法,在不同阶级的人物的身上都能见到,这是一种超阶级的观点。罗大冈说,人有慷慨、吝啬等之别,那是类型,典型是离不开阶级的。他认为阿Q精神是不觉悟的弱者的反抗,阿Q的精神胜利法和统治阶级的阿Q精神有着本质的区别。何其芳的文章没有指出其有本质的区别,却认为两者有相同之处,是带有资产阶级"性格论"色彩的。李希凡认为,何其芳把阿Q性格抽象化、概念化了,而且把它看作类似人类普遍弱点的东西,这是离开了马克思主义而走到抽象的"人性论"上去了。冯雪峰也说,阿Q是辛亥革命这个特殊条件下的产物,是典型环境下的典型性格,何其芳把人物的历史环境抛开,就跑到唯心主义的"人性论"里去了。

何其芳在答辩中,对批评者的主要论点提出了不同的意见。他承认《论阿Q》这篇文章是有缺点的,如他引用了沈雁冰很早以前的一句话,"'阿Q相'未必全然是中国民族所具,似人类的普通弱点的一种",他本来是对这句话有保留的,却没有把他的保留写得清楚明确,所以被李希凡、冯雪峰等误认为那句引用的话就可以代表他的意思。其次,他对于落后农民身上的阿Q精神和剥削阶级的人物身上的阿Q精神说"是有相同之处又有差异"。虽然说明了有差异,但没有明确地说差异是基本的、主要的,相同是部分的、次要的,这也是不妥当的地方。但认为他的文章的基本论点,不是超阶级超时代的,不是人性论的观点,因为他对阿Q这个典型从头到尾都是试图用阶级观点来进行分析的。他只说,在阿Q身上的一个最突出的特点,精神胜利法,觉得事实上可以在不同的阶级的人物身上见到而已。就是对于这个最突出的特点,他的看法也不是超阶级超时代的。他不过把阿Q精神的存在的时代范围看得比李希凡、冯雪峰大一些,不限于鸦片战争以后的旧中国,而认为鸦片战争以前的封建统治阶级和今天的帝国主义分子和蒋介石集团都有;他不过认为阿Q精神不只是旧中国落后农民身上才有,当时的封建统治阶级及其他知识分子以及处于困难和失败情况下的帝国主义分子和官僚资产阶级都可能有而已。他认为典型人物,就整个人物而论,当然都是只能属于一个阶级的;但人物身上的某些典型性,某些特点,有时却可以是概括了不止一个阶级的人物身上的特点。像钱学熙的看法,共性就是阶级性的体现,个性又是共性的具体表现,那么典型性就完全等于阶级性了。蔡仪认为人的性格是社会生活的反映,但社会生活是复杂的,人的性格也是复杂的;在阶级社会里人的性格主要是阶级关系规定的,但也反映社会基础共同的东西,性格的社会性不全等于阶级性,因此说阿Q精神的某种特点在统治阶级人物身上也有,并不就是人性论。只是阿Q精神成为典型的性格,总的说来是有它的一定的社会性、时代性和阶级性的。

除了讨论了阿Q的典型性和阶级性的关系而外,会上对阿Q和阿Q

精神还发表了一些不同的意见。

杨晦说，阿Q精神是精神胜利法，但把它仅仅说成是精神胜利法，就简单化了。阿Q精神还有另一面，那就是消极的反抗性。蔡仪也不同意把阿Q精神单纯看作消极可耻的现象。他说，农民得不到现实的胜利，找不到正确的反抗道路，却不是说没有反抗的意图，阿Q的"腹诽"如"儿子打老子"之类，也表现了这种不正确的反抗的意思，而阿Q的终于要做革命党，也就并不是两个人格。

陈秋帆认为在阿Q的时代，小地主的没落和破产不是个别的；阿Q的人生观消极，有没落的情调，也可能是这种小地主没落下来的。杨晦批评这种论点，说这是受到流行的错误说法的影响，改变了作品原来的面貌。

冯雪峰说，阿Q的精神胜利法实际上是失败主义，是反抗失败了所产生的自嘲思想；同时它也是阶级等级制度的反映。何其芳不赞成阿Q精神也是一种反抗精神。他觉得这样就把阿Q的全部性格和精神胜利法混同起来了。阿Q精神到底是什么也就不明确了。阿Q是一个农民，是有反抗性的，是有革命要求的，但他身上的精神胜利法却是消极的可耻的。他还认为冯雪峰的解释也不够圆满。

阿Q和贾宝玉等典型人物都在生活里普遍流行，何其芳对此在《论阿Q》和《论〈红楼梦〉》中提出了一些看法。会上有些同志对他提出的解释，流行与评价人物的关系等问题发表了一些不同的意见。卞之琳说，人物的流行往往只是人物的某一特点，而一个特征的成功，并不等于这个典型的成功。蓝翎分析了人物流行的各种复杂的社会因素和个人因素，认为何其芳对这两方面都作了简单化的了解。艺术效果可以是评价人物的出发点，却不能当作结论。他认为何其芳片面强调的结果，成了"共名论"，这是错误的。何其芳对这些意见也作了答辩。他说，他是说人物的性格在生活中流行，成为共名，这是典型人物成功的最高标志。他说，这是向来就有的看法，他不觉得这种看法有什么错误。他认为有些同志是把问题的范围弄混乱了,有些同志说流行的东西不一定都是好的,这是另一个问题,他并没有说流行的东西都是好的。他说,他是说人物的性格在生活中流行,成为共名,并不是指别的什么流行,这种人物事实上是文学上最成功的典型人物。

在第二组论文的讨论中,大部分发言的同志认为《论〈红楼梦〉》一文是在研究红楼梦的基础上进了一步,比较公平,是以比较实事求是的态度评价了这部伟大的不朽的作品。此外,就是对两篇论文的一些论点展开了讨论。

对于贾宝玉和林黛玉恋爱的性质,范宁认为除了在"他们曲折痛苦地表达爱情的方式上带有强烈的封建社会的恋爱色彩"而外,也在他们缺乏突破父母之命的婚姻制度的要求方面表现出来,他们仍然希望父母来主持自己的婚事。

许多同志认为何其芳对贾宝玉性格的分析还是简单一些。冯至、潘家洵等人都说到贾宝玉性格中不好的一面,如乱用感情,有些颓废情绪等。杨晦也说到,贾宝玉不会设身处地地去了解女人的悲剧,也不能简单地说他是尊重妇女的。何其芳在答辩中不同意这些意见,他认为以历史主义的观点去看问题,在那个时代,那样的家庭,贾宝玉已经是够(纯)洁够有理想的人物了。

对薛宝钗的看法最有分歧,争论也最激烈。俞平伯、舒芜、周妙中等人举出一些具体情节,说明薛宝钗的奸险。范宁、王佩璋等人同意何其芳的意见,认为薛宝钗主要的是封建正统思想的忠实的信奉者。王佩璋说,如果从薛宝钗的维护封建统治这点就说她一定奸诈,是不对的,因为两者没有必然的联系。王佩璋也反对认为花袭人险恶的看法。赵君圭、杨晦认为,何其芳在分析薛宝钗的性格时,过分归罪于制度,说薛宝钗有心机,是可以的。杨晦还提到,何其芳对黛玉的悲剧分析得不够,如封建社会中家族关系在婚姻上所起的作用这一点,没有给以应有的重视。

关于产生《红楼梦》的社会根源问题,何其芳和曹道衡都在自己的论文中提出了比以前的"市民说"和"农民说"更为全面的解释。许多同志表示赞同。冯友兰说,对清初有些思想家的和《红楼梦》的思想性质,曾经有不少人用"市民说"来解释。他认为证据是不够的,有些是牵强附会的。他赞成何其芳《论〈红楼梦〉》中对清初几位思想家的思想的社会根源的解释,他说,他们教研室也有这种意见。林庚认为,晚唐以来,我国社会上和文学上都出现了新的因素,通常就是被称作"市民"和"市民文学"的出现。《红楼梦》有市民思想,并不奇怪。他说,他倾向于"市民说",不用市民观念来讲文学史,很困难。问题在于在运用"市民"这一概念时,应作适合于中国社会情况的掌握。

曹道衡在论文中举出一些例证,认为清初思想家之间有很大不同,不可能把他们归结为一个流派。吴兴华对这点表示怀疑。他说,要是拿西方文艺复兴时期的思想家来比较,清初思想家的分歧就显得很小;但是文艺复兴时期的思想家被确定为同一流派,因为他们有着基本的一致;因此,曹道衡的论文缺乏说服力;应该从清初思想家的思想如何产生,如何反映历史趋势方面去考察,综合他们异同的各方面,再肯定他们是否是同一流派。

张岱年除了对何其芳、曹道衡文章中对清初的几位思想家的看法表示基本上的赞同,并且说,有些历史学家说清初几位思想家是市民代表,有断章取义的毛病而外,对曹道衡的文章也提出了一些不同的意见。他从清初思想家,无论是本身或相互之间,在对待商人、人民、封建等级制度的态度的不同甚至矛盾的情况中,来说明这些思想家的复杂性。他说,在这复杂的情况中,也就夹杂着反映市民利益的一些思想,这是不可忽视的。吴兴华说,曹道衡强调传统性,固足以纠正机械的看法,但他自己又忽略了新的东西。

何其芳的论文中说到,《红楼梦》的内容,实际是和"梦幻""色空"这种作者的所谓"主要本旨"相违背的。对此,冯友兰提出不同意见。他说,"梦幻""色空"虽不是"红楼梦"的主要思想,但终究是它所表现的一种思想，而且它和《红楼梦》的主要思想可以在反封建上统一起来。反封建的内容之一是反对儒家，贾宝玉和曹雪芹都是大力反儒家的。但是在当时他们又找不到别的归宿，就倾向于佛道了。

对高鹗所续《红楼梦》后四十回的评价，会上也很分歧。俞平伯等人同意何其芳的看法，认为它写得很不好，它增加了我们了解和研究《红楼梦》的困难。杨晦、舒芜等人认为，如能更细致地分析，可以找到更多写得好的地方。

讨论中还牵涉到一些别的问题，如对王国维对《红楼梦》和"元曲"的看法的评价，《红楼梦》的真人真事和虚构的关系，对《红楼梦》中的诗歌的看法以及某些具体诗句的解释，等等。

何其芳和曹道衡都作了答辩。除了接受许多意见，解释了一些具体问题外，他们着重谈到基础与上层建筑间、传统与革新间的关系问题。何其芳说，许多争论都牵涉到上层建筑与基础间关系的问题。马克思、恩格斯认为文学、宗教和哲学是"更高地飘浮在高空"的意识形态，因而应该和政治、法律这一类上层建筑有所区别。对于文学发展来说，它的传统和其他上层建筑对它的影响，是不能忽视的。所以，他觉得不应该和主张"市民说"或"农民说"的同志一样，对《红楼梦》的社会根源了解得那么直接、机械、狭窄。曹道衡在回答说他过分强调传统时说，对于传统来说，新的思想应该有它的质变。

讨论会上，发言很踊跃，争论也很热烈。讨论的问题虽说很多都还没有取得一致的意见，对今后进一步的研究仍然是有帮助的。

曲水

这篇报导中所报导的各人的发言，未及送经发言人一一审阅，如有错误，应由报导者负责。

（发表于《文学研究》一九五七年第一期，第一八一至一八四页。）

答关于《红楼梦》的一些问题

——在中国作家协会文学讲习所的演讲

我从一九五四年十一月起着手研究《红楼梦》,但真正花在里面的时间只有十五个月。在这段时间里,我花了不少时间去写市民问题,读了不少有关清初思想家方面的书,可是不能解决什么大问题,所以在我的文章里只写了几千字。后来我又读了历史学界的关于资本主义萌芽的论文,又费了一个多月的时间,而这些在论文中只占了三行半。因此就产生了一个很大的弱点,即对《红楼梦》本身研究得不深入。

讨论我的论文时,会上主张"市民"说的同志有的没有来,或者来了没有展开争论。大家对我对薛宝钗的看法不同意,这我准备在发表时稍微修改一下。有人认为我对后四十回的评价过低。还有人指出对薛宝钗没有分析到她的心灵。可能我对妇女的形象分析得比较粗糙,但到目前为止的认识,也只能达到这样的程度。同志们读了文章后提出了一些问题,也说明我的文章有些问题没有深入,还有些问题虽已涉及但没有讲清楚。所以今天再来讲一次,不可能比原来的文章谈得更深,只是作些说明,以回答同志们提出的问题。

一、关于《红楼梦》的某些人物及关于典型的问题

有同志认为把宝玉、黛玉说成是叛逆性的典型的说服力不够,因为从他们性格上感受到的封建的习气更多,对宝玉的花花公子的印象更深。

这确实是《红楼梦》讨论中的一个问题,有的同志强调他们的反抗性;也有同志强调他们的弱点,说宝玉身上有没落阶级的污浊的颓废的气氛。我认为宝玉有些不好的地方,但用污浊、颓废等字眼似乎太重。据我记得,有些同志对宝玉不满和非难,大概不外乎这三个方面:1.爱情不专一,对黛玉、晴雯的爱,跟花袭人的关系等;2.同秦钟、蒋玉菡等的关系不正常;3.踢过花袭人,待他的奶妈李嬷嬷不好。我不否认宝玉身上有些东西是不好的,但我们应该从他的历史和阶级出身去看。如果宝玉是今天的中学生,当然毛病很多,不然就不能以今天的共产主义道德的标准去要求他,他不是今天工人阶级的子弟,他是清初封建社会的贵族家庭里的子弟,这是基本的关键。正因为如此,在我的文章中没有苛刻地讲这些消极落后的东西。

可以设想,生长在封建贵族大家庭里的一个十四五岁的公子哥儿,上面那些事情对他说起来,不算什么特别不好,我们能举出的罪状也只有这么几条。而反过来,另一方面,他有很多优点,叛逆性就是其中之一。所以我们应该公平看待,不能说他是污浊和颓废的。从他的家庭、时代和阶级来看,我认为他是一个很纯洁的有理想的少年人。在《红楼梦》中,公子哥儿和丫头发生关系简直是合法的,但全书中正面描写与宝玉发生关系的只花袭人一人,其他的如和晴雯等的感情,都是非常纯洁的。至于对女性爱情的专一,虽然不符合像现在那样的要求,但也不是乱七八糟的。对于秦钟和蒋玉菡,我们不能以道学家的眼光看,大概宝玉自己漂亮,对于男性中长得好看的人也就比较容易互相投合,何况书中也没有写他们有什么特别不好的关系。我们知道蒋玉菡是唱小旦的,小旦是被当时的大

人老爷们玩弄的,而宝玉则只有同情他。说宝玉发脾气,踢花袭人,讨厌奶妈,我认为公子哥儿如果完全不发脾气,那《红楼梦》就不是现实主义而成了反现实主义了。问题是打丫头、发脾气是不是主要的和经常的。再说那个奶妈本来就讨厌,成天啰啰唆唆的惹人麻烦。总之,对生活不能看得太简单,不能以今天的理想人物来要求宝玉。我们承认宝玉带有封建思想和公子哥儿的习气,但这是次要的;应该看他主要的一面。所以加上"花花公子"的头衔是不恰当的。

另一方面,我们不能不承认宝玉的叛逆性和反抗性是突出的。我的文章里面对于他们的叛逆性和反抗性说得不充分,因为在《红楼梦》的讨论中,已有很多同志指出过,为了避免和已经发表过的文章重复,所以只写了几句:

> 他对于一系列的封建制度都不满和反对。他反对科举、八股文和做官。他违背封建社会的男尊女卑和严格的等级制度。他讨厌封建礼法和家庭的束缚。他把四书以外的许多书都加以焚毁,那当然包括许多封建统治阶级极力提倡的著作。这样一个大胆的多方面的并且不知悔改的叛逆者,是不能得到赦免的。(《论〈红楼梦〉》第一一页)

这些话都是有根据的。《红楼梦》第三回有一首《西江月》形容宝玉,其中有"潦倒不通庶务,愚顽怕读文章",这里的所谓文章,就是八股文以及那些讲经济的著作,宝玉就是不爱读。十九回从花袭人的嘴里说出了宝玉平时说的话:

> 凡读书上进的人,你就起个外号儿,叫人家"禄蠹";又说:只除了什么"明明德"就没书了,都是前人自己乱编纂出来的。

这些话是非常大胆的。他否定了他的阶级所规定的道路,这是了不起的，也是非常不容易的。我们不是无产阶级出身，我们参加了革命，也就是否定了资产阶级教育所给我们规定的道路。宝玉否定自己阶级所规定的道路，只是没有新的革命可以参加。可以设想一下，在我们没有接受马列主义以前，我们是否敢把社会上公认为权威的东西否认掉？比如对胡适这样的"权威"，事实上是不敢否定的。我小时候念私塾，也否定不了四书五经。宝玉敢说"除'明明德'外就没书了"，把当时推崇的像朱熹的著作都否定了，这是了不起的。在这里，可能有作者自己的思想加在这个少年身上，十几岁的孩子说这样大胆的话，多少有点夸张和浪漫主义的手法。第三十二回史湘云劝宝玉"也该常会会这些为官作宦的，谈讲谈讲那些仕途经济"（这里的"经济"相当于现在的政治的意思），这引起了宝玉很大的不满，说："姑娘请别的屋里坐坐吧，我这里仔细腌臜了你这样知经济的人！"还有一次薛宝钗和花袭人劝宝玉，宝玉置之不理，撤身走开。从这些说明宝玉对封建社会规定的道路否定得多么坚决。

宝玉厌恶那一套封建礼法，三十六回中说"那宝玉素日本懒与士大夫诸男人接近，又最厌峨冠礼服贺吊往还等事"。宝玉常抱怨自己的生活，感到行动不便，虽然有钱，但不由自己使。七十三回中宝玉把八股文骂了一顿："更有时文八股一道，因平素深恶，说这原非圣贤之制撰，焉能阐发圣贤之奥，不过是后人饵名钓禄之阶。"所以宝玉把除了四书以外的书都否定。宝玉不尊男卑女，没有那种严格的等级观念，家里的小丫头背后说他没有男人的刚性。

以上这些，在过去的文章中都引用过，所以我只写了三行半，这里面每一句话都有根据，缺点是为了避免重复而没有加以发挥。

有人说宝玉是"情痴情种"，这也是有叛逆性的，除了少年男女互相爱好的原因外，它表现了对礼教的叛逆，对男尊女卑制度的违背，对奴隶身份的少女的同情，对他自己的家庭和阶级的失望，都有着一定的叛逆性的成分。因为我的文章在这些方面没有很好的发挥，所以同志们感到说服力不够，但不能因此就说他没有叛逆性。

有同志对林黛玉也有意见。我们应该承认黛玉比宝玉要差一点。她是一个封建贵族家庭的女孩子,她受封建主义的束缚更深一些,所以她不能像宝玉那样可以更大胆地对封建制度表示不满。我们得承认她有叛逆性,是因为:一,她同情和支持宝玉的一套,这种支持和同情也是不简单的。其次,她本身也有一些表现,这些表现就是她不像封建社会所要求一个妇女那样地规规矩矩,那样地没有感情,那样地去讨人家的好,不像宝钗那样稳重和平按照封建道德行事。也因为如此,黛玉就遭人嫉视,怪她小心眼儿多,嘴巴子厉害。她还触犯了当时的礼教,对宝玉表示了曲曲折折的爱情。对于黛玉,我们不能要求书中写她对科举、仕途经济、喜吊往来等等都有明确的看法,她和宝玉不同,她所表现的叛逆性不能像宝玉那样多而明显。但是她支持宝玉,她敢于曲折地表现她的爱情,这在封建社会里简直是大逆不道的。三十二回宝玉误将袭人当作黛玉说出心里话时,袭人竟吓得发呆。所以黛玉与宝玉是有一定的区别的,但我们得承认她有叛逆性。在当时的环境下,黛玉也只能表现到这样的程度。归纳起来她的叛逆性有三点:一,敢于表现爱情;二,支持宝玉的思想和行动;三,自身许多方面不遵守封建社会给妇女规定的道德。

有些同志对黛玉是有非难的,比如说她有病态,其实这不能怨她本人,一方面她身上还有封建主义的东西,还有苦恼,病态并不是由她自己起的,而是决定于她的时代、阶级和生活环境。又如把黛玉的"多愁善感"也说成是她的罪状,有位教授说她身上有颓废的东西,大概就是指的这些。其实在那个时代如果说一点儿愁都没有,那是不可能的,一个人遭遇不幸,因而感到悲伤,是应该与颓废有所区别的。

关于宝玉、黛玉的叛逆性问题,说到这儿为止。

同志们希望我分析一下宝玉、黛玉、宝钗三人之间的微妙的性格冲突。在这方面,我的文章没有深入发挥,没有详细地写他们三人之间的关系,但现在要我讲,还是讲不出什么"微妙"来,因为研究不够,只能粗糙地说明一下。

从荣府的正统思想和对封建社会不满这两方面来说,应该说他们是站在两边的,是两个壁垒,宝钗同王夫人、花袭人等是一个立场。但对于封建正统思想的排斥,黛玉还不能像宝玉那样严格,比如她在行酒令的时候说了《牡丹亭》和《西厢记》中的句子,宝钗长篇大论地教训了她一顿,说得黛玉"低头吃茶,心中暗服"。这说明黛玉并不像现在有些人所说的那样"具有浓厚解放思想"。

有的同志说,薛宝钗和宝玉没有一点爱情,她完全是在同黛玉争宝玉。这样的说法是不符书中的描写的,也是不符一个十五六岁的少女的感情。宝钗是个少女,平时也难见到其他的男孩子,不能说她对宝玉毫无爱慕之心。不过她的喜欢宝玉是尽可能不违反封建道德,所以黛玉的吃醋吵嘴是有根据的,他们之间有相爱的成分。只是后来宝玉更明确宝钗跟他的思想不一致,而黛玉和他意气相投,所以专心地倾向黛玉。不过我们也不能简单地把他们看成是三角恋爱。作者在四十二回后写黛、钗二人的关系接近起来,这是写得非常深刻的。这样一写,就可以看出《红楼梦》不是在写三角恋爱,不是写宝钗的奸险和用手段夺取宝玉,而是写的制度问题。当然,否认宝钗一点城府都没有也是不对的,我们承认她有矫揉造作之处,但不能因此就说宝玉、黛玉的悲剧是由于她的破坏而造成的,不然就会贬低作品的价值。作者在开始时就指出他反对公式化的东西,像一般才子佳人小说那样,一定要有个小人"拨乱其间",使得好事多磨,所以作者没有把宝钗写成奸险小人。也因为如此,尽管四十二回后钗、黛二人接近了,但宝玉、黛玉的悲剧并没有因而避免。问题是在那样的封建家庭里,像黛玉那样的性格,就是不能中贾母、王夫人的意,而宝钗的性格则是适合的,这是封建思想在起作用。这里面也表现了他们之间的复杂的关系。

另外有人指出,宝钗在贾府的地位是有利的,她是王夫人的内侄女,同凤姐也是亲戚,这我们也承认。我们知道写小说的人为了造成情节的发展,会在书中设下许多条件,这些条件有根本的,也有次要的,虽然次要条件也起作用。从宝钗与王夫人、凤姐的关系来讲,不能算是根本条件;根本条件在于宝钗本身符合封建社会的要求。不然的话,黛玉是贾母的外孙女儿,比起宝钗,对王夫人来说是远了一点,对贾母则只有更近,而贾母还是荣府最高的统治者。所以问题不决定在有亲戚关系,而决定在宝钗的符合封建道德所要求的稳重和平的性格,决定在这样的性格为贾母等所喜爱。我想要讲他们几个人的关系是不是就是这些,至于同志们所说的"微妙"关系那就不知道是指什么了。

可能同志们要问:为什么宝钗后来要同黛玉接近?我认为这不是什么阴谋,她是希望黛玉按照封建社会规定的道路去走的,她不但规劝黛玉,对于史湘云也是如此,她深信封建道德给妇女所规定的那一套东西,而且黛玉也接受。有位教授认为宝钗劝黛玉吃燕窝是蓄意害她,让她向贾府要时遭贾府人的厌,后来黛玉没有中计,宝钗只好自己送,反而赔了本。还有他认为宝钗的金锁是假造的,目的在配宝玉的"宝玉",总之他把宝钗看得坏极了。这样的看法是有偏差的,甚至近乎幻想,好像不是曹雪芹写的小说,而是他写的了。

与典型问题有关的问题有二,我们分开来说。

有同志认为贾宝玉、林黛玉的性格,从《红楼梦》的描写来看,好像生来就有叛逆性似的,我们是否需要探讨形成这种叛逆性的原因及其历史根源?如果需要,它们是什么?这个问题在我的文章中接触得比较少。首先要指出一点,文学作品中的人物性格,有的是发展的,有的是不发展的,现在的看法好像人物性格一定要发展,事实上不应该如此。关于这,同志们可以参阅一九五六年《哲学译丛》第三期的车尔尼雪夫斯基的《典型性问题》一文,车尔尼雪夫斯基指出文学作品中的人物性格,有的发展变化很大,有的发展变化很小。他列举了许多例子,证明外国某些文学作品中的人物性格是不发展的。其实我国古典小说中的诸葛亮、张飞、李逵等何尝不是如此。这是因为小说从人物性格已经确定时写起,所以书上不一定把形成人物的性格的原因交代出来。书上既然没有交代,勉强地去找是有困难的,也是不必要的。第二回冷子兴同贾雨村的谈话中,已经确定了宝玉的性格。在前八十回中,宝玉、黛玉的性格没有什么变化,后来有些变化,如宝玉的出家,但变化不大。

当然,我们学文学的人可以探讨人物性格形成的原因,但不要机械地到书上去找,否则就过于拘泥,有些问题恐怕还要离开书去找,从我们的历史知识和古典文学知识方面去找。

宝玉性格的形成,综合起来大概有这样几个主要的原因:第一,封建统治阶级的那套制度、礼教、人生道路等等本身是不合理的,因此,封建统治阶级内部的思想比较纯洁的知识分子,是可能发生不满的,这可以说是历史的事实。在我文章中所举的阮籍、嵇康等人,可以说是更早的带有一定的叛逆性的人物,他们也不喜欢正统之学,厌恶做官应酬那一套。封建社会的真实历史和文学作品,都告诉我们有不少不满封建社会的人物的这一事实。宝玉也正是这一流的人物。第二,我们还应该承认过去的文化思想对他的影响。宝玉的文化程度很高,小说、戏剧、诗歌等几乎无所不读。他爱好老庄,还喜欢读《西厢记》《牡丹亭》一类的东西。第三,宝玉是个年青的少年,受封建思想的熏陶还不是很深。第四,不能否认这里面还有作者的一定的夸张,也有些作者自己的东西加在他身上。宝玉的思想在他本阶级里是可能有的,但完全出于一个十几岁的少年,多少是夸张了一些,这或许可以说是作者的浪漫主义的手法。

至于黛玉性格的形成,大概也有这样一些原因:第一,同样的,封建统治阶级给妇女规定的道路,会引起内部某些分子的不满;第二,受过去思想和文学的影响;第三,本身遭遇的不幸——父母早死,寄人篱下。

上面所举的产生叛逆性的原因,有些是书上已经表现了的,有情节可寻,有些则是书上所没有表现的,所以单从书上找原因是机械的。

与典型问题有关的问题之二,有同志希望以《红楼梦》中突出人物为例,结合在《论阿Q》一文中关于典型问题的见解,讲一讲文学艺术中的典型问题。

这个问题很大,我对典型问题没有全面研究,但是写文章又不能不涉及,因此,常常发表一些不成熟的意见,也因此常常引起人家的非难。在《论阿Q》中,我提出了典型性不等于阶级性的论点。就拿阿Q来说,如果全部用阶级性来解释,那是解释不通的。我觉得有几种不同的典型。有一种典型,他的主要特点就是他的阶级性的表现,如《威尼斯商人》中的夏洛克。还有一种典型,他是从不同方面表现他所属的阶级性的各个方面,像《红楼梦》中的王夫人、凤姐、贾珍、薛宝钗、薛蟠等人,都是表现了封建地主阶级的阶级性的,但表现的是不同的方面。再有一种典型,他的全部性格是表现了他的阶级性和时代特色的,但他的性格上的某些特点并不拘泥于某一个阶级的人物。这是因为不同阶级的人物身上,本来可以有某种相同或相类似之处。比如阿Q是个农民,阿Q本人的确有落后的农民的色彩,但是阿Q身上的东西,不一定只能在落后的农民的身上可以找到。

对于最后一种典型的说法,引起了很多争论,受到了不少非难。有同志不同意我的对典型的某些特点在不同的阶级中可以看到的看法,他认为个性、共性和典型都是阶级性的表现。有人认为阿Q这样的人只有农民中有,其实在清朝的统治阶级乃至最后的蒋介石王朝身上都表现了阿Q精神,我们应该承认过去的不同阶级中可以有共同的东西。有人过于强调阿Q的革命精神,这样仿佛"阿Q精神"成了好的东西,事实上当然不是。总之,典型性问题是个极复杂的问题,我们现在对典型问题还停留在一些原则问题上,还没有作深入的研究。比如共性、个性到底是怎么一回事,它的具体内容是什么?从阿Q这个人物来看,共性和个性是相当错综复杂的,现在实在还概括不出来典型人物的共性和个性是什么。比如以阿Q是落后农民来讲,好像他的劳动、受剥削、想反抗倒是共性,而"阿Q精神"反而成了个性了;反过来把阿Q当"阿Q精神"看待的话,则像"阿Q精神"又成了共性的了,因此就有人认为共性和个性是可以转化的。像这样的问题,以及我们今天为什么写不出典型,甚至写不出性格很成功的人物,等等,都是值得我们好好考虑和研究的。

同志们要我结合《红楼梦》人物讲典型问题,全部问题不能讲,也无法讲,只能讲到这儿为止。

二、关于《红楼梦》的思想意义和社会意义

同志们希望讲一讲《红楼梦》在当时产生的社会意义和所反映的社会思想,并希望谈一谈如何从作品看当时的社会,又如何从当时的社会看作品,以认识作品反映社会生活的深度。

我觉得像《红楼梦》那样伟大的作品,不能把它的思想意义和社会意义局限于清初那几十年。几乎可以这样说,《红楼梦》是中国长期封建社会社会生活的优良的文化传统的总结,也是对长期的封建社会的不合理的事物的总的批判。从《红楼梦》继承的东西和批判的东西是那么广泛和深入来看,产生《红楼梦》的社会根源决不能局限于清初,这里牵涉到文学与上层建筑的关系问题。

现在的情况,似乎把文学与上层建筑的关系理解得简单了些。比如以为清初已经有了工场,所以就产生了《红楼梦》。问题没有这么简单。产生这样的作品的原因是多方面的,至少还应该把作家的因素算进去,比如吴敬梓就写不出《红楼梦》,因为他同曹雪芹的生活有差别。

斯大林同志的《论语言学问题》谈到基础与上层建筑的关系,在苏联也曾经有过讨论。当时我觉得他们的有些解释用来解释中国的古典文学,总是解释不通,但是不敢怀疑;直到苏共第二十次代表大会以后,才感到斯大林对基础和上层建筑的解释的本身是有些缺点的。他把文学、哲学和政治、法律等同起来,没有区别。政治、法律随着基础的变化是直接的,而文学、哲学等有它本身的继承关系,所以和基础的关系就不是那么直接和简单,所以对于文学要从传统来解释。不能设想没有《三国演义》《水浒传》《金瓶梅》等作品而能产生出《红楼梦》来。有人说,《红楼梦》的

描写规模之所以那么大,是因为生产发展的关系。很显然,他的理论的根据是毛泽东同志《实践论》中所说的"随着生产的发展,人的认识就扩大了",但用这来解释文学似乎是太机械了。

根据上述,《红楼梦》的思想意义和社会意义是非常广泛的,决不只是反映了清初的几十年(当然,对那几十年反映得更深入,概括性更高),它不只是在出版以后的短时期内起作用。《红楼梦》写了封建统治阶级中各种人物的思想和灵魂,它的内部的叛逆分子,部分被压迫的人民的状况,妇女的受压迫和摧残,封建道德、封建礼教的虚伪和残忍,婚姻制度、科举制度的不合理,在封建压迫下的爱情和对个性自由的要求,乃至对长期的封建社会的公式主义文学的批判,等等。所有这些内容,都不仅仅是清初的问题。我们说《红楼梦》概括性高,是因为它写得生动,那些人物的思想和行动,有历史的继承性,不完全是在当时产生的(其中具体的人物和生活可能是当时的),它所写出的有阶级本质的东西,它所写出的深入到灵魂的东西,在封建社会的相当长期内都是有的,虽然不一定是封建社会一开始就有的。有的同志在讨论《红楼梦》时有这样的意见,认为《红楼梦》所反映的"主要并非是一般的清代封建官僚地主家庭的生活,而是清王朝中所特有的贵族地主家庭的生活",他们很强调"庄田"制度,这可能有些道理,但似乎把意义说得狭隘了。因为它不仅仅写了旗人的生活,更主要的是写了封建阶级人物的根本的东西。由于对清初社会没有很好的研究,能讲的不多,但说《红楼梦》反映了资本主义萌芽也是靠不住的,尽管《红楼梦》里面出现洋货,出现表等东西,也只能说是明末清初都有的现象,写洋货绝不是《红楼梦》的根本意义所在。

总之,我主张对于《红楼梦》的社会意义和思想意义,不要限制于它只是写了清初的东西,它的思想性、概括性和根本意义,决不限于当时,不然就会无视它的反映的深度。

三、关于《红楼梦》的现实主义、人民性和民族特色

关于《红楼梦》的现实主义创作方法和浪漫主义创作方法是怎样结合的,这首先要牵涉到现实主义和浪漫主义的概念问题。现实主义在我们心目中好像还有一个明确的概念,如同高尔基说的是按照生活本来的样子写。至于对浪漫主义的概念,包括高尔基所下的概念,人们都不大满意,我们一般把大胆的幻想的色彩比较浓厚的叫作浪漫主义。在《红楼梦》里,这两者是交错的。我的论文里只谈到《红楼梦》有神话和有神话色彩的故事,其实是不止的。比如宝玉的思想、行动是现实主义的,可是他脖子上挂的那块玉,据说是胎里带来的,这当然是不可能的。还有宝玉的性格和语言,有些地方也近于夸大,这种夸大的说法也包含了浪漫主义的成分。当然,《红楼梦》的现实主义色彩是主要的,因为更多的描写细节是现实主义的。

同志们要我进一步谈谈《红楼梦》的人民性和民族特色。可能同志们认为我的论文对人民性讲得不充分。其实我所列举的宝玉、黛玉的叛逆性,他们对封建社会制度的批判,也就表现了很高的人民性。至于民族特色问题,可以和下面要讲的传统问题合起来看。

同志们不了解《红楼梦》继承了中国的哪些小说的优良传统,有哪些新的表现。

大规模地、广阔地、无限丰富复杂地反映社会生活面貌,在中国很早的小说中就有了,这是和外国小说不同的。法国小说的线索基本上都比较单纯,托尔斯泰以前的俄国小说也是这样,只有一两个线索。同时有很多线索和很多人物,在外国小说中好像是不多的。可是中国的小说不同,像《三国志演义》《水浒传》等已经是非常复杂了。在这方面,《红楼梦》是继承了的。《红楼梦》对生活细节描写得细致,同《水浒传》《金瓶梅》有关系。人物写得多,而且成功的典型不止一个,同《三国志演义》《水浒传》等

有关系。同时,我们不能不承认《西游记》的某些浪漫主义的幻想,对曹雪芹有一定的启发。另外,《红楼梦》还继承了章回小说的传统。章回小说的每一回里常常不是一个线索而是好几个线索,这可以说是章回小说的特点。《红楼梦》也正是这样的。《红楼梦》在运用语言特别是土语方面,同《金瓶梅》也有一定的关系。

在新的发展方面,《红楼梦》具有过去小说的各种长处,同时避免了过去小说的一些弱点,这本身就是一种发展。具体地来说,比如它接受了《金瓶梅》的描写生活细节细致的优点,但它里面有正面人物,而《金瓶梅》里全是否定的人物。又如过去的长篇小说很少写爱情故事,《红楼梦》不但写了爱情故事,而且写出了理想的爱情的基础。在这方面是继承了《西厢记》《牡丹亭》等戏曲的传统,并且远远地超过了它们,这可以说是新的发展。又如描写人物的众多,性格塑造的成功,这过去也有,但还没有像《红楼梦》那样写到灵魂的深处。《金瓶梅》对生活的描写是细致的,但它没有《红楼梦》的整齐。在这方面,《三国志演义》《水浒传》要更差一点,《红楼梦》是发展了的。再如整个艺术结构的完整,《红楼梦》也是发展了的。过去的好小说,有的片断强,有的片断弱,《红楼梦》八十回中,除了结社吟诗那一部分较差(只是比较的差)之外,几乎每一回都是精彩的,这是很不容易的。值得再提一下的是《红楼梦》的语言。它用了北京话,同时也有一些南方话,语言的丰富生动和表现能力,较之过去的小说是发展了的。

《红楼梦》接受了中国自己的传统,并且在各方面都有了发展。前面提到的《红楼梦》的民族特色,很难孤立地拿出来说。我们如果把《红楼梦》与传统的关系合起来看,它的特点就很浓厚;一分开来看的话,就好像不是什么根本的东西了。

四、关于曹雪芹的世界观和创作方法

同志们要我进一步谈谈曹雪芹的世界观的矛盾,他的艺术见解和艺术思想是否具有矛盾性和复杂性?

我的总的看法是,曹雪芹对他出身的本阶级及其制度的不满应该是主要的;另一方面,他的确还有一些封建思想,看不到封建社会而外还有什么出路,还有一些色空思想等消极的东西。

在艺术思想方面的矛盾也有,但恐怕比较少。第一回中说:"况且那野史中,或讪谤君相,或贬人妻女,奸淫凶恶,不可胜数,更有一种风月笔墨,其淫秽污臭,最易坏人子弟。"这些话多少是表现了一些封建思想的,同时也可能限制了或影响了他的大胆的暴露。比如对于李纨的内心生活,作者就没有去接触,又如删去"秦可卿淫丧天香楼"一回,都说明是受了一些限制。再如书中还有一些歌颂帝王的话,虽然我们不知道他是说真心话,还是不得不如此。如果要找曹雪芹艺术思想的缺点,好像他对于写诗不怎么强调生活(当然,书中对诗的看法不一定就能代表曹雪芹的意见),同他的写小说的强调生活的特点不一样。

我们应该怎样来判断作家的世界观? 怎样来理解世界观对艺术创作的作用?

对于作家的世界观,要从历史的观点来看。曹雪芹出生在封建社会的贵族家庭,他能够对封建社会暴露和批判,这已经是很杰出的、很了不起的了。至于他还有封建思想和色空思想,那是不足为奇的。相反,如果当时会有毫无封建思想和色空思想的人,那才是怪事。当然,这不等于说他有封建思想和色空思想也是好的。

可以这样说,世界观对艺术创作起一定的决定作用或者说是起很重要的作用,但不是起绝对的决定作用,决定作品的好坏的,还应该包括生活经验、艺术修养、艺术才能、艺术劳动,等等,但是我们应该承认世界观与创作方法可以有一定程度的矛盾。高尔基说:"形象大于思维。"冈察洛夫写了《奥勃洛摩夫》,杜勃罗留波夫作了解释,冈察洛夫说这是我们共同创造的形象。《红楼梦》也是如此。说它是对封建社会的总的批判,那是我们今天的认识,在当时的作家本人是不可能知道的。这就是"形象大于思维"——作家客观地描写出来的形象,大于作家对当时事物的认识。这是一方面。再一方面,现实主义的创作方法,即忠实于现实生活的描写,可以突破作家的世界观的限度,这两方面是互相联系的。由于《红楼梦》的"形象大于思维"和作者忠实于现实生活的描写,就决定了他对封建社会批判得多,回护得少。鲁迅先生的写阿Q也是如此。可能鲁迅先生开始是想鞭挞阿Q的弱点的,但是阿Q是个农民,所以后来不得不写他要革命。又如鲁迅先生在《阿Q正传》中写出了很明确的阶级关系,这也是现实主义创作方法突破世界观的限制的一例。

五、写《论〈红楼梦〉》以及研究评价其他古典作品的体会

三年来才写了三篇评论文章,体会不多,但也可以讲一些。

因为经常看些古典文学作品,首先感觉到我们过去研究文学牵强得非常厉害。因此,很想在研究中努力学习实事求是的方法,避免主观主义和教条主义,但是困难很多。

第一,文学作品的本身就是非常复杂的。拿《红楼梦》来说,我写了八万多字,但许多问题还没有写清楚,所以有时很感慨地觉得要别人读我写的文章还不如劝人读一遍《红楼梦》。又如读了《琵琶记》才知道也是那么复杂的。现在有的人夸大它的优点,有的人夸大它的缺点,好像都有道理,都很重要。勉强地去找哪些是主要的,一时实在找不出来。文学作品是写社会生活的,是写人的,社会生活和人本来就是复杂的。我们给干部作鉴定,有时还不能作得那么恰当,何况是对书上的古人。这是第一个困难。

第二,要做到实事求是,一要大量地占有材料,二要有理论的指导,这是毛主席说过的。可是要大量占有材料是不容易的。我从前年11月开始研究《红楼梦》,也看了一些书,但还是很不够的。比如《红楼梦》与戏曲的传统有关系,而我对戏曲就看得很少。又如书中提到老庄及佛家思想,

这些东西都很麻烦，也没有去看，所以论文中没有提到。对《红楼梦》的一些奇奇怪怪的说法——所谓"索隐派"的书，也只是简单地看了一些，有许多应该看的书没有看或没有时间看，所以大量占有材料是很困难的。

再说理论的指导，由于自己理论水平低，遇到一些像"市民问题"一类的问题，就感到很难解决。一方面可能是前人已说过的话我们不知道（所以我们决不能轻视知识），再一方面是知道了不知怎样去运用，很有可能会错误地去运用。

第三，还有一个个人爱好的问题。我是不喜欢搞理论的，在"整风"以前从来没有写理论文章，可是现在的工作岗位决定了我天天要搞理论。个人爱好对我做研究工作也有一定的限制。如果要我选择的话，我宁愿写诗或小说，这样的话，同样的时间，也许写出来的东西要比《论〈红楼梦〉》要好一些。再还有对具体文学作品的爱好问题。比如我不喜欢《儒林外史》，理智上承认它好，但对它缺乏感情，对作品缺乏感情是写不好评论文章的。而另一方面，由于对这个作品爱好了才写，又往往容易不客观，妨碍实事求是的研究。这真是一个矛盾。

正因为理论研究工作有着许多困难，所以就需要长期的艰苦的劳动，需要占有大量的知识，才能真正把研究工作做好。如果做得好，不但可以对中国古今的作品作出适当的评价，而且可以丰富我们的文学理论。我们今天的文学理论，常常不是同中国的实际问题结合的，这不能不是一个缺点。我们要把中国的历史研究清楚，这是与研究中国古典作品有关的，而且还要同外国的作品比较，所以不懂外国文学也是不行的。我们看过去的大批评家如别林斯基，对俄国的文学史以及欧洲的大作家的作品是多么熟悉！我们是搞编辑工作的，将来要做批评家，我们要搞好理论批评工作，就一定要付出大量的精力，去熟悉中国的古典作品和外国的第一、二流作家的作品。不然，我们的理论批评就会永远停留在几条原则上，遇到具体问题就无法解决。我们一定要下苦功夫，只有这样，我们的理论批评工作才能提高，才能对文学作品作出正确的评价，并反过来进一步丰富我们的马列主义文艺理论。

（一九五七年一月五日在全国作家协会文学讲习所的讲演，刊于《红楼梦研究集刊》第四辑，上海古籍出版社一九八〇年九月版。）

整理校订者按：此文原为一九五七年初何其芳讲演的记录稿，迟至一九八〇年才首次发表。这一年出版的《红楼梦研究集刊》第四辑《编后记》记载："何其芳同志的《答》，是根据他一九五七年一月五日在中国作家协会文学讲习所讲演的记录整理而成的。这份记录稿在他生前曾由讲习所打印，分发学员阅读，但未经他本人审核、定稿。现承讲习所负责同志协助，并蒙何夫人牟决鸣同志同意，特在本刊公开发表。"

《红楼梦》和正确对待文学遗产问题
——在北京大学校团委会和学生会的报告

整理校订者按:一九六三年十二月二十九日,何其芳(时任中国科学院文学研究所所长)应北京大学团委会和学生会的邀请,作了《〈红楼梦〉和正确对待文学遗产问题》的学术报告。校刊以"按照当时的历史条件给以恰当评价,按照我们今天的思想和它划清界限"为题刊登了报告纪要,并在文尾注明"本文内容未经报告人审阅"。此处恢复了何其芳报告原题,报告纪要正文,尊重历史,保持原貌。

一九六三年十二月二十九日,中国科学院文学研究所所长何其芳同志,应我校团委会和学生会的邀请,来我校作了《〈红楼梦〉和正确对待文学遗产问题》的报告。

报告首先分析了文学遗产和创作家、文学研究工作者(包括批评家、学者)以及业余文学爱好者这三种不同人的不同关系,指出:对创作家来说,是一个和发展社会主义文学有关的问题,如果处理不好,态度不正确,对发展社会主义文学是不利的;对文学研究工作者来说,是一个和科学有关的问题，研究不正确，对科学（文艺学）的发展也是不利的；而对于一般的文学爱好者，特别是青年同志们来说，则还是一个思想领域中谁战胜谁的问题，是社会主义共产主义战胜资本主义封建主义呢，还是资本主义封建主义战胜社会主义共产主义？何其芳同志说，过去，我们对前两点认识比较清楚，而对后面这一点认识十分不足。现在才清楚地了解到，文学遗产问题不单单是一个和创作和学术有关的问题，更是一个和思想领域中的谁战胜谁有关的问题，一个和反对修正主义有关的问题，一个和每个业余文学爱好者、每个青年的世界观、人生观、生活道路有关的问题，是和他们到底成为党和社会主义的坚决拥护者、积极分子还是不满者、反对者、落后分子有关的问题。而今天，在这后一方面，事实上存在着问题。

接着，何其芳同志专门就业余文学爱好者和文学遗产的关系进行了阐述。他说，过去，从这样一个角度谈得不够，因此有必要来谈一谈。当然，不论对哪种人，原则其实都是一个，这便是批判继承。早在十月革命后，列宁就规定了这个原则；毛主席更在这个基础上加以丰富发展，提出了推陈出新、批判继承的方针。不过，对于不同的人有不同的重点。创作家对文学遗产主要是借鉴，主要是由之提高修养，学习创作方法、技巧，来提高自己的创作水平；研究工作者主要是做批判、研究工作，分清精华、糟粕；一般读者则首先是由之增进自己的文化知识，增进自己对过去的社会生活的了解（自然也要丰富自己的文化生活，提高自己的欣赏能力，否则，也是文化修养不完全）。因此，他们的主要任务是大体上辨别作品的积极因素和消极因素，在思想上不受消极因素的影响。

那么，对一般的（尤其是青年）文学爱好者来说，批判继承文学遗产的关键在哪里呢？何其芳同志给总结了这样两句话：给以恰当评价，和它划清界限。说得更详细一点，是：按照当时的历史条件给以恰当评价，按照我们今天的思想和它划清界限。下面，他便以《红楼梦》为例作了具体分析。

他说，按照当时的历史条件，《红楼梦》是伟大作品。它的思想内容的主导方面是很进步的,有民主思想的;艺术上也是封建社会小说艺术发展的最高峰。它的主导思想是对封建主义、封建社会、封建统治阶级的不满和批判,批判的方面相当广,像穷奢极侈、腐化荒淫、贪污受贿,压迫人,甚至害死人、打死人不偿命,等等,也写到了交租子和高利贷,这是一方面。另一方面,对封建的一系列上层建筑也进行了批判,除了揭露官僚制度(包括太监)和官场的黑暗腐朽之外,还写出了科举制度、婚姻制度、家庭关系、奴婢制度的不合理以及封建道德的虚伪。另外,从贾宝玉、林黛玉和其他被压迫者身上,它又肯定了一些新的东西,追求个性自由、男女平等、婚姻自主、比较合理的家庭关系和比较合理的人与人的关系。当然,这些东西都是有时代和阶级限制的。比如,它的自由平等等民主思想还都是自古有之的,还不是资产阶级的自由平等,还未提出经济、政治上的平等(尽管这种资产阶级民主思想也很落后了);它的婚姻自主思想和所谓比较合理的家庭关系和人与人的关系也还都很朦胧。有人还指责它没有提到人民的反抗。但是,这都不影响《红楼梦》的伟大。它的贡献就在于对上层社会的相当广泛、深刻的批判,就在于它可以说是集封建社会民主主义思想的大成(当然还不包括歌颂农民起义的思想),由之可以认识封建社会的本质,可以看出封建社会和贵族地主阶级是应该灭亡的。在当时最后一个封建王朝的繁荣发展时期,自己又是公子哥儿,能看出这一点是了不起的,是伟大的。不从当时的历史条件出发就无法判定其价值。从艺术上看,《红楼梦》也是现实主义艺术发展的最高峰(自然,也有些积极浪漫主义的成分)。它写的典型人物那样多,性格那样鲜明突出,让人记得住,活在人们的口头上,这也是了不起的。比如,很接近的人物性格反而往往很不一样。薛蟠、宝钗同胞兄妹,差别却那样大;贾宝玉和他的兄弟们——贾琏、贾珍、贾环,元春、迎春、探春、惜春四姐妹,宝玉的贴身丫环袭人和晴雯……许多很接近的人性格却是越发不同。作家是有意避免人物的"差不多"的。《红楼梦》对生活的描写更加细致,更加匀称,超过了其他任何一部古典小说;结构很复杂,但也很完整,浑然天成;情节发展很有波澜；语言的运用也有了很大进步。就是从表现的内容看，也有了很大的发展。比如爱情描写，就体现了比《西厢记》《牡丹亭》等更为广泛而深刻的社会意义。但是，也必须看到《红楼梦》的局限性，看到它的许多不健康的东西，比如"天网恢恢，疏而不漏"的封建的因果报应思想、封建隶属之分、多妻主义、对贵族家庭破落的惋惜以及色空观念、宿命论思想、悲观感伤情绪等。有的地方还直接颂扬了清朝统治者（这有客观原因，也有主观原因）。艺术上也不是一点没有缺点。还有些旧小说的滥调，语言还只是改造了的文言，而非纯粹的白话，还有一些猥亵的描写。

之后，何其芳同志进一步指出，我们不仅要和这些消极因素划清界限，而且要和其积极进步的因素划清界限。比如《红楼梦》的民主主义思想，就是一种封建社会的叛逆者的思想，作者并没有改变其根本立场，没有改变其思想体系和世界观，他只不过是反映了一些人民的观点和情绪，自己的部分观点有了变化，说他是代表农民或者代表市民都是不对的。因此，它的进步程度就还赶不上进步的资产阶级或激进的小资产阶级的旧民主主义思想。今天，连这种旧民主主义思想都成了落后、反动的东西，何况它呢？必须划清两个时代的界限，认清资产阶级小资产阶级的民主主义和社会主义共产主义的区别，认清《红楼梦》的民主思想已经和我们相隔了两个时代——旧民主主义革命和新民主主义革命的时代，认清它和我们无产阶级思想的根本的体系的不同。如果坚持这些东西来反对我们今天的社会，那就是犯了时代错误。贾宝玉是封建统治阶级和封建主义思想的叛逆者，是向落后、反动的东西叛逆，是进步的；今天我们根本不是封建社会了，我们向谁叛逆？难道叛逆我们的社会主义？叛逆我们的革命事业？那不成了反动了吗？再比如，贾宝玉还否定科举制度，反对走仕途经济的道路。这在当时无疑也是进步的；而我们今天当然也不能学，难道我们能够否定我们今天的教育制度和考试制度吗？他的个性自由是向封建主义要求，不能向社会主义要求，我们要的是集体主义。贾宝玉不喜欢接见宾客，这也是很进步的；但我们今天也不能学，因为接见宾客的性质不同了。此外。贾宝玉喜欢滥用感情,爱黛玉,爱晴雯,还喜欢别的女子,这要在今天也很糟糕。至于林黛玉,自伤命薄,爱哭,这都是她父母双亡,寄人篱下,婚姻又无人做主的具体条件造成的,今天当然也不应该去学。林黛玉和贾宝玉的爱情也不能学。曹雪芹写出了过去的才子佳人小说无法写出的东西,跳出了男才女貌的公式,写出了他们二人有共同的在当时很进步的思想,这一点是可以批判继承的。但是,时至今日,进步的内容也不同了,我们应该要求社会主义共产主义思想了,所以对他们的进步思想也要加以改造。他们的爱情虽然比较真挚,但贾宝玉也有缺点,还不能说是十分专一。他们的爱情表达方式——曲折、麻烦、吵架、别扭,不仅生活上不能学,写小说也不能学。《归家》不是学了一下吗？结果只能是大受批判。另外,爱情成了他们重要的精神支柱,和叛逆性格互相支持,我们也不能将它摆那么高。我们有我们的大志,我们以马列主义、毛泽东思想,以为人民服务为社会主义共产主义服务作为我们的精神支柱,作为我们生活的动力,爱情完全是从属的,为了革命利益是可以牺牲的。过去,有些《红楼梦》的研究者把爱情摆得太高,认为《红楼梦》的主题就是爱情,这是错误的。实际上,《红楼梦》的主题是通过荣宁二府的兴衰和贾(宝玉)林(黛玉)爱情的悲剧来批判封建社会、封建制度和封建统治阶级。爱情只是其内容的一部分。据有人统计,描写爱情的部分,还不到全书的三分之一。贾宝玉考虑的也不只是爱情,而是有很多方面。认为《红楼梦》就是写的爱情,是"爱情的颂歌",这是贬低了《红楼梦》的价值的。《红楼梦》是伟大作品,而伟大作品就没有一部是专写爱情的,它必然写到广泛的社会生活。对《红楼梦》的爱情描写不加批判或批判不够也是不对的。有人把贾、林爱情悲剧说成是"美的毁灭",把他们的恋爱说成是"为美的斗争""最纯洁的理想"等,都更加不对。没有抽象的美、抽象的纯洁,他们的爱情在当时是比较美比较纯洁,但也不是那样纯洁,今天严格地说,就不美、不纯洁。欣赏它,是一种封建主义的美学观点,是没有划清界限。谈到《红楼梦》电影,何其芳同志说,它撇去了原作的广泛的社会意义,只剩了一个爱情故事,就显得很单薄;爱情也没有达到原书的动人程度。有人看了电影很感动,痛哭流涕,还说:"要不哭,才是铁心肠!"这就未免"心肠太软"、太过分了。

报告接着谈到了《红楼梦》小说在艺术上的成就和局限,指出,我们当然首先要看到其艺术成就之高。它出现在十八世纪中叶,当时的西洋小说远没有达到它的水平,它的许多地方是西洋小说所没有的。这是很值得我们骄傲的,是可以提高我们的民族自信心的。但它毕竟是古人的东西,我们不能靠祖先吃饭。只歌颂、欣赏不行,还要创造我们时代的东西。在创作上不能膜拜,不能照搬,不能在它面前抬不起头来。我们要学习它,继承它,但目的是超过它,突破它。我们的生活、思想、技术条件都超过它,可借鉴的遗产也远比它多,是可以超过它的。从研究者看,也不能对它盲目肯定,要具体分析,不能引导人颂古非今,也不能拿它来否定今天的作品。今天的作品,思想、观点上是远远超过了它,艺术上也有局部地方超过了它(当然还有许多地方不如它)。笼统地否定今天的作品,不仅是不应该的,也是不公允的。《红楼梦》的现实主义的确是深刻的,人物写得又真实又复杂;但它里面总没有革命斗争、革命人民、革命战士吧?对新作品我们要关心,要阅读,它们不仅教育意义大,艺术上也有革新。《红岩》销售四百万册以上,《红日》《青春之歌》都销售一百万册以上,如果没有艺术上的成功之处,光靠思想内容健康正确,这是不可能的。我们关心今天的文学,应该超过关心过去的文学;我们了解今天的生活,比了解过去的生活更重要。何其芳同志进一步指出,有些青年同志欣赏《红楼梦》,并不能正确认识到作者艺术上的高明之处,甚至连作者的用心都不能理解。他举例说,有人欣赏书中的感伤、消极、悲观的情调,大背《葬花词》。其实《葬花词》不是很高的艺术品,思想、艺术都不高。它的思想无非是人生无常,红颜薄命;它的艺术也只是当时闺中女孩子的水平,不能代表曹雪芹的诗歌水平,它不是真正的创作,是作者按照闺中女孩子的水平写出来的。当然,诗中反映的思想,对林黛玉来说,是有生活根据的,但对于我们来说,就没有什么生活根据了。在具体分析了原诗后,何其芳同志说,如果我们今天也去学林黛玉的样,那不仅是可笑的,而且还可能是反动的。林黛玉的鹦鹉会背《葬花词》,人们认为可笑;我们也去摇头背《葬花词》,岂不成了林黛玉的鹦鹉?岂不更可笑?还有人欣赏薛宝钗,说什么"她群众关系不错","会关心人体贴人","我要是贾母,也得让宝玉娶她",这真是比曹雪芹还落后。在作者笔下,薛宝钗基本上是一个封建正统思想的代表。她劝史湘云、林黛玉注意针黹女红,说什么"女子无才便是德";她很尊重封建理学家朱熹;她喜欢宝玉而从不表露感情;她喜欢讨好人、奉承人,讨好人成了她的原则;贾母喜欢吃软的食物、听热闹戏,她也说自己喜欢吃软的食物、听热闹戏;金钏自杀,她主动送衣服给王夫人做金钏的葬服,还说:"据我看来,他并不是赌气投井,多半他下去住着,或者在井旁边儿玩,失了脚掉下去的。""姨娘也不劳关心,十分过不去,不过多赏他几两银子,发送他,也就尽了主仆之情了。"作者写出了这一人物人品的低下,批判得很厉害。当然作者也写出了她的一些"优点",比如外貌不坏,会团结人,有才干,等等。但所有这些"优点",都是和其本质联系,为其本质服务的,这正表现了作者现实主义的高明之处,不简单化,像生活本身一样复杂。这些表面上的可取之处实际上不可取,不能主次不分,把次要的当成主要的。有人还羡慕贾宝玉的生活,说"他整天不劳动,有那么多漂亮女孩子陪伴、服侍,真幸福",说什么"要让我过一天那样的生活也就心满意足了"。这种思想境界未免太卑下了!不劳动、享乐,这就是幸福吗?连宝玉自己都不满意那种生活,要出走,何况我们?此外,还有极个别的人专门欣赏书中某些不健康的东西,比如猥亵的描写,趣味就更低级了。

  在报告的最后一部分,何其芳同志顺便谈到了西洋古典作品的阅读问题,分析了这些作品容易产生消极影响的几个方面,指出了对待它们应该具有的正确态度。最后,他联系自己和旧社会许多青年人读书的经验教训,语重心长地说,假如说在旧社会乱看书还可能使人走向革命(因为许多书里都有对社会的不满，要找出路），那么在现在，情况就不同了。再不加选择、不加批判地乱看书，又无正确标准，就可能走向很危险的道路。他希望青年同志高度注意这个问题，首先树立一些基本的正确观点，增强抵抗力；其次要多看今天的革命作品；对古典作品首先要看比较健康的，而且要采取批判态度。只有这样，才不致受古典作品的消极因素影响。

论文中主要观点应当是自己发现的
——指导"文研班"学员毕业论文《〈红楼梦〉对我国古典小说艺术表现方法的继承与发展》的意见

整理校订者按：一九五九年到一九六三年，中国社科院文学研究所与中国人民大学合办文艺理论研究班（简称"文研班"），何其芳时任"文研班"班主任。"文研班"学习的最后一年，学校规定每人写一篇毕业论文。学员黄泽新的论文选题是关于《红楼梦》的，由何其芳负责辅导。一九六三年二月到六月，从草拟提纲到论文定稿，何其芳共辅导四次。头三次是去何其芳家里直接接受他的谈话辅导，最后一次写的是书面意见。

整理校订者按：第一次辅导谈话（一九六三年二月二十七日）先谈了几点写作论文共同性的要求；随后，何其芳就《红楼梦》研究课题的确定谈了几点意见。

我先说说写研究论文要注意的几个问题：

第一，要写提纲。写一般性的文章可以不要提纲，写长篇论文，尤其是论述复杂问题的长篇论文,一定要写提纲。毛主席的《论联合政府》,结构完整而周密,说理性很强。我们恐怕很难找到比那更好的安排形式。提纲在写作实践中还要反复修改,尽量使论文层次清晰,逻辑性强,富有说服力。

第二,把思想变成文章,不仅是文字表达的问题,还可以使思想更准确、更精密。一定要下功夫,要认真考虑。论文的文字要讲究。不要用随便拾来的语言,要用经过思考的语言。要培养对语言的敏感,什么是好的讲究的语言,什么是不好的不讲究的语言,要善于区分。写得太轻率不可能有好文章,要高度地集中精力,花大量的劳动来完成这篇论文。

第三,写成初稿后,要认真地仔细地反复地修改。中央文件有的改了十多遍,我们也要学习这种精神。自己的稿子自己动手抄,才经得起考验。自己不耐烦抄,还有发表的价值吗?

研究《红楼梦》,首先要重视研究《红楼梦》的时代背景。为什么《红楼梦》在那个时代产生?包括社会的、政治的、思想的、文化的以及传统的原因都要摸一摸,搞清楚。社会背景是文艺作品的根。不论你研究什么问题,都不能忽略它的根。例如,贾府衰败的原因到底是什么?有人说是"坐吃山空"。我觉得这个看法讲得不够深入。应当从时代背景的诸多因素中探讨贾府衰败的必然性。

其次,要多阅读与《红楼梦》有关的研究资料,了解前人的研究成果。新的看法从材料中来。论文中主要的观点、材料应当是自己的,是自己发现的、思考的,但不可能完全新。材料要反复看,反复研究。

这一次,先谈到这里吧!下一次你们谈谈个人论文的提纲,我再说说具体意见。

整理校订者按: 第二次辅导谈话时(一九六三年三月三十日),黄泽新的论文题目已暂定为《论〈红楼梦〉的人物形象塑造》(后改为《〈红楼梦〉对我国古典小说艺术表现方法的继承与发展》)。文章主旨是要论证曹雪芹

《红楼梦》对我国古典长篇小说在艺术表现上究竟继承了哪些方面,又"打破"了哪些方面。黄泽新已写出两千多字的提纲。何其芳翻看了两遍后说:

思路可以,条理也比较清晰。不过有些问题,还需要进一步思考。

关于人物的阶级性与典型性的问题,有人主张阶级性是人物的本质,甚至认为一个阶级只有一个典型。可是为什么某个阶级的典型人物的某些特征能够抽出来用在其他阶级人们的身上?一种解释是借用,另一种解释是相同而又不同。阿Q忌讳癞子,不能说这是从统治阶级来的;排斥异端则可能是从统治阶级来的。不同阶级、不同阶层的人们会有不同的忌讳,各有什么特点?考虑问题尽可能从实际出发。

分析人物性格要科学、辩证。关于刘姥姥流行的看法有两方面:一是进大观园,因无知而闹了许多笑话;二是帮闲。过去,我们叫吴稚辉为刘姥姥,就是讥讽他是个帮闲。流行的这两点对刘姥姥的看法,并不是刘姥姥的性格的全部。对于贾宝玉,流行的看法是爱女孩子,而不是叛逆。流行的看法只是表面的东西。搞研究,不要被流行的看法所误导,要运用科学的认识论独立地思考,提出自己的见解。

这里还需要强调一下,评价形象的意义也好,评论作品的思想和艺术成就也好,都要从作品的实际出发,先搞具体的东西,然后再概括,再下判断。不要先有了论点,然后再在作品中找有关的现象证明。现象是复杂的,不同的论点都可以找到相应的现象作为例证。先有论点再找例证的做法很容易导致错误。

研究论文要写得准确、鲜明、突出。要花大气力找出《红楼梦》艺术上的特点,找出它最成功最独特的地方。我们搞研究是为现实服务的,因此更要关注对今天有意义的东西。拿心理描写来说,托尔斯泰写人物心理很细致,着重过程,但故事进行太慢,比较沉闷。《红楼梦》的心理描写也很细,但和生活一样,并不慢,这就是发展创造,充分显示了我国古典小说心理描写的特色。直到今天，这仍值得我们借鉴。

整理校订者按：第三次辅导谈话时（一九六三年六月三日），黄泽新已将初稿交给辅导老师半个多月了。何其芳谈的是对初稿的意见。

稿子我看了，大体上可以，不过，还要作一些修改。

1. 文章对问题分析得比较细致，但是理论概括不够。文章谈的是人物塑造问题，对人物塑造的重要性就应该有所强调。另外，《红楼梦》"打破传统写法"的意义和价值，也需要进行充分的理论阐述。

2. 文章着重讲了《红楼梦》对传统艺术表现方法的突破与超越，继承讲得不够。对《三国演义》《水浒传》以及《金瓶梅》艺术特点的概括不够完全恰当。当然，艺术分析是个极其复杂的问题，要做到完全地恰如其分，是很困难的，越是困难越需要认真、细心，尽量使我们的分析符合作品的实际。

3. 环境描写，有的能折射人物的性格，有的则不能折射人物性格。只不过是人物的居住场所，不要生硬地把一切居住环境都和人物性格联系到一起。例如《西厢记》，故事发生在寺院里，崔莺莺、张生和红娘的性格与环境有什么关系？分析其他作品，也要实事求是，不可牵强附会。

整理校订者按：第四次辅导（一九六三年六月二十二日）不是面谈。何其芳所提意见用红铅笔写在了黄泽新修改稿前面的空页上，本日将稿子让人送还。黄泽新将意见抄录下来。

6. 文字还不够准确、讲究，有些名词造得有些生硬，如"行动细节""表现传统"；

3. 讲《红楼梦》以前小说在写人物上的区别和特色还是要讲得更恰当一些，更符合事实一些。《三国》《水浒》也并非完全没有细节描写，《水浒》

就较多一些,也并非都是只能通过一件事写一两个人物。继承方面似讲得不够;

1. 有对塑造人物问题的概括性的理论性的论述,可是只有细致的一面,而缺少思想与理论的高度;

4. 心理描写一节似举例过多;

5. 环境描写一节中写风一例似与塑造人物无关;

2. 结束语未能把前面三节总结起来。

整理校订者按:何其芳所写意见的序号何以是"6、3、1、4、5、2"呢?黄泽新推测:何其芳的辅导意见是随看随写的,没有写序号;看完修改稿以后,才根据内容编列了序号。

摘自黄泽新纪念文章:《弥足珍贵的岁月——文研班生活片段》《九畹恩露:文研班一期回忆录》,社会科学文献出版社,二〇一一年七月版,第八三至八八页。黄泽新在"文研班"毕业后,回到河北大学中文系任教。一九七九年调天津社会科学院文学研究所。文学批评专著《小说艺术的流变》荣获第一届华北地区文艺理论奖一等奖。

辑三 争鸣

《论红楼梦》序

1953年2月到文学研究所工作的时候,我打算研究中国文学史。当时正准备纪念屈原,我就从研究他开始,写出了我的第一篇关于我国古典文学的论文。接着研究宋玉,但没有写文章。后来又研究《诗经》。历时数月,还没有把它的面貌和问题弄清楚,《红楼梦》研究批判就开始了。紧接着是批判胡适和胡风的运动。以后,我的研究计划改为研究清初的小说,写出了关于《儒林外史》和《红楼梦》的论文。《论〈红楼梦〉》是我写议论文字以来准备最久,也写得最长的一篇。从阅读材料到写成论文,约有一年之久。在这里应该说明的是,我主要是做行政工作,我的一年实际上不过有四五个月的研究时间。初来文学研究所的时候,我曾像学校里排功课表一样,规定一周里面哪几天处理行政事务,哪几天从事研究工作。结果证明行不通,总是把研究时间挤掉了。后来才摸到了这样一个规律:白天做行政工作,晚上读书或写作。对《红楼梦》这样一部巨著,仅有一年而且实际上不过是四五个月研究和写论文的时间是不够的。但在我已经是准备最久了。在这以后,还写了一篇关于《琵琶记》的文章。由于对它的评价很有分歧,我曾把这部作品读了五遍,并且浏览了所有的争论的材料。至于也收入了这个集子的关于李煜词的发言,却是在开讨论会的过程中匆促准备的,说不上研究。

岁月不居,时节若流,五年来我对于我国古典文学的研究,不过如此而已。

我国文学的传统十分长久,十分丰富。对于企图用马克思列宁主义的观点来进行研究的人说来,它几乎到处都是有待于开垦的处女地。它要求我们辛勤地工作,要求我们有严格的实事求是的态度。离开了这就会产生各种各样的主观主义。任何形态的主观主义都是直接违反马克思列宁主义的。我们都还记得,解放后不久,古典文学研究中曾经出现过简单粗暴的倾向,那就是把过去的许多杰出的作家和作品一概划归剥削阶级的正统文学的范围,加以否定,只承认古代的人民群众的作品和从下层出身的作家的作品是我们应当宝贵的传统。这种倾向受到了批评。这完全是必要的。古代的人民群众和从下层出身的作家的作品,我们当然应该充分重视;但把它们去和另外一些杰出的作家的作品对立起来,那就不对了。像屈原、司马迁、李白、杜甫、关汉卿、王实甫、施耐庵、罗贯中、吴承恩和曹雪芹这样一些大作家以及其他杰出的作家,尽管他们大都出身于当时的剥削阶级,尽管他们的作品还有由于时代和阶级的限制而产生的缺点,那些作品却在不同的方面反映了人民的要求,而且代表了一个时代的文学以至整个过去的文学的最高成就,我们的文学史是不能把他们抛开或者故意压低的。他们的作品同样是人民的财富,同样是我们应当继承的传统。在《屈原和他的作品》里面,我就是同样肯定了古代社会里的被压迫被剥削的人民的文学和从古代统治阶级内部分裂出来的心怀不满并有所批判的作家的文学,认为它们汇合成了我们古代的现实主义文学和积极浪漫主义文学的巨流,并且从屈原这个具体的作家说明了他和人民相通之处。但是,由于简单粗暴的反历史主义的倾向早已受到批评,这五年来古典文学研究中的主要倾向却是另一个极端,却是从简单否定转变到简单肯定,却是无批判地肯定和牵强附会地肯定。李煜词和《琵琶记》的讨论异常明显地暴露出来了这种倾向。尽管李煜词的思想性并不怎样高,尽管《琵琶记》有那么浓厚的封建道德的色彩,许多人却硬不准许说它们的消极方面,硬要用种种离奇古怪的说法来强为辩解。我的关于李煜词的发言虽然是匆促准备的,说不上研究,我还是把它编入了这个集子,用意也在此。这个发言发表以后,有些作者非难我引用李煜词的某些有代表性的句子来说明他的亡国之恨的内容。如果这种引用符合实际,又为什么不可以呢?引用那些句子的时候,我说过那只是"大致是这样一些"。即使还讲得不细致,难道主要的内容不是那些吗?有的作者说主要内容不是那些,而应该是"当时悔杀了潘佑、李平"之类①。李煜为什么悔杀了潘佑、李平?还不是因为不听他们的话亡了国,由江南小皇帝的身份"一旦归为臣虏"?完全不顾李煜词里面明白表现出的内容,硬要否认他亡国以后还留恋他做小皇帝时的生活,断定他的亡国之恨只是抽象的"对于故国的深切怀念"②,这就好像人的意识可以和他的生活不相干了。有的作者还责备我那些引用削弱了艺术形象的客观意义③。但我那并不是在分析他的某一首词的形象的客观意义,而正是在说明李煜的亡国之恨的主观内容。在后面我是讲到了他有些作品概括性很高,因而能够引起许多和他的生活并不相同的读者的共鸣的。即使还讲得不够,这难道不是已经说明了某些作品的客观意义大于作者的主观思想吗?

《儒林外史》《红楼梦》和李煜词、《琵琶记》不同。它们的积极意义远为超过了它们的消极的成分。然而就是对这两部比较好肯定的作品也发生了牵强附会地肯定的现象。我在《吴敬梓的小说〈儒林外史〉》的"后记"里面,批评了所谓反满的民族思想说。想不到这种完全是学术讨论性质的批评却引起了有的作者的不满。一年以后,吴敬梓的《金陵景物图诗》被发现了。这些诗里面有明显的歌颂清朝的句子。这算是由《儒林外史》

---

① 《李煜词讨论集》,一四四页。
② 同上,一四四页。
③ 同上,一四二页。

的作者自己出来作了结论。在《论红楼梦》里面,我也批评了从过去到现在的种种牵强附会的肯定派。但关于曹雪芹,我们却很难找到有关他的思想的新材料了。

我是按照我的理解来努力提倡研究工作中的实事求是的态度,反对各种各样的主观主义的表现的。封建社会的学者的牵强附会,资产阶级唯心主义,庸俗社会学倾向和教条主义,从认识论方面说来,从思想方法方面说来,都是主观主义的;但从立场和观点方面说来,它们却又各不相同或不尽相同,比较更多地从方法论方面着眼;尽管我们和资产阶级学者在方法论上的分歧也是学术工作中的两条道路的斗争的表现,然而我并不曾一开头就这样明确地提到理论的高度;党所发动的对资产阶级唯心主义的批判运动虽然我也曾努力参加了,然而在这以后我并不曾更多地更集中地批评资产阶级的学术思想,仍然是比较分散地就一些具体问题的争论发表意见——这些都是我的理解和水平的限制,都是我的这些论文的缺点。

我之所以有志于研究中国文学史,最初的出发点倒是为了现在的。一九四二年延安"整风"运动以后,由于工作的需要,我放弃了我所比较熟习的创作,开始从事文学批评。后来深感到没有研究过我国的和世界的文学史,仅仅根据一些已成的文艺理论和当前的文学现状写批评文章,很难写得深入,很难对理论有所丰富和发展。我又还感到我国文学史上的许多杰出的作品还不曾得到足够的估价,科学的说明;如果在这方面能研究出一些结果来,这对于创作,对于文学爱好者,以至对于提高民族自信心,都会大有益处。我是抱着这样一些想法来从事古典文学的研究的。然而等到真正开始了工作,大量的材料占据了有限的精力,时间一久,就对于当前的创作情况日益生疏了。这一次的全国"整风"运动开始以后,特别是在文学研究所讨论方针任务的时候,我才感到这样下去不行,这会离开了我的最初的出发点。到了"厚今薄古"的方针提出以后,问题就更清楚了。按照我的理解,"厚今薄古"是对整个学术界提出的,是为了纠正学术界的脱离革命实践、脱离社会主义的现实政治生活、很多人只喜欢讨论古代的事情的偏重于研究古代的风气。这种不正常的风气虽然不是近几年才有的,近几年来却的确相当弥漫。不少年轻的同志也是对于古代兴趣很浓而不愿意研究现状。这的确需要大喝一声。正常的情况应当是研究当前的问题的人较多,研究古代的事物的人较少。当然,就是这种风气纠正以后,就是学术界的力量的分布比较适当以后,仍然是会有一部分人去研究古代的事物的。对于这一部分人,研究古代的事物是他们的业务,他们又怎样"厚今薄古"呢?他们对于他们的业务不是一个"薄"的问题,而是应当"古为今用",而是应当用正确的立场、观点和方法去研究,而是研究的结果应当符合国家和人民的需要。我们提任何问题,都是有一定的范围的,都是有一定的目的的。把"厚今薄古"的范围和目的弄乱了,那就会永远夹缠不清了。所以,应用到文学研究工作方面来,"厚今薄古"首先也是要改变风气和加强对于当前文学的研究。研究我国古代文学史的结果,对于我们今天的文学运动,到底还是只能作为借鉴。封建社会的文学发展的规律,虽然有一部分还是可以供我们参考的,不少部分却并不适用或者并不完全适用于今天的文学。要找指导我们今天的文学发展,主要还是要研究五四以来的新文学史,主要还是要总结无产阶级领导的文学运动的经验。其次,研究古典文学的人也应当注意当前的文学运动,注意当前的创作和批评,注意广大人民的需要,以便使自己的工作能够更好地为社会主义建设服务。"厚今薄古",绝不应该理解为对于古代的杰出的作家可以随便否定,随便贬低。解放后不久出现的那种简单粗暴的反历史主义的倾向是不应该重复的。

  五年来我仅仅写了这样几篇关于古典文学的文章。另外有些批评论文,其中也还有谈到古典文学的,然而那是以批判资产阶级的学术思想和文学思想为主。我都编入另一个集子《没有批评就不能前进》里面去了。文章写得这样少,而且又有上面所说的缺点,但在"整风"初期"大鸣大放"的时候,居然还有作者说我是"上下古今都要去谈",是要"作结论",而且

"这种做法"好像已经"在工作上风气上"产生了很坏的"影响"①。有一位作者还说我研究的作家和作品都是"大家写过较多的文章的","很少看见"我"独自对某一个问题写出什么研究的文章来"②。好像文学史上的杰出的作家和作品,文学理论上的重要的问题(这些都必然是前人写文章较多的),我都不应该去研究;而且我们做研究工作的时候,大量的占有资料就等于大量的抄袭,唯有无的放矢,信口开河,那才算得是"独自"的"研究"了。我这几年来写的文章里面,曾在某些古典文学的问题上批评过一些作者,其中不满和不快的或许还不只是一两位。对于不承认批评和辩论是发展学术的必要的方法,而把批评看作"谁出来就打谁一棒",或者甚至认为"被批评就是灭顶"的人,对于不许"百家争鸣",只许自己"一家独鸣",并且企图把他的"权威"建立在不被批评之上的人,你批评了他就是犯了最大的错误。但是,我希望经过了伟大的"整风"运动,学术界的批评和辩论的风气能够大为开展,大为健全。凡是在某一个学术问题上受到了批评而自己不以为然的人,我以为应该直接在这个问题上发表反批评,而不必用"作结论""排斥和打击""老一点的专家"以及其他用意在于吓唬人的话来阻塞批评。我一直是期待着学术上的认真的批评和反批评的。

一九五八年八月七日晨七时

---

① 见《文艺报》一九五七年第八期上吴组缃的《我的一个看法》,同年第九期上《教条主义和宗派主义阻碍着文学研究工作的开展》中的林庚的发言。
② 见《文艺报》一九五七年第八期上吴组缃的《我的一个看法》,同年第九期上《教条主义和宗派主义阻碍着文学研究工作的开展》中的林庚的发言。

关于《〈论红楼梦〉序》的一点说明

《文学遗产》编辑部：

兰州大学中文系方明同志的意见我已经读过。他对我那篇《〈论红楼梦〉序》中说现在已经开始有了对待古典文学的简单粗暴的反历史主义倾向的苗头提出批评，说这种说法"笼统"，而且可能"给那些厚古薄今的人以武器"，这样的批评我是接受的。我那篇序文写得很匆促，没有多加考虑就写了"现在已经开始有了一些苗头，是值得注意的"这样一句话。发表后就有同志给我提意见，说现在主要的问题是"厚古薄今"的现象还批判得不够，两条道路的斗争还在尖锐地进行着，我那篇序文提反历史主义的倾向，看来似乎全面，实际上是没有抓到主流，至少是对主流估计不足。这样的意见我也觉得是对的。因此在看《论红楼梦》这本书的清样的时候，我就删去了序文中的这句话。现在书即将出版，方明同志会看到的。

当时我为什么要写那样一句话呢？其实我那篇序文的中心内容是说明"这五年来古典文学研究中的主要倾向却是另一个极端，却是从简单否定转变到简单肯定，却是无批判地肯定和牵强附会地肯定"，是说明反对"厚古薄今"的必要以及我对这个方针的一点理解。只是因为当时听到了某些对古代作家古代作品否定过多过甚的意见，我想也不妨顺便提醒一句:不要重复解放初期的某些论著对待古典文学的简单粗暴的反历史主义的倾向。在当时我的确只是听到了几种对某些古典文学否定过多过甚的意见,根据是并不充分的。而且不管这种意见是个别的,部分的,还是相当普遍的,在"厚古薄今"的现象还批判得不够的时候,都不宜提出批评。我当时更没有想到这竟会给"厚古薄今的人以武器"。这说明我当时考虑得很不够,没有事先多想想那样的话会产生些什么效果。这就是说,我写文章仍有轻率之处。然而我那篇序文的重点还是反对"厚古薄今",反对无批判地和牵强附会地肯定古典文学的。"厚古薄今"的人如果不是孤立地利用我那样一句话,而是好好地看看我整个的序文,就会发现我的意见和他们并不相同。

方明同志说,兰州大学的同学们对古代的某些作家如曹操、阮籍、嵇康、陶潜、郭璞、谢灵运等人的诗有争论。具体的情况我不了解。高等学校在最近一个时期所进行的教学改革和学术批判,是一个伟大的群众性的革命运动。我完全同意方明同志的看法,这个运动的发展"一般是健康的",即使在过程中某些人对古典文学否定过多过甚,"也一定会在运动的发展中得到克服"。这一点我也是深信不疑的。但对于某些古典文学作家和作品有争论,我却觉得恐怕是要分别看待的。在争论中,如果有些人真是表现了资产阶级观点和"厚古薄今"的思想,如果他们真是从资产阶级的观点和"厚古薄今"的思想来肯定这些古代的作家(这样他们的肯定一定是不妥当的,不是无批判的肯定就是肯定了一些不应该肯定的地方),这当然是必须展开批判和斗争的。如果有些人并不是从资产阶级的观点和"厚古薄今"的思想出发,而仅仅是由于对某些古代作家古代作品的具体看法不同,我想应该容许他们发表不同的意见,不宜听到意见有些不同就说那是资产阶级的观点和"厚古薄今"的思想。方明同志所举的那些古代作家,不是从资产阶级的观点和"厚古薄今"的思想出发,也完全可能对他们的看法不一致的。这些作家的情况不一样,他们的诗歌的成就和应该批判之处也各不相同,都是需要经过一些研究和讨论(而且完全可能有争论),然后才能得出比较适当的评价的。一般说来,都不适宜于简单肯定，也不适宜于简单否定。我那篇序文中，说到古代的杰出的作家的时候也曾提到陶渊明的名字。后来看《论〈红楼梦〉》的清样的时候，又把他的名字删掉了。这说明就是一个人对于某一个作家也完全可能有斟酌和反复的。我最初写上他的名字，是因为想到在汉魏六朝的诗人中，他或许是成就最高的，虽然思想上有缺点。后来为什么又删掉了呢？是又考虑到他的成就到底还是不能和屈原、李白、杜甫相比并。我在那里只是举出几个不同时代不同方面的最杰出的最有代表性的文人作家为例子，所以在唐代的诗歌方面举了李白和杜甫就没有举白居易，小说方面举了吴承恩和曹雪芹就没有举吴敬梓，这些作家都包括在我跟着在后面说的"以及其他杰出的作家"里面了。我现在查看了一下序文，发现仍有疏漏，罗贯中和施耐庵的名字也没有举出来。举了吴承恩和曹雪芹而不举他们，是不妥当的。这完全是由于写序文和看清样时的匆促而有的疏忽，和我平时的看法和评价毫无关系。我向来总是认为《水浒传》和《红楼梦》是我国古典小说的最高成就，其次就必须说到《三国演义》《西游记》和《儒林外史》。但这个疏忽只有这本书再印时才能补救了。

　　方明同志的意见的后一部分还说到民间文学同古代的作家和各个时代的文学的关系。那些看法大体上是我们大家共同有的，我和他没有什么根本分歧。我在论屈原的文章中就说到过他继承了《诗经》和楚国的民间文学的传统；我在论《红楼梦》的文章中就说到过曹雪芹直接地或间接地受到了人民的影响，其中包括以前的富有人民性的文学的影响。我在序文里没有再一次地讲这样的意见，是因为我在那里面谈的并不是民间文学同古代的作家和各个时代的文学的关系问题，而只是打算很简单地说一下不宜把民间文学和古代的杰出的作家对立起来。那篇序文想尽可能写得简短一些，因此有些本来可以涉及的问题都没有谈到。

　　如果《文学遗产》有篇幅，希望能把我这点说明和方明同志的意见一起发表。

十月十日深夜

附

对何其芳同志的《〈论红楼梦〉序》的意见

方　明

不久以前,正当我校深入教学改革大力批判文学教学中厚古薄今思想的时候,我从《文学遗产》第 222 期上读到了何其芳同志的《〈论红楼梦〉序》。当时它没有怎样引起我的注意。但是最近同学们忽然都在谈论这篇文章,并且引用其中的一些意见来解决当前教学改革和文学史研究中的一些问题,这才又引起我的兴趣。既然别人都在谈它,自己也总得有个看法,表示一下意见,所以昨天又从报纸堆中找出这篇文章来,把它连读了两遍。据我知道,对这篇文章的评价,存在两种对立的看法。一种认为,这是一篇好文章!另一种认为,其中虽不乏正确的论断,但是也提出了一些错误的意见,并且给当前我们对文学教学和文学研究中的资产阶级观点和厚古薄今思想展开最后的总攻击,带来不好的影响。我个人是比较倾于后一种意见的。

何其芳同志的文章,虽然是一篇《论红楼梦》的序言,但是它接触的范围是比较广的,并没有局限在红楼梦的研究里。实际上,何其芳同志除了在文章的开头简单地介绍了一下他最近五年来的研究工作情况外,主要是就当前古典文学研究领域中两条道路的斗争,对待文学遗产的态度,文学研究和文学批评的态度等方面发表了意见。应该说,这样地来写文章,对文学研究中的这些重大问题,提出自己的看法,是值得欢迎的。可惜的是,我认为何其芳同志的某些意见还大有值得商榷之处。

何其芳同志在文章开头着重指出:"解放后不久,古典文学研究中曾经出现过简单粗暴的倾向,那就是把过去的许多杰出的作家和作品一概划归剥削阶级的正统文学的范围,加以否定,只承认古代的人民群众的作品和从下层出身的作家的作品是我们应当宝贵的传统。这种倾向受到了批评。这完全是必要的。"在文章的后头,又接着指出:"解放后不久出现的那种简单粗暴的反历史主义的倾向不应该重复。现在已经开始有了一些苗头,是值得注意的。"(着重点是我加的——笔者)

正是后边这一段话,成了两种不同意见的人争论的焦点。认为这篇文章好的人说:"何其芳同志真是有魄力,眼光敏锐,能够发现问题。"并且把何其芳同志的这个"发现",应用到我们的教学改革和文学史研究上,说我们这里似乎也有了这种"苗头",对古代的东西否定得太多了,对曹操、阮籍、嵇康、陶潜、郭璞、谢灵运等人的诗作的价值贬得太低了,说我们没有历史主义的观点,不尊重历史。

另一种人认为,何其芳同志那样的论断,缺乏事实根据,是无的放矢,因而也就没有什么意义。

我觉得,这两种意见,无论正面的或反面的,都说明何其芳同志是错了。显然,现在的问题不是简单粗暴的反历史主义倾向有了一些"苗头",而是在某些单位和某些个人身上,厚古薄今思想还没有得到有力的批判,还没有被彻底铲除。当然,也许何其芳同志是有他的事实根据的,只是在这篇文章里没有写出来。不过从我接触到的人,和看到的报章杂志上的有关报导和文章看来,即使简单粗暴的反历史主义倾向确有复活的象征,那也只是在极个别极个别的人身上有一些反映,同时也绝对不需要何其芳同志现在就这样郑重其事地提出来。在党的领导下,我们的运动发展一般是健康的,那些极个别极个别人身上的反历史主义倾向"苗头",也一定会在运动的发展中得到克服。这一点我个人是深信不疑的。但是何其芳同志笼统地说"开始有了一些苗头",这就只能给那些厚古薄今的人以武器,以防守阵地。我上面所举的第一种人的情况,正足以说明这一点,他们就是运用以攻为守的策略,在厚古薄今的阵地上与我们死战!当然,他们最后还是要失败的。

此外,何其芳同志在他的文章中还谈到了对从古代统治阶级内部裂出来的作家的作品的评价问题。他说:"古代的人民群众和从下层出身的作家的作品,我们当然应该充分重视;但把他们去和另外一些杰出的作家的作品对立起来,那就不对了。像屈原、司马迁、陶渊明、李白、杜甫、关汉卿、王实甫、吴承恩和曹雪芹这样一些大作家以及其他杰出的作家,尽管他们大都出身于当时的剥削阶级,尽管他们的作品还有由于时代和阶级的限制而产生的缺点,那些作品却在不同的方面反映了人民的要求,而且代表了一个时代的文学以至整个过去的文学的最高成就,我们的文学史是不能把他们抛开或者故意压低的。"

我们认为,给屈原、司马迁等伟大作家以正确的充分的评价,当然是必要的,我们过去也这样做了,把他们的作品和古代人民群众和从下层出身的作家的作品对立起来,自然也不对。它们同样是我国文学宝库中的珍品,是人民的财富。但是必须指出这样一点,无论是屈原,或者司马迁,无论是李白,或者杜甫,都是在民间文学的哺育下成长起来的,正是广大人民群众和从下层出身的作家的作品,给了我国文学的发展以决定性的影响。试看我国哪一个时代的文学,与民间文学没有密切关系?又有哪一种体裁的文学,包括诗、词、戏曲、小说,不是从民间文艺的基础上提高起来的呢?就是现在,民间文学也同样在影响整个文学创作,"大跃进"以来涌现出无数的新民歌,它们是高度的革命现实主义和高度的革命浪漫主义的结合和统一,它们正以无比蓬勃的力量,促进我国文学的发展。周扬同志在《红旗》第一期上写的《新民歌开拓了诗歌的新道路》一文中正确地估计了这种新民歌对于我国文学的作用,他说:"我们今天的民歌则是代表社会主义时代的新国风,表现了社会主义制度下人们的新生活、新思想、新道德和新风格。"他认为,正是这些民歌,"将开一代的诗风,使我国诗歌的面貌根本改变"。

人民群众的文学创作,是文学的源头,也是文学中的精华,如果忽略了这点,而只是强调那些杰出作家的作品,是"代表了一个时代以至整个过去的文学的最高成就",那就不十分全面和正确了。

另外，从统治阶级内部分裂出来的作家，由于阶级的影响和时代的限制，他们的作品往往也还包含有某些缺点和消极因素，我们是不能不看到的。例如：在分析陶潜和李白的作品时，固然应该指出他们在文学史上的重要地位和作用，给他们以应有的充分评价，但同时对他们某些含有消极因素的田园诗、饮酒诗，也必须给以严肃的批判。只有这样，才是厚今薄古，才是严格地鉴别精华与糟粕，才能从我国丰富的文学遗产中吸取养料，来繁荣我国的社会主义文学，满足广大人民群众的需要。

（原载一九五八年十月十九日《光明日报》。）

附

推荐《论红楼梦》

解叔平

《论红楼梦》，何其芳著，人民文学出版社一九五八年九月出版，列为中国科学院文学研究所专刊之一。这是一本论文集，收有作者五年来所写的五篇古典文学研究论文，内容包括有屈原和《儒林外史》《红楼梦》《琵琶记》等作家、作品的研究。

这本论文集有着下面的一些特色和优点：

作者曾经写过诗和散文，所以文笔比较优美是意中之事。作者的语言的风格比较朴素，对问题的阐述也是深入浅出的，读来很有兴味。

正由于作者曾经多年从事创作，对于创作的甘苦有着一些深刻的体会，就给论文集带来了另一个优点：对作品的艺术分析比较细致和透辟。这在《论〈红楼梦〉》一文的第八节和第九节中表现得最为充分和明显。像关于匠心和技巧、结构、日常生活的描写、重要的事件和波澜、人物典型性格在生活中的流行、"诗的光辉"等问题的分析，都能给一般读者以一些启发,有助于文学欣赏能力的提高。

作者近年来转入了文学研究工作的岗位。作为一个科学研究工作者,他写的论文又有着这样的优点:所作的分析和论断,基本上都是在马克思列宁主义的指导下,大量地占有材料的结果。

这些论文对一些作家和作品的分析,比较有见解,评价也比较正确。

如同作者在"序"里所说的,他研究我国古典文学的出发点是"为了现在",而不是去钻古书堆。所以,在研究具体的作家和作品时,作者往往就一些比较重大的带有现实意义的理论问题,加以探讨,并提出自己的意见。例如,《屈原和他的作品》一文论述了我国古代的现实主义文学的两个来源:一个是古代社会里的被压迫被剥削的人民的文学,另一个是从古代统治阶级内部分裂出来的心怀不满并有所批判的作家的文学。这篇文章发表在1953年。当时,在古典文学研究界,存在着一种简单粗暴的倾向,有一些人把我国文学史上许多杰出的作家、作品不分青红皂白地一概划入封建剥削阶级的正统文学的范围,加以贬低或否定。针对这些情况,作者在文内对于如何肯定一个古典作家提出了正面的看法,并对古典文学的研究方法提出了比较重要的意见。后来,当古典文学研究界的主要错误倾向转变到另一个极端,有一些人对古代作家的作品,不分精华糟粕,一律予以肯定,甚至把某些马克思列宁主义的词句生搬硬套,任意贴上人民性的标签,这时,作者又针对这些情况,发表了《关于李煜词的讨论》《〈琵琶记〉的评价问题》两文。这些,对古典文学的爱好者和研究者说来,都有着较大的参考价值。

作者在论述中采取的是严格的实事求是的态度。这首先表现在对一些错误说法的批判上。例如,在论及吴敬梓的《儒林外史》时,批判了那种出自主观臆测的民族思想说;在论及曹雪芹的《红楼梦》时,批判了那种牵强附会的市民文学说。其次也表现在对材料的选择和运用上。例如,在论及屈原的思想和艺术时,不把那些可疑的和难于判断的作品作为根据,只提到《离骚》《涉江》《哀郢》《抽思》《怀沙》《九歌》和《天问》,而不提《橘颂》《惜诵》《思美人》《惜往日》《悲回风》《远游》《卜居》《渔父》和《招魂》。这样,表现在论述上,就有着谨慎和稳重的特色。

最后,还应该指出,收在这本集子里的几篇论文,过去都在《人民文学》《文学研究集刊》《文学遗产》和《文学研究》等刊物上发表过,它们在当时曾起过良好的作用,受到了读者的欢迎。

因之,这本论文集值得向大家推荐。

(原载一九五九年二月二十二日《光明日报》。)

关于曹雪芹的民主主义思想问题

何其芳同志：

几年来,我断断续续地读过一些有关《红楼梦》的评论文章,读过您的研究《红楼梦》的论著;最近,又读了您的《曹雪芹的贡献》(见《文学评论》一九六三年第六期)。这些文章,对于我正确认识《红楼梦》的思想价值、艺术成就及其历史的、阶级的局限有着很大的帮助;但也存在一些疑问,在这里提出来请您帮助我解决。

曹雪芹,作为一个封建贵族地主阶级的"浪子",在《红楼梦》里描绘了贾、史、王、薛四大家族的衰亡,多方面地揭露了他所隶属的那个阶级,他所生活的那个社会的种种矛盾、种种罪恶;鞭挞了他所憎恶的男女,歌颂了他所赞扬的人物,从而对封建制度进行了大胆的抨击和否定。

对于《红楼梦》的思想价值,我们究竟应该怎样确切地估量它,说明它呢?七八年来,评论界对《红楼梦》的思想的性质及其赖以产生的基础,争议是颇为纷纭的,然而各家的论证又都似乎不够详尽和完善。

有人说,"它(《红楼梦》)在将近两百年的流传过程中受到一代又一代广大读者的欢迎,鼓舞他们为追求美好事物而斗争,起了巨大的民主性的效果"①。有人说,"它(《红楼梦》)反映了衰朽不堪、趋向最后崩溃的封建主义制度和处于萌芽状态的初步民主主义思想的矛盾斗争;这是表现在封建统治阶级内部的,当时中国社会发展过程中的主要矛盾"②。您的文章则认为,从《红楼梦》所否定的和肯定的两方面看来,曹雪芹追求的主要东西,虽然受到了时代的限制,然而,它们仍然都属于民主主义的思想性质。③ 您还认为曹雪芹所以具有这种思想,一个重要原因是接受了我国封建社会里长期存在的民主主义的思想传统的影响。可是,根据我和一般人的理解,民主主义思想是近代资本主义的产物,它是伴随着资本主义生产关系的产生而出现的。在曹雪芹生活的十八世纪,甚至比这更早一些时候,在我国虽然有了较为发展的手工业生产和机织作坊,但也还不能说是资本主义生产关系。因而在那个时候是没有可能产生作为资产阶级思想体系的民主主义思想的。

您在具体分析曹雪芹所受我国封建社会里的民主主义思想传统的影响时列举了许多古人,那就是曹雪芹在《红楼梦》里开了一大批古人的名单,其中提到了阮籍、嵇康、祝允明、卓文君和红拂等人。他们确实和贾宝玉的性格有相通之处,他们也确实都是封建社会的有进步思想的叛逆者。曹雪芹在塑造贾宝玉这个人物的时候,想到这些古人并采用了他们的某些性格和思想成分,来突出贾宝玉的怪僻的性格。但是,也很难说这些人的这样一些思想就是民主主义思想。

您说,曹雪芹通过《红楼梦》所提出的一些正面要求由于受到时代的局限,还不可能是一种经济上、政治上和法律上的要求。这,我是很同意的;因而,似乎只能把这些较为朦胧的思想概括为民主性的要求。毛主席在《新民主主义论》里谈到中国封建文化的精华时,只提民主性,而从来没有提民主主义。这是很科学的提法。我以为应该把民主性和民主主义加

---

① 《红楼梦问题讨论集》三集,九五页。
② 《红楼梦问题讨论集》一集,二三五页。
③ 《文学评论》一九六三年第六期,三、四页。

以区别。在没有资本主义生产关系的封建社会里只能有民主性的东西而不可能有民主主义,民主主义只能在近代资产阶级兴起以后才可能产生。既然您说曹雪芹受到时代局限,不可能在经济上、政治上和法律上提出民主要求,却又肯定他具有民主主义思想,这是不是有些矛盾呢?

过去曾有人提出过所谓"市民说",认为曹雪芹基本上是站在市民立场上来反封建的,因而《红楼梦》反映了代表那时新兴的市民社会力量的近代民主思想。记得您批评了这种看法,我是很同意您的批评意见的。但是,现在您却肯定曹雪芹具有民主主义思想,是不是您的意见有了改变,认为"市民说"的说法是正确的呢?

上述一切,仅是我个人的一些疑问和零星的想法,信笔写来,不知所云。望抽暇赐复。

此致

敬礼!

陈 鼐
一九六四年三月七日

陈鼐同志:

我这几年来对《红楼梦》没有再作什么研究。《曹雪芹的贡献》是为了纪念而匆促写出来的文章。在写《论〈红楼梦〉》之前,由于时间不够,也只是对这部小说本身进行了一些研究,关于产生它的社会背景、历史背景却并没有作什么探索。我只是浏览过一些历史学家的有关论著。因为自己没有去摸这方面的原始材料(那是需要大量的时间的),而且历史学家对有些问题的看法又还有争论,我就只能很谨慎。在那样长的一篇论文里,关于社会背景、历史背景的叙述还没有写满一页。这是一个很大的弱点。这个弱点在《曹雪芹的贡献》里也可以看到。

你对我把《红楼梦》里面的积极的正面的思想概括为民主主义的思想表示怀疑。这说明我在那篇文章里还没有把这个问题讲透彻。不过这个问题我却是再三考虑过的。我认为虽然我还没有对产生《红楼梦》的社会背景、历史背景进行真正的研究,也是可以这样说的。

我在《曹雪芹的贡献》里写过这样两句话:"在封建社会还没有解体的时候,在资本主义经济因素还没有大发展的时候,在资产阶级还没有形成为一个阶级的时候,是不是可以产生民主主义的思想呢?这是可以产生的。"一位看过我的未定稿的同志曾经对这点提出意见。他说:"这在研究过西方政治思想史的人是不成问题的。因此,在这里不必作为问题来提,就正面讲你的看法好了。"我当时考虑到研究过西方政治思想史的人究竟不多,而且事实上这在不少的人的心目中还是一个问题,我就没有删去这两句话。现在看来,缺点就在正面的说明还不充分。我接着只写了一句"这是一种客观存在的历史事实",却没有接着对这种历史事实作一点叙述或者加一条注解。

以为民主主义思想只能从资产阶级或者资产阶级的前身市民阶级产生,这恐怕不过是一种误解。民主主义,民主制,或者简称民主,五四运动的前后译为德谟克拉西,这个在中文里面有好几种译法的词是从古希腊语来的。这不仅是一个字源学上的问题,而是因为在古希腊的奴隶社会里面,在雅典和其他城邦曾经发生过民主政治的运动,而在雅典更曾经实行过发展水平很高的古代的民主制度。当然,那不过是一种奴隶主的民主制,享有公民权利的只有少数的人,被视为"会说话的工具"的奴隶、外邦人和妇女都不能享受那种政治权利。这样的历史事实不但历史著作里有过叙述,马克思主义经典作家也曾论列到。列宁在《论国家》中说:

> 在奴隶占有制时期,在当时最先进、最文明、最开化的国家内,例如在完全建立于奴隶制之上的古希腊和古罗马,已经有各种不同的国家形式。那时已经有君主制和共和制、贵族制和民主制的区别。君主制是一人独裁的政权,共和制是一切政权机关都由选举产生;贵族制是较少一部分人的政权,民主制是人民的政权(民主一词从希腊

文里的字义直译,意思就是:人民的政权)。这些区别都是在奴隶制时代产生的。虽然有这些区别,但奴隶占有制时代的国家,不论是君主制,还是贵族共和制或民主共和制,都是奴隶占有制国家。

列宁在共产国际第一次代表大会上作的《关于资产阶级民主和无产阶级专政的提纲和报告》又说:

  社会党人在理论上和政治上的另一个错误,在于不懂得从古代的民主萌芽时期起,在几千年过程中,民主的形式必然随着统治阶级的更换而更换。在古代希腊各共和国中,在中世纪各城市中,在先进的资本主义国家中,民主有不同的形式和不同的运用程度。①

列宁讲的是作为一种国家形式的民主制。和这些不同的社会的民主制在一起,相应地当时都会有不同的民主主义思想。欧洲中世纪各城市中的民主制,那是和市民分不开的一种地方自治形式。资本主义国家的民主制和资产阶级的民主主义思想自然比较过去是更为发展,更为系统化的。人们容易把民主主义和资产阶级密切联系起来,也正是由于这种情况。但如果因此以为民主主义思想只能从资产阶级和资产阶级的前身市民阶级产生,那就不符合历史事实了。在古希腊的奴隶社会里既然就发生过民主政治运动,并且实行过发展水平很高的古代的民主制度,自然也就有一种奴隶社会里的民主主义思想作为它们的思想基础。

这样的历史事实是值得研究中国古代的思想史和文学史的人们重视的。相当一个时期以来,有些做研究工作的人总是限于在资本主义萌芽和作为资产阶级前身的市民阶级方面去找我国古代的民主主义思想的根源。这样就可能产生两种不科学的倾向:不是夸大资本主义萌芽的发展程度、市民力量的壮大程度和它们的影响,就是否认封建社会里面的某些

---

① 以上所引两段列宁的话,译文和通行的中译本稍有出入,是因为经过懂俄文的同志的校正。

进步思想具有民主主义的性质。我在《曹雪芹的贡献》里引了列宁说人民群众的生活必然会产生民主主义和社会主义的思想体系那一段话,认为它很重要,就是觉得它从理论上解决了这个问题。古希腊的民主政治运动的社会基础是什么呢?据历史著作说,是包括小手工业者、农民,也包括中等地主、商人、手工业作坊主等在内的广大的自由民阶层。处于对立地位的贵族政治运动的社会基础是土地贵族和大奴隶主。从这可以看出,奴隶社会的民主主义思想,是从当时的人民当中,从当时的统治阶级的中下层中,都可以产生的。我国封建社会的民主主义思想的产生很可能情况有些相类似。它的社会基础首先是广大的被剥削被压迫的人民群众,其次就是封建统治阶级的中下层中的某些不满的分子,某些叛逆者。《红楼梦》第二回所提到的那些古人,当然许多都不能讲他们有民主主义的思想;但其中几个叛逆性较大的人,他们的进步思想却恐怕可以说是带有不同程度的民主主义的性质的。

你主张把民主性和民主主义加以区别,并且以毛泽东同志在《新民主主义论》中讲过的"民主性的精华"为根据。这个问题也可以讨论。我想,毛泽东同志用的"民主性的精华"一语可能包括得比较广泛,就是说只要具有一定程度的民主主义性质的东西都在内。不过恐怕不一定从这里就可以得出这样结论来:在资本主义经济因素还没有大发展、在资产阶级还没有兴起的封建社会里,就不可能有民主主义的思想。和"民主性的精华"相对峙,毛泽东同志还用了"封建性的糟粕"。难道我们可以把"封建性的糟粕"理解为居然不包括封建主义的思想在内吗?

你问我对于用"市民说"来解释《红楼梦》的看法是不是有了改变。正因为我这几年来对《红楼梦》没有再作什么研究,我在这个问题上也就无从有什么改变。也因为我过去对这个问题并没有多少研究,我在《论〈红楼梦〉》中也仅仅是表示怀疑而已。如果我对于民主主义思想的社会根源的看法并不太悖谬,如果这种看法可以成立,你会看出,这对于用"市民说"来解释《红楼梦》并不是怎样有利的。然而因为究竟没有什么研究,我也不敢说我的怀疑就一定对。我曾经对几位和我一起研究过《红楼梦》的同志说："虽然我们对主张市民说的同志们的具体论证都一一表示了怀疑，也还可能有这样的情况：他们的这些具体论证靠不住，但他们的总的结论却最后证明还是对的。因为也许他们还没有找到更恰当更充分更有力的材料和根据。而在以后的研究中却可能解决了这个问题。"我想，对于我们还没有真正研究过的事物，还没有充分研究过的事物，都是应该抱着这种谨慎的态度的。

我就正是一个毫没有研究过西方政治思想史的人，我在前面所说的那些关于古代西方民主政治运动和民主制度的情况很可能有不确切甚至错误之处。希望在这方面有研究的同志写文章来详细地谈谈这个问题。你再有什么意见，仍请不客气地提出。

敬礼！

何其芳

三月十九日

（据《何其芳文集》第六卷，人民文学出版社一九八四年六月版，第四一七至四二四页。）

关于《红楼梦》再版前言的一封信

人民文学出版社负责同志：

我最近身体不好，寄来征求意见的三篇前言又是相当长的文章，所以我迟到现在才把它们读完，很抱歉！

就我匆匆读过一遍的印象来说，我觉得三篇前言共同的优点是：都介绍了不少和小说有关的知识，而且有一些分析和说明是颇有见地的，如关于孙猴子的反抗性及其限制的分析，关于宋江的两面性和关于忠义的分析，等等。

李希凡同志的文章，不足之处是后面的文章好像不少部分仍未能超出过去的批评文章的写法，对《红楼梦》中的具体人物、具体情节讲得过多过细。

李希凡同志的文章的第一部分，有些地方批评到我，我在我写的文章和工作中，都是有错误的，我欢迎批评。不过我读时，感到有些地方不够实事求是，不符合事实，我仍应该提一些意见，供李希凡同志参考。

一、我的《论〈红楼梦〉》一文，是有不妥之处的（《代序》是节录其中的一部分）。我在一九六三年纪念曹雪芹逝世二百周年发表的文章《曹雪芹的贡献》中,就曾经作过自我批评,我说对贾宝玉、林黛玉的爱情"肯定得太多保留得太少了,赞扬得过多批评得过少了","表明我们至少在这个问题上还不是站在无产阶级思想的高度,还没有超越过资产阶级民主主义和小资产阶级革命民主主义的思想水平。"但是,对这个问题到底应该怎样看法呢?我认为根本的原因是我和我这一类的人世界观没有改造好,马列主义、毛泽东思想没有学好,虽然主观上想用马列主义观点来研究古典文学,而实际上确有很多资产阶级民主主义和小资产阶级民主主义的观点。

李希凡同志却是怎样叙述呢?他说:"正是由于批判'新红学派'的斗争没有能沿着毛主席的指示的正确方向贯彻到底,盘踞在古典文学研究领域的资产阶级唯心论和人性论的形形色色的反动观点,又披着新的外衣又出现在所谓《红楼梦》的研究著作中间。"我觉得这种提法应该斟酌,因为下面举的代表有一个就是我。我觉得这句话,第一,完全否定了我主观上想比较正确地解释《红楼梦》的努力,好像是有意伪装"披着新的外衣"出现;第二,否定改造世界观和学习马列主义、毛泽东思想有一个较长的过程,凡是还学得不好的,改造得不好的,就是"披着新的外衣出现"的"反动观点"。

二、李希凡同志摘引了我《论〈红楼梦〉》一二句话,说是宣扬"恋爱至上"主义,其实如我在前面说过的,过去研究《红楼梦》的人过于着眼其中的恋爱故事是普遍的现象,就如李希凡同志写的文章中,不也是用大量的热情歌颂的话来赞美贾宝玉、林黛玉的恋爱吗?"美丽的生活理想"、"忠实于真正的爱情"、"充满着美好的灵魂"、"忠实于纯洁理想"、"忠实于纯洁爱情"、"他们真挚地相互热爱着,表现出高度的忠诚与纯洁"、"纯真的美的理想"、"人类优美的感情世界",等等。难道我们能够因为李希凡同志用了这些赞美的话,就否认他是在努力用马列主义的观点研究《红楼梦》吗?这些话和李希凡同志引的我的赞美的话,又有什么原则区别呢?看论文,它和看创作一样,是应从它们的主要倾向来判断的,不能因它们有这样那样的缺点,某些论点和说法的错误,就加以全部否定。

三、李希凡同志引了《论〈红楼梦〉》中的几句话,说我"公然宣传一整套永恒人性的'典型共名说'"。这个问题我和李希凡同志已作过较详细的辩论,在关于阿Q问题上,按道理,李希凡是应该了解我的论点和看法的,不应再武断地说我"公然宣传"什么"永恒人性",我从来没有承认过有什么"永恒人性",也没有说过有什么没有阶级的人性。李希凡同志摘引两三句的全文是这样的:

……人们叫那种为许多女孩子所喜欢,而且他也多情地喜欢许多女孩子的人为贾宝玉。是不是我们可以笑这种理解为没有阶级观点和很错误呢?不,这种理解虽然是简单的,不完全的,或者说比较表面的,但并不是没有根据。这正是贾宝玉这个典型的最突出的特点在发生作用。

后面我又说:

贾宝玉的性格的这种特点也是打上了他的时代和阶级的烙印的。然而少年男女和青年男女的互相吸引,互相爱悦,这却不是一个时代一个阶级的现象。因此,虽然他的时代和阶级都已经过去了,贾宝玉这个共名却仍然可能在生活中存在着。(据一九五八年初版,一九六三年再版可能已有些修改,但我手头并无再版本,无法查对)

这些说法当然是有错误的。第一,人们那种习惯地称呼贾宝玉的话,不仅是简单的,不完全的,比较表面的,应该说就是缺乏阶级观点;第二,说"贾宝玉这个共名却仍然可能在生活中存在着",也是不妥当的,如果现在还有人戏称谁为贾宝玉,那应该认为是一种侮辱,那就是说他是贵族公子哥儿,而且是在男女关系问题上品行不好的公子哥儿。但是,这怎么能说就是在"公然宣传一整套永恒人性"呢？就是说了"仍然可能（我用的是不肯定的'可能'）在生活中存在着"，和"永恒"相距不是还有十万八千里吗？我首先是肯定贾宝玉的性格有时代性和阶级性的，不过阶级观点和阶级分析用得不彻底罢了，不是严格的罢了，怎么能说我是在宣扬"资产阶级腐朽透顶的人性论"呢？毛主席说："有没有人性这种东西？当然有的，但是只有具体的人性，没有抽象的人性。在阶级社会里就是只有带着阶级性的人性，而没有超阶级的人性。"难道我主张过有"抽象的人性"，有"超阶级的人性"吗？我从来没有这种想法和说法，何况我讲的是典型的某些特点，还并不是人性，不等于人性。

关于林黛玉，我的原文是这样说的：

……人们叫那种身体瘦弱、多愁善感、容易流泪的女孩子为林黛玉。这种理解虽然是简单的，不完全的，或者说比较表面的，但也并不是没有根据。这也正是林黛玉这个典型的最突出的特点在发生作用。

后面我又说：

林黛玉这个性格的特点，比较贾宝玉是更为具有强烈的时代和阶级的色彩的。随着妇女的解放，这个典型将要日益在生活中缩小它的流行的范围。然而，即使将来我们在生活中不再需要用这个共名，这个人物仍然会永远激起我们的同情，仍然会在一些深沉地而又温柔地爱着的少女身上看到和她相似的面影。（同上，据一九五八年初版）

这些话也是有错误的，第一，今天如果有人称谁为林黛玉，也是一种侮辱；第二，"永远激起我们的同情"，不对，将来的读者将日益不能理解林黛玉这个人物,觉得太畸形了,因而就会日益减少同情,以至于不同情;第三,将来"深沉地而又温柔地爱着的少女"和林黛玉大不相同,根本不相同,人们不会从她们身上想到林黛玉。但是,尽管有这些错误,也不能说我是在宣传"永恒人性",宣传"资产阶级腐朽透顶的人性论",因为我大讲了林黛玉性格的特点具有更为强烈的时代性和阶级性,而且将来不再需要用这个共名。我说过"永远激起我们的同情",但这是指读者对林黛玉的同情,不是说林黛玉性格的特点或林黛玉这个共名"永远"存在。这也是属于阶级观点和阶级分析方法用得不彻底的错误,而不是主张有什么"永恒人性",有什么"超阶级的人性"。

李希凡同志是一直反对和批评我对于某些文学上的典型的看法的,我应该感谢他,尽管他的批评不够实事求是,对我的错误有些拔高和夸大,但作为一种忠告,一种警告,还是好的,提醒我不要离开阶级观点和阶级分析方法,不要滑到人性论的泥坑中去。但是,李希凡同志对典型的看法,虽然从未用过"共名"二字,是否也曾经有过离开阶级观点和阶级分析方法的问题呢?过去他写的文章也是有过的,他这样论过典型:

> 在许多场合里,就不仅仅表现出某一阶级或阶层的本质,而是更深广地表现出一个历史时代的特征,使其形象成为全民的全社会的性格。

"全民的全社会的性格",这不是比我的看法和说法更甚吗?
关于林黛玉,他又曾这样说过:

> 这一悲剧性格所迸发出的光辉,却永远在人们的想象里闪耀着。

这不是和我的"永远激起我们的同情"的错误说法差不多吗?
然而我们能不能因为李希凡同志过去写的文章有这一类缺点和个别

论点的错误,就批评他是在宣传"永恒人性",宣传"人性论"呢?我看,恐怕不应该这样,因为他总的说来,还是在努力运用阶级观点和阶级分析方法的。我举出李希凡过去文章中的这些缺点,有三个意思:一是说正确用马列主义、毛泽东思想作研究工作并不容易,应该允许人家犯错误;二是有了错误当然应该批评,但是批评应该实事求是,应该根据文章的主要倾向来下判断;三是李希凡同志在批评别人的错误时,似应对自己也曾经有过的类似的错误有几句话交代一下,不写在正文中,也应加个小注声明一下。

我的《论〈红楼梦〉》错误是不少的,但是,我自己觉得我主观上还是努力在用阶级分析方法的(用得好不好是另一问题)。如果不仅仅就某些个别的论点(当然是比较重要的论点)来看,而就全书来看,这样的努力是应该看得出来的。

过去的文学作品的某些典型,是有这样一种现象,生活中的流行和运用不限于一个阶级中的人。这种现象到底应该怎样解释呢?是可以容许研究和讨论的,而且我认为是可以容许研究失败和犯错误的。记得李希凡同志有一种解释,说是借用或比喻(大意如此,记不准确了)。还有一种解释,说是统治阶级的思想是一个时代的统治思想(用马克思的话)。有不少典型是可以用这些理由来解释的,但也有极少数的典型不能用这些理由来解释。如堂·吉诃德,说一个主观主义严重的人是堂·吉诃德,怎么能说是比喻呢?又怎么能说主观主义只是统治阶级的思想呢?我企图解释这种现象,就提出某些典型的特点不限一个阶级的人才有,但整个典型当然仍是特定时代特定阶级的人物,而且就是这种特点在不同阶级的人身上,也是既相同或相近,而又不相同的。相同的仅仅是在主观主义的共性这一点上,不相同的是不同阶级的主观主义本身却有不同的阶级性,不同的阶级色彩、阶级特点。对阿Q,我大致也是这样解释。李希凡同志好像在有的文章中也承认阿Q精神不限于一个阶级的人才有,但认为时代很有限制,只是在鸦片战争以后。我却觉得好像还长久一点。说到这里,分歧和争论好像主要在时间的长短问题上,而并不是局限于一个阶级的人物了。我的这种研究可能是失败的,但李希凡同志仍然坚持说我是在宣传什么"永恒人性","万古不变的人性"(记得他过去批评我的文章有这样的用语),我觉得不够实事求是,是不符合我的错误的实际情况的。

"共名"那种说法并非由我提出的,是过去文学理论中向来就有的一种说法,我现在已记不清最初是在什么书上读到,就接受了那种说法。对过去的文学理论,包括它的用语,是应该严格审查的,可能这种用语就不很科学。但不管这种用语妥不妥当,过去的文学典型有这种现象,却是一种客观存在的事实,比如列宁就曾说过:

> 在俄国生活中曾有过这样的典型,这就是奥勃洛摩夫,他老是躺在床上,制定计划。从那时起,已经过去很长一段时间了,俄国经历了三次革命,但仍然存在着许多奥勃洛摩夫,因为奥勃洛摩夫不仅是地主,而且是农民,不仅是农民,而且是知识分子,而且是工人和共产党员。

这些话如果不是列宁说的,将受到什么样的批评!但列宁是看出有这样的典型的,有这样的现象的。当然,列宁没有说明为什么有这种现象,但似乎并不是用"比喻"说、"统治阶级思想"说所能解释的吧。奥勃洛摩夫精神恐怕就不能说是一种思想(虽然它有思想基础),而是一种精神状态,像封建主义、资产阶级思想,那才明显地是一种统治阶级思想。

恩格斯在《反杜林论》中,在驳斥杜林的谬误的"永恒的真理"说的时候,以道德为例,说不存在"永恒的道德",但是,恩格斯同时说:

> ……上述道德论,表现了同一历史发展的三个不同阶段,这就是说,它们有共同的历史背景,就此而言,它们已不能不包含许多共同之处。不仅如此,对于同样的或差不多同样的经济发展的道德论,必

然多多少少互相吻合。(据一九五六年版本,不知新版中有什么修改没有?)

可见在共同的历史背景下,说不同的阶级的人有时在某些点上有相同之处,不一定就是"人性论",不一定就是反马克思主义的"反动观点"。恩格斯这里讲的就是封建的道德、资产阶级的道德和无产阶级的道德三种道德,可以包含许多共同之处,虽然总的说来它们是大不相同的,"各有自己的特殊的道德",何况我在讲有相同或相似之处时紧接着就讲:这种相同或相似之处仍然有不同的阶级性。既相同又不相同,这岂不是自相矛盾吗?其实这正是许多客观存在的事物的辩证法,许多事物的复杂性。

四、李希凡同志在批评了蒋和森和我之后,称他和我(当然也可能还包括别的人,但首先是我和蒋和森)为"一些口头上装饰着马克思主义词句的理论'权威'们",我觉得这也是可以斟酌的。蒋和森的文章有欠妥的观点。"永恒主题"说是资产阶级文艺理论,这是没有问题的,但是,他当时发表文章时,还是一个大学毕业不久的青年,完全不知名的青年,称他为什么"理论权威",符合实际吗?至于我,我也有意见,"口头上装饰着马克思主义词句的理论'权威'",就是资产阶级"权威",修正主义"权威",这样说是完全否定了我对于马列主义、毛泽东思想的学习并企图运用来研究文学的努力的。我原来并不写什么理论批评文章,在一九四二年延安"整风"以后,由于工作需要,由于想宣传毛主席的文艺思想,才开始写一点理论批评文章(当然,宣传得并不好)。解放以后,特别是来文学所,自己又乱七八糟多读了一点书,写文章时希图有自己的见解,甚至写解释毛主席的文艺思想的文章,也希图有所发挥,结果就写出了一些有错误观点的文章。对我这样一个犯错误并愿意改正错误的干部,在今天党正在号召落实党的干部政策的时候,是把我划入无产阶级的敌对阶级资产阶级那边去,反革命修正主义分子那边去,还是把我留在无产阶级内部来教育好呢?我怀疑称我为资产阶级或修正主义的理论"权威",恐怕不大符合党的干部政策,也不完全符合事实。我完全不是否定我写的文章和我的思想中还有错误思想,但这并不等于就是一个资产阶级"权威",一个修正主义"权威"。

五、最后,李希凡同志在前言稿第六页最后,写了这样一小节结论式的话:"这是文艺黑线为复辟资本主义进行反革命舆论准备的一次演习。"不知道这是对从第五页到第六页全部文字的总结,还仅仅是这一小节文字以前的一段叙述的总结。如果是前者,把蒋和森和我写的有错误的文章算成"文艺黑线为复辟资本主义进行反革命舆论准备的一次演习",似有些混淆了敌我矛盾和人民内部矛盾。看样子可能是后者,但其中"关于曹雪芹卒年及其祖宗的繁琐考证",并非来自"文艺黑线"而参加讨论的非党人士甚多,说他们都参加了"文艺黑线为复辟资本主义进行反革命舆论准备"的"演习",也似乎上纲高了一些。

我写《论〈红楼梦〉》,是我自己研究的结果,其中错误应由我自己负责,研究的过程中并未接受周扬等人的什么"指示",写完后发表前也从未"送审"。因为我认为那是学术研究文章,用不着经过他们"批准"。《文学遗产》发起那次生卒年讨论,也不是来自周扬。《文学遗产》由文学所办,那件事也主要由我自己负责,至于它的由来,说来词费,就不说了。

原谅我写得这样长,这样啰唆,想把问题说得比较清楚,就写长了。另外,读时有些小意见,随手写在原件上,所有这些意见和批注的零碎意见,都不一定正确。仅供参考。

敬礼!

何其芳

九月十四日

编者附记:这封信是何其芳同志于一九七二年,在当时的客观形势下写成的。本刊这次发表,未作任何修改,目的是怀念在《红楼梦》研究工作中有过一定贡献的何其芳同志。在此,我们对提供这封信,并在文字上作了校勘的何其芳同志家属牟决鸣同志表示感谢。

整理校订者按：经查，何其芳《关于〈红楼梦〉再版前言的一封信》，最早是于一九七九年以"致人民文学出版社负责同志"的题目，公开发表于《何其芳选集》第三卷（四川人民出版社出版）。一九八二年一月出版的《我读〈红楼梦〉》（《红学文丛》编委会编，天津人民出版社出版）一书，用了现在这个题目。《编者附记》为是书编者所加。本书整理编辑时，认为这个题目较为明确地概括了书信内容，故继续保留采用。

辑四

批语

《国初抄本原本红楼梦》批语释文

说明

《国初抄本原本红楼梦》上的"何批",大体上可以分为两种:一种是在目录页上的批语,八十回目录,六十七回有批语;一种是于小说正文每回书页上写的批语,大部分章回都或多或少地有批语。这样,"目录批语"加上"正文批语",何其芳对这个本子的《红楼梦》前八十回,等于批了两遍。

从批语特点看,"目录批"比较概括,每回目录大多只有一条批语,段落很简短,一个短句一个主题,长批不过两三行;"正文批"情况要复杂得多,有的页短批七八条,有的回批语多达几十条,形式有评点、有订误、有摘要、有转述,林林总总,尤以摘抄脂砚斋批语为多。

批语中以钢笔字为多,多呈浅黑色,极少批语为朱批。

何读《国初抄本原本红楼梦》批语释文,首次发表于二〇一一年线装书局出版的《何其芳批本红楼梦三种》一书。相关情况见《何其芳〈红楼梦〉批语的发现及其价值》,《红楼梦学刊》二〇〇九年第五辑,第六一至八五页。

凡例

一、眉批、夹批、回前批、回末批皆各书明,并用方括弧[]表示之。

二、批语用笔颜色用"墨眉""朱夹""回末朱批"等字样表示之。

三、校正错字,或补字,均在本字后用圆括弧()表示之。

四、字不可识别或缺文,以虚缺号□表示之。

五、批语中涉及书名、篇名、戏曲名的,均加上书名号《》。

六、一条批语跨两页,用类如"四页五至五页"的形式表示之。

七、释文整理者对个别批语需要说明,用"——董按:……"的方式表示之。

目录批语

卷一

[墨夹]此卷除开头两回似引子而外,其余数回主要写荣府环境和宝玉、秦可卿。黛玉、宝钗、袭人、晴雯等人物虽均已出场,尚未着重描写。刘姥姥亦记。

第一回

[墨夹]作者自述作书动机及其创作见解。

第二回

[墨夹]开头自述写作手法一段,为普通本所无。侧面介绍宁国府荣国府及其主要人物。对贾宝玉的评论。又借甄宝玉写这种人物对女子的看法和态度。

第三回

[墨夹]从黛玉眼中写荣国府。黛玉与宝玉相见。凤姐与花袭人的性格。

第四回

[墨夹]顺便写官僚豪绅相庇护的情形。此回交待(代)香菱下落,并将此线索与薛宝钗一家线索结合起来,转到薛家进京住贾母(府)。此等

地方可见作者结构方面的用心。

第五回

[墨夹]宝钗、黛玉性格。总括全书主要人物。指出宝玉为"意淫"。又谓宝玉"天分高明,性情颖慧"(五页)。

第六回

[墨夹]刘姥姥见凤姐一段写得细致、热闹。两人性格又活现纸上。并侧面写凤姐性格。

第七回

[墨夹]收尾焦大骂贾府。开头写薛宝钗有冷香丸治病。

第八回

[墨夹]写薛姨妈留宝玉黛玉吃饭一段,很细腻。此回写黛玉嘴舌尖利,宝钗沉默寡言,并写晴雯。

第九回

[墨夹]第一次写了贾政几笔。闹学堂虽无甚意义,但却写得生动。

第十回

[墨夹]写看病情形颇细详,盖从侧面写秦可卿的病状,伏后文之死。

卷二

[墨夹]前五回主要写凤姐。毒设相思局写其狠毒,协理宁国府写其能干,弄权铁槛寺写其贪贿舞弊,以后写大观园,省亲,宝黛爱情,花袭人。

第十一回

[墨夹]第九回闹学堂出贾瑞,此回写贾瑞遂不贸然矣,写贾瑞又即写凤姐也,如生活本身一样自然,而又实出自度。

第十二回

[墨夹]风月鉴寓意不足取。此回写凤姐之狠。此书结构之妙,有如此者。

第十三回

[墨夹]秦氏与凤姐梦中对话可看作封建阶级对于其未来命运的预感。

[墨眉]秦氏魂托凤姐贾家后事一段,当是作者思想或作者赞同之思想。这完全是封建性的。主张市民说者从不敢引此段。

第十四回

[墨夹]此回写凤姐的能干,北静王盛赞宝玉。

第十五回

[墨夹]宝玉第一次见到农民家庭生活。写凤姐贪财舞弊。第四页第二面,凤姐自称"不信什么是阴司地狱报应的"。

第十六回

[墨夹]秦钟死时有一段讽刺笔墨,说阴间判官亦畏权势。秦钟死时,嘱宝玉"立志功名"。

[墨眉]第十六回内容相当复杂。写凤姐弄权之结果,死了两个人。可看出作者主观上对凤姐是有所批判的。接着继续写凤姐会说话,会卖人情,瞒着贾琏放债,等等。中间附带交代香菱情形。还有,接"圣旨"的惶恐,夸耀接驾,等等。

第十七回

[墨夹]展开的大幅的描写,只有《战争与和平》中的阅兵场面才可相比。此回有作者借宝玉口中说出的艺术见解。

第十八回

[墨夹]写元春归省亦是大手笔。写她和家族见面的悲伤尤为现实主义之笔。此回开头第一次写宝黛的痴情。

第十九回

[墨夹]宝玉曾称当时"读书上进的人"为"禄蠹"。

第二十回

[墨夹]注中说到袭人出嫁嘱留麝月。写宝玉有崇拜女性的想法。写

宝黛间的爱情。

卷三

［墨夹］主要继续写宝黛爱情，（写）薛宝钗。

第二十一回

［墨夹］头上评语提到后三十回有"薛宝钗借词含讽谏，王熙凤知命强英雄"一回。并说凤姐他日"身微运蹇"。写宝玉欲摆脱痴情的苦恼。

第二十二回

［墨夹］续写宝玉欲摆脱痴情的苦恼，但终于不能摆脱。第一页写宝钗讨好贾母。

第二十三回

［墨夹］写贾政。点明宝玉才十二三岁。作者甚欣赏《西厢记》与《牡丹亭》。

第二十四回

［墨夹］写贾芸大舅卜世仁（不是人了）还不如泼皮倪二，是作者经过人情冷暖后的感慨。后面写宝玉不要老嬷嬷倒水，不认得自己屋子里的丫头。写凤姐摆架子和弄权，贾芸求事，也不错。——董按：此条内圆括号为"何批"原有。

第二十五回

［墨夹］写封建家庭的兄弟之间。写黛玉对宝玉的爱情。闹鬼以前的一大段细腻生动的家庭生活的描写。贾政与贾赦的性格的差别。这时宝玉已十三岁。

第二十六回

［墨夹］此回后面写黛玉到宝玉处去，在天色早晚上似有漏洞。

第二十七回

［墨夹］点明黛玉爱流泪。凤姐喜欢人说话简断（短）的脾气。

第二十八回

［墨夹］宝玉对宝钗也间或有爱慕之意。（宝玉对黛玉的爱情是否专一问题）开头批语有"后回［琪官］与袭人供奉玉兄、宝卿得同终始者"语，不知何所指。——董按：此条内圆括号、方括号为"何批"原有。

［墨眉］全回甚生动。

第二十九回

［墨夹］作者善于写这种规模较大的场面。清虚观打醮写得何等不费力，而又情景毕现。借贾母口点出宝黛二人是"不是冤家不聚头"。

第三十回

［墨夹］此回写宝玉戏金钏，金钏挨打。伏后宝玉挨打。

卷四

［墨夹］主要继续写宝玉，附写刘姥姥。

第三十一回

［墨夹］写黛玉喜散不喜聚，亦犹言其性格冷僻而已。湘云与丫头大谈阴阳。后面评语提到若兰在射圃［时］佩麒麟，不知何所指。

第三十二回

［墨夹］此回写宝玉黛玉的爱情，也对照写黛玉与宝钗两人的不同。宝黛爱情建立在"知己"二字上，两人都鄙视当时所谓经济学问。宝钗为封建社会的顺臣，并善于讨好别人，施小恩小惠。此回并以儿女缠绵对衬下回之家庭风波。作者常用此法。

第三十三回

［墨夹］此回写得很好。作者的本事在这些场面就充分表现出来了。祖母、父母、兄弟种种人一齐活现。

第三十四回

［墨夹］写宝玉的性格：得女人怜爱就忘了痛；至死不悔。写黛玉与宝钗两人对宝玉的情感深浅不同。写袭人的伪善。

第三十五回

［墨夹］写黛玉自叹命薄。贾母称赞宝钗。宝玉性格："一点刚性也没有"。

第三十六回

［墨夹］又写宝玉菲薄当时仕禄之途。凤姐之贪。袭人的伪善深得王夫人赏识。宝玉性格：愿死于女子的爱中。并悟爱情"各有分定"。

第三十七回

［墨夹］以下两回平平。

第三十九回

［墨夹］写凤姐之贪。对比写贾母与刘姥姥。

第四十回

［墨夹］写众人笑刘姥姥，而其实刘姥姥并不是傻得可笑。这是作者的高明处。

卷五

［墨夹］主要写钗黛亲近起来，巧姐、鸳鸯、香菱等人。

第四十一回

［墨夹］写妙玉之矫情。

第四十二回

［墨夹］黛玉宝钗二人本多猜忌，此回却写她们亲密起来，这正是作者的难及处。如此始写出是制度的问题。

第四十三回

［墨夹］准备凤姐过生日。宝玉追悼金钏儿。

第四十四回

［墨夹］在过生日的高兴空气中，突然起一杀风景的风波，行文就不平板了。后写宝玉性格：专在女儿身上用工夫。

第四十五回

[墨夹]赖大妈妈请客,从贾府奴仆孙子也当州县官来写贾府。黛玉对宝钗心服,不再以为她"心里藏奸"。P1045——董按:这是"何批"标的页码。

第四十六回

[墨夹]此回主要写鸳鸯,写她很有反抗性,也写贾赦之霸道,邢夫人之胡(糊)涂懦弱,写得很生动。

第四十七回

[墨夹]此回主要写柳湘莲。

第四十九回

[墨夹]又用《西厢记》点明黛钗关系转好。脂本二四三页。

第五十回

[墨夹]此回写赋诗联句未能免俗,加上诗都不佳,这些回都写得较弱。

卷六

[墨夹]出现一群新的人物,写探春,继写宝黛爱情,下层人物。

第五十一回

[墨夹]宝玉及其丫头们不认得戥。

第五十二回

[墨夹]写晴雯性格。作者对女子作(做)活也很熟悉。

第五十四回

[墨夹]贾母批评才子佳人小说。凤姐贫嘴。

第五十六回

[墨夹]宝钗称道朱熹的话。

第五十七回

[墨夹]写宝玉发疯写得很生动,情生文,文生情。薛姨妈在林黛玉处

闲谈也写得活泼。

卷七

［墨夹］主要写尤二姐尤三姐故事。

第六十三回

［墨夹］花名开筶不但点明有些人物的性格、命运，且似寓作者的判断或褒贬。贾敬死于吞金丹，可见作者对道家的讽刺。

［墨眉］此回芳官唱《邯郸记》一段，亦是原剧精彩处。可见作者对于戏曲之鉴赏力。

第六十四回

［墨夹］宝钗赞同"女子无才便是德"的传统见解。

第六十五回

［墨夹］从贾琏仆人兴儿口中写凤姐等人。

第六十六回

［墨夹］从兴儿与尤三姐口中写宝玉。写尤三姐写得并不怎样好，不很自然。脂本此回小注提到《金瓶梅》，过录在此本四页。可见当时《金瓶梅》并不难见。

第六十七回

［墨夹］写黛玉感叹身世。从赵姨娘口中写林薛二人。写凤姐。

第六十八回

［墨夹］写凤姐放债。

卷八

［墨夹］主要转入衰败的描写。

第七十一回

［墨夹］这一回写贾母生日盛况比较草率，但却是很重要的一回。先写尤氏碰钉子，凤姐流泪，再写探春的感慨，宝玉的悲伤话，鸳鸯碰到苟且

之事,就把封建大家庭的苦恼及破绽都写出来了。从此转入衰败的描写。

第七十二回

〔墨夹〕紧接前回写凤姐有病,荣府虚空,要靠典当东西维持,而凤姐却放账,加上外人的敲诈,仆人建议减人等衰败现象。作者在此回也是采取集中起来写的办法。

〔墨眉〕贾宝玉为什么沉溺于儿女之情,此回透露了一点消息。

第七十三回

〔墨夹〕写宝玉对八股文的深恶。邢夫人的尴尬。迎春的愚弱。并以探春的性格与迎春对照着写。

第七十四回

〔墨夹〕写王夫人看到绣春囊后写得很好,写出了封建阶级不道德的深处。抄捡搜查大观园是本书大波澜之一。写探春性格。

〔墨眉〕作者在此回亦采取集中写矛盾的方法。王夫人与晴雯。探春的反抗。王善保家的自己给自己打嘴。惜春与尤氏。

第七十五回

〔墨夹〕写贾珍家里聚赌。月夜闹鬼长叹。写贾母中秋赏月景象之冷落。"得佳谶"不知如何解释,疑指贾赦说贾环语。

第七十六回

〔墨夹〕史湘云说富贵之家并不称心。林黛玉的病状。

第七十七回

〔墨夹〕宝玉对于男人和结了婚的女人的评论。王夫人的煞有介事。宝玉疑惑袭人。晴雯临死不服。袭人的做作。

〔墨眉〕从芳官等人出家可见作者对出家的看法,惜春宝玉亦同。

第七十八回

〔墨夹〕王夫人对贾母说谎。贾母口中的宝玉:还是张□的。写贾政性格似有矛盾,宝玉不满当时文章规矩。《芙蓉诔》中的不满。

第八十回

[墨夹]又写出一泼妇性格。

脂批"抄前记"：

燕京大学藏有抄本红楼梦，亦八十回。前有胡适一九三三年一月二十二（日）题记："此是过录乾隆庚辰定本脂砚斋重评石头记。生平所见，此为第二最古本石头记。"此书分抄八册。每册第一叶首列十回回目，题曰"石头记第△回至△回，脂砚斋凡四阅［评］过"。第二叶题"脂砚斋重评石头记卷△第△回"，第△回提行，下行接写回目。再次即正文。无圈点。每面十行，每行三十字。评语有眉批，行间批，回前回后总批，多用珠（朱）笔。正文中亦有小字评语，则用墨笔，想象原抄底本即有。摘抄较重要评注及批语于此本，并附记如上。

一九五一年十二月二十四日，抄前记。

[墨眉]又，第八册似为另一人所抄，错字甚多。

[墨眉]第五册以后标有"庚辰秋月定本"。第六册缺第六十四、六十七两回。

[墨眉]七十五回批语有"乾隆二十一年五月初七日对清"字样。

[墨眉]正文中小注大致与此本同。但四册以后，脂本较此本多。此本自四十一回以后，即没有什么小注。

[墨夹]又，脂砚斋本第一回至第十回无批语。文字与此本很少有出入，可见此书底本亦为相当早的抄本。——董按：此条写在第一回回目下，但内容是讲全书的，与第一回没有关系，是何其芳在眉批写不下时，接写在这里的。故移到此处。

整理校订者按：

笔者在这里的署款时间判断上发生过误判：二〇〇九年，笔者在《何其芳〈红楼梦〉批语的发现及其价值》（见《红楼梦学刊》二〇〇九年第五辑）一文中，这里的批语释文是"一九五四年……"。得出的结论是何其芳

《红楼梦》批语时间上限是"一九五四年"十月的"批俞评红"大讨论之后。事实上,何其芳"脂批'抄前记'"告诉我们:他批语中的摘抄脂批的起动时间就是"一九五一年十二月二十四日"。为什么会把"一九五一年"错断为"一九五四年"呢?当时的根据:(一)何其芳自己说"我从一九五四年十一月起着手研究《红楼梦》"。(二)何其芳在《国初抄本原本红楼梦》批语中出现了"主张市民说者"这样的词语,而这种时代性极强的词语和短句,在"批俞评红"大讨论开始时(一九五四年十月)才出现。(三)何其芳在书写批语时,"一"和"四"的笔画极为相似。"四"只是一横的波浪形,一横左侧的"浪"略大一点。

此后,笔者曾经把何其芳一千四百余条批语进行仔细分类。在多次细读《国初抄本原本红楼梦》的"何批"时,注意到一个突出特点:就是此本的"目录批"有明显渗透出的"批俞评红"的话语氛围,可以看出作批的目的是要写作论文,参与学术争鸣;而此本的"正文批",大量的是摘抄"燕大本"(即庚辰本)的"脂批",咬文嚼字地校勘脂批或文本的异文,其中渗透出玩味品鉴悠哉游哉的心态和情致,且一时还看不出摘抄者有什么"着急"的使用或研究目的。笔者又把注意力放在"抄前记"三个字上,反复琢磨的结果,终于明白:何其芳"一九五一年十二月二十四日"开始阅读北京大学(原称燕京大学)图书馆藏的《脂砚斋重评石头记》(即庚辰本)。目的正如他自己说的:"摘抄较重要评注及批语于此本(指《国初抄本原本红楼梦》——引者注)。"一九五一年,何其芳还是马列学院的系主任。也就是说,这年底(到次年初某时)他将燕大藏的《脂砚斋重评石头记》上的"较重要评注及批语",一条一条地"摘抄"到自己的藏书《国初抄本原本红楼梦》上。这只是他丰富学养的一次读书活动。

这样,何其芳为《红楼梦》作批至少是两次:从一九五一年十二月起至次年某时,他将庚辰本上的重要脂批摘抄到自己的《红楼梦》藏本上;一九五四年十月"批俞评红"大讨论后至一九五六年六月份,他又在自藏的三种《红楼梦》文本上加批。前面提到的何批"时段判断"条件,(一)(二)两条只对第二次作批有意义,第三条则是误读。把"一"字判读为"四"字,表面上是文字之差错,可它关涉何其芳《红楼梦》批语起动时间的判断,更关系到何其芳作批动机和批语价值的判断。错了,这可能给读者带来了不好的阅读后果。因此,谨写此长按以更正,并向读者诸君致歉!

正文批语

第一回

一页一　[眉批]读此段可见作者对所描写的许多女子的态度。俗谓书中暗贬宝钗,似受金圣叹批《水浒》的影响。宝钗实作者所写一正统派女子,因此读者觉得不可爱。

一页二　[侧批]脂本无"束阁"二字。

一页三　[眉批]上面第三行贾雨村云云下,脂本多"此回中凡用'梦'用'幻'等字,是提醒阅者眼目,亦是此书立意(本旨)"一句。

二页一　[眉批]"取其事体情理",即写实主义的精神。作者当时已能如此批评才子佳人小说,亦可见其见解之高。其着眼点亦在"自相矛盾,大不近情理"。

三页一　[眉批]"毫不干涉时世",可作作者逃避当时统治阶级的文网了解。英莲,脂本作"英菊"。以下同。

四页一　[眉批]评前人爱情小说缺乏琐细情节的真实,并未能表现男女之间的真正爱情。作者自知其杰出之处。

四页二　[眉批]作者似确有以释道为解决他那个阶级的人生问题的出世思想。

四页三　[眉批]对半,脂本作"大半"。

四页四　[眉批]作者对封建社会妇女的同情。

四页五　[侧批]亦字,脂本作"作"。

四页六　[侧批]还字,脂本作"为"。俱以脂本为胜。

四页七　[夹批]脂本作"渐渐"。

四页八　[夹批]此二句似言香菱元宵后惨死。

五页一　[眉批]作者似有人生是幻境的看法。

六页一　[眉批]不知系何人诗句。

七页一　[眉批]炸供,炸供神龛嘛?竹壁,脂本作竹篱木壁。牵五挂六,作牵五挂四。——董按:批语原为"炸供,不知作何解释",何其芳画掉了"不知"句,下添"炸供神龛嘛?"等字。

八页一　[眉批]地主阶级文学家们感到的人生空虚。

八页二　[眉批]新闻,脂本作"新文"。

第二回

一页一　[侧批]"即"下脂本有"俗语所谓"四字。

一页二　[眉批]脂本亦有。

一页三　[眉批]问反,脂本作"闲文"。

一页四　[眉批]豁然,脂本作"洞然"。

一页五　[眉批]此段可见作者布局之用心。然此似别人批语。

三页一　[眉批]第三行"便生了一子"下,脂本为"又半载,雨村嫡妻忽染疾下世,雨村便将他扶侧作正室夫人了。正是:偶然一着(错),便为人上人。原来雨村……"这一段过渡得很快,现在写小说不宜如此。

六页一　[眉批]作者亦有封建主义的正统派的思想。

六页二　[眉批]贾雨村对贾宝玉的评论实即作者看法。贾宝玉这一类人可见为作者心目中的一种理想人物。

七页一　[眉批]借甄宝玉写这种人物对女子的看法和态度。这种看法和态度是比封建社会里面一般把女子当作玩物和奴隶的习惯(是)进步的。整个小说中,贾宝玉对待女子大体上是一种平等的人对待人的态度。

八页一　[眉批]脂本无最后一句。以下同。

第三回

三页一　［眉批］又是疯僧化她出家。

四页一　［眉批］写凤姐善于辞令。

四页二　［眉批］老婆,脂本作"老嬷嬷"。

六页一　［眉批］这里说宝玉大黛玉一岁。

七页一　［眉批］正是封建地主阶级的浪子。

八页一　［眉批］"贾母笑道"以下,脂本原为"更好好的坐下",又增改为"更胡说了,你好好的坐下吧。宝玉坐下,又细细打谅……"。

九页一　［眉批］陆游七律《村居书喜》:"花气袭人知骤暖,鹊声穿树喜新晴。"袭人近于契诃夫写的"可爱的人"。

第四回

一页一　［眉批］为要,脂本作"为业"。

二页一　［眉批］"房次"以下脂本为"石头亦曾抄了一张。今据石上所抄云"。但脂本并无小注。——董按:此条是针对本页眉批的批语。

三页一　［眉批］香菱已十二三岁。

三页二　［眉批］疕,脂本作"记"。

三页三　［眉批］此段批语尚有见解。此等地方的确可见作者匠心。

五页一　［眉批］待选事以后无交待。

第五回

一页一　［夹批］脂本此回回目为"游幻境指迷十二钗,饮仙醪曲演红楼梦"。

一页二　［夹批］脂本无此诗。

一页三　［眉批］钗黛性格。

一页四　［眉批］脂本无"笑"字。

二页一　［眉批］此处第一次出晴雯等人。脂本亦作"媚人"。

辑四　批语　　285

三页一　［眉批］脂本作"孰地"。

三页二　［眉批］"太虚"下脂本有"幻境"二字。

三页三　［夹批］脂本同。前面或据而改。

四页一　［眉批］依画推测,作者似原拟写香菱被夏金桂虐待而死。

四页二　［眉批］孤木,脂本作"菰米","米"字又似原为"木"字,后涂改。亦不可解。

四页三　［夹批］晴雯

四页四　［夹批］花袭人

四页五　［夹批］香菱

四页六　［夹批］林黛玉薛宝钗。——董按:下面有两句批语,何其芳又涂抹掉。

四页七　［夹批］脂本作"金簪"。——董按:下面有一句批语,何其芳又涂抹掉。

五页一　［眉批］虎兔为寅卯年。

五页二　［夹批］元春

五页三　［夹批］探春

五页四　［夹批］湘云

五页五　［夹批］妙玉

五页六　［夹批］迎春

五页七　［眉批］可见作者实以宝玉为其阶级之优秀人物。

五页八　［夹批］惜春

五页九　［夹批］凤姐

五页十　［夹批］巧姐

五页十一　［夹批］李纨

五页十二　［夹批］秦可卿

七页一　［眉批］可见作者原计画(划)是要写宝玉与宝钗结婚。

七页二　［眉批］脂本作"虚化"。

七页三 ［夹批］以上注宝玉、林、薛三人。

七页四 ［夹批］元春

八页一 ［夹批］探春

八页二 ［夹批］湘云

八页三 ［夹批］妙玉

八页四 ［夹批］迎春

八页五 ［眉批］似写湘云早死（或早寡）。

八页六 ［眉批］复，脂本作"阜"。

九页一 ［夹批］李纨

九页二 ［夹批］秦可卿

九页三 ［眉批］作者主观思想。

九页四 ［眉批］结尾好像是预言了封建阶级的消灭。

九页五 ［眉批］所谓意淫，实近西洋所谓爱情。

十页一 ［眉批］诉，脂本作"近"。

第六回

一页一 ［夹批］脂本作"刘姥姥"。

一页二 ［夹批］脂本无此诗。

一页三 ［眉批］了，脂本作"个"。

四页一 ［眉批］侧面写凤姐的性格。出条，脂本作"出挑"。

四页二 ［眉批］平儿初次出现。

五页一 ［眉批］银唾盒，脂本作"雕漆痰盒"。

五页二 ［眉批］"忙欲起身"下脂本作"犹未起身时满面春风的问好"，此脂本为胜。此等地方写得很生动。"凤姐忙说"下亦脱落几句。脂本为"周姐姐，快搀起来。别拜吧——请坐。我年轻，不大认得。可也不知是什么辈数，不敢称呼。"

七页一 ［眉批］寒毛，脂本作"毛"。刘姥姥的这种谚语是生动的，但周瑞家的却说她粗鄙。

第七回

一页一　［回目批］脂本此回回目作"送宫花贾琏戏熙凤,宴宁府宝玉会秦钟"。

一页二　［夹批］脂本无此诗。

一页三　［眉批］上页第四行脂本作"头上散挽着鬟儿"。

三页一　［眉批］埋伏惜春将来作尼姑。

第八回

一页一　［回目批］脂本回目作"比通灵金莺露微（微露）意,探宝钗黛玉半含酸"。

二页一　［眉批］蠢物,脂本作"蠢大之物"。

三页一　［眉批］音云,脂本作"音注云"。

三页二　［眉批］第四行"甜甜的",脂本作"甜系系的"。系当为丝字省写。

四页一　［眉批］老婆子的啰嗦口吻。

四页二　［眉批］聪明伶俐的女孩子口吻。

六页一　［眉批］握,脂本作"渥"。

六页二　［眉批］"宝玉笑道"下,脂本作"好,太渥早了些"。

第九回

一页一　［眉批］几笔就把封建社会的所谓严父写出来了。

一页二　［眉批］虚应故事,脂本作"掩耳盗铃,哄人而已"。不用念,作"不用虚应故事"。

四页一　［眉批］第四行"商议"下,脂本作"定了,一对一龛。撅草棍儿抽长短,谁长谁先干。"

四页二至五页　［眉批］第九行"金荣问道"下,脂本作"我们肏屁股不肏屁股,管你甿耙相干?横竖没肏你爹去就罢了。你是好小子……"可见——董按:此批似未写完。

六页一　［眉批］从此回起,脂本亦有最后一句。

第十一回

［回前批］脂本从此回起有评语。此回前面有珠(朱)笔评语云:

"此回可卿梦阿凤,盖作者大有深意存焉。可惜生不逢时,奈何奈何。然必写出,自可卿之意也。则又有他意寓焉。

"荣宁世家,未有不尊(遵)家训者。虽贾珍当奢,岂明逆父哉。故写敬老不管然后姿(恣)意方见,笔笔周到。

"诗曰:一步行来错,回头已百年。古今风月鉴,多少泣黄泉。"

第十二回

一页一　［眉批］文中小注批语脂本亦有。可见这种批语甚早。

一页二　［眉批］又,脂本在此处有眉批云:"勿作正面看为幸。畸笏。"

二页一　［眉批］脂本眉批:"处处点父母痴心,子孙不肖。此书系自愧而成。"又批:"苦海无边,回头是岸。若干能回头也,叹叹。壬午春,畸笏。"

四页一　［眉批］正面红粉反面骷髅,寓意并不佳。

四页二　［眉批］脂本此处有墨笔眉批,署名"鉴堂"。批语殊平庸:"此段有警醒语,可以唤醒愦愦,谓之为传奇,谁说不宜?"

五页一　［回末批］脂本在此回后有珠(朱)笔评语云:"此回忽遣黛玉去者,正为下回可儿之文也。若不遣去,只写可儿阿凤等人,却置黛玉于荣府,成何文哉?固(故)必遣去,方好放笔写秦,方不脱节。况黛玉乃书中正人,秦为陪客,岂因陪而失正耶?后大观园方是宝玉宝钗黛玉等正经文字。前皆系陪衬之文也。"

按从此回起,除前后总批及眉批外,正文行间亦常有评语。多学金圣叹批法,说明本书文字之好处。评语常平平。胡适谓脂砚斋即曹雪芹本人,盖亦不用脑筋之甚者也。此本既正文中已有小字批注,可见原抄本已早非曹雪芹原稿。而此本其他批语又系后加,可断言也。

第十三回

一页一　[眉批]文中小注,脂本均有。下同。

一页二　[眉批]此段虽讲的是一个家庭的盛衰,也可看作封建阶级预感到其难免没落。

一页三　[眉批]脂本在上面侧数第四行有眉批云:"树倒猢狲散之语今犹在耳。屈指卅五年矣。哀哉伤哉,宁不痛杀!"

一页四　[眉批]脂本又有眉批,署名"松斋","语语见道,字字伤心。读此一段,几不知此身为何物矣。"

一页五至二页　[眉批]脂本此处又有眉批,署名"梅溪":"不必看完,见此二句即欲堕泪。"后又有未署名批语云:"可从此批。"或即脂砚斋所批。

二页一　[眉批]"合家皆知"下,脂本作"无不纳罕,都有些疑心"。

三页一至四　[眉批]脂本即将下页"伏史湘云"四字抄入正文。上有墨笔眉批云:"伏史湘云应系注解"。

五页一至六　[眉批]脂本此处有珠(朱)笔眉批:"读五件事未完,余不禁失声大哭,三十年前作书人在何处耶?"

六页一　[回末批]脂本在此回后有批语云:"通回将可卿如何死故隐去,是大发慈悲(心)也。叹叹。壬午春。"

第十四回

一页一　[眉批]此处脂本有珠(朱)笔眉批:"岂有贴身丫头与家里男人答话交事之理呢？此作者忽略之处。"后又有(接上页)"彩明系未冠小童,阿凤便于出入使令者。老兄并未前后看明是男是女,乱加批驳,可笑。"可见珠(朱)笔墨笔为两人所批。——董按:此条眉批,分写在第一页的 AB 面,用"接上页"字样标示。中间夹着一条眉批,用竖线隔开。

一页二　[眉批]第一次正面写凤姐治家的能干,可与后面探春治家对看。

六页一　[眉批]脂本此处有眉批云:"忙中闲笔点缀,玉兄方不失正文中之正人。作者良苦。壬午春,畸笏。"

六页二　[回末批]脂本此处有评语云:"此回将大家丧事详细剔尽,如见其气概,如闻其声音,丝毫不错。作者不负大家后裔。""写秦死之盛,贾珍之奢,实是却写得一个凤姐。"

五页至六页间　[夹条批]关于脂本的批抄否?——董按:此夹条夹在第十四回五页至六页之间,为用蓝色圆珠笔所记。

第十五回

二页一　[眉批]宝玉第一次见到一点农民生活。脂本此处有眉批云:"写玉兄正文总于此等。"

第十六回

三页一　[眉批]脂本此处夹注下最后有"脂研"二字,则此小注亦脂砚斋所批乎?

三页二至四页　[眉批]调鬼,脂本作"衾鬼"。

四页一　[眉批]脂本"意外"下"脂研"二字,无"也"字。"同声"下亦然。

五页一　[眉批]脂本此段上面有一句赞此书结构之眉批。末署"丁亥春畸笏叟"。

五页二　[眉批]"竟顾不得了"旁,脂本有批语云:"真有是事,经过见过。"

七页一　［眉批］小注"也"字,脂本亦作"脂砚"。

八页一　［眉批］以下一段讽刺笔墨,为《红楼梦》中所少见。

八页二　［眉批］脂本此段有眉批云:"《石头记》一部中皆是近情近理,必有之事,必有之言。"

第十七回

［回前评夹批］脂本此回亦有下列评语。前尚有一语云:"此回宜分下回方妥。"

［回前诗夹批］脂本上有"诗曰"二字。

一页一　［回目批］脂本回目下句亦作"荣国府归省庆元宵"。并题为"第十七回至十八回"。

九页一　［回末批］脂本无最后一句,并不分回,与下文紧接。

第二十回

一页一　［眉批］脂本眉批:"特为乳母传照,暗伏后文倚势奶娘线脉。《石头记》无闲文并虚字在此。壬午孟春,畸笏老人。"后又批云:"茜雪至狱神庙方呈正文,袭人正文标曰'花袭人有始有终'。余只见有一次誊清时,与'狱神庙慰宝玉'等五六稿,被借阅者迷失,叹叹！丁亥夏,畸笏叟。"

二页一　［眉批］"咱们两个"旁,脂本有批语云:"全是袭人口气,所以后来代任。"

五页一　［眉批］写封建社会封建家庭的子女间的爱情,只能如此写。

六页一　［夹批］脂本亦有此总评。

第二十一回

［回前批］破,情不情兮奈我何。

"凡是书题者不少,此为绝调。诗句警拔,且深知拟书底里。惜乎失名矣。"然后下接"按此回之文"云云。——董按:此批引诗,未引全文。

六页一　[眉批]得见,脂本作"待见"。

第二十二回

一页一　[眉批]宝钗性格。

二页一　[眉批]"朽物一枚,宁不痛乎?"均珠(朱)笔。——董按:此批引语,似缺前半句。

八页一　[眉批]脂本在记惜春谜后即无下文。眉批云:"此后破失,俟再补。"

九页一　[回末批]脂本写至惜春谜为止。另页写"暂记宝钗制钗(谜)云",下抄谜诗。后又有墨笔批云:"此回未成而芹逝矣,叹叹。丁亥夏畸笏叟。"

第二十三回

二页一　[眉批]脂本此处有眉批云:"大观园原系十二钗栖止之所。然工程浩大,故借元春之名而起,再用元春之名以安诸艳。不见一丝扭捻。已卯冬夜。"

二页二　[眉批]第四行"挨到",脂本作"蹭到",上有眉批:"蹭,撑去声。"

三页一　[眉批]写贾政还不是很嫌恶宝玉的时候即严厉如此。完全写出来了封建家庭所谓严父。

四页一　[眉批]点明宝玉才十二三岁。

五页一　[眉批]可作作者赞《西厢记》看。

五页二　[眉批]"警人"下,脂本尚有"余音(香)满口"一句。

六页一　[眉批]《红楼梦》作者亦欣赏《西厢记》与《牡丹亭》。

第二十四回

[回目夹批]脂本亦有此总批。

［回前眉批］大文字,脂本作"大净场"。

一页一　［眉批］遮,脂本作"高"。

二页一　［眉批］"引"下,脂本有"脂砚"二字。

三页一至四页　［眉批］脂本眉批:"这一节对《水浒记(传)》杨志卖刀,遇没毛大虫一回看,觉好看多矣。己卯冬夜,脂砚。"

七页一　［眉批］宝玉性格。

七页二　［眉批］宝玉竟认不得自己屋里的丫头。

八页一　［眉批］封建家庭的规矩。

第二十五回

二页一　［眉批］封建家庭的兄弟之间竟是如此。

三页一　［眉批］黛玉对宝玉的爱情。

六页一　［眉批］闹鬼本来是难写的,却先写了这样一段细腻生动的家常生活,读起来就有味了。

七页一　［眉批］贾政与贾赦性格的差别。

八页一　［眉批］又点明宝玉已十三岁。

九页一　［回末批］脂本此回眉批有题"雨窗畸笏""雪窗畸笏",或只署"雨窗"者。

九页二　［回末眉批］最后几行,脂本有眉批:"叹不能得见宝玉悬崖撒于文字为恨。丁亥夏,畸笏叟。""于"当为"手"字之误。

第二十六回

二页一　［眉批］脂本此处有墨笔眉批:"狱神庙回有茜雪红玉一大回文字,惜迷失无稿,叹叹。丁亥夏,畸笏叟。"

三页一　［眉批］"口角"下,脂本有"脂砚斋再笔"一句。

六页一　［眉批］脂本此处有墨笔眉批:"惜卫若兰射圃文字迷失无稿,叹叹。丁亥夏,畸笏叟。"

七页一　[眉批]这里似是一漏洞。水禽还看得清楚,下文却又是晚上。

第二十七回

[回目夹批]脂本亦有此批。
一页一　[眉批]自泪自干,脂本作"泪道不干"。黛玉的爱流泪。
四页一　[眉批]凤姐称说话不间断为"蚊子"腔。
四页二　[眉批]脂本眉批:"奸邪婢岂是怡红应答者,故即逐之,前良儿,后篆(坠)儿,便是却(确)证。作者又不得可(可得)也。"己卯冬夜又批:"此后未见抄没狱神庙诸事,故有是批。丁亥夏,畸笏叟。"

第二十八回

[回目夹批]脂本亦有此批。
五页一　[眉批]脂本眉批:"大海饮酒,西堂产九台灵芝日也。批书至此,宁不悲乎!壬午重阳日。"
七页一　[夹批]脂本抄至此,下缺七行。
十页一　[眉批]作者写宝玉与黛钗间三人关系是很合理的。宝玉对黛玉的爱情大体上是专一的,但对宝钗也难免有时有爱慕之意。

第二十九回

[回目夹批]脂本亦有此批。自此回以后,脂本正文中即没有什么批语,只偶尔还有一二墨笔眉批。
二页一　[眉批]上车也都不轻易放过。
二页二　[眉批]穿插一件事,行文不寂寞。
三页一　[眉批]又穿插一件事。
六页一　[眉批]点明宝黛之间的痴情。
七页一　[眉批]脂本此处有墨笔眉批,署名"绮园":"一个心弄成两个心之句,期望之情殷,每有是事。近见题雨诗集中句云:未形猜妒情犹浅,肯露娇嗔爱始真。信不诬也。"

八页一　〔眉批〕"不是冤家不聚头"。

第三十回

〔回目夹批〕脂本亦有此批,分写三行。

一页一　〔回目夹批〕脂本作"椿龄划蔷"。

四页一　〔眉批〕把"爷们"之坏归罪于丫头。

第三十一回

〔回目夹批〕脂本亦有此批。

一页一　〔眉批〕黛玉性格。

六页一　〔眉批〕中国阴阳之说实在是使人糊涂的。

七页一　〔回末评侧批〕脂本亦有此评。

七页二　〔回末评眉批〕今本已不见此事。

第三十二回

〔回目夹批〕脂本亦有此评。

一页一　〔眉批〕黛玉不会笼络人;宝钗却会施小恩小惠。

二页一　〔眉批〕黛玉不做活。

二页二　〔眉批〕宝玉鄙视封建社会读书人的经济学问那一套。

三页一　〔眉批〕侧面写黛玉和宝钗的不同处。

三页二　〔眉批〕黛玉与宝玉的爱情建立于"知己"二字上;与过去才子佳人小说不同处在此。

四页一　〔眉批〕黛玉之病在于"不放心"。

四页二　〔眉批〕写两人的爱情比较写得动人处。

四页三　〔眉批〕暗示一句。

五页一　［眉批］宝钗善于讨好别人。

五页二　［眉批］宝钗是封建家庭的顺（臣）。

六页一　［眉批］宝钗又讨好王夫人。

第三十三回

一页一　［眉批］几句话就写出了贾政，并作后文贾政大怒的准备。

一页二　［眉批］写出当时一种风气，也写出了当时亲王之类的威风。

二页一　［眉批］火上加油。

三页一　［眉批］急中偏穿插这一段笑话。

三页二　［眉批］先写王夫人出来。

四页一　［眉批］再出贾母。

四页二　［眉批］妙。

四页三　［眉批］点明回南京，则此当是北京。

四页四　［眉批］写打得重。

第三十四回

一页一　［眉批］宝玉的性格。

二页一　［眉批］只如此写黛玉，就写出与宝钗的情感不同。

二页二　［眉批］宝玉性格。

四页一　［眉批］袭人的伪善。写袭人亦是封建社会的顺臣。

四页二至五页　［眉批］袭人的伪善，作者是借袭人写封建社会的那些君子人物的。所以开头特别点明她与宝玉有性的关系。

五页一　［眉批］居然也讲"声名品行"。

五页二　［眉批］封建阶级的道德就是如此：事实上乱七八糟，却讲起来似乎颇为神圣。

第三十五回

一页一　［眉批］借林黛玉心里盘算写凤姐。

一页二　［眉批］又引用《西厢记》，足见作者对它的文词是欣赏的。

三页一　［眉批］宝钗讨贾母好。

六页一　［眉批］宝玉性格。

第三十六回

一页一　［眉批］菲薄当时仕禄之途。

一页二　［眉批］凤姐之贪。

三页一　［眉批］袭人伪善的效果。

五页一　［眉批］宝玉性格。

五页二　［眉批］宝玉论死。

六页一　［眉批］"各人各得眼泪"。

七页一　［回末总评侧批］脂本亦有此评，但在此回前一页。

七页二　［回末总评夹批］脂本"可"下有一"不"字。

第三十八回

［回目夹批］脂本此批在前回前一页。

［回前批］脂本此回前一页，另有评语如下：

"题曰菊花诗，螃蟹咏，伪（偏）自太君前阿凤若许诙谐中不免失体，鸳鸯平儿宠婢中多少放肆之迎合取乐，写来似难入题，却轻轻用弄水戏鱼之看花等游玩事，及王夫人云这里风大一句收住入题，并无纤毫牵强，此重作轻抹法也。妙极，好看煞。"

四页一　［眉批］"一壶来"下，脂本有小注云："伤哉，作者犹记矮𩰚舫前以合欢花酿酒乎？屈指二十年矣。"

第三十九回

二页一　［眉批］凤姐之贪。

三页一　［眉批］富人一餐够穷人过一年。

四页一　［眉批］以下对比贾母与刘姥姥。

五页一　［眉批］贾母最胆小。

六页一　［眉批］脂本此处有墨笔眉批："此从《还乡记》袭来，未免可惜。鉴堂。"

第四十回

四页一　［眉批］写众人大笑各不同。

五页一　［眉批］写刘姥姥并不傻。

六页一　［眉批］从住房上也写性格。

第四十一回

一页一　［回目夹批］脂本回目作"栊翠庵茶品梅花雪，怡红院劫遇母蝗虫"。

三页一　［眉批］"佛手"下，脂本有小注："小儿常情，遂成千里伏线。"

五页一　［眉批］把妙玉写得如此矫情，可见作者是不赞成这种人的。

六页一　［眉批］作者让刘姥姥睡在宝玉床上，似有嘲弄宝玉之意。

七页一　［回末批］脂本此回前一页有批语云：

"此回栊翠品茶，怡红遇劫，盖妙玉虽以清净无为自守，而怪洁之癖未免有过。老妪只污得一杯，见而勿用；岂似玉兄日享洪福，竟至无以复加，而不自知。故老妪眠其床，卧其席，酒屁熏其屋，却被人袭（袭人）遮过，则仍用其床其席其屋。亦作者特为转眼不知身后事，写来作戒。纨绔公子，可不慎哉？"

第四十二回

一页一 ［回目眉批］脂本作"疑癖"。

八页一 ［回末批］脂本此回前一页有评语云：

"钗玉名虽二个，人却一身，此幻笔也。今书至三十八回时已过三分之一有余，故写是回，使二人合而为一。请看黛玉逝后宝钗之文字，便知余言不谬矣。"

第四十三回

一页一 ［眉批］"好顽"下，脂本有一长注，略谓此书写过生日："起用宝钗，盛用阿凤，终用贾母，各有妙文。"

第四十四回

二页一 ［眉批］又写得与上面那个丫头不同。

四页一 ［眉批］宝玉性格。

五页一 ［眉批］这里始点明是金钏儿生日。

第四十五回

五页一 ［眉批］黛玉亦心服宝钗矣。

八页一 ［眉批］"上场了"下，脂本亦有一长注。后署"脂砚斋评"。

第四十六回

三页一至四页 ［眉批］倒数第三行"茜雪"下，脂本有小注云："余按此一算，亦是十二钗。真镜中花，水中月，云中豹，林中之鸟，穴中之鼠，无数可考，无人可指，有迹可追，有形可据，九曲八折，远响近影，迷离烟灼，纵横隐现，千奇百怪，眩目移神，现千手千眼，大游戏法也。脂砚斋。"

七页一 ［眉批］贾赦的霸道。

八页一 ［回末批］脂本此回前一页有评语云：

"此回亦有本,而非泛泛之笔也。

"只看他题纲用尴尬二字于邢夫人,可知包藏含蓄文字之中,莫能量也。"

第四十七回

八页一　[回末批]脂本此回后一页有评语云(即下回前一页,应系下回总评):

"题曰柳湘莲走他乡,必谓写湘莲如何走。今却不写,反细写阿呆兄之游艺了心,却湘莲之分内走者而不细写其走,反写阿呆不应走而写其走。文章歧路,令人不识者如此。

"至情小妹回中方写湘莲,文字真神化之笔。"

第四十八回

二页一　[眉批]"未可知"下,脂本有小注云:"作书者曾吃此亏,批书者亦曾吃此亏。故特于此注明,使后人深思默戒。脂砚斋。"

二页二　[眉批]"园中来"下,脂本亦有长注,谓写薛蟠游艺,实为写香菱入园。下亦署"脂砚斋评"。

三页一　[眉批]句结霸占。

第四十九回

三页一　[眉批]脂本亦作"战敠",并有小注云:"音颠夺,心内忖度也。"

四页一　[眉批]又用《西厢》。

八页一　[回末批]脂本此回前一页有评语云:"此回系大观园集十二正钗之文。"

第五十回

一页一 〔回目夹批〕脂本"拈阄为序"有这样一段:"起首恰是李氏。一定要按次序,恰又不按次序。似脱落处而不脱落。文章歧路如此。然后按次各各开出。"此段有墨笔句出。下有眉批:"句出者似是批语,不宜混入。"

七页一 〔眉批〕"鸦没雀静",脂本有小注云:"这四个字俗语中常闻,但不能落纸笔耳。便欲写时,究竟不知系何四字。今如此写来,莫是不可移易。"——董按:此条分写在两处。

第五十一回

七页一 〔朱眉〕宝玉不认得戤。

第五十二回

二页一 〔眉批〕"秘制平安散"脂本作"真正汪恰洋烟"。下有小注云:"汪恰,西洋一等宝烟也。"

二页二 〔眉批〕晴雯性格。

八页一 〔眉批〕作者对女子做活也这样熟悉。

八页二 〔眉批〕"四下"下,脂本有小注云:"按四下乃寅正初刻。寅此样(写)法,避讳也。"

第五十三回

一页一至二页 〔眉批〕脂本此处有墨笔批语:"自可卿死后,未见贾蓉续娶。此回有蓉妻回避语,是书中遗漏处。绮园。"

第五十四回

四页一 〔眉批〕作者借贾母批评封建社会的文学上的公式主义。

四页二 〔眉批〕凤姐贫嘴。

九页一　[回末批]脂本此回前一页有评语云：
"首回楔子内云,古今小说千部,共成(出)一套云云,犹未泄真。今借老太君一写,是劝后来胸中无机轴之诸君子不可动笔作书。凤姐乃太君之要紧陪堂,今题斑衣戏彩,是作者酬我阿凤之劳,特贬贾珍贾琏辈之无能耳。"

第五十六回
一页一　[眉批]脂本作"时宝钗"。
二页一　[眉批]宝钗拥护朱子。

第五十七回
四页一　[眉批]写什么都写得不是干枯枯的几条筋。
十页一　[眉批]作者难得的本事之一,就在写日常生活与琐碎闲谈也写得不觉沉闷重复。

第五十八回
一页一　[眉批]"孝慈县"下,脂本尚有"随事命名这"五字。有墨字句出前四字,并有眉批云："命名句似批语。"

第六十三回
三页一　[眉批]"无情"是贬,"动人"是褒。
三页二　[眉批]此为《邯郸记》最精彩之一段。
五页一　[眉批]"莫怨东风",委婉之词也。
九页一　[眉批]作者对于道家修炼之术的讽刺。

第六十四回
一页一　[回目夹批]脂本无此回。
四页一　[眉批]宝钗的见解。

第六十五回

五页一　［眉批］从荣府下人口中评论凤姐等人。

第六十六回

一页一　［眉批］从兴儿口中写宝玉。

四页一　［眉批］"剩忘八"下,脂本有小注云:"奇极之文,极趣之文。《金瓶梅》中有云,把忘八的脸打绿了,已奇之至。此云剩忘八,岂不更奇。"

第六十七回

一页一　［回目夹批］脂本无此回。

三页一　［眉批］黛玉感叹身世。

五页一　［眉批］"妹妹别怪我说"以下至"你又该唬哭了"程本没有。

六页一　［眉批］从赵姨娘口中写林薛二人。

七页一　［眉批］以下有些片段程本也没有。

第六十八回

一页一　［眉批］脂本亦作"大闹"。

第七十一回

六页一　［眉批］热闹中写此一事,把封建大家庭的矛盾与纠纷写了出来。

八页一　［眉批］作者借探春的口说出封建大家庭的苦恼。

八页二　［眉批］宝玉这些话说得很悲伤,好像封建阶级感到自己没有希望了似的。贾宝玉为什么只沉溺于爱情,也于此可以得到解释。因为封建时代子女大家庭中使人可安身立命者实在难得。

九页一　［眉批］又从丫头身上插入一个破坏封建家庭的秩序与规矩的事件。

第七十二回

一页一　［眉批］园中尚有此奇事,何况别处。

二页一　［眉批］凤姐好强讳疾。

三页一　［眉批］写荣府的亏空已到如此地步。

四页一　［眉批］夫妻之间的勾心斗角,唯利是图。

五页一　［眉批］再点明凤姐放账。

五页二　［眉批］荣府已卖东西。

五页三　［眉批］仆人的敲诈。

六页一　［眉批］打算减人。

八页一　［回末总评夹批］此批完全不懂作者用意。

第七十三回

一页一　［眉批］□,程本作"马"。

一页二　［眉批］贾宝玉对八股文的深恶。

七页一　［眉批］此回将迎春的愚弱和探春（的）精明对照一写,两人性格就越明显了。

第七十四回

二页一　［眉批］写得十分严重。

三页一　［眉批］"这还了得"！

四页一　［眉批］说到晴雯。

七页一　［眉批］以下通过这件搜查事写探春性格。

七页二　［眉批］暗伏以后贾府要抄家。

七页三　［眉批］封建家庭的衰落有其内部原因。

七页四　［眉批］作者大快人心之笔。

八页一　［眉批］探春也会采用"合法斗争"。

八页二　［眉批］脂本有墨笔句出"为查奸情,反得贼赃"八字,并有眉批云:"似批语,故别之。"

第七十五回

一页一　[眉批]只会讲假礼假体面。

二页一　[眉批]探春口中的封建家庭的矛盾。

二页二　[眉批]引起下面(一)的过节。

三页一　[眉批]又写荣府的景况,日露窘象。

四页一　[眉批]写贾珍。

五页一　[眉批]侧面写邢夫人。

六页一　[眉批]写得冷森森。

七页一　[眉批]贾母感觉人少。

九页一　[回末眉批]回目,"得佳谶"不知作何解。难道贾赦夸贾环为得世袭前程,会有作者原来计划中的故事。

九页二　[回末批]脂本此回前一页有批语:

"乾隆二十一年五月初七日对清

"缺中秋诗,俟雪芹

"□□□开夜宴发悲音

"□□□赏中秋得佳谶"

第七十六回

四页一　[眉批]从湘云口中说富贵之家并不称心。

九页一　[眉批]黛玉的病状。

第七十七回

三页一　[眉批]宝玉对于男人和染了男人气味的女人的评论。

四页一　[眉批]封建阶级的虚伪。

五页一　[眉批]宝玉的疑问。

七页一　［眉批］脂本作"若问他夫妻姓甚名谁,便是上回贾琏所接见的多浑虫灯姑娘儿的便是了。"

七页二　［眉批］上面倒数第四行"他表哥",脂本作"多浑虫"。

八页一　［眉批］晴雯临死不服。

九页一　［眉批］袭人的做作。

第七十八回

一页一　［眉批］王夫人撒谎。

一页二　［眉批］贾母口中的宝玉。

五页一　［眉批］作者以此写后来相反的结局,宝玉不曾想到。

六页一　［眉批］此处所写贾政,似与全书性格不一致。

九页一　［眉批］此段程本改得异常简略。

九页二　［眉批］"这片（篇）歪意"实即不懂当时文章规矩之意。

九页三至十页　［眉批］脂本此诔有注,编号选录于下：

［眉批］①"年便奇。"

［眉批］②"是八月。"

［眉批］③"《离骚》:鸷鸟之不群兮。又:吾令鸩为媒兮,鸩告余以不好。鸠鸠之鸣逝兮,余恶直（其）轻佻。【注】鸷,特立不群,故不群。故不于。鸩羽毒杀人。鸠多声,有如人之多言不实。罦䍐,音孚拙。翻毕䋎。《诗经》雉罹于罦。《尔雅》,䍐谓之罦。"

［眉批］④"《离骚》:薋菉皆恶草,以辨邪佞,茝兰芳草,以别君子。"

［眉批］⑤"《离骚》:长顑颔亦何伤。面黄色。"

［眉批］⑥"《离骚》:朝谇夕替。（替）,废也。忍尤而攘诟。詬同询。攘,取也。"

［眉批］⑦"埋香"脂本作"捉迷"。注云:"元微之诗:小楼深迷藏。"

［眉批］⑧脂本作"匶"。注:"柩本字。"

［眉批］⑨"唐诗云:光开石棺木可为棺。晋杨公回诗云:生为并身杨,

死作同棺灰。"

　　[眉批]⑩"《庄子》:箝杨墨之口。《孟子》谓诐辞知其所蔽。"

　　[夹批]⑪"楚词(辞):驷玉虬以桀鹥兮。"

　　[夹批]⑫"楚词(辞):杂瑶象以为车。"

　　十页一　[眉批]怨及其母。——董按:此批夹在前条批中间,用竖线隔开。

　　十一页一　[眉批]全,脂本作"余",注:"嗟来桑户乎,嗟来桑户乎。"

　　[夹批]⑬"《逍遥游》:夭阏,止也。"

　　[夹批]⑭"《庄子·至乐篇》:我独何能无慨然。"

　　[夹批]⑮偃然,脂本作"偃善"。注:"《庄子》:偃然寝于巨室,谓人死也。"

　　[夹批]⑯桎梏,脂本作"桎桔"。注:"《庄子》:太宗师桎梏之名。"

第七十九回

　　二页一　[眉批]脂本缺第四句,注云:"此句遗失。"

第八十回

　　一页一　[回目夹批]脂本此回无回目,似底本尚未拟定。

二〇〇九年三月底释文初稿

二〇〇九年十月再次合校

二〇一〇年三月二十日第三次校对修改

二〇一〇年十一月二十五日第四次改定

二〇一九年六月十三日第五次修订

《脂砚斋重评石头记》批语释文

说明

何其芳读《脂砚斋重评石头记》这部书（一九五五年文学古籍刊行社据北京大学图书馆藏乾隆庚辰脂砚斋批本影印），绝大部分章回加了批语。八十回书，只有第十、第十八两回无批语。批语以眉批为多，其次夹批，再次回末批，侧批几无。回末批有四十多处，或简述本回故事纲目，或评论本回思想艺术特点。

批语多是评议正文，少量涉及"脂评"。批语短则一两字，长则二三百字。批语用笔以朱批为多，墨批只是偶一为之。

何读《脂砚斋重评石头记》批语释文，首次发表于二〇一一年线装书局出版的《何其芳批本红楼梦三种》一书。相关情况见《何其芳〈红楼梦〉批语的发现及其价值》，《红楼梦学刊》二〇〇九第五辑，第六一至八五页。

何批《脂砚斋重评石头记》原是抄本的影印本，没有分回标页。何批每条也不注明页码。线装书局再次影印时，页码采取了流水号大排码的办法。为便于读者查阅，整理批语时特在前面加上"第×页"即多少页的标示。

凡例

一、眉批、夹批、回末批皆各书明，并用方括弧[ ]表示之。

二、批语用笔颜色用"朱眉""墨夹""回末朱批"等字样表示之。

三、校正错字，或补字，均在本字后用圆括弧( )表示之。

四、字不可识别或缺文，以虚缺号□表示之。

五、批语中涉及书名、篇名、戏曲名的，均加上书名号《 》。

六、一条批语跨两页，用"第×至×页"的形式表示之。

七、一条批语有两个以上自然段的，保持原貌。

八、一页有几条批语的，只在第一条前标明页码和批语形式及用笔颜色，在批语后加"(一)、(二)……"以示区别。

九、释文整理者对个别批语需要说明，用"——董按：……"方式表示之。

第一回

第九页 [朱眉]说明是"借通灵之说"。(一)

编述一集以告罪。(二)

第十页 [朱眉]作书时家里生活(一)

使闺阁昭传(二)

用梦幻等字用意(三)

此说即有牢骚不平意(四)

第十一页 [朱眉]甲戌本此处多四百余字。(一)

石头记命名来由。(二)

第十三页 [朱眉]论点是语见解不高明。论才子佳人小说，则有创见，此亦反公式化之主张也。(一)

第五十四回贾母批评才子佳人小说的话是此处的补充。

第一四至一五页 [朱眉]出《石头记》名。(一)

承认有"指奸责佞，贬恶诛邪之语"。以下数语则避当时忌讳而已。

提到两种忌讳，一为"干涉时世"，一为触犯封建礼教。（二）

故事本文从此开始（三）

第十七页　［朱眉］还泪之说。（一）

自述此书特色为写出"儿女之真情"。（二）

第十八页　［朱眉］不忘僧道，即可跳出火坑。

第十九页　［朱眉］太虚幻境（一）

女子为"有命无运"之物。（二）

第二十页　［朱夹］写香菱及薛蟠。

第二六至二七页　［朱眉］作者对反抗压迫农民之看法并未超出阶级偏见。

第二回

第三四页　［朱眉］此上想是批语误入正文。

第三八页　［墨眉］黛玉五岁（一）

黛玉六岁（二）

第四一页　［朱眉］贾家老宅在金陵。

第四二页　［朱眉］贾家已外强中干。

第四四页　［朱眉］前写黛玉六岁，宝玉七八岁，大一二岁。（一）

宝玉的"孩子话"。（二）

第四六页　［朱眉］此段话可见作者所写之宝玉，实以过去所有人物为根据，并非什么"新人"。

第三回

第五六页　［朱眉］林如海口中的贾政。

第五七页　［朱眉］舟中即可至都中，似并非确指北京。（一）

又写贾政。（二）

第六三页　［朱眉］凤姐第一次出现即写其善于逢迎。

第六四页　［朱眉］"笑道"上似应有"贾母"二字。

第六九页　［朱眉］宝玉大黛玉一岁。

第七二页　［朱眉］写宝玉容貌。

第七五页　［朱眉］不敢非议四书。

第七七页　［朱眉］第一次写袭人。

第四回

第八三页　［朱眉］第一句有脱落。

第八四页　［朱眉］写李纨。

第八六页　［朱眉］护官符。

第八九页　［朱眉］菊英下落。

第九四页　［朱眉］写宝钗。

第九七页　［朱眉］相见情形省略,避免重复上文也。

第九八页　［朱眉］"日与"上应有"宝钗"二字。

第一〇〇页　［回末朱批］第三回黛玉上贾府,并出宝玉。第四回宝钗即上贾府。此书结构紧凑之至。写宝钗上贾府情形又是另一种笔墨,毫不重复,亦见作者匠心。

第五回

第一〇三页　［朱眉］钗黛不同之处。

第一一一页　［朱眉］晴雯列又副册首页。

第一一二页　［朱眉］两地生孤（菰）米,桂字,指夏金桂。

［夹批］晴雯（一）

花袭人（二）

香菱（三）

第一一三页　［朱眉］甲戌本眉批,有不信《推背图》意,又说此回悉借其法。见□□一一八页。（一）

[夹批]指宝钗,用乐羊子妻故事,见《后汉书·列女传》。(二)

指黛玉,用谢道韫故事。(三)

黛玉宝钗(四)

元春(五)

第一一四页　[夹批]探春(一)

史湘云(二)

妙玉(三)

迎春(四)

第一一五页　[夹批]惜春(一)

凤姐(二)

巧姐(三)

第一一六页　[夹批]李纨(一)

秦可卿(二)

第一一八页　[朱眉]千红一窟

第一一九页　[朱眉]万艳同悲。

第一二〇页　[朱眉]出《红楼梦》。(一)

[朱夹]怀金悼玉的《红楼梦》(二)

宝玉宝钗终于结婚(三)

第一二一页　[墨眉]通行本作"虚话"。(一)

[夹批]此上贾林薛三人。(二)

元春(三)

第一二二页　[朱夹]探春(一)

湘云　湘云结局亦与人结婚,似又早夭。(二)

第一二三页　[朱夹]妙玉(一)

迎春结局似被虐待死。(二)

惜春(三)

第一二四页　[朱夹]凤姐(一)

巧姐（二）

第一二五页　［朱夹］李纨（一）

秦可卿（二）

第一二七页　［朱眉］意淫可为闺阁中良友。

第六回

第一三三页　［朱眉］甲戌本批语：此回借刘妪，却是写阿凤正传，并非泛文；且伏二进三进及巧姐之归着。

第一三五页　［朱眉］出刘姥姥。

第一四二页　［朱眉］凤姐这时二十岁。

第一四六页　［朱眉］写凤姐神气活现。

第一五〇页　［朱眉］活现。

第七回

第一六三页　［朱眉］第一次写惜春谈笑，即说到作姑子。

第八回

第一八四页　［朱眉］写宝钗性格。

第一八八页　［朱眉］第一次写黛钗在一起，写黛玉说话的特点。

第一九六至一九七页　［朱眉］甲戌本批语："余谓晴有林风，袭乃钗副，真真不错。"又云："与后文袭卿之酥酪遥遥一对"，足见晴卿不及袭卿远矣。

第九回

第二〇四页　［朱眉］贾政教导贾宝玉之严厉。

第二一九页　［回末朱批］写顽童闹学完全是另一种笔墨，亦生动逼真。较《牡丹亭》春香闹学热闹多矣。

第十一回

第二四二页　［朱眉］秋天

第二五五页　［朱眉］过了一年。

第二五七页　［回末朱批］第九回闹学堂写秦钟,出贾瑞。此回写贾瑞则不突然矣,而写贾瑞又即写凤姐之毒辣也。读时如生活本身一样自然,实则均见作者匠心。仅托尔斯泰的长篇小说有此特色。

第十二回

第二六一页　［朱眉］前回已是正月,此回不应再是腊月天气。

第十三回

第二七三页　［朱眉］此回秦可卿魂托凤姐贾家后事一段话,当是作者思想或作者所赞同之思想,否则不必特别写此一段。此种思想完全是封建性的,主张市民说者亦似说梦话而已。（一）

此回结束秦可卿,并通过秦之丧事写凤姐。故事的展开似如生活本身一样无计划,处处均出自作者匠心也。（二）

第二七六页　［朱眉］甲戌本在"彼时合家皆知,无不纳"上有批语:"九个字写尽天香楼事,是不写之写。"

第二七八页　［朱眉］此篇常用此法,先出其人,然后在适当时详细写之。（一）

为何设天香楼上？岂甲戌本批语:删却,是未删之笔。确有其事乎？（二）

第二七九页　［朱眉］甲戌本批语:"补天香楼未删之文。"

第二八八页　［朱眉］甲戌本眉批:"此回只十页,因删去天香楼一篇（节）,少却四五页也。"（一）

［回末朱批］甲戌本批语:"秦可卿淫丧天香楼。作者用史笔也。老朽因有（其）魂托凤姐贾家后事二件,嫡（岂）是安富尊荣坐享人能想得到者（处）,其事虽未漏,其言其意则令人悲切感服,姑赦之,因命芹溪删去。"（二）

第十四回

第二九六页　〔朱眉〕宝玉外书房事,又应□宁府支领。——董按:批完又删去。

第三〇三页　〔朱眉〕此处出冯紫英、卫若兰。

第十五回

第三一八页　〔朱眉〕写凤姐不怕做坏事。

第三二二页　〔回末朱批〕如上数回主要写凤姐。毒设相思局,写其狠毒也。协理宁国府,写其才干也。弄权铁槛寺,写其贪贿舞弊也。以前十回笔墨亦有所偏重,主要写宝玉,其次秦可卿,秦钟非重要人物,黛玉、宝钗、袭人、晴雯、刘姥姥等虽均出场,着重描写尚在后面。

第十六回

第三二四页　〔朱眉〕作者如此写凤姐,决非主观上原无批判之意,只是作者同时又欣赏其聪明有才干,遂令不深思者为之迷惑而已。

第三二五页　〔朱眉〕此种惶恐倒可能作者原无暴露意,而客观上却写出了封建帝王之可怕。

第三二六页　〔朱眉〕写宝玉重视秦钟之病,远远超过元春得封为妃。

第三三一页　〔朱眉〕写凤姐瞒着贾琏放债收利钱。

第三四七页　〔回末朱批〕此回继续写凤姐,写她会说话,会卖人情和瞒着贾琏放债收息等等;同时写为元春省亲,修建大观园;并且结束了有关秦钟的故事。中间还附带补叙香菱为薛蟠收用情形。三二四页写凤姐在铁槛寺贪贿舞弊结果,无辜死了两个青年男女,此等地方作者主观上有所批判暴露之意很明确,接着写贾家接皇帝特旨的惶恐,倒或许是无意中的暴露。三三七页夸耀接驾,似作者对此种豪华生活尚有所留恋或艳羡。秦钟最后遗言力劝宝玉"立志功名,以荣耀显达为是",不知作者用意何在?写秦钟非宝玉的真知己,还是反衬宝玉后来之坚决鄙弃科举?再不然,作者真有所忏悔乎?

第十七回

第三六四页　[朱眉]此亦是作者的艺术见解。

第三六九页　[朱眉]说话被喝,不说话也被喝,无怪乎宝玉怕碰见这样的父亲。

第三七六页　[朱眉]有正本在"方退了出来"以下分作第十八回。

第三七七页　[朱眉]第一次写黛玉赌气。

第三七八页　[朱眉]此处批语尚有见解。

第三八三页　[朱眉]书中又过了一年。

第三九〇页　[朱眉]沉痛。

第三九一页　[朱眉]此语亦悲。

第四〇二页　[朱夹]《牡丹亭》中,伏代(黛)玉(之)死。所点之戏剧伏四事,乃通部书之大过节、大关键。——董按:这里"何批"只是一个句子的移位符号。双行夹批原为"伏代玉死所点之戏剧伏四事乃《牡丹亭》中通部书之大过节大关键"。何其芳将"《牡丹亭》中"四字,移到"伏代玉死"之前。

第四〇六页　[回末朱批]十七回写大观园,同时也写了宝玉和贾政。在林薛面前,宝玉作的诗总是不出色。但在贾政及其清客面前,却实在颇有才华。三六四页宝玉论园林一段亦即作者艺术见解。模拟自然而显得"人工穿凿",乃不成功之作品,但作者亦非否定一切人工的创造。要在"有自然之理,得自然之气",而"不伤于穿凿"耳。此书乃作者此种艺术理论之实践。十八回写元春省亲,热闹中却有悲痛气氛,此乃作者深刻处。开头写黛玉宝玉赌气情景,亦佳。三八一页批语云末回有警幻情榜。三九一页批语云:"此语犹在耳。"三九二页批语云:"作书人将批书人哭坏了。"似此批书人确系作者亲属。

第十九回

第四一二页　[朱眉]小孩子口吻。

第四一五页　[朱眉]小孩子口吻。

第四二九页　[朱眉]写宝玉思想和性格。(一)

可见贾政曾常打宝玉。(二)

第四三九页　[回末朱批]此回写宝玉、袭人、黛玉三人:宝黛爱情故事前回曾略为写及,此回以大段文章写之。这亦似出自有意的安排。四一四页批语云后数十回有"寒冬噎酸齑,雪夜围破毡"情节。四二一页写宝玉听见女儿出嫁即叹息。批语又云情榜有"宝玉情不情,黛玉情情"评语。四二九页袭人说宝玉称"读书上进的人"为"禄蠹",又说贾政时时打他。

第二十回

第四四一页　[朱眉]真。——董按:双行夹批中有"十六乎假乎"句,何其芳于"十六"两字处划红色竖线。

第四五八页　[回末朱批]此回先写宝玉房中其他丫头麝月、晴雯的性格,宝玉认为一切男子皆是浊物,第一次正式写史湘云。宝玉黛玉小小口角并诉说彼此的情谊。四四三页批语有"茜雪至狱神庙方呈正文""袭人有始有终余只见有一次誊清时,与狱神庙慰宝玉等五六稿被借阅者迷失"等语。四四六页批语指麝月:"全是袭人口气,所以后来代任。"四四七页批语亦论及麝月后事。并云贤袭人嫁后嘱宝玉留着,批语又云有恶晴雯者。此种读者大异于一般人。四五〇页宝玉说"山川日月之精秀只钟于女儿,须眉男子不过是些渣滓浊沫而已"。四五五页,宝玉对黛玉表明"亲不间疏,先不僭后",说两人从小一起长大,要求彼此知心。

第四五九页　[朱眉]此是二十一回批语,误订写此。

第二十一回

第四八一页　［朱眉］贾琏此语亦似伏笔。

第四八三页　［回末朱批］此回前半写袭人宝玉，后半写贾琏平儿。宝玉是时年纪尚小，尚是许多女孩子都喜爱，这就不能不碰到苦恼。四七二页批语有"后文方能悬崖撒手"语。四七六页批语有"壬午九月，索书甚迫，姑誌（志）于此"等语。壬午为乾隆二十七年（一七六二）。四八一页贾琏说凤姐平儿："多早晚都死在我手里。"此语似有伏笔。

第二十二回

第四八八页　［朱眉］宝钗年十五岁。

第四九四页　［朱眉］写湘云性格。

第五〇三页　［朱眉］特写黛玉。

第五一三页　［回末朱批］此回前半主要写宝玉，写宝玉在黛玉、湘云等人身上俱用心，结果反而引起两人都不满，欲用佛道思想摆脱此种痴情的苦恼，又被黛玉宝钗所说服。四八八页写宝钗已十五岁。四八九至四九〇页写贾母喜欢宝钗"稳重和平"，宝钗善于讨贾母欢喜。四九一页批语有"凤姐点戏，脂砚执笔"等语，似凤姐有一种梦儿。脂砚与书中某些人物甚亲近。

第五二九页　批语可注意。——董按：白页批。

第二十三回

第五三〇页　［朱眉］黛玉曾读李煜词。

第五三一至五三二页　［回末朱批］此回写宝玉、黛玉等入大观园居住。写他们或她欣赏《西厢记》和《牡丹亭》文字，并由此引起爱情和青春的觉醒，也又顺便写贾政对宝玉的严厉。五二〇页夹批："批至此几乎失声哭出。"此批语可注意。

第二十四回

第五四一页　［朱眉］卜世仁开香料铺。（一）

此处似有脱落。（二）

第五四七页　［朱眉］写凤姐喜奉承。

第五五二页　［朱眉］凤姐的权诈。

第五五五页　［朱眉］宝玉不愿意要老嬷嬷倒茶。

第五五九页　［回末朱批］此回主要写贾芸和红玉。五四一页写卜世仁之鄙吝,可见作者对商人看法。五四七至（五四）八页写凤姐喜欢奉承。五五五至（五五）七页写宝玉讨厌老婆子及宝玉房里丫头们之互相忌妒。

第二十五回

第五六七页　［朱眉］这些地方写相爱的人的心理写得好。

第五八三页　［朱眉］点明宝玉十三岁。

第五八六页　［回末朱批］此回主要写贾环母子谋害宝玉凤姐。五六八页批语说马道婆一片鬼话"作者与余实实经过"。五七六页写宝玉发疯以前却写一段说说笑笑的日常生活。这样来反衬下文。五八三页说宝玉之玉被声色货利所迷,故不灵验,此似为作者的一种思想。五八五页宝钗嘲笑黛玉因宝玉病愈而念佛,此似表现宝钗之妒意,非仅诙谐也,此页批语又提到宝玉悬崖撒手文字。

五八四页眉批云:"全部百回",似本书曾写成百回。

第二十六回

第五八九页　［朱眉］写宝玉房里丫头们的不平。

第六〇二页　［朱眉］此是作者借宝玉说出自己想法。

第六〇五页　［蓝眉］甲戌本。

其芳先生对照。——董按:此语似借阅何其芳批本者所记。

第六〇八页　［回末朱批］此回前半继续写红玉贾芸,后半写宝玉黛玉之间的爱情和误会，中间插写薛蟠冯紫英。五九〇页批语："狱神庙回有茜雪红玉大段（一大回）文字，惜迷失无稿。"六〇二页写宝玉说，银钱吃的穿的等东西都不是他的，只有他自己写的和画的字画才是他的。六〇四页批语："惜卫若兰射圃文字迷失无稿。"

五九八页"凤尾森森龙吟细细"下批语："与后文落叶萧萧寒烟漠漠一对，可伤可叹！"

第六〇九页　甲戌本批语：

池边戏蝶，偶而（尔）适兴，亭外急智脱壳，明写宝钗非拘拘然一女夫子。凤姐用小红，可知晴雯等埋没其人久矣，无怪有私心私情，且红玉后有宝玉大得力处，此于千里外伏线也。

第二十七回

第六一三页　[朱眉]从宝钗写黛玉。

第六二九页　[回末朱批]此回主要写黛玉宝钗。写黛玉经常悲愁，宝钗甚有机心。也插写红玉和探春。写探春之聪明和责怪赵姨娘。六一三页，宝钗认为黛玉"素习猜忌，好弄小性儿"。六二二页批语又提及抄没狱神庙后文。

第六三〇页　[回末朱批]甲戌本于红玉回答凤姐"出入上下大小的事也得见识"处有批语："且系本心本意，狱神庙回内方见。"

第二十八回

第六三七页　[朱眉]误会中黛玉自己得到解释。

第六四一页　[朱眉]宝钗亦似有妒意。

第六四四页　[朱眉]此批不对，当是黛玉听到宝玉那句话。

第六四六页　[朱夹]此批无道理。

第六四九页　[朱眉]此种打诨，颇似《金瓶梅》中对应伯爵的描写。

第六五九页　写得生动活现。

第六六〇页　[回末朱批]此回主要写宝玉黛玉之间的爱情,写他们的误会得到解除,又发生新的小误会,写宝钗对两人关系似有妒意,又写宝玉对宝钗的肉体有爱慕之意,中间穿插写薛蟠,全回甚为生动。

六四七页批语云"大海饮酒,西堂产九台灵芝日也,批书至此,宁不悲乎?"由此可见有类似之事,批书人即联想及之,非书中事真为实有也。

第二十九回

第六六五页　[朱眉]"金钏彩云"似应在"两个丫头"下。

第六八〇页　[朱眉]说明两人常闹别扭是试探爱情。

第六八七页　[回末朱批]此回前半写贾府女眷至清虚观打醮,此种热闹大场面不易写,本书却写得很好。后半写宝玉黛玉又闹别扭,而且这次闹得很厉害。六八〇页宝黛两人常闹别扭是暗中试探爱情,封建社会小儿女很难正面表示相爱,故有此种曲折的痛苦的表达形式。

第三十回

第七〇〇页　[朱眉]作者说王氏宽仁慈厚,书中所写却实际不是这样。

第七〇六页　[朱眉]此处写得袭人亦令人同情。

第七〇七页　[回末朱批]此回主要写宝玉。先写他和黛玉的和解,次写他和金钏儿的嘻(嬉)笑,最后写他对一不认识的女孩子的用心。这时宝玉虽特别钟情黛玉,对别的许多女孩子仍是很有兴趣,尚未悟得"弱水三千,只取一瓢饮"。此回又附带写宝钗为人较厉害,袭人为婢亦有令人同情处。(一)

七〇〇页说王夫人"宽仁慈厚",实际上对金钏儿以及以后对晴雯一点也不宽仁慈厚。(二)

第三十一回

第七〇九页　［朱眉］此回内容甚重要。（一）

此回主要写宝玉。（二）

第七一九页　［朱眉］宝玉叹息在众女孩子之中的难处。

第七二二页　［朱眉］宝玉的怪论。

第七三三页　［回末朱批］此回前半写晴雯,后半写史湘云,都写得个性鲜明,十分生动。找回末批语,白首双星当指湘云与卫若兰。

第七三五页　［蓝眉］先生之尽评无多也！——董按:蓝色眉批,不是何其芳先生之字体。

第三十二回

第七三八页　［朱眉］湘云性急。

第七三九页　［朱眉］湘云称赞宝钗。（一）

湘云心直口快。（二）

第七四〇页　［朱眉］宝玉不要针线上的人做的鞋。

第七四二页　［朱眉］宝玉不愿同贾雨村之流来往。（一）

宝玉鄙弃当时的所谓经济学问。（二）

第七四三页　［朱眉］黛玉和宝钗的根本差别。（一）

宝玉黛玉的爱情建在"知己"上。（二）

第七四四页　［朱眉］黛玉的悲哀。

第七四七至七四八页　［朱眉］此处写袭人头脑里为封建思想所统治,她不赞成宝玉黛玉之爱情的原因在此。这也是写得深刻处,并不把袭人写成一个拨弄其间的小人。

第七五〇页　［朱眉］宝钗笼络袭人处。

第七五一至七五二页　［朱眉］宝钗此语不但讨好王夫人,也表现她的思想。读了这一段,人们自然就讨厌她了。（一）

难道对女儿会这样吗？王夫人之虚伪。（二）

第七五三页　［朱眉］作者如此写宝钗,决非无意之笔。（一）

［回末朱批］此回内容甚重要,此回主要写宝黛的爱情的基础建筑在互相了解上,并且写宝钗为人之不足取,袭人之忠实于封建礼教。她与宝玉私通,在她看来都是可以的,宝黛恋爱就成了"丑祸",吓得魂消魄散了。开头也继续写湘云,但写湘云却亦是为了写宝钗和黛玉,写二人之根本差异。（二）

第三十三回

第七六一页　［朱眉］又是为宝玉,可见此非第一次。（一）

紧急中偏写此事。（二）

第七六六页　［朱眉］可见这次不过打得最重而已。

第三十四回

第七七〇页　［朱眉］宝玉的痴想怪想。

第七七三页　［朱眉］黛玉的深情与宝钗又不相同。

第七七七页　［朱眉］两瓶应作几瓶。

第七七八页　［朱眉］袭人与贾政一致处。

第七八〇页　［朱眉］王夫人称赞袭人懂得封建大道理。（一）

此处如是伏笔,作者原来故事宝玉后来应搬出大观园。（二）

第七八一页　［朱眉］袭人提到声名（品）行。（一）

接三十二回袭人想法。（二）

第七八二页　［朱眉］袭人成了王夫人的心腹。（一）

宝玉称黛玉的感情不愿让袭人知道。（二）

第七八七页　［朱眉］补出一次宝玉挨打。

第七九〇页　［回末朱批］此回开头写宝钗黛玉看宝玉,通过同一事件写出两人的不同。中间写袭人与贾政王夫人立场一致,后面写宝黛爱情,宝钗与薛蟠吵闹。七一七页补叙宝玉以前一次挨打原（缘）故。

第三十五回

第七九一页　［朱眉］黛玉看穿了凤姐。

第七九二页　［朱眉］黛玉自与莺莺相比。

第七九八页　［朱眉］宝钗奉承贾母。

第八〇八页　［朱眉］写宝玉性格。

第八一三页　［回末朱批］此回主要（写）宝钗讨贾母好，贾母夸奖宝钗。宝玉仍见着女孩子就献殷勤。（一）

七九二页，黛玉自与莺莺相比。八〇八页写宝玉性格。（二）

第三十六回

第八一七页　［朱眉］宝玉性格。

第八一八页　［朱眉］继续写宝玉。

第八一九页　［朱眉］凤姐之贪。

第八三〇页　［朱眉］宝玉这番议论有他封建思想的一面，也有他一贯的叛逆的一面。为女子而死，又置君父于不顾了。

第八三三页　［朱眉］龄官的怨言。

第八三四至八三五页　［朱眉］宝玉的觉悟

"人生情缘各有分定"此是以这种形式说明一个人不可能得到许多女子的爱情，不可简单地以宿命论非之。

第八三六页　［回末朱批］此回主要写宝玉，写他最厌峨冠礼服贺庆往还等事，说宝钗辈也入国贼禄鬼之流，除四书外，把别的书都烧了（八一七至八一八页）；写他一方面不敢不承认君父至上，另一方面又愿意为女子而死（八三〇页）；写他悟到"人生情缘各有分定"（八三四页）。

八一九页写凤姐之贪。

第三十七回

第八六六页　[回末朱批]此书写结社吟诗,似未能脱俗,或因前数回写宝黛爱情故事,已难以为继,再写易显得重复,发生大波折又太早,故借此展开另外一些生活的描写。(一)

八五五页写晴雯性格。八六三页写宝钗的封建思想。(二)

第三十八回

第八七七页　[朱眉]宝玉也不喜限韵,可见前回宝钗反对限韵的议论,本是作者见解。

第八七八页　[朱眉]此处批语亦可见证"以合欢花酿酒",事相同而已,非书中所写全是实事。

第八八五页　[朱眉]今天某些诗作者,无乃为黛玉所笑乎?

第八八六页　[回末朱批]此回内容不丰富,但写得尚生动。(一)

八七八页批语可证"自传说"之谬。(二)

第三十九回

第八八八页　[朱眉]写平儿。

第八九一页　[朱眉]写凤姐用大家的月钱放利。

第八九三页　[朱眉]此类地方都是作者有意之笔。

第九〇〇页　[朱眉]如此结束刘姥姥胡编的故事。

第九〇二页　[朱眉]黛玉一点也不放松,令人忍俊不住。

第九〇五页　[回末朱批]此回前面从侧面写平儿之能干,凤姐之贪,用大家的月钱放债。次写刘姥姥,作者写刘姥姥叹息贾家一餐够庄稼人过一年,完全说明作者的主观思想是很明确的。最后又写宝玉的痴心。宝玉的性格的特点之一是对女孩子都很痴心。这是把少年男子的某种特点加以夸张的结果。(一)

八九四页批语说此书语言等常南北兼用。(二)

第四十回

第九二一页　［朱眉］写刘姥姥并非真可笑。

第九二五页　［朱眉］黛玉最不喜欢李义山的诗。（一）

此或是作者之意。（二）

第九二六页　［朱眉］此不仅写宝钗性格，亦伏后来守寡之意。

第九三三页　［回末朱批］此回写贾母游大观园。通过这写出众姊妹的住处，表现她们的个性。写刘姥姥可笑，然而又并非真可笑。

第四十一回

第九五〇页　［朱眉］黛玉竟被称为大俗人，此书中仅见。

第九五七页　［朱眉］此回主要写刘姥姥和妙玉。

第九五九页　［朱眉］钗黛合一论的本源。

第四十二回

第九六四页　［朱眉］此是伏笔。

第九七三页　［朱眉］宝钗的封建正统派思想。（一）

黛玉到底单纯。（二）

第九七七页　［朱眉］宝钗谈画，此亦作者的见解。

第九八三页　［回末朱批］此回主要写黛玉，写黛玉被宝钗一番封建大道理说得心服。后又写她善于诙谐。（一）

九六三页，刘姥姥给凤姐女儿取名巧哥儿，伏以后故事。（二）

第四十三回

第九九四页　［朱眉］凤姐爱贪小便宜。

第一〇〇〇页　［朱眉］宝玉讨厌迷信神。

第一〇〇六页　［回末朱批］此回前半写筹备替凤姐做生日，后半写宝玉独自到郊外祭金钏儿。九九五页批语说凤姐后来短命。

第四十四回

第一〇〇七页　[朱眉]黛玉此语似针对宝玉祭金钏儿。

第一〇一一页　[朱眉]凤姐虐待丫头。

第一〇一九页　[朱眉]宝玉的怪病又出现了。

第一〇二八页　[回末朱批]此回写凤姐贾琏之丑态,宝玉对平儿献殷勤。一〇二一页说明宝玉祭金钏儿是她的生日。

第四十五回

第一〇三五页　[朱眉]此处才点明彩明是男孩子。

第一〇三八页　[朱眉]说明封建地主阶级的父子关系全是如此。

第一〇四五页　[朱眉]黛玉对宝钗吐露心腹。(一)

黛玉十五岁。(二)

第一〇五五页　[回末朱批]此回前面写赖嬷嬷请客,写贾府奴仆孙子也作州县官,后面写黛玉对宝钗吐露心腹,两人关系改变。一〇三五页点明彩明是男孩子。一〇三八页说明封建地主阶级的父子关系都是和贾政对宝玉一样。

第四十六回

第一〇五九页　[朱眉]邢夫人性格。

第一〇六七页　[朱眉]写鸳鸯。

第一〇六九页　[朱眉]鸳鸯的反抗。

第一〇七一页　[朱眉]鸳鸯叫作姨太太为火坑。

第一〇七六页　[朱眉]贾赦的霸道。

第一〇七八页　[朱眉]鸳鸯很有志气。

第一〇七九页　[朱眉]写探春。

第一〇八一页　[回末朱批]此回主要写鸳鸯,写她有反抗性;也写邢夫人之糊涂懦弱,贾赦之好色和霸道,写得很生动。

第四十七回

第一〇九四页　[朱眉]宝玉不满意家庭的束缚。

第一一〇三页　[回末朱批]此回主要写柳湘莲,用人物行动写他的性格。

第四十八回

第一一〇九页　[朱眉]宝钗说做买卖是正事。

第一一一八页　[朱眉]此论亦是作者见解,借黛玉说出。

第一一一九页　[朱眉]直是大漠无风,并非无理,圆也没有什么俗。

第一一二〇页　[朱眉]白青也并非无理。(一)

这也只说出了作品的形象的作用而已。(二)

第一一二一页　[朱眉]从前人诗句化出诗句,不是好办法。

第一一二七页　[回末朱批]此回主要是写香菱。从香菱学诗过程可以看出作者对于诗的见解并不很精到,脱离不了苦学古人和苦吟,诗不是这样就可以作好的,唐以后无杰出诗人,其病正在此。(一)

一一〇九页宝钗说做买卖是正事。一一一五页贾赦强夺古董。(二)

第四十九回

第一一三二页　[朱眉]这首亦伤雕琢。

第一一三八页　[朱眉]点明宝钗、宝玉、黛玉等不过十五六七岁。(一)

湘云极爱说话。(二)

第一一四三页　[朱眉]黛玉说宝钗竟真是个好人。(一)

黛玉病又重了一些。(二)

第一一五二页　[回末朱批]此回写大观园中又增加了一些女孩子,书中主要人物前四十余回写得已给人以深刻印象,由此才又出现一些次要人物,此回又附带写湘云性格。一一四三页,黛玉对宝钗说,宝钗竟真是个好人。

第五十回

第一一七六页 ［朱眉］宝琴家也有买卖。

第一一八〇页 ［回末朱批］此回写联句。作者写得很有味似的，此亦可见作者在这类地方未超出当时一般文人的趣味和见解。诗到了即席吟诗和限韵联句之类，已近乎文字游戏，已写不出好诗来了。出题限韵，即席联句，大概也就只能写出这类所谓诗句而已。此类描写，或亦可算作当时某种生活的反映，但写得过多，而又很有兴趣地去写这些生活，则应该说是此书的缺点。

第五十一回

第一二〇六页 ［回末朱批］此回主要写晴雯，故写袭人回家，但作者写任何人物都是放在比较复杂的生活里，不连下回读，还不易察觉。

第五十二回

第一二〇八页 ［朱眉］此处似伏凤姐早死。

第一二一一页 ［朱眉］写晴雯性格。

第一二一二页 ［朱眉］天使图也。

第一二二七页 ［朱眉］贾家上千的人。

第一二三〇页 ［朱眉］说明作者看见父名。

第五十三回

第一二三四页 ［朱眉］歌颂"皇恩"。

第一二四〇页 ［朱眉］写荣府入不敷出。

第一二五七页 ［回末朱批］此回前面从侧面写荣府已入不敷出，后面写过年祭祀和家宴情形。开头歌颂"皇恩浩大"，后来写宗祠及家内陈设，写得津津有味，并似有夸耀意。这都是作者的封建思想的表现。硬说红楼梦为代表市民思想的作品的人，从来不敢涉及这类地方。

第五十四回

第一二七〇页　［朱眉］批评才子佳人小说。

第五十五回

第一二九〇页　［朱眉］写探春。

第一二九五页　［朱眉］探春口中主子奴才之分甚严。

第一二九六页　［朱眉］不识亲舅舅。

第一三〇六页　［朱眉］又点明荣府入不敷出。

第一三〇八页　［朱眉］宝钗性格。

第一三一〇页　［回末朱批］此回主要写探春,写探春主子奴才之分甚严,不认亲舅舅,这倒是客观上暴露了封建制度。一三〇六页,从凤姐话中又点明荣府入不敷出。一三〇八页,宝钗"不干己事不开口,一问摇头三不知"。

第五十六回

第一三一四页　［朱眉］宝钗维护朱熹。

第一三二三页　［朱眉］此论不仅表现宝钗之鄙陋,亦同时是作者思想之庸俗的一面。

第一三二六页　［朱眉］有什么值得欢声鼎沸的?

第一三三〇页　［朱眉］贾母谈宝玉。

第一三三五页　［朱眉］说明另一宝玉是影儿。

第一三三六页　［回末朱批］此回仍主要写探春,所以兴利除弊,却实际没有什么重要意义,作者加以特别重视,如对秦可卿在凤姐梦中所说的置祭田一样,都是表明作者的思想的落后的一面。

第五十七回

第一三五二页　［朱眉］此处似有脱落,下面应是宝玉的话。

第一三五四页　［朱眉］当时贵族女子的命运。(一)

提出"知心"二字。(二)

第一三五五页　[朱眉]封建社会上层女子无法表现自己的爱情的苦恼。

第一三六二页　[朱眉]薛姨妈讲月下老人故事。

第一三六七页　[朱眉]湘云黛玉对当铺的看法。

第一三六八至一三六九页　[回末朱批]此回写得很细腻。先写宝玉发疯,可笑又可悲,次写紫鹃与黛玉一番话,更写当时贵族女子的一般命运,宝黛的"知心"和黛玉的苦恼,再次写邢岫烟,亦令人同情,最后一个场面把这些故事结在一起。一三九(六)四页说到月下老人故事,这个故事是反映了封建婚姻的特点的。——董按:因此回末余白太少,这段回末朱批没有写完,转写到五十八回的回目下,现在与前面文字合为一处。

第五十八回

第一三七六页　[朱眉]宝玉又发呆性。

第一三八八页　[朱眉]宝玉说烧纸钱是异端。

第五十九回

第一三九六页　[朱眉]宝玉论少女和已婚的妇女的变化。

第一四〇五页　[回末朱批]一三九六页,宝玉论少女和已婚妇女的变化和差别。

第六十回

第一四二六页　[朱眉]又是一个要选择男人的女子。

第六十一回

第一四四一页　[朱眉]随便卖人或配人。

第一四五〇页　[回末朱批]以上四回从前面写的生活和人物扩展开

来,写到几个小女戏子;写到贾府中的人们之间种种矛盾,老婆子和小丫头们之间的矛盾,这一房丫头和那一房丫头之间的矛盾,赵姨娘的不满和混闹;写到大观园厨房的人们的生活;写到对厨房这种差事也有人钻营争夺;这一家的情形就像整个封建社会的不安定和腐败一样,为了把这样暗藏的东西加以集中揭露,就写贾家当权的人有的离开了家,有的卧病,所以才不断地出事,所谓"造反"起来。其中又贯穿这样一个线索:宝玉总是同情女孩儿,总是帮她们说话,帮她们隐瞒。这几回过去读时觉得写得较平,实则仍是写贾家的环境,写一些更小的人物和生活,同时也继续写了宝玉,并非支(枝)蔓和多余。

第六十二回

第一四五七页　［墨眉］前面未写宝钗与贾母生日相同。七十一回写贾母生日为八月初三。

第一四六○页　［朱眉］"丢了东西"下,有正本多"宝玉笑道:原来姐姐也知道我们那边丢东西"十八字。

第一四六八页　［朱眉］黛玉其实也是心直嘴快。

第一四七四页　［朱眉］侧面写探春。

第一四八五页　［朱眉］的确有些肉麻。

第一四八五至一四八六页　［回末朱批］此回写酒令之类,亦未能免俗,最后写宝玉又趁机在香菱身上用心。则宝玉性格至此仍未见有什么发展,老是写这类事情,亦似不精采(彩)。

第六十三回

第一五一二页　［朱眉］又颂扬清朝统治。

第一五一六页　［朱眉］贾敬服砂致死。

第一五二三页　［回末朱批］此回较长,前面酒令暗伏钗黛等人性格或后事。一五一一页写宝玉颂扬清朝统治。当是当时一般旗人作者共同之处。敦诚兄弟一方面有牢骚,一方面也常颂扬清朝统治。末后写贾蓉和姨娘胡闹,甚为不——董按:批语未完,意思未竟。

第六十四回

第一五三五页　［朱眉］宝钗又说"女子无才便是德"。

第一五三七页　［朱眉］这番诗论不高明。

第一五四〇页　［朱眉］点明贾珍贾蓉有聚麀之事。

第一五五二页　［朱眉］又点明尤二姐与贾珍有不妥之事。

第一五五四页　［回末朱批］此回开始写尤氏姊妹故事。前面写宝玉和黛玉却没有什么新的内容。宝黛恋爱在此时已不很好写,故不大出色。

第六十五回

第一五六六页　［朱眉］尤三姐的想法。

第一五六九页　［朱眉］又是一个自己要选择丈夫的女子。

第一五七二页　［朱眉］写凤姐。

第一五七三页　［朱眉］写凤姐。

第一五七五页　［朱眉］迎春浑名(一)

探春浑名(二)

第一五七七页　［回末朱批］写尤三姐,又是大观园姊妹以外另一类型女子,后面的泼辣似与前面写她与贾珍胡混在一起时的表现不很一致,但从整个故事说,写她先失足,然后悲剧是必然的,并非因柳湘莲误会而产生。末后从兴儿口中描写了凤姐、迎春、探春等人性格,很生动。又,尤三姐这个性格还是可理解的,受了践踏的人积愤很久,因而如此。尤二姐则是比较懦弱,缺少反抗性的人。

第六十六回

第一五八三页　［朱眉］尤三姐倾心柳湘莲,和过去许多爱情故事相似,并没有多少了解,这是因为在封建社会里,一般男女青年很难有互相接触互相了解的机会,除了像宝黛这种因亲戚关系而生活在一起的人。

第一五九〇页　[朱眉]批语提到《金瓶梅》。

第一五九四页　[回末朱批]此回开头从兴儿和尤三姐口中描写宝玉,主要情节为结束尤三姐故事。尤三姐故事按此抄本写法,最初同流合污,后来突然改变,以至以死殉情。在性格发展上写得不够细腻合理,如刻本所写,似较一贯,唯又有另一漏洞,如尤三姐原无失足之事,宝玉不应默认她不干净。

第六十七回

第一六〇八页　[朱眉]赵姨娘眼中的宝钗黛玉的不同。

第一六一八页　[朱眉]凤姐的威风。

第六十八回

第一六二八页　[朱眉]极力写凤姐之诈。

第一六四二页　[朱眉]这页(叶)与下页(叶)之间脱落一大段。

第一六四四页　[朱眉]此回描写凤姐之诈,凤姐之泼。

第六十九回

第一六五〇页　[朱眉]凤姐之毒。

第一六五四页　[朱眉]贾赦贾琏亦有聚麀之事。(一)
凤姐之毒辣。(二)

第一六五六页　[朱眉]这几行思想不高明,刻本删去。

第一六五九页　[朱眉]凤姐之狡诈。

第一六六一页　[朱眉]写二人都是善良的,相当动人。

第一六六三页　[朱眉]此处或暗伏将来贾琏对凤姐不好。

第一六六六页　[回末朱批]以上四回写尤二姐姊妹故事,又是另外一种笔墨。在大观园旖旎生活的描写中,插入此段悲惨故事、残酷故事,并且淋漓尽致地写出凤姐之狡诈毒辣。

第七十回

第一六七〇页　[朱眉]又过了一年。

第一六七六页　[朱眉]此段先写宝钗在贾母前说替宝玉写字,讨她喜欢。后写黛玉不声不响送了一卷临的字来。作者似有褒贬在内。

第七十一回

第一七〇二页　[朱眉]贾赦贾政两边的人也有矛盾。

第一七〇四页　[朱眉]回目(上)嫌隙人当指邢夫人。

第一七〇九页　[朱眉]贾府众人之势利。

第一七一一页　[朱眉]封建大家庭的苦恼。

第一七一二页　[朱眉]宝玉的悲伤。

第一七一四页　[朱眉]丫头们偷情就有一个性命问题。

第七十二回

第一七二三页　[朱眉]写荣府钱用得接不上。

第一七二五页　[朱眉]写凤姐之贪。

第一七二六页　[朱眉]凤姐之虚伪。

第一七二八页　[朱眉]凤姐放债。

第一七三二页　[朱眉]以上写太监的敲诈。

第一七三三页　[朱眉]贾政喜欢贾雨村。(一)

侧面写荣府家道困难。(二)

第一七三七页　[朱眉]贾政也准备给儿子小丫头。

第一七三八页　[回末朱批]此回主要写荣府"家道艰难",附带写凤姐之贪狡。

第七十三回

第一七四〇页　[朱眉]贾政如紧箍咒,此处可见作者曾读《西游记》。

第一七四一页　[朱眉]宝玉深恶时文和科举。

第一七四二页　[朱眉]晴雯对小丫头也厉害。

第一七四三页　[朱眉]晴雯有机智。

第一七四五页　[朱眉]贾母很注意维持男女之防。

第一七五〇页　[朱眉]写得好。

第一七五二页　[朱眉]迎春也是姨太太所生。

第一七五七页　[朱眉]写迎春性格。

第一七六二页　[朱眉]以上对照写迎春探春两人性格。

第七十四回

第一七六九页　[朱眉]写得活现。

第一七七五页　[朱眉]晴雯死于王善保家的之谗言。

第一七七六页　[朱眉]王夫人最嫌晴雯型的人。

第一七七九页　[朱眉]抄捡大观园也出自王善保家的主意。

第一七八一页　[朱眉]写晴雯。

第一七八三页　[朱眉]写探春。

第一七八四页　[朱眉]伏后文抄家。

第一七九一页　[朱眉]写凤姐也对王善保家的不满。

第一七九四页　[朱眉]惜春性格。

第一七九六页　[朱眉]此处有脱落。

第一七九七页　[朱眉]抄捡大观园是书中大波澜之一,也是写得最精采(彩)的片段之一。

第七十五回

第一八〇一页　[朱眉]甄家被抄。

第一八〇三页　［朱眉］借尤氏说出封建家庭的假礼假体面。

第一八〇五页　［朱眉］借探春说出封建家庭内部矛盾。

第一八〇六页　［朱眉］惜春孤介。

第一八〇八页　［朱眉］贾母也说家景不如从前。

第一八一〇页　［朱眉］又写荣府已不很富裕。

第一八三一页　［朱眉］似伏宝玉出家后贾环袭世爵："新词得佳谶。"或指此处。

第一八三二页　［回末朱批］此回前面写贾珍聚赌；后写两府过中秋，均写得悽（凄）凉，气象为之一变。

第七十六回

第一八三六页　［朱眉］点明贾敬已死去二年。

第一八三八页　［朱眉］写笛声原来为了造成此种气氛。

第一八四二页　［朱眉］此处似有脱落。

第一八四三页　［朱眉］补前面未写的事。

第一八四五页　［朱眉］此亦作者借此发感慨。

第一八五五页　［朱眉］二人联句就为了造成悽（凄）楚之气氛。

第一八五九页　［朱眉］写黛玉经常失眠。

第一八六〇页　［回末朱批］此回前面写贾母强为欢笑，倍觉凄凉，后面写黛湘二人联句，颇似余音袅袅。

第七十七回

第一八六二页　［朱眉］"问去"下有脱落。

第一八七〇页　［朱眉］宝玉对于结了婚的妇女的评论。

第一八七一页　［朱眉］王夫人之刻薄。（一）

此处点明王夫人从哪些人得知怡红院的一些事情。（二）

第一八七三页　［朱眉］点明五儿已死。

第一八七四页　［朱眉］此出自袭人的主意。

第一八七九页　［朱眉］袭人之庸俗不堪。

第一八八一页　［朱眉］与香菱同一可怜。（一）——董按：指晴雯。写晴雯。（二）

第一八八四页　［朱眉］含冤而死，死不瞑目。

第一八八八页　［朱眉］袭人之做作。

第一八九三页　［朱眉］作者对僧尼看法此处很明确。"好善"二字成了讽刺。

第一八九四至一八九五页　［朱眉］芳官葵官蕊官均出了家，从此处可见作者对出家看法，亦悲惨结局之一也，与晴雯之死并写。

第七十八回

第一八九六页　［朱眉］王夫人对贾母死瞒哄。

第一八九八页　［朱眉］借贾母说明宝玉和丫头们亲近并不是为男女之事。

第一九〇二页　［朱眉］写宝钗之去，也为了使大观园渐趋冷落。

第一九〇九页　［朱眉］已冷落如此，此处亦可见宝玉因此对宝钗并非完全无情。

第一九一〇页　［朱眉］亦议自定之意。（一）

忽于悲戚中插入此事，使较有波澜。（二）

第一九一四页　［朱眉］写宝玉作诗文时的想法。（一）

写贾政想法有些改变。（二）

第一九二五页　［朱眉］批语注入正文。

第一九二七页　［朱眉］有正本"谡诟"下有"出自屏帏"一句。

第一九二九页　［朱眉］有脱落。

第一九三一页　［朱眉］行末有脱落。

第七十九回

第一九三四页　　［朱眉］黛玉待晴雯甚厚。

第一九三八页　　［朱眉］大观园又少了一个。

第八十回

第一九七一页　　［朱眉］旧式婚姻只能怨命。

第一九七二页　　［朱眉］回顾作女孩子时真如天堂矣。

二〇〇九年三月底释文初稿

二〇〇九年十月再次合校

二〇一〇年三月二十日第三次校对修改

二〇一〇年十一月二十五日第四次改定

二〇一九年六月十三日第五次修订

《增评补图石头记》批语释文

说　明

何其芳于《增评补图石头记》上的批语,除卷首有十几条批语外,主要批于后四十回。后四十回共分五册,第十二册到第十六册,每册八回。

后四十回的批语,又有两种情况:一种是于每册书扉页上,对八回书进行"合批",不是对八回书的"总批"。这种"合批"仍然分回分页批评,但是把八回书的批语合写在扉页上。另一种情况是对每回的"分批",即分头把评语批在每回书页上。"合批"与"分批",几乎等于把后四十回批了两遍。值得注意的是,同一回的"合批"内容,并不是简单地把"分批"内容抄在一起,其中有相同的,相近的,也有许多不同的。

批语用笔颜色主要有两种:钢笔蓝黑色,已演化成浅墨色;粗铅笔红色,已成淡红色。

何读《增评补图石头记》批语释文,首次发表于2011年线装书局出版的《何其芳批本红楼梦三种》一书。相关情况见《何其芳〈红楼梦〉批语的发现及其价值》,《红楼梦学刊》二〇〇九第五辑,第六一至八五页。

凡　例

一、眉批、夹批、回末批皆各书明，并用方括弧[ ]表示之。

二、批语用笔颜色用"墨眉""朱眉""墨夹""朱夹""回末朱批"等字样表示之。

三、校正错字，或补字，均在本字后用圆括弧( )表示之。

四、字不可识别或缺文，以虚缺号□表示之。

五、批语中涉及书名、篇名、戏曲名的，均加上书名号《》。

六、释文整理者对个别需要有所说明的批语加的按语，用"——董按:……"方式表示之。

序论批语

原序(程伟元)

[墨眉]道光本首句作"红楼梦小说本名石头记"。

[墨眉]道光本作廿卷。

[墨眉]道光本廿余卷。

[墨眉]道光本作"接笋"。

[墨眉]道光本作"厘剔"。

护花主人总评

[夹批]王希廉本原有"题红楼梦点评"，洞庭王希廉雪香。

护花主人摘误

[夹批]王希廉本原有，即在点评后一部分，未另标题。

或问

[夹批]王希廉本原有，题红楼梦问答。

读花人论赞

[夹批]王希廉本原有，题红楼梦论赞，读花人戏编。

题词并序

[夹批]王希廉本原有。

大观园图说

［夹批］王希廉本原有。

音释

［夹批］王希廉原有此项，然较此简略。

正文批语

第十二册

扉页合批（八十一回至八十八回）

八十一回

五页　提到赵姨娘即不查它（他），勉强。

六页　贾政性格写得不对。

八十二回

一页　黛玉劝宝玉学作八股文，宝玉觉得不甚入耳，也和过去所写两人性格及关系不合。

二页　秋纹骂紫鹃"好混账丫头"，口吻不对，写袭人也与以前性格不合。

三页　宝玉连"无闻"二字也不会讲，也写得勉强。

四页　袭人想起晴雯下泪，与她性格不合。

袭人与黛玉背后议论凤姐，写得很勉强。

五页　笨笔，糟蹋黛玉。

五页至六页　梦也写得有些地方无根据。

八页　写得勉强。

八十三回

一页　勉强，一下就把黛玉的病写得很厉害，也太局促、潦草。

三页　写得与贾母性格不合。

四页　仆妇摸黛玉身上,不合这种大家庭规矩。

凤姐送几两银子给黛玉使,也写得太不近情理,当时尚未破落到此。

五页　周瑞家的说话,胡扯一起(气)。

六页　写宫中景象不像,写元妃与凤姐口吻也不像。

七页　照抄以前省亲时的话。

八页　写夏金桂还可以。

八十四回

五页　不合贾政性格。

六页　贾母亲自去看巧姐,不近情理。

八十五回

三页　写麝月秋纹也不像。

又写袭人向黛玉探听口气,笨笔。

四页　把麝月写得和林黛玉一样。

六页　有诗为证手法,也非本书原著所有。

八十六回

一页　"寄寓西京"。

三页　写得乱。

五页　又提到蒋玉菡红汗巾,太露续作痕迹。

不像黛玉口吻。

七页　把黛玉写得心里老是在想婚事。

八十七回

二页　说黛玉和李后主一样,日日以泪洗面。

三页　黛玉谈五儿,不自然地重复以前写过的事情。

写黛玉吃的东西完全是小家小户光景。

又重复前文,又用有诗为证手法。

六页　妙玉遭强盗抢,也先暗示,而且不止于暗示,写妙玉见宝玉就脸红,亦和以前写的不像(五页)。

八十八回

一页　写宝玉玩蝈蝈儿,贾环连对子都对不上,不近情理。

四页　胡扯到贾芸、焦大,只会重复前文,又重复贾芸与小红,贾芸送礼。

五页　又预先点明,巧姐见贾芸就哭。

六页　尼姑向凤姐讨小菜,不伦不类。

正文分批(第八十一回至第八十八回)

第八十一回

一页　[红铅眉批]不似宝玉口吻。

上回王夫人刚嘱咐,不应如此。

宝玉已较大,此语不像。

与上回重复。

二页　[红铅眉批]此语过于粗鲁。亦不像宝玉平时对黛玉口吻。

应知道香菱情形。

改变得不自然。

不应如平辈口吻。

不应叫了却歇晌午。

三页　[红铅眉批]亦不似宝玉行为。

写得不对。

四页　[红铅眉批]不像宝玉行径。

重复八十回情节。

这是别人的话。

重复。

五页 ［红铅眉批］不会当着凤姐讨银子。

马道婆出了事。

□□就做高兴。

［钢笔墨批］这类地方就写得勉强。

［红铅眉批］□□很有关。

完全不像贾母，焉得这种事轻轻放过之理。

不像王夫人和贾政。

六页 ［红铅眉批］与七十七回矛盾。

第八十二回

一页 ［墨笔眉批］不合黛玉性格及两人关系。

二页 ［墨笔眉批］口吻不对。

与司棋何干？不伦不类。

和袭人性格不合。

三页 ［红铅眉批］宝玉心中不全认为"闻"是发达。

四页 ［墨笔眉批］不合袭人性格。

写得太勉强。

［红铅眉批］她们不会这样议论凤姐。

［墨笔眉批］笨笔。

五页 ［墨笔眉批］笨笔，偏要重复。

拙劣不堪，糟蹋黛玉之甚。

七页 ［墨笔眉批］写得过火。

八页 ［墨笔眉批］不像惜春口吻。

勉强！

写得太冒失。

第八十三回

一页 ［墨笔眉批］勉强。模仿宝玉害病时的描写,但却成了东施效颦。

三页 ［墨笔眉批］不合贾母性格。

［红铅眉批］贾琏从来不曾来过潇湘馆。

学前八十回。

［墨笔眉批］模仿医生诊治秦可卿一段,亦不如。

四页 ［墨笔眉批］不合大家庭规矩。

［红铅眉批］从无此事。

［墨笔眉批］未必就如此寒苍(碜)。

胡扯。

五页 ［墨笔眉批］模仿开头护官符话语。

周瑞家的如何知道？她常上茶坊酒铺？

六页 ［墨笔眉批］没有写出内宫气象。

口吻完全不对,像小家小户妇女。

七页 ［墨笔眉批］照抄以前省亲时的话。

八页 ［墨笔眉批］写泼妇还勉强可以。

第八十四回

二页 ［红铅眉批］也从前八十回来。

称呼不对。

三页 ［红铅眉批］八股文也入此书,其高鹗之拿手好戏乎？

四页 ［红铅眉批］宝玉已大,不知(似)这样的小孩子。

过去没有此例。

五页 ［墨笔眉批］不合贾政性格。

六页 ［墨笔眉批］贾母去看巧姐,也不近情理。

七页 ［红铅眉批］重复前八十回。

八页　［红铅眉批］药罐子放在屋里不对。

第八十五回

一页　［墨笔眉批］太露痕迹。

三页　［墨笔眉批］写得不像麝月秋纹这种大丫头。

［墨笔眉批］笨话。

笨笔。

［红铅眉批］重复前八十回。

四页　［墨笔眉批］把麝月写成林黛玉一样了。

五页　［墨笔眉批］怎么知道是郎中的？

六页　［墨笔眉批］笨笔。

［墨笔眉批］这也不是《红楼梦》原著手法。

八页　［红铅眉批］又重复前八十回。

第八十六回

三页　［红铅眉批］从前打架无事，这次却如此，似矛盾。

［墨笔眉批］忽然又扯到贵妃。实在写得乱。

五页　［墨笔眉批］不像黛玉口吻。

六页　［墨笔眉批］肉麻！

七页　［墨笔眉批］好像黛玉时时刻刻就在想婚事。

第八十七回

二页　［墨笔眉批］太露痕迹。

［墨笔眉批］何至于此？胡扯！

完全像小户人家口吻。

三页　［墨笔眉批］只会重复以前的事情。

写得太可笑，大概作者并未过过"阔"的生活。

［墨笔眉批］只会重复上文。

显系续书手法。

笨笔。

六页　［墨笔眉批］什么事情都预先暗示，亦是笨笔。

第八十八回

一页　［墨笔眉批］写宝玉写得不像。

贾环何至连对子也对不上。

三页　［红铅眉批］周瑞何至与鲍二拌嘴。

四页　［墨笔眉批］忽然又扯到贾芸。

只会重复前文。

［墨笔眉批］又重复前文，而且写得很笨。

五页　［红铅眉批］重复前八十回。

［墨笔眉批］什么事都要预先点明，真笨。

六页　［墨笔眉批］不伦不类。

第十三册

扉页合批（八十九回至九十六回）

八十九回

一、二页　还勉强过得去。

三页　悼晴雯词，写法与《芙蓉诔》重复。

四页　写宝玉连青女素娥《斗寒图》都不知道。

写黛玉妆（装）束亦似（与）前八十回不同。

又用有诗为证式的手法。

宝玉说弹琴弹不出富贵寿考，与宝玉性格不合。

六页　又用有诗为证式的手法。并用冯小青诗句。

九十回

二页　又用有诗为证式的手法。

自己点明模仿的蓝本。黛玉闹病模仿前八十回中宝玉闹病。

三页　反复为下文宝玉娶亲黛玉不知道而布置条件,亦是较拙劣的手法。

四页　写邢岫烟没有衣服,也与前八十回重复。

六页　写薛蝌也吟诗一首,大可不必!

九十一回

五、六页　极力模拟前八十回参禅,但黛宝二人对语太露骨。

九十二回

三页　巧姐口中扯到小红、五儿,十分牵强。

四页　司棋结局与尤三姐重复。

七页　重述贾雨村身世一遍。

九十三回

四页　包勇讲甄宝玉游太虚幻境,太勉强!

九十四回

三页　不合紫鹃性格。

九十四回至九十五回失玉找玉一段还写得可以过得去。

九十六回

五页　用附耳低言"如此这般"的手法,这也是前八十回从来不用的。

七页　写黛玉迷本性一段也还可以。

正文分批(第八十九回至第九十六回)

第八十九回

一页　［红铅眉批］上学何至拿雀金裘。

三页　［墨笔眉批］词不佳,且与《芙蓉诔》重复。

四页　［墨笔眉批］宝玉未必如此无知。

黛玉妆(装)束写法亦与前八十回不同。

前八十回无此种手法。

此话完全不像宝玉说的。

两人关系写得不对。

第九十回

二页　［红铅眉批］何必在黛玉面前说这些话。

三页　［墨笔眉批］点明了模仿的蓝本,真是不打自招。

都是为了写下文宝玉娶亲,黛玉被瞒住。

也是为下文黛玉不知道宝玉娶亲而写。

四页　［墨笔眉批］邢岫烟没有好衣服,前八十回也已写过。

六页　［墨笔眉批］何必写薛蝌也吟诗?

第九十一回

五页　［红铅眉批］这些话不适合此时的宝玉。

［墨笔眉批］亦从前八十回参禅模拟而来。

第九十二回

一页　［墨笔眉批］二十六回五页。

这也是模拟以前时——P600——写法,但此处大可不必。

没有照述必要。

［红铅眉批］从来没有什么消寒会。

三页　[墨笔眉批]十分牵强。

[红铅眉批]勉强。

巧姐何必问此事。

四页　[墨笔眉批]与尤二姐柳湘莲故事重复。司棋下落其实不必交待。

五页　[红铅眉批]洋货进贡有围屏？而且是"汉宫春晓"？

六页　[红铅眉批]又重复前文。

七页　[墨笔眉批]重述贾雨村一遍，也无必要。

第九十三回

三页　[红铅眉批]贾政不应问此。

四页　[墨笔眉批]勉强！

第九十四回

一页　[红铅眉批]放出又重回，亦是蛇足。

二页　[红铅眉批]已经结束了的情节却又拖了再结束一次，累赘。违反宝玉性格。

三页　[墨笔眉批]不合前八十回所写的紫鹃性格。

四页　[红铅眉批]不合黛玉性格。

不成话。

[红铅眉批]一概恶劣不堪。——董按：针对"三诗俱稳"的批语。

第九十五回

七页　[墨笔眉批]这里还写得不坏。

第九十六回

五页　[墨笔眉批]前八十回从来不用此种手法。

第十四册

扉页合批(九十七回至一百四回)

九十七回

缺第四页,宝玉娶宝钗一段,构思还可以,写得潦草。

九十八回

四页　黛玉死时又用有诗为证式的手法。

写贾母哭黛玉之死一段,也还可以过得去。

九十九回

一页　模拟前八十回凤姐形容宝黛吵架后的和好。

五页　写贾政无主意,听任下面乱来,还写得好。

一百一回

二页　与九十二回所写巧姐矛盾。

六页　又重复前八十回晴雯被逐事。

一百二回

占卦驱妖都写得无味。

一百四回

二页至三页　又是重复八十回倪二与贾芸的事情。

六页　不像宝玉口吻,真正续得"一点灵气都没有了"。

正文分批(第九十七回至第一百四回)

第九十七回

三页至五页　[墨笔眉批]下接道光本第六页第二面倒数第三行第四

字至第八页第二面倒数第四行。

六页　[红铅眉批]模仿李嬷嬷看宝玉的病。

第九十八回

三页　[红铅眉批]晴雯死,宝玉那样悲痛;黛玉死,反而这样坦然,写得不对。

四页　[墨笔眉批]这些地方也写得还可以。

五页　[红铅眉批]若使曹雪芹来写,不知将多么动人。

六页　[红铅眉批]写得不对。

第九十九回

一页　[墨笔眉批]此段也模仿凤姐叙述宝玉黛玉吵架后的和好。

第一百回

四页　[红铅眉批]仍是模仿前面冲散薛蟠宝琴情节。

五页　[红铅眉批]写得不妥。

不成话。

第一百一回

一页　[红铅眉批]脱落一叶(页),写秦可卿鬼魂出现。

二页　[墨笔眉批]与九十二回所写巧姐矛盾。

五页　[红铅眉批]此书从来不写递烟。

六页　[红铅眉批]为何是失言?

[墨笔眉批]老是重复前八十回的事情。

七页　[红铅眉批]宝玉不会叫焙茗传这类话。

第一百二回

一页　[红铅眉批]不必要的重复。

宝玉为什么欢喜？怪事！

二页　[红铅眉批]求仙占卦充满了这类迷信玩意儿。

胡扯，胡写。

三页　[红铅眉批]花神为什么又成了妖怪。

四页　[红铅眉批]都是胡写。

第一百三回

一页　[红铅眉批]薛姨妈何至如此胡（糊）涂。

第一百四回

一页　[红铅眉批]这种不重要的人物反倒再让他出现。

三页　[红铅眉批]已经了结的事何必又扯出。

五页　[红铅眉批]书中从来没有写过媳妇给公公递酒。

六页　[墨笔眉批]不像宝玉口吻。

真是续得一点灵气也没有了。

第十五册

扉页合批（一百五回至一百十二回）

一百五回

五页　重复焦大。

一百六回

五页　写贾宝玉重复过去女子出嫁就不好一类文（字），但放在这个地方却不白写。

六页　胡适说红楼梦主题的根据。

不像贾政口吻。

一百七回

六页　写"世职复还",可见续书者思想不高明,不敢大胆写贾家之衰败。

一百八回

模仿过生日,平平而已。

一百九回

妙玉来看贾母病及说话口吻都与前八十回所写的性格不合。

一百十回

六页　写宝玉写得很表面。

又重复写凤姐办丧事,写人随便议论,完全不对。——董按:从本条始,共三条批语是朱批。

后四十回应该允许写新的生活,新的事件,不能只是模仿前八十回,而又重□□□。

一百十一回　　——董按:此条只注回数,没写批语。

正文分批(第一百五回至第一百十二回)

第一百五回

三页　[红铅眉批]写得并不灵巧。

四页　[红铅眉批]抄家不抄全家,恐非原作之意。

五页　[墨笔眉批]重复焦大。

第一百六回

一页　[红铅眉批]恐非原作之意。

五页　[墨笔眉批]写得不自然。

六页　［墨笔眉批］胡适说《红楼梦》的主题的根据。

不像贾政口吻。

第一百七回

一页　［红铅眉批］聚赌是贾珍事。

六页　［墨笔眉批］这些地方很不高明。

第一百八回

四页　［红铅眉批］写得太笨。

模仿前八十回，薛姨妈勉强！

七页　［红铅眉批］宝玉已不小，何来此语？

第一百九回

三页　［红铅眉批］又在重复前文。

四页　［红铅眉批］笨笔。

五页　［红铅眉批］宝玉何曾说过这样的话？

不像宝玉的想法，袭人也不美。

何为老是面红。

六页　［红铅眉批］不词。

前八十回没有写过打千。——董按："打千"是对"打了个千谢"的缩写。

七页　［红铅眉批］何至随便请医生看贾母的病？

这也是怪事？

完全不合妙玉性格。

八页　［红铅眉批］盖续笔拙劣也！

前八十回并不说为妃享尽了福。

第一百十回

四页　[红铅眉批]凤姐何至说这种话？

五页　[红铅眉批]众人哪能这样随便议论？

六页　[墨笔眉批]写宝玉很表面。

[红铅眉批]又是重复前八十回。

众人哪能这样对李纨讲。而且李纨不驳一句？

七页　[红铅眉批]小丫头们还能说这样的话！？

第一百十一回

三页　[墨笔眉批]鸳鸯嫂子未必如此。

第一百十二回

一页　[红铅眉批]惜春何至如此糊涂。

六页　[红铅眉批]又是重复前八十回的事。

第十六册

扉页合批（第一百十三回至第一百二十回）

一百十三回

五页至六页　均有拙劣不堪之处。

一百十四回

四页　甄家赐还世职，亦大不必如此写。

一百十五回

二页　地藏庵姑子说了一阵鬼话，惜春居然觉得投机，把惜春也写得不对。惜春结局应该写得很动人的，不应竟写得如此不成话。

一百十六回

一页　不通的对联。

二页至四页　重复游太虚幻境,而且写得糊涂不堪。

一百十八回

二页　宝玉对惜春及众人念在太虚幻境册子上所见关于惜春的诗,实在写得非常拙劣。

四页　史湘云丈夫痨病死了,她立志守寡。

六页　"尧舜不强巢许,武周不强夷齐"。——董按:此条原用红铅笔写在扉页墨笔合批百二十回批语下面,是补批。现据文义,挪移至此。

八页　又重复莺儿打络子时的话。

一百十九回

一页　宝玉对莺儿说袭人靠不住,也实在写得拙劣。

宝玉对王夫人告别,非常重视中举人一事,与曹雪芹所写的宝玉性格不合。

二页　又用"正是"体。

四页　曹雪芹曾借贾母的嘴,批评鼓儿词中的滥调,想不到续书者竟用鼓儿词中的办法来写。

写王夫人参加商量藏巧姐,也不合曹雪芹所写的王夫人性格。

八页　贾赦贾珍被赦罪,宁国荣国两世职也恢复了,仍是大团圆旧套。

十页　平儿扶正,也是粉饰现实的写法。

一百二十回

一页　袭人也梦见宝玉拿着"册子"看,实在写得笨拙。

三页　薛蟠放出,香菱扶正,也是大团圆旧套。

五页　写皇上赏宝玉"文妙真人"称号,太可笑。

六页 "千古艰难唯一死,伤心岂独息夫人",又扯出甄士隐来说一通,实在是画蛇添足。

七页 "太虚幻境即真如福地",不通。

"宋玉相如,大是文人口孽"等竟骂起原作者来了。《红楼梦》的成功之一,正在善于写爱情。

甄士隐度香菱,交警幻仙子"对册",不通之话。

八页 有等于点明是续书的话。

正文分批(第一百十三回至第一百二十回)

第一百十三回

一页 [红铅眉批]不断闹鬼,技止此乎?

二页 [红铅眉批]不可能记得。

五页 [墨笔眉批]语无伦次。

六页 [红铅眉批]模仿宝玉对黛玉的话。

[墨笔眉批]拙劣。

第一百十四回

四页 [墨笔眉批]粉饰现实。

第一百十五回

二页 [墨笔眉批]惜春也不至于如此无见识。

三页 [红铅眉批]无是理。

[墨笔眉批]不通语。

四页 [墨笔眉批]拙劣不堪。唐突黛玉。

第一百十六回

一页 [墨笔眉批]不通。

半通不通。

二页　［墨笔眉批］重复一遍,甚为无聊。

三页　［红铅眉批］何至重复这些?

胡扯。

四页　［红铅眉批］胡扯。

第一百十七回

一页　［红铅眉批］不成话。

五页　［红铅眉批］又写行令,多无聊。

七页　［红铅眉批］长得太快。

第一百十八回

二页　［墨笔眉批］这种地方实在没有道理。

［红铅眉批］拙劣!

七页　［红铅眉批］宝玉何至以这些书为最得意的读物?

八页　［红铅眉批］□□至此乎?

第一百十九回

一页　［墨笔眉批］写得拙劣。

不合宝玉性格

三页　［墨笔眉批］其实是续书者劣到无以复加。

四页　［墨笔眉批］勉强。

［红铅眉批］真的当成亲妈了?

［墨笔眉批］是续书者写得没头没绪。

不像王夫人的行为。

八页　［红铅眉批］勉强!

［墨笔眉批］大团圆旧套。

十页　［墨笔眉批］也是粉饰现实的写法。

第一百二十回

一页　［墨笔眉批］老是"册子""册子",实在笨拙。

二页　［墨笔眉批］词句不通。

三页　［墨笔眉批］也是大团圆旧套。

［红铅眉批］宝玉有后,也是封建思想。

五页　［墨笔眉批］滑稽。

六页　［墨笔眉批］全是蛇足。

七页　［墨笔眉批］不通。

这岂非骂起原作者来了?

什么叫"对册",不通之语。

八页　［墨笔眉批］点明是续书。

重复开头一段话。

红铅总批

后四十回结局多团圆老套,之中说悲剧气氛不多。仅宝黛故事续书者未取大团圆结局而已。

艺术上尤无光彩,没有生活气息,人物性格也常写得不合,较好片段也不过大致过得去,唯袭人改嫁一段还写得较好而已。

一九五六年六月二十二日

——董按:此段总批为朱笔,写在第十六册扉页一百二十回批语下面。因系对"后四十回"的总评,故移到批语释文的最后一个自然段。

二〇〇九年三月释文初稿
二〇〇九年十月底再次合校
二〇一〇年二月二十三日,校改完第三稿
二〇一〇年十一月二十二日夜,校改第四稿
二〇一九年五月二十九日,修订版再校

在红学论著上的批语释文

说明

从一九五五年六月到一九五六年十一月,何其芳写作《论〈红楼梦〉》期间,在批注《红楼梦》三部文本的同时,批点了红学著作七种十册:《红楼梦问题讨论集》(一至四册)、《红楼梦研究参考资料(四)》、《红楼梦的人民性及艺术成就讨论文件》、《〈红楼梦〉辨》、《红楼梦八十回校本》、《红楼梦评论集》、《中国文学史》(一九五五)。共写下批语百余条。

相关情况见《何其芳对"批俞评红"的学术反思》一文,《红楼梦学刊》二〇一一年第五辑,第八七至一〇九页。

《红楼梦问题讨论集(一集)》批语

书名页批语

P23　《小说丛话》中侠人对《红楼梦》的反封建意义□□评论(见作协编《红楼梦研究参考资料(四)》P3)。

P48　"乾隆时代正是清王朝行将衰败的前奏曲"。

P49　说曹雪芹"已经预感到本阶级必然灭亡的历史命运"。

P70　说贾家的衰败"表现着社会阶级结构的变化"。

P73　说贾宝玉是"当时将要转换着的社会中即将出现的新人的萌芽"。

P81　注文中更说明乾隆时代"已经开始具备了资本主义原始蓄积期的一些特点","正是资本主义萌芽'孕育'的时代"。

P104　"鸦片战争以前,整个清代经济处于严格闭关封建经济停滞的时期"。

P115　说太虚幻境的描写"很足以反映出作者思想中虚无神幻的色彩"。

P178　有否认文学传统的重要,简单地说文学的成就□□是社会现实生活的基础。

P185　说李、蓝有过分抬高贾宝玉、林黛玉的倾向。

P203　只承认后四十回在某小的情节和艺术成就上有些减色。

P204　说宝钗对宝玉爱不爱她,"却是不必操心的"。

P208　反对《没有批评,就不能前进》中对俞平伯《〈红楼梦〉辨》考证家的对后四十回的看法的部分肯定。

P210　说胡适、俞平伯把一部完整的《红楼梦》锯为前后两橛。

P222　连宝玉中举等写法也加以肯定,说是"对科举制度嘲笑般的消极抵抗"。

P236　说《红楼梦》的缺点是不能给读者振奋起来想做些什么或要求什么。

P384　不赞成说曹雪芹有"空""幻"思想。

P60—61—62—63—64

P69、73、78

正文批语

P208　"何其芳同志在《没有批评,就不能前进》一文中说"(后四十回保存悲剧结局是《〈红楼梦〉辨》的可取部分)"是简单化了的评价""起着帮助俞平伯先生贬低后四十回续本的作用"。(李希凡:《俞平伯先生怎样评价了红楼梦后四十回续本》)——董按:何其芳在后两句话处划了竖线,打了问号。

P342 [眉批]曹雪芹卒于一七六四,鸦片战争一八四〇,不止三四十年。——董按:何其芳批在毛星《评俞平伯先生的"色空"说》一文的"曹雪芹所处的时代……距鸦片战争也还有三四十年"等语天头。

——董按:以上共有二十一条批语。

《红楼梦问题讨论集(二集)》批语

书名页批语

P217 批评曹雪芹"只能看到封建大家庭的崩溃而并看不见其他的道路——譬如说资本主义的道路,因而他的人生观就是人生不过一梦"。

P219 可说《红楼梦》有两个缺点:①贾宝玉的恋爱观及其恋爱生活方式不好,"见了少女少妇就爱";②"提倡男子为女性美,女子为病态美"。

P239 所说"旧红学"中也有某些正确或接近正确的见解。

P267 "当然,后四十回《红楼梦》的思想性与艺术性远逊于前八十回"。

P280 《红楼梦抉微》说"《金瓶梅》是真小人,而《红楼梦》是伪君子,伪君子的可怕更甚于真小人","贾宝玉就是西门庆,林黛玉就是潘金莲"。

——董按:以上共有五条批语。

《红楼梦问题讨论集(三集)》批语

书名页批语

P2 说清代封建社会不同(于)以前任何时期的标志是"代表着资本主义关系萌芽状态的新兴的市民社会力量有了发展"。

说《红楼梦》"反映了当时新兴的社会经济关系的萌芽和新兴的市民

社会力量追求民主和个性解放的生活而又找不到出路的痛苦"。

P3　说黄宗羲、顾炎武是"新生的市民思想"的代表。

"代表资本主义关系萌芽状态的新兴的市民社会力量"有了"进一步发展"。

"市民社会"包括城市的手工业者、工场手工业主人、中小商人,以及住在城市的一部分经营地主和破产的贵族,还有代表市民思想的追求民主和个性解放的知识分子。

P7　说银赋的增加说明货币地租的逐渐流行,农产(品)商品化的程度提高。

P8　说农业中的雇佣劳动这时更加发展了,这只有在经营地主和富农经济产生的条件下才是可能的。

P19　"曹雪芹就是属于贵族官僚家庭出身而受了新兴的市民思想影响的一个典型的人物"。"应该说他基本上是站在新兴的市民立场上来反封建的"。

P20　说曹雪芹思想就是受了当时"新兴市民思想"的影响,他的思想和黄宗羲、顾炎武、王夫之、唐铸万、刘继庄等人"提倡个性自由和民主的思想"有许多相近之处。

P23　《红楼梦》的问题之一是"找不到出路"。

P27　说从《红楼梦》里"也能看到国内外的工商业资本怎样动摇着封建统治者的经济基础"。

P36　说王夫之、黄宗羲、顾炎武等的行动和思想也"反映了工商业者反对封建压迫的要求",他们的思想学说的总目标是向着"礼教"展开激烈的攻击。

P37　"贾宝玉、林黛玉的形象概括着广大群众愤怒反抗情绪"。

P52　林黛玉是"具有浓厚解放思想的人物"。

P75　说资本主义产生的前提是资本的原始积累和出卖劳动的自由市场,毛主席说的在鸦片战争以后才出现。

P77　说以对贾家的描写看得出封建统治集团必然溃灭,在于反映的封建统治集团对农民的剥削已经到了极端残酷的境地。

P24、31、32、54、55、56、57

P152、156、158、159、160

P289　影响的□记事。

——董按：以上三条标在书名页左侧空白处。

扉页批语

P78　说贾家被抄是封建统治集团为了缓和阶级矛盾。

P84　说贾宝玉的"泛爱"是"他的平等观念的一部分"。

P86　说宝玉和黛玉"是近代思想和近代性格的萌芽"。

P108　戚本十九回批语，说宝玉是作者虚构出来的人物。

P109　说高鹗和曹雪芹的思想"基本上是一致的"，高鹗的弱点曹雪芹也有。

P111　"《红楼梦》仅仅写了贾府八年的事情"。

P118　说甄宝玉和贾宝玉本是一人，终于分化为两人，"就表明着当时社会正是处于一个分化的过程"，"表明着一个新兴的阶级即市民阶级正在抬头"。

引吕振羽《中国政治思想史》，说黄宗羲、戴震、王夫之等人的思想是"市民阶级的思想"。

P119　"谁都知道，书中的贾宝玉即曹雪芹"，"分析贾宝玉即分析曹雪芹"。

P120　说贾宝玉的爱情和"自由"是同义语。

P121　许多胡说八道的话：说宝玉最后是逃入了女性统治的世界，那个世界是宗教世界；说地主阶级对女性的残暴是"对农民压榨的残暴性之侧面的反映"。

P124　说《红楼梦》反映了"反动阶级的没落及新兴阶级的成长与兴起，表现在这上面的，是两种思想体系的复杂的斗争"。

P143　说曹雪芹"不自觉地或不完全自觉地"被那"正在酝酿着起义的农民阶级的革命精神所浸染着，激动着"。

P144 "正是农民群众的革命情绪,构成了曹雪芹深广的社会批判的主要动力"。

又说《红楼梦》的缺点和限制反映农民反抗的失败。

P173 说贾宝玉与梁山伯和卖油郎秦重属于同一血统。——董按:秦重为文言小说《卖油郎独占花魁》的男主角。

P175 说林黛玉兼有崔莺莺、杜丽娘的柔情和祝英台、白素贞的勇敢坚强。

P197—P121 对《红楼梦》的时代背景的第一种意见:强调资本主义因素的发展,强调当时"封建制度已逐渐被瓦解"。

P202—P206 第二种意见:清王朝由盛趋衰,并不是由于什么"资本主义萌芽","这种"萌芽"在乾隆时还很小,不可能动摇封建社会的经济基础。《红楼梦》反映的主要是清朝贵族地主家庭的生活,"庄田制"是无法长期维持的。

P212 说《红楼梦》语言上的白话是人民性,这是和作者思想上的落后消极的一面有关系。

P213 不同意宝玉黛玉是概括了广大群众愤怒反抗情绪的典型形象。

本书出版说明页批语

P224 对《红楼梦》中的诗词估计过高,说不比以前名诗人的作品逊色。

P226 对《红楼梦》的语言的胡乱解释:说语言的来源是生活实践、人生态度和长期学养,说"字字是血"的"血"是人民的血。

P264 说宝玉不该把玉挂在颈上,不该和宝钗过着夫妻生活。

P279 市(清)初市民思想知□有(?)□王、黄、顾、唐□□□□□。

P306 说宝钗对宝玉流露感情只有宝玉挨打后那一次。

P354 说今天的社会还会有薛宝钗那样的人(徐士年)。

正文批语

P143 [眉批]辛(未艾)译《俄国文学果戈理时期概观》P548,为"大家都受到这种推动我们时代的生活底(的)追求所鼓舞,毫无例外,贝朗日、乔治·桑、海涅、狄更斯、萨克莱的作品,它们也是受到人道主义和改善人的命运的思想底启示"。——董按:见《论红楼梦》第十二节。

——董按:以上共有四十六条批语。

《红楼梦问题讨论集(四集)》批语

书名页批语

P26　说清初工商业的发展受到清朝统治势力的摧残。

P30　说《红楼梦》"处处"以农民生活和贵族地主生活作鲜明的对比,不是出于无意。

P35　说《红楼梦》的思想不包括在封建社会的上层建筑,而是属于未来上层建筑的思想萌芽。

P40　说由于中国封建社会的特点,自由市民和封建贵族"对敌阵势无法壁垒分明地展开"。

P44　说用市民思想还不能说明《红楼梦》的全部问题。

P47　说封建文化的(?)破落贵族士大夫可以深刻地描写本阶级人物,不论中国封建文化有其□□,但是总不够清楚。

不赞成邓拓说的当时是封建制度的解体过程。

P48　说李贽和黄宗羲、顾炎武、王夫之对"强调个性和自由思想"和市民生活意识有一定的联系,《红楼梦》作者也在一定限度内受到当时这种生活意识的影响,但不赞成《红楼梦》是市民意识指导下写出来的。

P50　说《红楼梦》本身没有暗示出任何一点市民生活的光明前景和展望。

P51　说曹雪芹是一个有独立思想体系的人。

P52　说乾隆初年封建社会秩序走向动摇(此点□不合事实)。

P54　说黄宗羲是带有市民阶层的政治色彩,王船山是彻头彻尾的人性解放论者。

P59　说贾宝玉继承了王船山的个性发展的传统。

P60　说曹雪芹是一个反宗教的人。

P70　驳《红楼梦》提倡"病态美"之说。

P82　说《红楼梦》《儒林外史》《桃花扇》《镜花缘》《聊斋志异》等都反映了市民及其思想,"赋有资产阶级革命期的性质"。

P84　说王、黄、顾、唐、刘、戴等人不但代表市民阶级利益,而且表达农民阶级的利益。

P93　说贾宝玉的妇女观和婚姻观,是市民思想。

P95—P96　说曹雪芹反对佛老思想(把佛教道教和佛老思想混为一谈)。

P97　说曹雪芹写作《红楼梦》的时候,基本上是站在市民阶层方面的。

P104　问为什么《红楼梦》产生在十八世纪中期,而没有产生在以前,好像这是可以说明当时的社会发生了质的变化,有了资本主义的因素。其实,这不能简单地用社会变化(?)来说明,还有文学本身的发展,以及其他因素。

P116　说《红楼梦》中反映的解放人,解放个性的思想只能是新兴的市民社会意识的反映。

P119　可说黄、顾、戴、王"在本质上反映着新兴的市民阶级强大的要求"。

书名页背白批语

P128　不同意说曹雪芹世界观里有矛盾。

P165　也说清初那些思想家"召唤过去亡魂为自己效力"。

P166　说戴震研讲的理即"人与人的平等关系"。(其实他讲的不过是孔子讲过的"恕"道)

正文批语

P156　[眉批]在当时的封建大家庭中能够产生了一个市民的代表,的确是怪事。如果这样,曹雪芹就有些□□了,□而曹雪芹□没有把宝玉写成市民代表,这个裂痕错误是批评者造出来的。——董按:本页划竖线的句子:……一句咬定,大观园是不能作为产生"新人的萌芽"的贾宝玉性格的"典型环境"的。

P157　[眉批]新兴市民为什么没有出路？

——董按:以上共有二十八条批语。

《红楼梦研究参考资料(四)》批语

（中国作家协会编印,一九五五年三月）

目录页背白批语

P1　"编者说《红楼梦》全脱胎于《金瓶梅》"

P3　说《红楼梦》不满意封建伦理。

P66　《红楼梦》后四十回确为高鹗所续。

正文批语

P39　[红铅眉批]这是称宝玉。——董按:文中说黛玉苦闷,无处倾吐,"对鱼儿说话"。

P52　[红铅眉批]时。——董按:文中说宝玉"平生深厌""诗文八股一道"。何改"诗文"为"时文"。

——董按:共五条批语。

《红楼梦的人民性及艺术成就讨论文件》批语

（"胡适思想批判讨论会工作委员会秘书处"编印,1954年）

正文批语

"固执、阴险而浅薄的王夫人"？

"善于告密的袭人"？

——董按:共有两条批语。书中用红铅笔划下不少竖线和问号。

《〈红楼梦〉辨》批语

（俞平伯著，上中下三卷，亚东图书馆，1923年4月版）

扉页批语

上卷

P81—P85　论高鹗续书中的"利禄熏心"的流露。

中卷

P21—P22　对《红楼梦》评价的错误。

P41—P42　对《红楼梦》与《水浒》的比较：所论"怨而不怒"与"含蓄"。

中卷

P5、8、12　所记作者的三层态度：

（一）"是感叹自己身世的"。

（二）"是情场忏悔而作的"。

（三）"是为十二钗作本传的"。

中卷

P25、29、38　所记《红楼梦》的风格：

（一）"善写人情"。

（二）"一洗前人的窠臼，一顾读者的偏见嗜好"。

（三）"怨而不怒"。

——董按：共有五条批语。

《红楼梦八十回校本》批注

（俞平伯校订，王惜时参校，人民文学出版社，1958年2月版）

序言批语

［眉批］不一定是真话。——董按：序言第26页中有"程高说他们广集各家抄本加以校勘，这大概是真话"。

正文批语

在第四回"护官符"天头原有眉批,后又涂掉。

——董按:共有两条批语。多处画竖线,天头多处画问号。

《红楼梦评论集》评点

(李希凡、蓝翎,作家出版社,1957年版)

正文批语

P224　⑧补充　心理描写也是《红楼梦》的一大成功之处,较中国其他古典小说成功得多,如第29回宝玉、黛玉的心理描写都很成功,并取得了很大作用。——董按:批者把文章中评论《红楼梦》艺术描写的内容理出七个方面,又概括了第八点,故在序号后写下"补充"二字。

《中国文学史》批语

(北京大学中文系文学专门化55级同学,一九五八年,北京)

下册

书名页批语

P391　论说林黛玉的特点是悲苦加不幸(资阶唯心论)。

目录页批语

P3—P4　[侧批]太简单。——董按:用红铅笔批在第十章《红楼梦》第三节"《红楼梦》的艺术性"节题前。

——董按:关于《红楼梦》,共有两条批语。

后　记

多年以来,我有个学术夙愿:就是编辑出版一部《何其芳论红楼梦全编》。安徽教育出版社出版"百年红学经典论著辑要"丛书,主编将《何其芳卷》纳入其内,使我有机会、有平台初步实现这个学术梦想。

当年,我整理校订的《何其芳论红楼梦》(白山出版社二〇〇九年版)一书,由两部分组成:何其芳的红学论述,何其芳红学实践的记述和评说。此回再次整理出版何其芳先生的红学著述(包括演讲、批语、书信等),"百年红学经典论著辑要"的策划意图重在出版百年红学大家经典论著本身,至于研究他们红学学术观点和红学实践活动的内容,只吸收极小部分作为"附录"。遵从这个组稿意图,我将《何其芳论红楼梦》一分为二:保留何其芳"论红楼梦"的全部内容,再增加十余年间(二〇〇九至二〇二〇)发现的何其芳"论红楼梦"新的文献;把"附录"部分单列出来为基干,扩充加厚,另编一部《何其芳红楼梦研究述论》。

《何其芳论红楼梦》一书收入何其芳红学文献十一篇,它们是:《论红楼梦》《曹雪芹的贡献》《没有批评就不能前进》《论红集纳(1946—1977)》《在古典文学部召开的〈红楼梦〉座谈会上的发言》《答关于〈红楼梦〉的一些问题——在中国作家协会文学讲习所的演讲》《〈红楼梦〉和正确对待文学遗产问题——在北京大学团委会和学生会的演讲》《〈论红楼梦〉序》《关于〈论红楼梦·序〉的一点说明》《关于曹雪芹的民主主义思想问题》《关于〈红楼梦〉再版前言的一封信》。还有两篇附录:《对何其芳同志的〈论红楼梦·序〉的意见》(方明)、《推荐〈论红楼梦〉》(解叔平)。

这十一篇红学文献,有八篇在何其芳生前公开发表过。有三篇的收集、整理、校订情况要略作说明:《论红集纳(1946—1977)》说是一篇,只是为了表述方便,其实它是从何其芳几十篇文章中集纳出的四十一则论红语录[收入本书时删了五则,篇名改为《论红集纳》],按时间顺序结为一束,它的学术含量之高、学术分量之重,不亚于一篇呕心沥血字斟句酌的学术论文。《关于〈红楼梦〉再版前言的一封信》是何其芳于处境困难时期坚守红学观点的重要文献,先生逝世,由夫人牟决鸣女士整理校勘,刊发于天津人民出版社出版的《我读〈红楼梦〉》一书(《红学文丛》编委会编),本书使用的是这个文本。《〈红楼梦〉和正确对待文学遗产问题——在北京大学团委会和学生会的演讲》,这篇演讲记录首发在北大校刊,是内部发表,四十余年无人问津,"藏在深宫无人识"。我知道线索后,托在北大就读的朋友女儿复印了报道稿,编校后收入本书。

《百年红学经典论著辑要(第一辑)·何其芳卷》收入何其芳红学新文献七件。正文六件:《〈国初抄本原本红楼梦〉批语释文》《〈脂砚斋重评石头记〉批语释文》《〈增评补图石头记〉批语释文》《在红学论著上的批语释文》《在"讲红课座谈会"上的发言》《论文中主要观点应当是自己发现的——指导"文研班"学员毕业论文〈《红楼梦》对我国古典小说艺术表现方法的继承与发展〉的意见》。还有附录一件:《中国科学院文学研究所讨论研究鲁迅与研究〈红楼梦〉的论文》。

前三件是何其芳在《红楼梦》《石头记》上的"批语释文"。这些批语的发现、整理、内容和价值如何,拙著《何其芳红楼梦批语的发现及其价值》(《红楼梦学刊》二〇〇九年第五辑)已表达了愚意,此处不赘。想说的是此三篇"批语释文"曾发表于二〇一一年出版的《何其芳批本红楼梦三种》(线装书局),可惜精装影印数量太少,流传不广,红学界鲜有存之者、见之者、研之者,收入本书目的在于完全何其芳的红学思想系统,更在于以广流传,嘉惠学林,满足读者期待。

第四件是何其芳在十几部红学论文集、文学史专著上的"批语释文",

这次是首次公开发表。我的介绍性论文《何其芳对"批俞评红"的学术反思》(《红楼梦学刊》二○一一年第五辑)只是引证了其中很少一部分批语。对多数批语来说,此处都是新的披露。

《在"讲红课座谈会"上的发言》的价值在于,它记载的这次"讲红课座谈会",是一九五三年某时由讲明清小说戏曲课的北京大学浦江清教授召集的,它的发生时间早于一九五四年十月"批俞评红"大讨论发起时间一年左右。何其芳在座谈会上表达的红学观点,是他以后展开、深化、系统的红学思想系统的雏形,也是其基石。这个材料六十余年后才于浦江清教授著、其后人整理的《中国文学史》(明清卷)中披露出来,它是研究"何其芳论红楼梦"初始形态不可多得的第一手材料。

第六件文献《论文中主要观点应当是自己发现的》,是何其芳一九六三年在文学研究所和中国人民大学等单位合办的文艺理论研究班(简称"文研班")上,指导学员黄泽新红学毕业论文《〈红楼梦〉对我国古典小说艺术表现方法的继承和发展》四次谈话的记录,是从黄泽新的回忆文章(发表于二○一一年社会科学文献出版社出版的《九畹恩露:文研班一期回忆录》一书)中辑录出来的。此件提供和展示了何其芳红学活动新的侧面,即红学教育实践。这是以前几乎不为红学界所知的。

作为"附录"的《中国科学院文学研究所讨论研究鲁迅与研究〈红楼梦〉的论文》,是一九五六年底文学所在北京大学临湖轩召开建所后第一次学术成果讨论会的报道。临湖轩会议虽然讨论的是文学所的学术成果(重点又在《红楼梦》研究方面),但参加者有北京各界学者专家,实际上成了各种歧异观点的切磋争鸣。何其芳的《论〈红楼梦〉》一文又是讨论中的重中之重,他的一些答辩和阐述,可视为他红学著述的一部分。

这里还要讲到另一篇附录,即为了使读者了解何其芳红学代表作《论〈红楼梦〉》的流传和修改状况,考订其两种文本——"全文本"和"节要本"的情况,写作了《关于〈论《红楼梦》〉的版本和修改情况》,目的是使读者可以从这个角度窥视何其芳的红学心路历程。

现在《何其芳卷》共有红学文献二十一件。其中正文十七件,附录四件。据我多年跟踪查阅,在有关何其芳的单行本、文选及至全集出版物中,《何其芳卷》收集先生红学著述最多最全,这无疑有利于读者阅览,有利于研究者使用。鲁迅先生在一九三六年曾经说过:"不过我总以为倘要论文,最好是顾及全篇,并且顾及作者的全人,以及他所处的社会状态,这才较为确凿。"①他还特别比较了全集与选本的短长:"不过倘要研究文学或某一作家,所谓'知人论世',那么,足以应用的选本就很难得。选本所显示的,往往并非作者的特色,倒是选者的眼光。眼光愈锐利,见识愈深广,选本固然愈准确,但可惜的是大抵眼光如豆,抹杀了作者真相的居多,这才是一个'文人浩劫'。"②我领悟,研究一位作家(包括批评家)的作品,单凭选本是靠不住的,要阅读全集,才能知人论世。像何其芳这样在红学领域取得多方面成就的大家,仅仅读了他的代表作,或在各种选本中传来传去的几篇文章,就以为掌握了精髓命脉,就评头品足大发议论,难免管中窥豹瞎子摸象之讥! 这就是我一再追求"全编"的动机和根由。当然,所谓"最全"也是相对而言的,它只是一个理想的目标。许多文化名人的全集出版后,还有佚编、续编、补编跟在其后,就说明"全集"的相对性。但是,这不影响我们对"全编"的追求。经过再下功夫,"全编"指日可期!

为着这个"全"字,就要付出不懈的努力,踏破铁鞋寻佳篇。记得当年筹划编辑《何其芳论红楼梦》时,我首次与何三雅大姐(何其芳先生长女)联系,当时才有八件文献。到出书时,也才增加到十一篇。又经过十多年的不断寻觅,积累到二十一件,真可谓铢积寸累,"燕子垒窝一口口泥"。挖掘资料、收集文献的过程,辛苦并快乐着。说其辛苦,是因为百觅难于一得,好多时使你悻悻然;道其快乐,皆因每有所得,欣然忘食,"三月不知肉味"。"新发现"的愉悦永远值得回味! 二〇〇八年底,我在何大姐的支持下,追寻何其芳藏书的踪迹,在中国传媒大学"何其芳藏书阅览室",忽然发现何先生在三部《红楼梦》(《石头记》)上的批语千余条,这令我大喜过望。为此,我三到京都,几经周折,在中国传媒大学图书馆馆长张鸿声、

---

① 鲁迅:《"题未定"草》,《鲁迅全集》六卷,人民出版社一九五六至一九五八年版,第三四四页。
② 鲁迅:《"题未定"草》,《鲁迅全集》六卷,人民出版社一九五六至一九五八年版,第三三六页。

阅览部主任刘玉兰、馆员冯佳的倾情协助下,拍下数千张所需资料。这个过程令人亢奋,我连写三篇《京都访书记》以记其盛。

恰巧,翌年秋,"2009届国际红楼梦学术研讨会"在山东蓬莱召开。我有幸被邀参会,并递交了以论述这次"新发现"内容和价值为主旨的论文《何其芳〈红楼梦〉批语的发现及其价值》。

时任中国红学会副会长的胡文彬先生,在其题为《开拓创新　再创辉煌》的"闭幕感言"中评价说:

> 在国内学者方面,许多论文和发言令我耳目一新,无法在此一一评述。但有三篇论文我还是想谈点感想:第一篇是白山出版社总编董志新先生提交的《何其芳〈红楼梦〉批语的发现及其价值》一文,是本次大会收到的众多论文中一个大亮点。论文已经发给了在座的诸位,我深信大家会认真拜读和思考。我想在此强调一点,即何先生"批注"《红楼梦》的时间是从一九五四年十一月至一九五六年六月,这个时间里我们的学术文化界发生了哪些大事,大家了然于胸。如果我们将何先生的全部"批注"进行全面研究分析之后,大家对何先生的红学观点形成和那个特殊背景下心路历程会有一个全新的了解和认识。这是一个重要的发现,对于当代红学史的研究将起到积极的推动作用。何先生"批注"的发现,还启发我们应该关注当代红学史料的搜集和研究,在座诸位责无旁贷。①

胡先生的感言侧重在批语发现对于发展红学的价值,而《红楼梦学刊》编辑李虹女士撰写的会议讨论综述则抽取了何其芳红楼梦批语的主要内容和现实意义。她写道:

> ……白山出版社总编辑董志新的发言是《何其芳〈红楼梦〉批语

---

① 胡文彬:《开拓创新　再创辉煌——2009蓬莱国际红楼梦学术研讨会闭幕感言》,《红楼梦学刊》二〇〇九年第五辑,第一四页。

的发现及其价值》。何其芳是治学严谨的文学理论家和红学家。除《论红楼梦》之外,董先生偶然发现了何其芳在几种抄本上的批语。他认为,"何批"以客观诚实的评点态度,注重思想性与艺术性的共同发掘,重视版本考证与脂批利用,突出小说内容的提纲挈领,是研究何其芳红学实践的第一手资料。同时,"何批"所体现的回归文本、钻研文本的科学研究态度和学术探索精神,也有利于矫正时下学术界的浮躁风气和其他弊端,有利于推动红学健康发展。①

如同"是金子总会发光"一样,材料的新发现总会给学术带来新的增长点。如果一定用比例来说明材料之于研究的重要性,那么至少应该是"七分材料,三分研究"。圣人和时彦或倡导系统掌握材料,或强调深入调查研究,或提议有一分证据说一分话。多年的摸索,我的一个切身体会也是要时刻关注新材料的出现,自己也要竭尽全力去挖掘材料,并把它视为学术研究有所进取的不二法门。

在《百年红学经典论著辑要(第一辑)·何其芳卷》即将出版的时候,我诚挚感谢为此书在各方面给予帮助做出贡献的朋友:多年与我保持联系的何三雅大姐,每求必应,鼎力相助;中科院文学所著作等身的刘世德先生,当年拨冗为《何其芳论红楼梦》作序,序言对何其芳红学贡献的概括,对何其芳红学活动的精炼描述,至今仍然是我探讨"何红"的方向和动力,其序本书故乃因之;中国红学会学术委员会主任胡文彬先生,十多年来密切关注何其芳红楼梦批语的刊布和研究,为《何其芳批本红楼梦三种》作序,近期又数次叮嘱"何其芳在红学史上的地位不能漠视""何批研究要形成新的小高潮"。"深望何先生著作能广布,应予宣传",重庆万州区《何其芳研究》编辑部的陈振华、李朝平先生,《何其芳文墅》编辑部的钟吉鹏先生,杂志期期赠阅,文章篇篇刊用;"红迷驿站"的红学新锐、曹红学文献专家顾斌先生,前面提到的传媒大学图书馆的张鸿声、刘玉兰、冯佳

---

① 李虹:《2009 国际红楼梦学术研讨会在山东蓬莱召开》,载《红楼梦学刊》二〇〇九年第五辑,第二八页。

诸位老师，辽宁图书馆的姚杰、刘冰、周悦、郝庆、张玉文、于荣全诸位先生，沈阳图书馆的李冬红女士，构成了长期不断线的"资料供给链"；安徽教育出版社的钱江主任、钱叶琴编辑，在选题筹划、文稿编排、出版事务方面，思深虑细，点穴到位，使书卷陡增亮色。

正是：

众人拾柴火焰高，"何卷"论红语滔滔。

书山攀顶劲不泄，《全编》可期路不遥。

董志新

庚子年仲冬记于古盛京

凯旋楼寓所止戈斋北窗下